A IMORTALIDADE

MILAN KUNDERA

A IMORTALIDADE

Tradução
TERESA BULHÕES CARVALHO DA FONSECA
ANNA LUCIA MOOJEN DE ANDRADA

2ª reimpressão

COMPANHIA DAS LETRAS

Copyright © 1990 by Milan Kundera
Todos os direitos reservados

*Grafia atualizada segundo o Acordo Ortográfico da Língua Portuguesa de 1990,
que entrou em vigor no Brasil em 2009.*

Título original
L'Immortalité

Capa
Alceu Chiesorin Nunes

Imagem de capa
Dominique Corbasson/ cwc-i.com

Preparação
Silvia Massimini Felix

Revisão
Jane Pessoa
Valquíria Della Pozza

Dados Internacionais de Catalogação na Publicação (CIP)
(Câmara Brasileira do Livro, SP, Brasil)

Kundera, Milan
    A imortalidade / Milan Kundera; tradução Teresa Bulhões
Carvalho da Fonseca, Anna Lucia Moojen de Andrada — 1ª ed.
— São Paulo : Companhia das Letras, 2015.

    Título original: L'Immortalité.
    ISBN 978-85-359-2528-9

    1. Romance tcheco I. Título.

14-12885	CDD-891.863

Índice para catálogo sistemático:
1. Romance : Literatura tcheca   891.863

Todos os direitos desta edição reservados à
EDITORA SCHWARCZ S.A.
Rua Bandeira Paulista, 702, cj. 32
04532-002 — São Paulo — SP
Telefone: (11) 3707-3500
www.companhiadasletras.com.br
www.blogdacompanhia.com.br
facebook.com/companhiadasletras
instagram.com/companhiadasletras
twitter.com/cialetras

Sumário

PARTE I: O ROSTO 7

PARTE II: A IMORTALIDADE 55

PARTE III: A LUTA 105
As irmãs 107
Os óculos escuros 111
O corpo 115
A adição e a subtração 119
A mulher mais velha do que o homem,
o homem mais moço do que a mulher 123
O décimo primeiro mandamento 129
A imagologia 134
O brilhante aliado de seus coveiros 140
O burro total 146
A gata 153
O gesto de protesto contra os atentados
aos direitos do homem 158
Ser absolutamente moderno 163
Ser vítima de sua glória 168
A luta 172

O professor Avenarius 178
O corpo 184
O gesto do desejo de imortalidade 189
A ambiguidade 194
A vidente 199
O suicídio 203
Os óculos escuros 209

PARTE IV: *HOMO SENTIMENTALIS* 215

PARTE V: O ACASO 255

PARTE VI: O MOSTRADOR 315

PARTE VII: A CELEBRAÇÃO 387

PARTE I
O rosto

1

A senhora poderia ter sessenta, sessenta e cinco anos. Eu a olhava de minha espreguiçadeira, recostado diante da piscina de um clube de ginástica no último andar de um prédio moderno de onde se via Paris inteira através de imensas janelas envidraçadas. Esperava o professor Avenarius, com quem me encontro ali de vez em quando para discutir umas coisas e outras. Mas o professor Avenarius não chegava, e eu olhava a senhora; só, na piscina, imersa até a cintura, ela olhava o jovem professor de natação que, de roupão, em pé um pouco acima de onde ela estava, lhe dava uma aula. Obedecendo a suas ordens, ela apoiou-se na borda da piscina para inspirar e expirar profundamente. Fez isso com seriedade, com zelo, e era como se das profundezas das águas se elevasse a voz de uma velha locomotiva a vapor (essa voz idílica, hoje esquecida, só posso transmitir aos que não a conheceram, comparando à respiração de uma senhora de idade que inspira e expira na borda de uma piscina). Olhava-a fascinado. Seu ar cômico pungente me cativava (esse ar cômico, o professor de natação também percebia, pois os cantos de seus lábios pareciam tremer a toda hora), mas alguém falou comigo e desviou minha atenção. Pouco depois, quando quis voltar a observá-la, a aula havia terminado. Ela foi embora, de maiô, andando ao longo da piscina, e, quando já tinha ultrapassado o professor de natação aproximadamente uns quatro ou cinco metros, virou a cabeça para ele, sorriu e fez um gesto com a mão. Meu coração apertou-se. Esse sorriso, esse gesto, eram de uma mulher de vinte anos! Sua mão tinha girado no ar com uma leveza encantadora. Como se, brincando, ela jogasse para seu amante um balão colorido. Esse sorriso e esse gesto eram cheios de encanto, enquanto o rosto e o corpo não o eram mais. Era o encanto de um gesto sufocado no não encanto do corpo. Mas a mulher, mesmo que soubesse que não era mais bonita, esqueceu isso naquele momento. Por uma certa parte de nós mesmos, vivemos todos além do tempo. Talvez só tomemos consciência de nossa idade em certos momentos excepcionais, sendo, na maior parte do tempo, uns sem-idade. Em todo caso, no momento em que se virou, sorriu e fez um gesto com a mão para o professor de natação (que não foi capaz de se conter e caiu na gargalhada), ela não tomava conhecimento de sua idade. Graças a este gesto, no espaço de um segundo, uma essência de seu encanto, que não dependia do tempo, revelava-se e me encantava. Fiquei estranhamente comovido. E o nome Agnès surgiu em meu espírito. Agnès. Nunca conheci uma mulher com esse nome.

2

Estou na cama, mergulhado na doçura de um torpor. Às seis horas, depois do primeiro e leve despertar, estendo a mão para o pequeno rádio que está perto do meu travesseiro e aperto o botão. Ouço as notícias da manhã, mal distinguindo as palavras, e durmo de novo, durmo tanto que as frases que escuto transformam-se em sonhos. É a fase mais bela do sono, o mais delicioso momento do dia: graças ao rádio, saboreio meus eternos despertares e cochilos, esse embalo soberbo entre a vigília e o sono, esse movimento que por si só me tira o desgosto de ter nascido. Será que sonho ou estou realmente na ópera, diante de dois atores vestidos de cavalheiros que falam com entonações acentuadas e variadas a previsão do tempo? Por que será que não fazem isso com o amor? Depois compreendo que se trata de locutores, não falam mais, mas se interrompem um ao outro brincando.

— O dia será quente, tórrido, haverá tempestade, diz o primeiro, que o outro interrompe, fazendo graça:

— Não é possível! O primeiro responde no mesmo tom:

— Mas sim, Bernard. Sinto muito, mas não há escolha. Um pouco de coragem!

Bernard cai na gargalhada e declara:

— Eis o castigo de nossos pecados.

E o primeiro:

— Por que, Bernard, tenho de sofrer pelos seus pecados?

Então Bernard ri ainda mais, para deixar claro aos ouvintes de que pecado se trata, e eu o compreendo: existe apenas uma coisa que todos desejamos: que o mundo inteiro nos considere grandes pecadores! Que nossos vícios sejam comparados aos temporais, às tempestades, aos furacões! Ao abrir hoje o guarda-chuva em cima da cabeça, que cada francês pense com inveja no riso equívoco de Bernard. Giro o botão esperando dormir novamente em companhia de imagens mais interessantes. Na estação ao lado, uma voz de mulher anuncia que o dia será quente, tórrido, tempestuoso, e alegro-me de ver que na França temos tantas estações de rádio, e que todas, no mesmo momento, falam a mesma coisa. O feliz casamento da uniformidade com a liberdade, o que é que a humanidade poderia desejar de melhor? Portanto volto à estação onde Bernard se gabava de seus pecados; mas, em seu lugar, uma voz de homem entoa um hino ao último modelo da fábrica Renault, giro ainda o botão, um coro de mulheres enaltece as liquidações de casacos de pele, volto para Bernard, a tempo de ouvir os últimos compassos do hino à Renault, depois o próprio Bernard retoma a palavra. Imitando a melodia que havia terminado, nos informa com uma voz cantante que acabava de aparecer uma biografia de Hemingway, a centésima vigésima sétima, mas essa realmente muito importante, porque demonstra que, em toda a sua vida, Hemingway não disse uma só palavra verdadeira. Aumentou o número de seus ferimentos de guerra, fingiu ser um grande sedutor quando ficou provado que em agosto de 1944, e depois a partir de julho de 1959, ele estava completamente impotente.

— Não é possível, disse a voz risonha do outro, e Bernard responde brincando:

— Mas é verdade..., e voltamos todos para o palco da ópera, até Hemingway, o impotente, vai conosco, depois uma voz muito grave evoca um processo que no decorrer das últimas semanas emocionou toda a França: durante uma operação sem importância, uma anestesia malfeita provocou a morte de um doente. Em consequência disso, a organização encarregada de defender os "consumidores", assim ela nos chama a todos, propõe filmar no futuro todas as intervenções cirúrgicas e guardar os filmes em arquivos. Esse seria o único meio, segundo a organização "para a defesa dos consumidores", de garantir a um francês morto pelo bisturi que ele seria devidamente vingado pela justiça. Depois durmo novamente.

Quando acordei, eram quase oito e meia; imaginei Agnès. Como eu, ela está deitada numa grande cama. A metade direita da cama está vazia. Quem é o marido? Aparentemente, alguém que sai cedo no sábado. É por isso que ela está só e oscila deliciosamente entre o despertar e o sonho.

Depois se levanta. Em frente a ela, num suporte comprido, está uma televisão. Joga sua camisola, que cobre a tela como um cortinado branco. Pela primeira vez a vejo nua, Agnès, a heroína de meu romance. Ela está de pé, é bonita, não posso tirar os olhos dela. Finalmente, como se tivesse sentido meu olhar, some no quarto vizinho e se veste.

Quem é Agnès?

Assim como Eva saiu de uma costela de Adão, assim como Vênus nasceu da espuma, Agnès surgiu de um gesto de uma senhora sexagenária, que vi na borda da piscina, dando adeus a seu professor de natação, e cujos traços já se apagam na minha memória. Seu gesto despertou em mim uma imensa, uma incompreensível nostalgia, e essa nostalgia gerou o personagem a quem dei o nome de Agnès.

Mas o homem não se define, e um personagem de romance menos ainda, como um ser único e inimitável? Como então é possível que o gesto observado numa pessoa A, esse gesto que formava com ela um todo, que a caracterizava, que criava seu encanto singular, seja ao mesmo tempo a essência de uma pessoa B e de toda a minha fantasia sobre ela? Isso convida a uma reflexão:

Se nosso planeta viu passar oitenta bilhões de seres humanos, é pouco provável que cada um deles tenha seu próprio repertório de gestos. Matematicamente, é impensável. Ninguém duvida que não haja no mundo incomparavelmente menos gestos do que indivíduos. Isso nos leva a uma conclusão chocante: um gesto é mais individual do que um indivíduo. Para dizer isso em forma de provérbio: *muitas pessoas, poucos gestos.*

Falei no primeiro capítulo a respeito da senhora de maiô, que, "no espaço de um segundo, uma essência de seu encanto, que não dependia do tempo, revelava-se, e me encantava". É o que eu pensava, mas estava enganado. O gesto não revelou absolutamente uma essência da senhora, ou melhor, deveríamos dizer que a senhora me revelou o encanto de um gesto. Pois não podemos considerar um gesto nem como a propriedade de um indivíduo, nem como sua criação (ninguém tem condições de criar um gesto próprio, inteiramente original e pertencente só a si), nem mesmo como seu instrumento; o contrário é verdadeiro: são os gestos que se servem de nós; somos seus instrumentos, suas marionetes, suas encarnações.

Agnès, tendo terminado de se vestir, apressou-se em sair. Na saída do quarto, parou um instante para escutar. Um vago ruído no quarto vizinho indicava que sua filha acabara de acordar. Como para evitar um encontro, apertou o passo e apressou-se em deixar o apartamento. No elevador, apertou o botão do térreo. Em vez de andar, o elevador tremeu convulsivamente, como um homem com a doença de são Guido. Não era a primeira vez que os humores da máquina a surpreendiam. Ora subia quando ela queria descer, ora se recusava a abrir a porta e a mantinha prisioneira uma meia hora. Como se quisesse entabular uma conversa, como se quisesse comunicar-lhe alguma coisa de urgente com seus meios decepcionantes de animal mudo. Por diversas vezes já se queixara à porteira; mas esta, já que o elevador se comportava corretamente com os outros locatários, não via na questão entre Agnès e ele senão um problema particular, e não lhe dava a menor atenção. Agnès teve que sair e descer a pé. Assim que ela o deixou, o elevador acalmou-se e por sua vez desceu.

Sábado era o dia mais cansativo. Paul, seu marido, saía antes das sete horas, e almoçava com um amigo, enquanto ela aproveitava o dia livre para resolver uma quantidade de obrigações mais penosas do que seu trabalho no escritório: ir ao correio, aguentar uma meia hora de fila, fazer as compras no supermercado, brigar com a vendedora, perder tempo diante da caixa, telefonar para o bombeiro, suplicar-lhe para passar numa hora determinada para evitar de esperá-lo o dia inteiro. Entre dois compromissos, esforçava-se em encontrar um momento para a sauna, onde nunca tinha tempo de ir durante a semana, e passava o fim da tarde manejando o aspirador e o pano de pó, porque a faxineira, que vinha na sexta-feira, negligenciava seu trabalho cada vez mais.

Mas esse sábado era diferente dos outros: era o quinto aniversário da morte de seu pai. Uma cena voltava-lhe ao espírito: seu pai está sentado, inclina-se sobre um monte de fotografias rasgadas, e a irmã de Agnès grita:

— Por que você está rasgando as fotos de mamãe? Agnès defende seu pai, as duas irmãs brigam, tomadas por uma súbita raiva.

Ela entrou em seu carro estacionado em frente de casa.

3

Um elevador levou-a ao último andar de um edifício moderno, onde o clube se instalara com sala de ginástica, piscina, pequeno lago com ondas, sauna e vista sobre Paris. No vestiário, os alto-falantes espalhavam música de rock. Dez anos antes, quando Agnès se inscrevera, os sócios eram poucos e o ambiente, calmo. Depois, de um ano para o outro, o clube melhorou: havia cada vez mais vidro, mais luzes, plantas artificiais, alto-falantes, música, cada vez mais frequentadores, cujo número ainda dobrou no dia em que se refletiram nos imensos espelhos que a direção decidiu instalar em todas as paredes da sala de ginástica.

Agnès abriu seu armário e começou a despir-se. Duas mulheres conversavam perto dela. Com uma voz lenta e doce de contralto, uma se queixava de um marido que deixava tudo espalhado pelo chão: seus livros, suas meias, até seu cachimbo e seus fósforos. A outra, uma soprano, tinha uma cadência duas vezes mais rápida; a maneira francesa de subir uma oitava no fim da frase lembrava o cacarejo indignado de uma galinha:

— Essa agora, você me decepciona! Me dá pena! Não é possível! Ele não pode fazer isso! Não é possível! Você está na sua casa! Tem seus direitos! A outra, como que dividida entre uma amiga em quem reconhecia autoridade e um marido a quem amava, explicava melancolicamente:

— O que você quer. Ele é assim. Ele sempre foi assim. Sempre deixou as coisas espalhadas pelo chão.

— Pois bem, que ele pare com isso! Você está na sua casa! Tem direitos! Eu nunca poderia suportar isso!

Agnès não participava nesse gênero de conversa; nunca falava mal de Paul, mesmo sabendo que isso a distanciava um pouco das outras mulheres. Ela virou a cabeça em direção à voz aguda: era uma moça muito jovem, com cabelos claros e um rosto de anjo.

— Ah, não, de modo algum! Você tem seu direito! Não abaixe a cabeça!, continuou o anjo, e Agnès percebeu que suas palavras eram acompanhadas por curtos e rápidos movimentos de cabeça da direita para a esquerda e da esquerda para a direita, enquanto os ombros e as sobrancelhas levantavam como que para demonstrar um espanto indignado com a ideia de que se pudesse desconhecer os direitos humanos de sua amiga. Agnès conhecia esse gesto: sua filha Brigitte balançava a cabeça exatamente do mesmo modo.

Uma vez despida, fechou o armário à chave e entrou pela porta de vaivém numa sala ladrilhada, onde de um lado estavam as duchas; do outro, a porta envidraçada da sauna. Era lá que estavam as mulheres, apertadas lado a lado em bancos de madeira. Algumas usavam uma capa de plástico especial, que formava em torno do corpo (ou de uma parte dele, especialmente barriga e nádegas) uma espécie de embalagem hermética que provoca uma intensa transpiração e a esperança de emagrecimento.

Agnès subiu para o mais alto dos bancos ainda disponíveis. Apoiou-se na parede e fechou os olhos. A barulheira da música não chegava até ali, mas as vozes misturadas das mulheres, que falavam todas ao mesmo tempo, ressoavam tão forte quanto ela. Uma jovem desconhecida entrou, e desde a soleira começou a comandar as outras: fez apertar ainda mais as fileiras para abrir espaço junto ao calor, depois se inclinou para apanhar o balde e entornou-o sobre o fogareiro. Com um chiado, o vapor fervendo foi em direção ao teto, e uma mulher sentada ao lado de Agnès protegeu o rosto com as mãos, fazendo uma careta de dor. A desconhecida percebeu isso e declarou:

— Gosto que o vapor ferva, isso prova que estamos numa sauna! Plantou-se entre dois corpos nus, e começou a falar sobre o programa de televisão da véspera onde se apresentara um célebre biólogo que acabara de publicar suas memórias.

— Ele estava maravilhoso, disse ela.

Uma outra aprovou:

— É mesmo! E tão modesto!

A desconhecida continuou:

— Modesto? Você não compreendeu que esse homem é incrivelmente orgulhoso, mas o orgulho dele me agrada! Adoro as pessoas orgulhosas! E virou-se para Agnès.

— Por acaso você o achou modesto?

Agnès disse que não tinha assistido ao programa: como se essa resposta implicasse uma discordância secreta, a desconhecida repetiu com firmeza, olhando Agnès nos olhos:

— Não suporto a modéstia! Os modestos são uns hipócritas!

Agnès levantou os ombros, e a jovem desconhecida continuou.

— Numa sauna, é preciso que haja calor. Quero transpirar aos borbotões. Mas depois é preciso uma ducha fria. Adoro as duchas frias! Eu não entendo as pessoas que, depois da sauna, tomam duchas quentes. Em casa só tomo duchas frias. Tenho horror a duchas quentes.

Não demorou a sufocar; tanto que, depois de ter repetido quanto detestava a modéstia, levantou-se e desapareceu.

Na sua infância, durante um dos passeios que fazia com seu pai, Agnès lhe perguntara se ele acreditava em Deus. Ele respondeu:

— Acredito no computador do Criador. A resposta era tão estranha que a criança a guardara. Computador não era a única palavra estranha, Criador também era. Pois o pai não falava nunca de Deus, mas sempre do Criador, como se quisesse limitar a importância de Deus unicamente à sua performance como engenheiro. O computador do Criador: mas como um homem poderia comunicar-se com um aparelho? Ela então perguntou ao pai se ele costumava rezar. Ele disse:

— Tanto quanto costumo rezar para Edison quando uma lâmpada queima.

E Agnès pensa: o Criador pôs no computador um disquete com um programa detalhado, e depois foi embora. Que depois de criar o mundo, Deus o tenha deixado à mercê de homens abandonados e, ao se dirigir a Ele, caem num vazio sem eco, esta ideia não é nova. Mas se ver abandonado pelo Deus de nossos antepassados é uma coisa, e uma outra é ser abandonado pelo inventor divino do computador cósmico. Em seu lugar fica um programa que se desenrola implacavelmente em sua ausência, sem que se possa mudar o que quer que seja. Programar o computador; isso não quer dizer que o futuro seja planejado em detalhes, nem que "lá em cima" tudo esteja escrito. Por exemplo, o programa não estipulava que em 1815 ocorresse a batalha de Waterloo, nem que os franceses a perdessem, mas apenas que o homem é por natureza agressivo, que a guerra lhe é consubstancial, e que o progresso técnico a tornará cada vez mais atroz. Do ponto de vista do Criador, todo o resto é sem importância, simples jogo de variações e de permutas num programa geral que nada tem a ver com uma antecipação profética do futuro, mas determina apenas o limite das possibilidades; entre esses limites deixa todo o poder ao acaso.

O homem é um projeto do qual se pode dizer a mesma coisa. Nenhuma Agnès, nenhum Paul foi planejado num computador, mas apenas um protótipo: o *ser humano*, tirado em miríades de exemplares que são simples derivados do modelo primitivo, que não tem nenhuma essência individual. Não mais essência individual do que tem um carro saído da fábrica Renault, a essência do carro tem de ser procurada além desse carro, nos arquivos do construtor. Apenas um número de série distingue um carro do outro. Num exemplar humano, o número é o rosto, esse conjunto de traços acidental e único. Nem o caráter, nem a alma, nem aquilo que chamamos *o eu* se distinguem nesse conjunto. Esse rosto apenas numera um exemplar.

Agnès lembra-se da desconhecida que acabara de proclamar a sua raiva das duchas quentes. Ela tinha vindo revelar a todas as mulheres presentes 1) que gostava de transpirar, 2) adorava os orgulhosos, 3) desprezava os modestos, 4) adorava as duchas frias, 5) detestava as duchas quentes. Em cinco traços ela desenhara seu autorretrato, em cinco pontos definira seu eu e o oferecera a todo o mundo. E ela não o oferecera modestamente (afinal de contas declarara seu desprezo pelos modestos), mas à maneira de uma militante. Empregara verbos apaixonados, adoro, desprezo, detesto, como que para se mostrar pronta a defender passo a passo os cinco traços de seu retrato, os cinco pontos de sua definição.

Por que essa paixão, perguntou-se Agnès, e pensou: uma vez despachados para o mundo tal qual somos, primeiro temos que nos identificar com esse jogo de dados, com esse acidente organizado pelo computador divino: deixar de nos espantarmos precisamente que *isso* (essa coisa que nos confronta no espelho) seja nosso eu. Se não estivéssemos convencidos de que nosso rosto expressa nosso eu, se não tivéssemos a ilusão primeira e fundamental, não teríamos podido continuar a viver, ou pelo menos levar a vida a sério. E não seria ainda suficiente nos identificarmos com nós mesmos, precisaríamos de uma identificação *apaixonada* com a vida e com a morte. Pois é graças a essa única condição que não aparecemos a nossos próprios olhos como uma simples variante do protótipo humano, mas como seres dotados de uma essência própria e intransferível. Eis por que a jovem desconhecida sentiu necessidade não apenas de desenhar seu retrato, mas ao mesmo tempo de revelar a todo mundo que esse retrato encerrava alguma coisa de inteiramente única e insubstituível pela qual valia a pena lutar e mesmo dar a vida.

Depois de passar quinze minutos no calor da estufa, Agnès levantou-se e foi mergulhar na piscina de água gelada. Em seguida, foi para a sala de repouso e deitou-se entre as outras mulheres que, ali, também não paravam de falar.

Uma pergunta passava-lhe pela cabeça: depois da morte, que existência o computador programara?

Dois casos são possíveis: se o computador do Criador tem como único campo de ação nosso planeta, e se é dele, e apenas dele, que dependemos, não podemos esperar depois da morte senão uma variação daquilo que conhecemos durante a vida; encontraremos apenas paisagens semelhantes, e criaturas semelhantes. Ficaremos sozinhos ou numa multidão? Ah! A solidão é tão pouco provável, na vida ela já é rara, então o que dizer depois da morte! Há tão mais mortos do que vivos! Na melhor hipótese a existência depois da morte parecerá com o que Agnès está vivendo na sala de repouso: por todo o lado ela ouvirá um incessante falatório de mulheres. A eternidade como um falatório infinito: para ser franca poderia se imaginar pior, mas mesmo a ideia de ter de ouvir essas vozes de mulher sempre, sem trégua, e eternamente, é para Agnès uma razão suficiente para agarrar-se furiosamente à vida, e retardar a morte o máximo possível.

Mas uma outra eventualidade se apresenta: acima do computador terrestre, há outros que lhe são hierarquicamente superiores. Nesse caso, a existência depois da morte necessariamente não deveria parecer com o que já vivemos, e o homem poderia morrer com uma esperança vaga mais justificada. Agnès vê, então, uma cena que nesses últimos tempos ocupa sua imaginação: em casa, ela e Paul recebem a visita de um desconhecido. Simpático, afável, senta-se numa poltrona em frente a eles e entabula uma conversa. Paul, encantado com esse visitante estranhamente amável, mostra-se afável, falante, amistoso, e decide buscar um álbum onde estão guardados os retratos de família. O visitante o folheia, mas certas fotos o deixam perplexo. Por exemplo, diante da que representa Agnès e Brigitte ao pé da torre Eiffel, ele pergunta:

— Quem é?

— Você não a está reconhecendo? É Agnès! E aqui é nossa filha, Brigitte!

— Eu sei, disse a visita; estou falando dessa estrutura. Paul olha para ele com espanto:

— Mas é a torre Eiffel!

— Ah! bom, disse a visita, então essa é a famosa torre! Fala no tom de um homem a quem você mostra o retrato de seu avô e que declara:

— Então ele é o avô de quem tanto ouvi falar! Estou encantado de vê-lo finalmente!

Paul fica desconcertado, Agnès nem tanto. Ela sabe quem é esse homem. Sabe por que ele veio, e que perguntas vai fazer a eles. É exatamente por isso que ela se sente um pouco nervosa. Ela gostaria de conseguir ficar a sós com ele, mas não sabe como fazê-lo.

4

Havia cinco anos seu pai morrera, havia seis anos perdera a mãe. Na época, o pai já estava doente, e todos esperavam que ele morresse. A mãe, ao contrário, estava cheia de saúde e disposição, aparentemente destinada a uma longa e feliz viuvez; de modo que o pai sentira um certo desgosto quando, de súbito, ela morrera em seu lugar. Como se ele temesse a reprovação das pessoas. As pessoas eram a família da mãe. A família do pai estava espalhada pelo mundo inteiro, e, com exceção de uma prima distante que morava na Alemanha, Agnès não conhecia ninguém. Do lado materno, ao contrário, todos os parentes moravam na mesma cidade: irmãos, irmãs, primos, primas e uma infinidade de sobrinhos e sobrinhas. O avô materno, modesto agricultor rural, soubera sacrificar-se pelos filhos, que tinham estudado e feito bons casamentos.

Sem dúvida, nos primeiros tempos, a mãe era apaixonada pelo pai: o que não é nada espantoso, já que era um homem bonito, e com trinta anos já exercia a função, então ainda respeitável, de professor universitário. Ela não se alegrava apenas de ter um marido digno de inveja, alegrava-se ainda mais em oferecê-lo como presente à sua família, à qual estava ligada pela antiga tradição de solidariedade rural. Mas como o pai era pouco sociável, e geralmente taciturno (sem que ninguém soubesse se ele era tímido ou se era carregado para longe pelos seus pensamentos, em outras palavras, se seu silêncio era marca de modéstia ou de indiferença), a oferenda maternal forneceu à família mais problema do que felicidade.

À medida que a vida passava e o casal envelhecia, a mãe prendia-se cada vez mais a seus parentes: entre outras razões, porque o pai ficava eternamente fechado em seu escritório, enquanto ela sentia uma necessidade incontrolável de falar e passava horas ao telefone com sua irmã, seus irmãos, suas primas ou suas sobrinhas, com as quais compartilhava cada vez mais os problemas. Agora que sua mãe morrera, Agnès via sua vida como um círculo: depois que deixara seu meio, lançou-se corajosamente num mundo completamente diferente, depois voltou para seu ponto de partida: morava com seu pai e as duas filhas numa casa com jardim onde, várias vezes por ano (no Natal, nos aniversários), convidava a família para grandes festas; sua intenção era morar ali com sua irmã e sua sobrinha quando ocorresse a morte do pai (morte prognosticada havia muito tempo, que proporcionava ao interessado a atenciosa solicitude com que se cerca aqueles que vão deixar uma herança).

Mas a mãe morrera e o pai sobrevivera. Quinze dias depois do enterro, quando Agnès e sua irmã, Laura, foram vê-lo, elas o encontraram sentado diante da mesa da sala, inclinado sobre um monte de fotografias rasgadas. Laura arrancou-as gritando:

— Por que você está rasgando as fotos de mamãe?

Agnès, por sua vez, inclinou-se sobre o desastre: não, não eram apenas as fotos de mamãe, eram, sobretudo, as fotos do pai; mas em algumas ela aparecia a seu lado, e em outras ela estava só. Surpreendido por suas filhas, o pai calou-se, sem uma palavra de explicação.

— Pare de gritar, falou Agnès entre os dentes, mas Laura continuou. O pai levantou-se, foi para o quarto vizinho e as duas irmãs brigaram como nunca. No dia seguinte, Laura partiu para Paris, e Agnès continuou em casa. O pai, então, confidenciou-lhe que encontrara um pequeno apartamento no centro da cidade e que resolvera vender a casa. Foi uma nova surpresa: pois aos olhos de todo mundo, o pai era um desastrado que tinha deixado inteiramente com a mãe as rédeas dos negócios. Acreditava-se que ele era incapaz de viver sem ela, não somente porque ele não tinha nenhum senso prático, mas porque, por outro lado, ele nunca sabia o que queria; pois mesmo a sua vontade ele parecia ter cedido à mãe há muito tempo. Mas quando decidiu mudar-se, subitamente, sem hesitar, depois de alguns dias de viuvez, Agnès compreendeu que ele realizava aquilo que planejara havia muito tempo, e que sabia muito bem o que queria. Era ainda mais interessante porque ele não poderia prever, ela também não, que a mãe morreria em primeiro lugar; se tivera a ideia de comprar um apartamento na cidade velha, era, portanto, menos um projeto do que um sonho. Vivera com a mãe em sua casa, passeara com ela no jardim, acolhera suas irmãs e suas sobrinhas, fingira escutá-las, mas durante esse tempo, na imaginação, ele vivera só em seu apartamento de solteiro; depois da morte da mãe, não fizera senão se mudar para onde havia muito tempo já morava em espírito.

Pela primeira vez, ele apareceu para Agnès como um mistério. Por que rasgara as fotos? Por que sonhara com um pequeno apartamento por tanto tempo? E por que não fora fiel ao desejo da mãe, que desejava ver sua irmã e sua sobrinha instaladas na casa? Isso teria sido mais prático: elas teriam se ocupado dele melhor do que a enfermeira cujos serviços, um dia, ele contrataria. Quando ela perguntou-lhe por que queria mudar-se, sua resposta foi muito simples:

— O que você quer que um homem sozinho faça numa casa tão grande?

Ela nem lhe sugeriu que convidasse a irmã e a sobrinha, tão evidente ficou que ele não queria isso. Agnès imaginou que seu pai também fechava um círculo. A mãe: da família à família, passando pelo casamento. O pai: passando pelo casamento da solidão à solidão.

Os primeiros sintomas de sua grave doença apareceram alguns anos antes da morte da mãe. Agnès tirara quinze dias de férias para passar sozinha com ele... Mas sua expectativa não se realizou, porque a mãe nunca os deixou a sós. Um dia, os colegas da universidade vieram visitar o pai. Fizeram-lhe toda espécie de perguntas, mas era sempre a mãe que respondia. Agnès não aguentou mais:

— Por favor! Deixe papai falar! A mãe ficou zangada:

— Você não está vendo que ele está doente!

Quando no fim desses quinze dias o pai se sentiu ligeiramente melhor, Agnès fez dois passeios com ele. Mas no terceiro, a mãe foi de novo com eles.

A mãe morrera havia um ano quando o estado de saúde do pai se agravou subitamente. Agnès foi vê-lo, passou três dias com ele, no quarto dia ele morreu. Esses três dias foram os únicos que ela pôde passar na companhia dele nas condições que ela sempre desejara. Pensou que eles haviam se amado sem terem tido tempo de se conhecer, por falta de ocasiões de se encontrarem a sós. Só entre oito e doze anos ela pôde ficar sozinha com ele muitas vezes, porque a mãe tinha de se ocupar da pequena Laura; faziam, então, longos passeios na natureza, e ele respondia a suas inúmeras perguntas. Foi aí que ele lhe falou sobre o computador divino, e sobre uma porção de outras coisas. Dessas conversas, só lhe ficaram fragmentos, semelhantes a cacos de louça quebrada, que, chegando à idade adulta, ela se esforçava por colar novamente.

A morte pôs fim à sua eterna solidão a dois. No enterro, toda a família da mãe voltou a encontrar-se. Mas como a mãe não estava mais lá, ninguém tentou transformar o luto em banquete fúnebre, e o enterro dispersou-se rapidamente. Aliás, os parentes haviam interpretado a venda da casa e a mudança do pai para um apartamento como uma maneira de não receber visitas. Sabendo do preço da casa, eles não pensavam senão na herança recebida pelas duas filhas. Mas o tabelião informou-lhes que todo o dinheiro que estava no banco destinava-se a uma sociedade de matemáticos, da qual o pai fora cofundador. Ele tornou-se ainda mais distante do que era quando vivo. Como se, com esse testamento, ele lhes pedisse o favor de esquecê-lo.

Depois, um dia, Agnès constatou que sua conta no banco suíço tinha sido creditada com uma quantia bastante considerável. Ela compreendeu tudo. Este homem aparentemente tão destituído de senso prático agira com muita astúcia. Dez anos antes, quando um primeiro alerta pusera sua vida em risco e ela viera passar quinze dias com o pai, ele a obrigara a abrir uma conta na Suíça. Pouco antes de sua morte, ele depositara nela quase todos os seus saldos bancários, guardando o resto para os sábios. Se ele tivesse designado abertamente Agnès como sua herdeira, teria ferido em vão sua outra filha; se tivesse transferido secretamente todo o seu dinheiro para a conta de Agnès, sem destinar uma quantia simbólica para os matemáticos, teria suscitado a curiosidade indiscreta de todo mundo.

Primeiramente, ela achou que devia dividir com Laura. Como ela era oito anos mais velha, Agnès não podia se desfazer de um sentimento protetor em relação à sua irmã. Mas, finalmente, não lhe disse nada. Não por avareza, mas por temor de trair seu pai. Com esse presente, certamente ele tinha desejado dizer-lhe alguma coisa, fazer-lhe um sinal, dar um conselho, que ele não tivera tempo de dar em vida e que ela deveria, no entanto, guardar como um segredo que só pertencia a eles dois.

5

Ela estacionou o carro, desceu e dirigiu-se para a grande avenida. Sentia-se cansada e morria de fome, e como é triste almoçar sozinha em restaurante, sua intenção era comer alguma coisa bem depressa num bistrô qualquer. Antigamente o bairro era cheio de acolhedoras tavernas bretãs, onde se podia comer à vontade panquecas com calda de cidra. Um dia, as tavernas desapareceram para dar lugar a essas modernas lanchonetes às quais damos o triste nome de fast-food. Tentando por uma só vez superar sua aversão, dirigiu-se a uma dessas lanchonetes. Através do vidro via os clientes inclinados sobre a toalha gordurosa de papel. Seu olhar deteve--se sobre uma moça de pele muito pálida e lábios de um vermelho vivo. Assim que acabou o almoço, a moça empurrou o copo de Coca-Cola vazio e enfiou o dedo indicador no fundo da boca; ficou mexendo com o dedo ali durante muito tempo, revirando os olhos. Na mesa vizinha, um homem escarra-pachado na cadeira olhava fixamente a rua, escancarando a boca. Seu bocejo não tinha começo nem fim, era o bocejo infinito da melodia wagneriana: a boca fechava-se, mas não inteiramente, ela abria-se mais e mais, enquanto ao mesmo tempo os olhos também se abriam e fechavam. Outros clientes bocejavam, exibindo seus dentes e suas pontes, suas coroas e suas próteses, e ninguém nunca punha a mão em frente à boca. Entre as mesas passeava uma criança de roupa rosa, segurando seu ursinho por uma pata, e ela também estava com a boca aberta; e via-se bem que, ao invés de bocejar, emitia gritos, batendo de vez em quando com o ursinho nas pessoas. Como as mesas ficavam lado a lado, mesmo atrás do vidro percebia-se que cada pessoa devia estar engolindo, junto com seus pedaços de carne, os eflúvios que nesse mês de junho emanavam da transpiração dos vizinhos. A onda de feiura atingiu Agnès no rosto, a feiura visual, olfativa, gustativa (Agnès imaginava o gosto do hambúrguer inundado de Coca-Cola adocicada), a tal ponto que desviou os olhos e decidiu matar a fome em outro lugar.

A calçada formigava de gente e andava-se com dificuldade. Diante dela, duas longas silhuetas nórdicas com rosto pálido, cabelos amarelos, abriam caminho na multidão: um homem e uma mulher, dominando com a cabeça a massa movediça de franceses e árabes. Um e outro traziam nas costas uma mochila rosa, e na barriga, num suporte, uma criança. Logo desapareceram, substituídos por uma mulher vestida com calça larga que parava no joelho, segundo a moda do ano. Seu traseiro, com essa roupa, parecia ainda maior e mais próximo do chão; os tornozelos, nus e brancos, pareciam um vaso rústico enfeitado com um relevo de varizes azul--acinzentadas, enroladas como um nó de pequenas serpentes. Agnès pensou: essa mulher poderia ter encontrado vinte outras maneiras de vestir-se para tornar seu traseiro menos monstruoso e dissimular suas varizes. Por que não o faz? Não apenas as pessoas não procuram mais ficar bonitas quando estão no meio das outras, mas nem mesmo evitam ser feias!

Ela pensou: um dia, quando a invasão de feiura tornar--se inteiramente insuportável, comprará no florista um só raminho de miosótis, pequeno caule encimado por uma flor em miniatura, sairá com ele na rua, segurando-o em frente ao rosto, o olhar fixado nele a fim de nada ver, a não ser esse belo ponto azul, última imagem que quer conservar de um mundo que ela deixou de amar. Irá, desta forma, pelas ruas de Paris, as pessoas logo saberão reconhecê-la, as crianças correrão atrás, zombarão dela, jogarão coisas e Paris inteira irá apelidá-la: *a doida do miosótis*...

Continuou seu caminho: o ouvido direito registrava a algazarra da música, as batidas ritmadas de bateria, provenientes das lojas, dos salões de cabeleireiro, dos restaurantes; enquanto o ouvido esquerdo captava os barulhos do chão: o ronronar uniforme dos carros, o ronco de um ônibus que arrancava. Depois o barulho penetrante de uma moto a atingiu. Ela não pôde deixar de procurar com os olhos o que lhe causava essa dor física: uma moça de jeans, de longos cabelos flutuando ao vento, mantinha-se empertigada na sela como atrás de uma máquina de escrever; desprovido de silencioso, o motor fazia uma algazarra atroz.

Agnès lembrou-se da desconhecida que três horas antes entrara na sauna e que, para apresentar seu "eu", para impô-lo aos outros, anunciara ruidosamente na soleira da porta que detestava as duchas quentes e a modéstia. Agnès pensou: a moça de cabelos pretos obedeceu a um impulso semelhante ao tirar o silencioso de sua moto. Não era a máquina que fazia barulho, era o "eu" da moça de cabelos pretos; essa moça, para ser ouvida, para ocupar o pensamento dos outros, tinha acrescentado à sua alma um barulhento cano de descarga. Ao ver voar os longos cabelos dessa alma barulhenta, Agnès compreendeu que ela desejava intensamente a morte da motociclista. Se o ônibus a tivesse esmagado, se ela tivesse ficado ensanguentada no asfalto, Agnès não teria sentido nem horror nem pena, apenas satisfação.

De repente, assustada com esse ódio, pensou: o mundo atingiu uma fronteira, quando ele a ultrapassar, tudo pode virar loucura: as pessoas andarão pelas ruas segurando um miosótis, ou então atirarão uns nos outros na frente de todos. E bastará muito pouca coisa, uma gota d'água fará o copo transbordar: por exemplo, um carro, um homem, ou um decibel a mais na rua. Existe uma fronteira quantitativa a não ser ultrapassada; mas essa fronteira não é vigiada por ninguém, e talvez até mesmo ninguém saiba de sua existência.

Na calçada havia cada vez mais gente, e ninguém lhe cedia lugar, de modo que desceu para a rua, continuando seu caminho entre a beirada da calçada e o fluxo dos canos. Havia muito tempo fizera a experiência: nunca as pessoas lhe abriam caminho. Sentia isso como uma espécie de maldição que muitas vezes se esforçava por quebrar: juntando coragem, esforçava-se para não sair de uma linha reta, a fim de obrigar a pessoa em frente a desviar-se, mas sempre errava o golpe. Nessa prova de força cotidiana, banal, era sempre ela a perdedora. Um dia, uma criança de sete anos tinha aparecido em frente a ela; ela tinha tentado não ceder, mas finalmente não pôde resistir por medo de esbarrar na criança.

Voltou-lhe uma lembrança: com uns doze anos de idade, tinha ido passear com os pais pela montanha. No meio de um grande caminho, na floresta, apareceram diante deles dois garotos do vilarejo, um dos quais segurava na mão um bastão para com ele barrar-lhes a passagem:

— É um caminho particular! Um caminho com pedágio! Gritou ele, empurrando levemente a barriga do pai com o bastão.

Sem dúvida era apenas uma brincadeira de criança e bastaria ter afastado o garoto. Ou então seria uma maneira de mendigar e teria bastado tirar um franco do bolso. Mas o pai deu meia-volta e preferiu tomar outro caminho. Para dizer a verdade, era sem importância, eles caminhavam sem direção; no entanto, a mãe levou a mal a questão e não pôde deixar de dizer:

— Ele recua mesmo diante de garotos de doze anos!

Na hora Agnès também se sentiu um pouco decepcionada com o comportamento de seu pai.

Uma nova ofensiva de barulho interrompeu essa lembrança; homens com capacete, armados de britadeiras, inclinavam-se em arco sobre o asfalto. De uma altura indeterminada, como se caísse do céu, uma fuga de Bach tocada ao piano soou, de repente, com força no meio dessa barulheira. Aparentemente, um locatário do último andar abrira a janela e pusera seu aparelho no volume máximo, para que a beleza severa de Bach ressoasse como uma advertência dirigida ao mundo ensandecido. Mas a fuga de Bach não era suficiente para resistir aos britadores nem aos canos, ao contrário, foram os canos e os britadores que se apropriaram da fuga de Bach, integrando-a à sua própria fuga; Agnès pôs a mão nos ouvidos e desta maneira continuou seu caminho.

Um transeunte, que ia na direção oposta, lançou-lhe, então, um olhar furioso batendo com sua mão na testa, o que na linguagem dos gestos de todos os países significa para o outro que ele é louco, maluco ou pobre de espírito. Agnès captou esse olhar, essa raiva, e sentiu-se invadida por uma cólera incontrolável. Parou. Queria avançar no homem. Queria cobri-lo de pancadas. Mas não podia: o homem já fora carregado pela multidão, e Agnès levou um empurrão, pois era impossível parar mais de três segundos na calçada.

Continuou seu caminho sem conseguir tirar esse homem da cabeça: quando um mesmo ruído os envolveu, ele julgou necessário fazê-la entender que ela não tinha nenhuma razão, talvez mesmo nenhum direito, de tapar os ouvidos. Este homem tinha chamado a atenção para seu gesto. Era a igualdade personificada infligindo-lhe uma culpa, não admitindo que um indivíduo se recusasse a suportar o que todos deveriam suportar. Era a igualdade em pessoa que lhe proibira de ficar em desacordo com o mundo em que todos vivemos.

Seu desejo de matar este homem não era uma simples reação passageira. Mesmo depois do primeiro momento de fúria, esse desejo não a deixava; juntava-se a ele apenas o espanto de ser capaz de uma tal raiva. A imagem do homem batendo na testa flutuava em suas entranhas como um peixe que lentamente apodrecia e que ela não podia vomitar.

Seu pai voltou-lhe ao espírito. Depois que recuara diante de dois garotos de doze anos, muitas vezes ela o imaginava na seguinte situação: ele está a bordo de um navio que afunda; é evidente que os botes de salvamento não poderão acolher todo mundo, de modo que no tombadilho o atropelo é frenético. O pai começa a correr com os outros, mas descobrindo o corpo a corpo dos passageiros prestes a se pisotearem até a morte, e recebendo um tremendo soco de uma senhora porque está no caminho dela, de repente para, põe-se ao lado, e, por fim, fica apenas observando os botes superlotados que, no meio de clamores e de injúrias, descem lentamente sobre as ondas descontroladas.

Que nome dar a essa atitude do pai? Covardia? Não. Os covardes têm medo de morrer, e para sobreviver sabem lutar corajosamente. Nobreza? Sem dúvida, se ele tivesse agido por consideração com seu próximo. Mas Agnès não acreditava numa tal motivação. Então, do que se tratava? Ela não sabia. Uma única coisa parecia-lhe certa: num barco que afunda e onde é preciso lutar para subir nos botes, o pai estaria condenado por antecipação.

É, isso era certo. A questão que ela se faz é a seguinte: seu pai teria odiado as pessoas do navio como ela acabara de odiar a motociclista e o homem que zombara dela porque ela tapara os ouvidos? Não, Agnès não chega a imaginar que seu pai pudesse odiar. A armadilha do ódio é que ele nos prende muito intimamente ao adversário. Eis a obscenidade da guerra: a intimidade do sangue mutuamente derramado, a proximidade lasciva de dois soldados, que, olhos nos olhos, se transpassam reciprocamente. Agnès tem certeza: é precisamente essa intimidade que repugna seu pai: o atropelo no barco o encheria de uma tal repulsa que ele preferiria morrer afogado. O contato físico com pessoas que se batem, se pisoteiam e se matam umas às outras parecia-lhe bem pior do que uma morte solitária na pureza das águas.

A lembrança do pai começava a libertá-la do ódio que acabara de invadi-la. Pouco a pouco, a imagem envenenada do homem batendo com a mão na testa desaparecia de seu espírito, onde bruscamente surgiu esta frase: não posso mais odiá-los, porque nada me une a eles; não temos nada em comum.

6

Se Agnès não é alemã, é porque Hitler perdeu a guerra. Pela primeira vez na história, não se deixou ao vencido nenhuma, nenhuma glória: nem mesmo a dolorosa glória do naufrágio. O vencedor não se contentou em vencer, decidiu julgar o vencido, e julgou toda a nação; por isso nessa época falar alemão e ser alemão não tinha sido fácil.

Os avós maternos de Agnès tinham sido proprietários de uma fazenda na fronteira das zonas francesa e alemã da Suíça; tanto que falavam com fluência as duas línguas, se bem que administrativamente essa zona pertencesse à Suíça francesa. Os avós paternos eram alemães estabelecidos na Hungria. O pai, antigo estudante em Paris, tinha um bom conhecimento de francês; no entanto, quando se casou, o alemão tornou-se naturalmente a língua do casal. Mas depois da guerra a mãe se lembrou da língua oficial de seus pais: Agnès foi mandada para um liceu francês. O pai, como alemão, só se permitia, portanto, um prazer: recitar para sua filha mais velha os versos de Goethe no original.

Eis o poema alemão mais célebre de todos os tempos, aquele que toda criança alemã deve aprender de cor:

Sobre todos os cumes
É o silêncio,
Na copa de todas as árvores
Você sente
Apenas um suspiro
Os passarinhos se calam na floresta.
Tenha paciência, logo
Você descansará também.

A ideia do poema é muito simples: a floresta adormece, você também adormecerá. A vocação da poesia não é nos deslumbrar com uma ideia surpreendente; mas sim fazer com que um instante do ser se torne inesquecível e digno de uma insustentável nostalgia.

Na tradução tudo se perde, só se perceberá a beleza do poema lendo-o em alemão:

Über allen Gipfeln
Ist Ruh,
In allen Wipfeln
Spürest du
Kaum einen Hauch;
Die Vögelein schweigen im Walde.
Warte nur, balde
Ruhest du auch.

Todos esses versos têm um número de sílabas diferentes, os troqueus, oito iambos, os dátilos se alternam, o sexto verso é estranhamente mais longo do que os outros; e, apesar de o poema ser composto de duas quadras, a primeira frase gramatical termina assimetricamente no quinto verso, criando uma melodia que não existe em nenhuma outra parte a não ser nesse só e único poema, tão sublime quanto perfeitamente comum.

O pai o aprendera desde a sua infância na Hungria, quando frequentava a escola primária alemã, e Agnès tinha a mesma idade quando ele fez com que ela o escutasse pela primeira vez. Eles o recitavam em seus passeios, acentuando exageradamente todas as sílabas tônicas, e andando no ritmo do poema. A complexidade da métrica não tornando a coisa fácil, o sucesso só se completava nos dois últimos versos: *war - te nur - bal - de — ru-hest du-auch*. Eles gritavam tão forte a última palavra que ela era ouvida no raio de um quilômetro.

O pai recitara o poema pela última vez dois ou três dias antes de sua morte. Primeiro Agnès acreditou que desta forma ele voltava à sua infância, à sua língua materna; depois pensou, quando ele a olhara direto nos olhos, íntima e eloquentemente, que ele queria que ela recordasse a felicidade de seus passeios de outrora; só, no final, ela compreendeu que o poema falava da morte: seu pai queria lhe dizer que ia morrer e que sabia disso. Nunca lhe ocorrera antes a ideia de que esses versos inocentes, bons para os colegiais, pudessem ter tal significado. Seu pai estava deitado, a testa coberta de suor; ela tomou-lhe a mão, e, retendo as lágrimas, repetiu docemente com ele: *warte nur, balde ruhest du auch*. Logo descansarás também. E ela se deu conta de que reconhecia a voz da morte do pai: era o silêncio dos pássaros adormecidos no topo das árvores.

O silêncio, realmente, espalhou-se depois da morte, encheu a alma de Agnès, e era belo; tornarei a dizê-lo: era o silêncio dos pássaros adormecidos no topo da árvores. E neste silêncio, como uma corneta de caça no fundo da floresta, ressoava cada vez mais nitidamente a última mensagem do pai, à medida que o tempo passava. O que ele quereria dizer com o seu presente? Que fosse livre. Para viver como quisesse viver, para ir aonde quisesse ir. Ele nunca ousara isso. Por isso dera todos os meios à sua filha para que ela ousasse, ela.

Desde seu casamento, Agnès renunciara às alegrias da solidão: cada dia passava oito horas num escritório em companhia de dois colegas; depois voltava para casa, para seu apartamento de quatro peças. Mas nenhuma das peças lhe pertencia: havia uma grande sala, um quarto de dormir, um quarto para

Brigitte, e o pequeno escritório de Paul. Quando ela se queixava, Paul propunha que considerasse a sala como seu quarto, e prometia (com uma sinceridade insuspeita) que nem ele nem Brigitte viriam incomodá-la. Mas como ela ficaria à vontade numa sala mobiliada com uma grande mesa e oito cadeiras frequentadas apenas pelas visitas que vinham à noite?

Talvez agora possamos compreender melhor por que Agnès se sentira tão feliz, essa manhã, na sua cama que Paul acabara de deixar, e por que em seguida atravessara o corredor sem fazer barulho, com medo de chamar a atenção de Brigitte. Até sentia certa afeição pelo elevador inconstante, já que lhe proporcionava alguns momentos de solidão. Mesmo seu carro lhe dava um pouco de felicidade, porque ali ninguém lhe falava, ninguém a olhava. Sim, isso era o principal, ninguém a olhava. A solidão: doce ausência de olhares. Um dia, seus dois colegas ficaram doentes e durante duas semanas trabalhou sozinha no escritório. À noite, constatou com grande espanto que não sentia quase nenhum cansaço. Isso a fez compreender que os olhares eram fardos insuportáveis, beijos de vampiros; que fora o estilete dos olhares que gravara as rugas em seu rosto.

Essa manhã, acordando, ouvira no rádio que, durante uma intervenção cirúrgica sem importância, uma negligência dos anestesistas ocasionara a morte de uma jovem paciente. Em consequência disso, três médicos estavam sendo indiciados e uma organização de defesa dos consumidores propusera que, no futuro, todas as operações fossem filmadas, e os filmes arquivados. Parece que todos aplaudiram essa iniciativa. Milhares de olhares nos transpassam cada dia, mas isso não é suficiente: é preciso além disso um olhar institucional, que não nos deixará um segundo, que nos observará no médico, na rua, sobre a mesa de cirurgia, na floresta, no fundo da cama; a imagem de nossa vida será conservada integralmente em arquivos para ser usada a qualquer momento em caso de litígio, ou quando a curiosidade pública o exigir.

Novamente sentiu uma grande saudade da Suíça. Depois da morte do pai, ia à Suíça duas ou três vezes por ano.

Paul e Brigitte, com um sorriso indulgente, referiam-se a isso como uma necessidade higiênico-sentimental: ela ia varrer as folhas mortas de cima do túmulo do pai, ia respirar o ar puro pela grande janela aberta de um hotel alpino. Eles estavam enganados: a Suíça, onde nenhum amante a esperava, era a única grave e sistemática infidelidade de que se sentia culpada em relação a eles. A Suíça: o canto dos pássaros no topo das árvores. Agnès sonhava ficar lá um dia e nunca mais voltar. Chegava mesmo a visitar os apartamentos à venda ou por alugar; chegou até a fazer o rascunho de uma carta anunciando à filha e ao marido que, apesar de continuar a amá-los, queria agora viver só. Só pedia a eles que de tempos em tempos mandassem notícias para que ela tivesse certeza de que nada de mau lhes acontecera. Era isso precisamente que tinha dificuldade em expressar e explicar: sua necessidade de saber como estavam, ao mesmo tempo que não desejava vê-los nem viver em companhia deles.

É claro, evidentemente, que isso eram sonhos. Como uma mulher sensata pode abandonar um casamento feliz? Apesar disso, uma voz longínqua e sedutora perturbava sua paz matrimonial: era a voz da solidão. Fechava os olhos e ouvia ao longe, na profundeza das florestas, o som de uma corneta de caça. Havia caminhos nessas florestas, e em um deles estava seu pai; ele lhe sorria; ele a chamava.

7

Sentada numa poltrona, na sala, Agnès esperava Paul. Diante deles havia a perspectiva de um cansativo "jantar fora". Como não tinha comido nada durante o dia, sentia-se um pouco fraca, e permitia-se um momento de descontração folheando uma revista volumosa. Muito cansada para ler os artigos, contentava-se em olhar as fotografias, numerosas e coloridas. Nas páginas centrais, havia uma grande reportagem consagrada a uma catástrofe ocorrida durante uma exibição aeronáutica. Um avião em chamas caíra sobre a multidão de espectadores. As fotografias eram imensas, cada uma ocupava uma página dupla; viam-se pessoas aterrorizadas, correndo em todas as direções, as roupas queimadas, a pele torrada, o corpo cercado de chamas; Agnès não conseguia desviar o olhar e pensava na alegria frenética do fotógrafo que vira de repente, enquanto se aborrecia com um espetáculo soporífero, a felicidade cair-lhe do céu sob a forma de um avião em chamas.

Virando a página, viu pessoas nuas numa praia e um grande título, *as fotos de férias que nunca serão vistas no álbum de Buckingham*, seguido de um texto curto que terminava com esta frase: "... e o fotógrafo estava lá: os amigos da princesa assustam novamente a crônica". Um fotógrafo estava lá. Em todo lugar está um fotógrafo. Um fotógrafo escondido atrás de um arbusto. Um fotógrafo disfarçado em mendigo aleijado. Em todo lugar existe um olho. Em todo lugar existe uma objetiva.

Agnès lembrou-se de que outrora, em sua infância, ficava fascinada com a ideia de que Deus a via e a via sem tréguas. Foi então, sem dúvida, que sentiu pela primeira vez essa volúpia, esse estranho prazer que os homens sentem em ser vistos, vistos a contragosto, vistos em seus momentos de intimidade, vistos e violados pelo olhar. Sua mãe, que era religiosa, dizia-lhe: "Deus está vendo você", esperando fazê-la perder o hábito de mentir, de roer as unhas e de enfiar os dedos no nariz, mas aconteceu justo o contrário; era precisamente quando ela se entregava a esses maus hábitos, ou nos momentos de vergonha, que Agnès imaginava Deus e mostrava-lhe o que estava fazendo.

Pensou na irmã da rainha da Inglaterra, imaginando que naquela hora o olho de Deus fora substituído pelo aparelho de fotografia. O olho de um só era substituído pelos olhos de todos. A vida transformara-se numa única e vasta orgia sexual na qual todo mundo participa. Todo mundo pode ver, numa praia tropical, a princesa da Inglaterra festejar nua o seu aniversário. Aparentemente, o aparelho fotográfico só se interessa por pessoas célebres, mas basta que um avião se espatife perto de você, que saiam chamas de sua camisa, para que você se torne célebre e incluído na orgia geral que nada tem a ver com o prazer, mas anuncia solenemente que ninguém pode se esconder em lugar nenhum e que cada um está à mercê de todos.

Um dia em que marcara um encontro com um homem, no momento em que o beijava no hall de um grande hotel, um tipo de jeans e blusão de couro surgiu, inesperadamente, com cinco sacolas a tiracolo; agachado, colou o olho na máquina. Agitando a mão, tentou fazê-lo compreender sua recusa em ser fotografada, mas o tipo, depois de balbuciar algumas palavras em inglês, começou a rir e a saltar para todos os lados como uma pulga, apertando o disparador da máquina sem parar. Episódio insignificante: como naquele dia havia um congresso no hotel, haviam alugado o serviço de um fotógrafo para que os sábios, vindos do mundo inteiro, pudessem comprar suas fotografias de lembrança no dia seguinte. Mas Agnès não suportava a ideia de que pudesse subsistir em algum lugar uma testemunha do seu encontro com o amigo: no dia seguinte, voltou ao hotel para comprar todas as fotos (que a mostravam ao lado do homem com uma mão levantada diante do rosto) e pediu também os negativos, mas estes, já classificados nos arquivos da empresa, estavam inacessíveis. Apesar da ausência de todo perigo, ela não podia se livrar de uma certa angústia com a ideia de que um segundo de sua vida, em vez de se converter em nada como todos os outros segundos, seria arrancado do curso do tempo e, se um acaso imbecil viesse exigi-lo, um dia iria ressuscitar como um morto mal enterrado.

Pegou uma outra revista, essa muito mais voltada para a política e a cultura. Não havia catástrofes, não havia princesas nuas à beira-mar, mas rostos, rostos, rostos em toda parte. Mesmo na segunda seção da revista, consagrada aos comentários sobre livros, os artigos eram todos acompanhados de uma fotografia do autor em questão. Os autores sendo geralmente desconhecidos, podia justificar-se a foto como informação útil, mas como justificar cinco fotografias do presidente da República, de quem todo mundo conhecia de cor o nariz e o queixo? Os cronistas também tinham suas fotos com vinheta, e semana após semana certamente ela seria repetida no mesmo lugar. Na reportagem sobre astronomia, viam-se os sorrisos ampliados dos astrônomos; e rostos em todos os encartes publicitários, rostos elogiavam móveis, máquinas de escrever ou cenouras. De novo percorreu a revista da primeira à última página fazendo o cálculo: setenta e duas fotos representando um só rosto; quarenta e uma com o rosto e o corpo; noventa rostos e vinte e três fotos de grupos; e só onze fotografias onde os homens desempenhavam um papel insignificante ou nulo. No total havia duzentos e vinte e três rostos na revista.

Depois, quando Paul chegou em casa, Agnès contou-lhe sobre seus cálculos.

— Sim, concordou ele. Quanto mais o homem se torna indiferente à política, aos interesses do outro, mais ele fica obcecado por seu próprio rosto. É o individualismo de nossos tempos.

O individualismo? Onde está o individualismo quando a câmera filma você no momento de sua agonia? Ao contrário, está claro que o indivíduo não se pertence mais, que é completamente a propriedade dos outros. Lembro-me de que na minha infância, quando queriam fotografar alguém, sempre pediam licença. Mesmo a mim, os adultos perguntavam: diga, menina, podemos tirar seu retrato? Depois, um dia ninguém perguntou mais nada. O direito da câmera foi posto acima de todos os direitos, e desse dia em diante tudo mudou, rigorosamente tudo.

Pegou a revista e disse:

— Quando você põe lado a lado a foto de dois rostos diferentes, fica espantado com tudo o que os diferencia. Mas, quando tem diante de si duzentos e vinte e três rostos, compreende, de repente, que não vê senão numerosas variantes de um só rosto, e que nenhum indivíduo jamais existiu.

— Agnès, disse Paul e sua voz subitamente se tornou grave, seu rosto não se parece com nenhum outro.

Agnès não notou o tom de sua voz e sorriu.

— Não sorria, estou falando sério. Quando amamos alguém, amamos seu rosto, e assim o tornamos totalmente diferente dos outros.

— Sei disso. Você me conhece pelo meu rosto, me conhece como rosto, e nunca me conheceu de outro modo. Assim não pode ter te ocorrido a ideia de que meu rosto não fosse eu.

Paul respondeu com a solicitude paciente de um velho médico:

— Como você pode pretender não ser seu rosto? O que existe atrás do seu rosto?

— Imagine que você tenha vivido num mundo em que não existissem espelhos. Você teria sonhado com seu rosto, o teria imaginado como uma espécie de reflexo exterior daquilo que se encontra em você. E, depois, suponha que com quarenta anos tenham te estendido um espelho. Imagine seu espanto. Teria visto um rosto totalmente estranho. E compreenderia nitidamente aquilo que recusa a admitir: seu rosto não é você.

— Agnès, disse Paul levantando-se. Estava bem próximo dela. Nos olhos de Paul via o amor; e nos traços de Paul, sua sogra. Parecia-se com ela, como a sogra, sem dúvida, parecia-se com o pai, que por sua vez se parecia com alguém. A primeira vez que vira essa mulher, Agnès se sentira muito perturbada com sua semelhança física com o filho. Mais tarde, quando fizera amor com Paul, uma espécie de crueldade trouxe-lhe de volta essa semelhança; a ponto de parecer-lhe em alguns momentos que havia uma senhora de idade deitada sobre ela, o rosto deformado pelo prazer. Mas havia muito tempo Paul esquecera que levava em seu rosto o decalque de sua mãe, certo de que seu rosto era seu e de nenhuma outra pessoa.

— Nosso nome também vem por acaso, prosseguiu ela, sem que saibamos quando apareceu no mundo, nem como um nosso desconhecido antepassado o conseguiu. Não compreendemos absolutamente este nome, não conhecemos sua história, e mesmo assim o usamos com grande fidelidade, nos confundimos com ele, gostamos dele, somos ridiculamente orgulhosos dele, como se o tivéssemos inventado num lance de genial inspiração. Quanto ao rosto, é a mesma coisa. Lembro-me, isso deve ter acontecido no fim de minha infância: de tanto me olhar no espelho, acabei chegando à conclusão de que o que eu via era eu. Tenho uma vaga lembrança dessa época, mas sei que descobrir meu eu deve ter sido inebriante. Mais tarde, porém, chega o momento em que nos olhamos no espelho e dizemos: será que sou eu mesmo? E por quê? Por que devo ser solidário com *isso aí*? Que me importa esse rosto? E a partir daí tudo começa a desmontar. Tudo começa a desmontar.

— O que começa a desmontar?, perguntou Paul. O que há com você, Agnès? O que anda acontecendo com você ultimamente?

Ela o encarou e, de novo, baixou a cabeça. Permanentemente, parecia-se com a mãe. Parecia cada vez mais. Mais e mais se parecia com a velha senhora que era sua mãe.

Paul tomou-a nos braços, forçando-a a levantar-se. Foi só quando ela levantou os olhos que ele os viu cheios de lágrimas.

Ele apertou-a em seus braços. Ela compreendeu que Paul a amava profundamente e isso inundou-a de uma sensação de pena. Ele a amava e isso lhe dava tristeza, ele a amava e ela tinha vontade de chorar.

— Temos de sair, está na hora de nos vestirmos, disse ela escapulindo de seu abraço. Correu para o banheiro.

8

Estou escrevendo sobre Agnès, imaginando-a, deixo-a descansar num banco de sauna, perambular por Paris, folhear revistas, discutir com seu marido, mas aquilo que fez com que tudo começasse, o gesto da senhora cumprimentando o professor de natação, na beira da piscina, ficou como que esquecido. Será que Agnès não faz mais esse gesto para ninguém? Não. Mesmo que isso pareça estranho, parece-me que há muito tempo ela não o faz. Outrora quando ainda era muito jovem, sim, ela o fazia.

Era no tempo em que ela ainda morava na cidade, na qual, ao fundo, se desenhavam os cumes dos Alpes. Garota de dezesseis anos, fora ao cinema com um colega de classe. Quando as luzes se apagaram, ele segurou sua mão. Logo suas palmas começaram a transpirar, mas o garoto não ousava mais largar essa mão tão corajosamente conquistada, porque desse modo teria de reconhecer que transpirava e que tinha vergonha disso. Portanto tiveram suas mãos encharcadas em quente umidade durante uma hora e meia e só as separaram quando a luz voltou a acender.

Para prolongar o encontro, ele a levou depois pelas ruelas da cidade antiga, até um velho convento que a dominava e cujo claustro atraía uma multidão de turistas. Aparentemente premeditara tudo com cuidado, pois, num passo relativamente decidido levou-a por um corredor deserto, sob o pretexto bastante bobo de mostrar-lhe um quadro. Chegaram ao fim do corredor sem encontrar o menor sinal de quadro, mas apenas uma porta pintada de marrom em que estavam escritas as letras WC. Sem notar a porta, o garoto parou. Agnès sabia muito bem que seu colega pouco se interessava por quadros e que apenas procurava um lugar escondido para lhe dar um beijo. Coitado, não tinha encontrado nada melhor do que esse beco sem saída perto dos banheiros! Ela escapuliu e, para evitar que ele achasse que ela zombava dele, mostrou com o dedo a inscrição. Apesar do desespero, ele também riu. Com essas duas letras como pano de fundo, era-lhe impossível inclinar-se para beijá-la (ainda mais que se tratava de um primeiro beijo, por definição inesquecível) e não lhe restava mais nada a não ser voltar para as ruas com o amargo sentimento de capitulação.

Andavam sem dizer uma palavra, e Agnès estava aborrecida: por que ele não a tinha simplesmente beijado no meio da rua? Por que tinha preferido levá-la a um corredor suspeito, em direção a banheiros onde gerações sucessivas de velhos monges, feios e fedorentos, esvaziaram suas entranhas? O constrangimento do garoto a envaidecia como sinal de confusão amorosa, mas a irritava mais ainda como prova de sua imaturidade: sair com um garoto da mesma idade dava-lhe a impressão de desqualificar-se; apenas os mais velhos a atraíam. Talvez porque ela o traísse mentalmente, mesmo reconhecendo que o amava, um vago sentimento de justiça levou-a a ajudá-lo, a dar-lhe esperança, e libertá-lo de seu constrangimento pueril. Se ele não encontrava coragem, ela iria encontrar.

Ele a acompanhou até em casa, e Agnès imaginou que chegando lá, diante da pequena grade do jardim, ela o abraçaria furtivamente para dar-lhe um beijo, deixando-o petrificado de surpresa. Mas no último momento a vontade passou quando ela viu que o garoto não apenas estava com a cara fechada, mas mostrava-se distante e mesmo hostil. Eles apertaram-se as mãos, e ela subiu pela aleia entre dois canteiros em direção à porta da casa. Sentia pesar sobre ela o olhar de seu colega, que a observava imóvel. Mais uma vez sentiu pena dele, uma pena de irmã mais velha, e então fez uma coisa cuja ideia não lhe teria ocorrido um segundo antes. Sem deter-se, virou a cabeça para ele, sorriu, e agitou alegremente seu braço no ar, com leveza e graça, como se lançasse para o céu um balão colorido.

Esse instante em que, de repente, sem nenhuma premeditação, elegante e rapidamente, Agnès levantou a mão, esse instante é maravilhoso. Numa fração de segundo, e desde a primeira vez, como pôde ela encontrar um movimento de corpo e de braço tão perfeito, tão bem-acabado quanto uma obra de arte?

Nessa época, uma senhora de uns quarenta anos, secretária na faculdade, regularmente ia ver seu pai para entregar-lhe diversos papéis e trazer outros com sua assinatura. Se bem que o motivo fosse insignificante, essas visitas eram seguidas por uma estranha tensão (a mãe ficava taciturna) que intrigava muito Agnès. Ela precipitava-se para a janela para espiar discretamente a secretária assim que ela se preparava para ir embora. Um dia em que ela se dirigiu para a pequena grade do jardim (desta forma descendo o caminho que Agnès deveria mais tarde subir sob o olhar de seu infeliz amigo), a secretária virou-se, sorriu, e lançou a mão para o ar num movimento súbito, rápido e leve. Foi inesquecível: a aleia de areia brilhava como um jato dourado sob os raios de sol, e de cada lado da pequena grade floresciam dois arbustos de jasmim. O gesto desdobrara-se na vertical como para indicar a esse pedaço de terra dourado a direção de seu voo, tanto que os arbustos brancos já se transformavam em asas. Agnès não podia ver seu pai, mas compreendeu com o gesto da mulher que ele estava na porta da casa e a seguia com os olhos.

Esse gesto era tão inesperado, tão belo, que ficou na memória de Agnès como um traço de luz; ele a convidava para alguma viagem distante, e despertava nela um desejo indeterminado e imenso. Quando veio o momento em que ela teve necessidade de expressar alguma coisa importante a seu amigo, o gesto reviveu nela para dizer em seu lugar aquilo que ela não soubera dizer.

Não sei durante quanto tempo ela recorreu a este gesto (ou, mais exatamente, quanto tempo este gesto recorreu a ela); até o dia, sem dúvida, em que ela constatou que sua irmã, oito anos mais moça, lançava a mão no ar para despedir-se de um colega. Ao ver seu próprio gesto executado por sua irmã menor que desde sua mais tenra infância a tinha admirado e imitado em tudo, sentiu um certo mal-estar: o gesto adulto combinava mal com uma menina de onze anos. Mas, sobretudo, ficou perturbada pelo fato de esse gesto ficar à disposição de todo mundo e não ser absolutamente propriedade sua; como se, ao fazê-lo, ela se tornasse culpada de um roubo ou de uma contravenção. Desde então, começou não apenas a evitar esse gesto (não é nada fácil desabituar-se dos gestos que moram conosco), mas a desconfiar de todos os gestos. Esforçava-se por fazer apenas aqueles que são indispensáveis (balançar a cabeça para dizer "sim" ou "não", mostrar um objeto a quem não o está vendo) e que não pretendem nenhuma originalidade no comportamento físico. Assim, o gesto que a fascinara quando vira a secretária afastar-se na aleia dourada (e que também me seduzira, quando vi a senhora de maiô dar adeus a seu professor de natação) adormeceu dentro dela.

No entanto, um dia, despertou. Foi antes da morte da mãe, quando foi passar quinze dias à cabeceira do pai doente. Despedindo-se no último dia, sabia que não poderia revê-lo por muito tempo. A mãe não estava e o pai quis acompanhá-la até a rua, onde estava seu carro. Ela proibiu-o de passar da porta da casa e foi sozinha em direção à pequena grade do jardim, sobre a areia dourada entre os dois canteiros. Ficou com a garganta apertada e um imenso desejo de dizer a seu pai alguma coisa de belo, que as palavras não podem dizer; e subitamente, sem saber como isso aconteceu, ela virou a cabeça e com um sorriso lançou a mão na vertical, rápida e levemente, como para dizer que ainda tinham uma longa vida diante deles e que se veriam muitas vezes. Um instante depois se lembrou da secretária que vinte e cinco anos antes, no mesmo lugar, do mesmo modo, mandou um recado a seu pai. Agnès ficou comovida e perturbada. Como se de uma hora para outra, num só segundo, duas épocas distantes tivessem se encontrado, como se tivessem se reencontrado num só gesto duas mulheres diferentes. Passou-lhe pelo espírito a ideia de que elas talvez fossem as únicas que ele tinha amado.

9

Depois do jantar, no salão onde todos estavam instalados em poltronas, copo de conhaque ou xicrinha de café na mão, corajosamente o primeiro convidado levantou-se, e, com um sorriso, inclinou-se diante da dona da casa. A esse sinal que quiseram interpretar como uma ordem, os outros também pularam de suas poltronas. Paul e Agnès também, e foram pegar seu carro. Paul dirigia, enquanto Agnès contemplava a incessante agitação dos veículos, o piscar das luzes e todo o inútil burburinho de uma noite urbana que não conhece o descanso. Então, mais uma vez sentiu uma estranha e forte sensação que a invadia cada vez mais frequentemente: ela não tem nada em comum com essas criaturas de duas pernas, a cabeça acima do pescoço, a boca no rosto. Antigamente, sua política, sua ciência, suas invenções a tinham cativado, e ela imaginara, um dia, representar um pequeno papel em sua grande aventura, até o dia em que nasceu nela a sensação de não ser uma delas. Essa sensação era estranha, ela se defendia dela sabendo que era absurda e imoral, mas acabou se convencendo de que não se pode comandar os sentimentos: ela não podia nem se atormentar com suas guerras, nem se alegrar com suas festas, porque estava impregnada da certeza de que tudo isso não era problema seu.

Isso quer dizer que ela tem um coração seco? Não, isso não tem nada a ver com o coração. Aliás, sem dúvida, ninguém dava mais dinheiro aos mendigos do que ela. Não pode passar indiferente ao lado deles e eles dirigem-se a ela como se o soubessem, percebendo imediatamente e de longe, entre centenas de transeuntes, aquela que os vê e que os escuta — sim, é verdade, mas devo acrescentar: sua generosidade em relação aos mendigos tinha também um fundo *negativo*: Agnès lhes dá esmola não porque façam parte do gênero, mas porque são estranhos a ele, porque são excluídos dele e, provavelmente, como ela, não sejam solidários com ele.

A não solidariedade com o gênero humano: sim, é isso. E uma única coisa podia tirá-la desse afastamento: o amor concreto por um homem concreto. Se ela realmente amasse alguém, o destino dos outros deixaria de lhe ser indiferente, uma vez que o bem-amado dependeria desse destino, faria parte dele; e ela, a partir daí, não poderia mais ter a sensação de que o sofrimento das pessoas, suas guerras e suas férias não são problemas dela.

Essa última ideia assustou-a. Seria verdade que ela não gostava de ninguém? E Paul?

Tornou a lembrar-se de como ele se aproximou dela um pouco antes, quando estavam saindo para o jantar, quando a tomou em seus braços. É, alguma coisa estava errada: havia algum tempo perseguia-a a ideia de que seu amor por Paul repousava apenas sobre uma vontade: sobre a vontade de amá-lo; sobre a vontade de ter um casamento feliz. Se essa vontade diminuísse um instante, o amor voava como um passarinho que encontra sua gaiola aberta.

É uma hora da manhã, Agnès e Paul estão se despindo. Se tivessem de descrever o despir um do outro, e os gestos que adotam, ficariam bem atrapalhados. Há muito tempo que já não se olham mais. O aparelho da memória está desligado e não registra mais nada daquilo que antecede seu deitar na cama de casal.

A cama de casal: o altar do casamento; e quem diz altar também diz sacrifício. É lá que se sacrificam mutuamente: os dois têm dificuldade de dormir e a respiração de um acorda o outro; cada um deles dirige-se para a beirada da cama, deixando no meio um grande vazio; um finge dormir, na esperança de permitir que o outro durma, para que possa adormecer virando e revirando-se sem medo de incomodá-lo. Infelizmente, o outro não poderá aproveitar isso, estando também ocupado (por razões idênticas) em simular o sono, evitando mexer-se.

Não conseguir dormir e proibir-se de se mexer: a cama de casal.

Agnès deitou-se de costas e imagens passam por sua cabeça: este homem amável e desconhecido, que sabe tudo sobre eles mas não sabe o que é a torre Eiffel, chegou à casa deles. Agnès daria qualquer coisa para uma conversa a sós com ele, mas ele escolheu de propósito o momento quando os dois estivessem em casa. Agnès dava tratos à bola para inventar uma desculpa que pudesse afastar Paul. Estavam os três sentados em poltronas à volta de uma mesa baixa, diante de três xícaras de café, e Paul conversava para distrair a visita. Agnès só pensava no momento em que o homem começaria a explicar as razões de sua visita. Essas razões, ela as conhecia. Mas só ela, e não Paul. Afinal, a visita interrompeu a conversa para entrar em cheio no assunto:

— Acho que vocês sabem de onde venho.

— Sim, respondeu Agnès. Ela sabe que ele vem de um outro planeta, um planeta muito distante que ocupa uma importante posição no universo. E logo acrescenta com um sorriso tímido:

— Lá é melhor?

A visita contenta-se em levantar os ombros:

— Ora, Agnès, você sabe muito bem onde vive.

Agnès diz:

— Pode ser que seja necessário que a morte exista. Mas ela não poderia ser inventada de outra maneira? É realmente necessário deixar atrás de si restos mortais que temos de enterrar ou queimar? Tudo isso é abominável!

— É bem sabido que a Terra é uma abominação, responde a visita.

— Outra coisa, retoma Agnès, mesmo que minha pergunta te pareça boba. Os que vivem lá, onde você está, têm rosto?

— Não. O rosto só existe aqui onde vocês estão.

— E os que estão lá, como se diferenciam uns dos outros?

— Lá, por assim dizer, cada um é a sua própria obra. Cada um inventa-se a si mesmo inteiramente. É difícil explicar. Vocês não poderiam compreender. Mas um dia compreenderão. Pois vim para dizer-lhes que numa próxima vida vocês não voltarão à Terra.

Claro, Agnès já sabia o que a visita ia lhe dizer e não podia se surpreender. Mas Paul estava pasmo. Olhou a visita, olhou Agnès, que só pôde perguntar:

— E Paul?

— Paul também não voltará à Terra, respondeu a visita. Foi isso que vim anunciar-lhes. Nós prevenimos sempre aqueles que escolhemos. Tenho uma única pergunta a fazer: nessa próxima vida, vocês querem ficar juntos, ou não querem mais se encontrar?

Agnès esperava essa pergunta. Por isso queria ter ficado sozinha com o visitante. Diante de Paul, sabe que é incapaz de responder: "Não quero mais viver com ele". Ela não pode responder isso em sua presença, nem ele na frente dela, mesmo que seja provável que ele também gostasse de viver sua outra vida diferentemente e, por consequência, sem Agnès. Pois dizer em voz alta, na presença um do outro: "Numa próxima vida não queremos mais ficar juntos, não queremos mais nos encontrar", equivaleria a dizer: "Nenhum amor existe entre nós, nem nunca existiu".

Eis o que eles não podem dizer em voz alta, porque toda a sua vida em comum (vinte anos já de vida em comum) repousa sobre a ilusão do amor, uma ilusão que os dois cultivam e mantêm com solicitude. Ela também sabe e imagina a cena, quando chega a essa pergunta da visita, que irá sempre capitular e que apesar de sua aspiração, e apesar de seu desejo, acabará respondendo:

— Sim, claro. Quero que fiquemos juntos, mesmo numa outra vida.

Hoje, no entanto, pela primeira vez tem certeza de encontrar coragem, mesmo na presença de Paul, para dizer o que quer, o que ela realmente quer do fundo do coração; está certa de encontrar coragem mesmo com o risco de ver desmoronar tudo aquilo que existe entre eles. Ela ouve a seu lado uma respiração profunda. Paul adormeceu. Como uma bobina enfiada num aparelho de projeção, ela desenrola mais uma vez toda a cena: dialoga com o visitante, Paul pasmo, olha-os, e o visitante pergunta:

— Numa próxima vida vocês querem continuar juntos ou não querem se encontrar?

(É curioso: se bem que disponha de todas as informações a respeito deles, a psicologia terrestre continua incompreensível para ele, a noção do amor desconhecida; portanto não pode suspeitar das dificuldades em que os mete com sua pergunta direta e prática, formulada com a melhor das intenções.)

Agnès reúne todas as suas forças e responde com a voz filme:

— Preferimos não nos encontrar mais.

E é como se ela batesse a porta diante da ilusão do amor.

PARTE II
A imortalidade

1

13 de setembro de 1811. Já há três semanas, a jovem recém-casada Bettina, nascida em Brentano, mora com seu marido, o poeta Achim von Arnim, na casa do casal Goethe, em Weimar. Bettina tem vinte e seis anos; Arnim, trinta; Christiane, a mulher de Goethe, quarenta e nove; Goethe tem sessenta e dois anos e nem um dente. Arnim ama sua jovem mulher, Christiane ama seu velho senhor, e Bettina, mesmo depois de casada, não para de flertar com Goethe. Nesse dia, Goethe fica em casa, e Christiane acompanha o jovem casal a uma exposição (organizada pelo amigo da família, o conselheiro áulico Mayer) em que estão expostos quadros elogiados por Goethe. Madame Christiane não compreende os quadros, mas guardou tão bem o que Goethe dizia deles que sem dificuldade fez passar como suas as opiniões de seu marido. Arnim ouve a voz possante de Christiane e vê os óculos apoiados no nariz de Bettina. Como Bettina franze o nariz (à maneira dos coelhos), os óculos estremecem. E Arnim sabe bem o que isso quer dizer: Bettina está irritada a ponto de estar furiosa. Pressentindo a tempestade, foi discretamente para a sala vizinha. Mal saíra, Bettina interrompe Christiane:

não, ela não está de acordo! Na verdade, esses quadros são impossíveis!

Christiane também está irritada, e isso por duas razões: por um lado, apesar de casada e grávida, a jovem aristocrata flerta com Goethe sem nenhum pudor, por outro, o contradiz. O que ela espera? Ocupar o primeiro lugar entre os adeptos de Goethe e ao mesmo tempo o primeiro lugar entre seus opositores? Christiane está alterada por cada uma dessas razões separadamente, mas também pelas duas juntas, já que uma exclui a outra pela lógica. Assim declara em voz alta que é impossível qualificar de impossíveis quadros tão notáveis.

Ao que Bettina retruca: não apenas é perfeitamente possível qualificá-los de impossíveis, mas ainda é preciso declará-los ridículos! Sim, ridículos, e ela enumera argumento sobre argumento em apoio à sua afirmação.

Christiane escuta e constata que não compreende absolutamente nada do que essa moça lhe fala. Quanto mais Bettina se exalta, mais usa palavras que aprendeu com os amigos de sua idade, jovens que frequentaram as universidades, e Christiane bem sabe que ela as emprega precisamente porque são incompreensíveis. Ela olha para o nariz onde tremem os óculos, e pensa que esses óculos e essas palavras incompreensíveis combinam perfeitamente. Os óculos no nariz de Bettina merecem atenção! Ninguém ignora que Goethe condenava o uso de óculos em público como sinal de mau gosto, como extravagância. Se Bettina os usa assim mesmo, em plena Weimar, é para mostrar, com insolência e por provocação, sua inclusão na nova geração, essa que precisamente distingue-se pelas convicções românticas e pelo uso de óculos. Quando alguém, com orgulho e ostentação, proclama sua filiação à nova geração, sabemos bem o que ele quer dizer: quer dizer que ainda estará vivo quando os outros (no caso de Bettina, Goethe e Christiane) estarão mortos e enterrados.

Bettina fala, exalta-se cada vez mais, e de repente a mão de Christiane voa no ar. No último momento ela percebe que não é nada educado dar um tapa numa convidada. Refreia seu gesto, e sua mão apenas roça a testa de Bettina. Os óculos caem no chão e se quebram em mil pedaços. Em volta deles, constrangidas, as pessoas viram-se para olhar, estateladas; da sala vizinha aparece o pobre Arnim, que, não encontrando nada mais inteligente a fazer, se abaixa para juntar os pedaços, como se quisesse colá-los.

Durante muitas horas, todo mundo espera com ansiedade o veredicto de Goethe. Quando souber de tudo, de quem tomará partido?

Goethe toma partido por Christiane e fecha definitivamente sua porta ao jovem casal.

Quando um copo se quebra, isso traz sorte. Quando um espelho se quebra, podemos esperar sete anos de infelicidade. E quando os óculos voam em pedaços? É a guerra. Bettina proclama em todos os salões de Weimar que "a salsichona enlouqueceu e deu-lhe uma mordida", a frase corre de boca em boca e Weimar inteira ri às lágrimas. Essa frase imortal ainda ecoa em nossos ouvidos.

2

A imortalidade. Goethe não tinha medo dessa palavra. Em seu livro *Ma Vie*, que tem o célebre subtítulo *Dichtung und Wahrheit*, *Poesia e verdade*, ele fala sobre a cortina que, rapaz de dezenove anos, contemplava avidamente no novo teatro de Leipzig. Sobre o fundo da cortina estavam representados (cito Goethe) *der Tempel des Ruhmes*, o Templo da Glória, e diante dele todos os grandes dramaturgos de todos os tempos. No meio deles, sem dar atenção aos outros, "um homem vestindo uma roupa leve dirigia-se diretamente ao Templo; estava de costas e nada tinha de extraordinário. Era Shakespeare, que, sem precursores, indiferente aos grandes modelos, caminhava sozinho ao encontro da imortalidade".

É claro que a imortalidade mencionada por Goethe nada tem a ver com a imortalidade da alma. Trata-se de uma outra imortalidade, profana, para aqueles que permanecem depois de mortos na memória da posteridade. Qualquer pessoa pode esperar por essa imortalidade, maior ou menor, mais ou menos longa, e desde a adolescência pensa nisso. Quando eu era menino, aos domingos ia passear numa cidade da Morávia, onde, dizia-se, o prefeito guardava em sua sala um caixão de defunto aberto, dentro do qual, nos momentos de euforia ou quando se sentia excepcionalmente satisfeito consigo mesmo, se deitava imaginando seu enterro. Nunca viveu nada de tão belo quanto esses momentos de sonho no fundo de um caixão: vivia sua imortalidade.

Diante da imortalidade as pessoas não são iguais. É preciso distinguir a *pequena imortalidade*, recordação de um homem no espírito daqueles que o conheceram (a imortalidade com que sonhava o prefeito da cidade da Morávia), e a *grande imortalidade*, recordação de um homem no espírito daqueles que não o conheceram. Existem carreiras que, por princípio, confrontam um homem com a grande imortalidade, incerta, é verdade, até improvável, mas incontestavelmente possível: são as carreiras de artista e de homem de Estado.

De todos os homens de Estado europeus de nosso tempo, sem dúvida François Mitterrand é aquele que deu maior lugar à imortalidade em seus pensamentos. Lembro-me da inesquecível cerimônia organizada em 1981 depois de sua eleição à presidência. Na praça do Pantheon estava reunida uma multidão entusiasta, da qual ele se distanciou: subiu a grande escada (exatamente como Shakespeare dirigindo-se ao Templo da Glória, como na cortina descrita por Goethe), com três rosas na mão. Depois, desaparecendo aos olhos do público, absorto nos seus pensamentos, postou-se sozinho entre os túmulos de sessenta e quatro mortos ilustres, não sendo seguido nessa solidão senão por um câmera, uma equipe de cineastas e alguns milhões de franceses que, sob o dilúvio da *Nona* de Beethoven, olhavam fixos a televisão. Depositou as rosas sucessivamente nos túmulos dos três mortos que tinha escolhido entre todos. Como um agrimensor, plantou essas três rosas como três estacas no imenso canteiro de obras da eternidade, para desta forma delimitar o triângulo no meio do qual ergueria seu palácio.

Valéry Giscard d'Estaing, seu predecessor na presidência, em 1974 convidou os garis para seu primeiro café da manhã no palácio dos Campos Elísios. Esse gesto era de um burguês sensível, preocupado em ser amado pelas pessoas simples e em fazê-las achar que era um deles. Mitterrand não era tão ingênuo a ponto de querer se parecer com os garis (nenhum presidente pode pretender isso); queria parecer com os mortos, o que demonstra uma sabedoria maior, pois a morte e a imortalidade formam uma dupla inseparável, aquele cujo rosto se confunde como rosto dos mortos é um imortal vivo.

O presidente americano Jimmy Carter sempre me foi simpático, mas foi quase amor o que senti por ele ao vê-lo, na tela da televisão, protegido por um agasalho, seguido por um grupo de colaboradores, treinadores e seguranças; de repente o suor inundou sua testa, seu rosto contraiu-se, seus colaboradores inclinaram-se sobre ele, carregando-o no colo: uma pequena crise cardíaca. O jogging deveria fornecer ao presidente a ocasião de mostrar ao povo sua eterna juventude; cinegrafistas foram convidados para isso e não era culpa deles se tiveram que nos mostrar, em lugar de um atleta transbordante de saúde, um homem envelhecido e azarento.

O homem deseja a imortalidade, e um dia a câmera nos mostra sua boca deformada por uma triste careta, única coisa que nos restará dele e que se transformará na parábola de toda a sua vida; ele entrará na imortalidade dita *risível*. Tycho Brahe era um grande astrônomo, mas hoje não lembramos mais nada dele, salvo por esse célebre jantar na corte imperial de Praga em que ele refreou pudicamente sua vontade de ir ao banheiro, até que sua bexiga explodiu e ele, mártir da vergonha e da urina, foi prontamente se juntar aos imortais risíveis. Juntou-se a eles como mais tarde Christiane Goethe transformada para sempre em salsichona louca. Não conheço no mundo romancista que me seja mais caro do que Robert Musil. Ele morreu uma manhã levantando halteres. Agora quando vou levantá-los, antes tomo meu pulso com angústia e tenho medo de morrer, pois morrer com um halteres na mão, como meu querido autor, faria de mim um imitador tão inacreditável, tão frenético, tão fanático, que a imortalidade risível me estaria imediatamente garantida.

3

Imaginemos que na época do imperador Rodolfo existissem as câmeras (essas que imortalizaram Carter) e que tivessem filmado o jantar na corte em que Tycho se enroscava em sua cadeira, empalidecia, cruzava as pernas, revirava o branco dos olhos. Se ele tivesse podido saber que estava sendo observado por alguns milhões de espectadores, seu sofrimento teria sido dez vezes maior e o riso ressoaria ainda mais forte nos corredores de sua imortalidade. O povo, que procura desesperadamente razões para ficar alegre, certamente exigiria que se passasse em cada réveillon o filme sobre o ilustre astrônomo que tivera vergonha de fazer pipi.

Essa imagem suscita em mim uma pergunta: na época das câmeras, será que a imortalidade mudou de característica? Não hesito em responder: no fundo, não; pois a objetiva fotográfica, antes de ser inventada, já existia como sua própria essência imaterializada. Sem que nenhuma objetiva real estivesse dirigida sobre elas, as pessoas já se comportavam como se fossem fotografadas. Jamais um bando de fotógrafos correu atrás de Goethe, mas corriam as sombras dos fotógrafos projetadas sobre ele vindas da profundeza do futuro. Foi assim, por exemplo, durante seu célebre encontro com Napoleão. No auge de sua carreira, o Imperador dos franceses tinha reunido em Erfurt todos os chefes de Estado europeus a fim de inteirá-los da divisão de poder entre ele próprio e o Imperador das Rússias.

Nesse particular, Napoleão era bem francês: algumas centenas de milhares de mortos não bastavam para satisfazê-lo; desejava, além disso, a admiração dos escritores. Perguntou a seu conselheiro cultural quais eram as mais altas autoridades espirituais da Alemanha contemporânea; o conselheiro mencionou, em primeiro lugar, um certo sr. Goethe. Goethe! Napoleão bateu na testa: o autor de *Os sofrimentos do jovem Werther*! Durante a campanha do Egito, um dia constatara que seus oficiais estavam mergulhados nesse livro. Como ele também o conhecia, foi tomado de fúria. Censurou violentamente os oficiais por lerem frivolidades sentimentais e proibiu-os de uma vez por todas de abrir um romance. Qualquer romance. Que lessem livros de história, muito mais úteis! Mas nessa ocasião, contente de saber quem era Goethe, decidiu convidá-lo. Fez isso com mais prazer ainda porque, segundo seu conselheiro, Goethe era famoso sobretudo como dramaturgo. Ao contrário dos romances, o teatro era favorecido por Napoleão porque lhe lembrava as batalhas. Por ser ele mesmo um grande autor de batalhas, tanto quanto um diretor de cena inigualável, em seu foro íntimo estava convencido de ser o maior poeta trágico de todos os tempos, maior do que Sófocles, maior do que Shakespeare.

O conselheiro cultural era um homem competente, que no entanto muitas vezes se confundia. É verdade que Goethe se ocupava muito do teatro, mas sua glória não era propriamente de suas peças. Sem dúvida o conselheiro de Napoleão o confundia com Schiller! Afinal de contas, como Schiller era muito ligado a Goethe, não era tão incongruente assim fazer dos dois amigos um só poeta; talvez mesmo o conselheiro agisse com pleno conhecimento de causa, num louvável empenho pedagógico, criando para Napoleão, como síntese do classicismo alemão, a pessoa de um Friedrich Wolfgang Schilloethe.

Quando Goethe (sem desconfiar que era Schilloethe) recebeu o convite, compreendeu imediatamente que devia aceitar. Chegava aos sessenta anos. A morte aproximava-se e com ela a imortalidade (pois a morte e a imortalidade, como já disse, formam uma dupla indivisível, mais bela do que Marx e Engels, do que Romeu e Julieta, do que Laurel e Hardy) e Goethe não podia levar na brincadeira o convite de um imortal. Apesar de muito ocupado com sua *Teoria das cores*, que ele considerava como o máximo de sua obra, deixou seu manuscrito e partiu para Erfurt, onde em 2 de outubro de 1808 se deu o encontro inesquecível entre um poeta imortal e um imortal estrategista.

4

Acompanhado pelas sombras agitadas dos fotógrafos, guiado pelo ajudante de ordens de Napoleão, Goethe sobe a grande escada e, por uma outra escada e outros corredores, dirige-se a uma grande sala no fundo da qual Napoleão, sentado à mesa, toma seu café da manhã. Em torno dele formigavam homens uniformizados que lhe entregam relatórios e o estrategista lhes responde sem parar de mastigar. Alguns instantes passam até que o ajudante de ordens ouse mostrar Goethe, que permanece imóvel, à distância. Napoleão levanta os olhos, desliza a mão direita sob seu dólmã, a palma contra o estômago. É um gesto que tem o hábito de fazer quando está cercado por fotógrafos. Apressando-se em engolir (porque não é bom ser fotografado com o rosto deformado pela mastigação, haja vista a maldade dos fotógrafos que adoram esse gênero de fotografias), ele proferiu em voz alta para que todos pudessem ouvir:

— Eis um homem!

É exatamente o que se chama, hoje, na França, uma "pequena frase". Os políticos pronunciam longos discursos repetindo, sem nenhum constrangimento, sempre a mesma coisa, sabendo que de qualquer maneira o público conhecerá apenas algumas palavras citadas pelos jornalistas; para facilitar-lhes a tarefa, para manipulá-los um pouco, eles inserem nesses discursos cada vez mais idênticos uma ou duas frases que nunca haviam dito; isto é tão inesperado, tão espantoso, que instantaneamente a pequena frase se torna célebre. Hoje, a arte política não consiste em gerir a *pólis* (essa se gera por si mesma, segundo a lógica de seu mecanismo obscuro e incontrolável), mas em inventar pequenas frases pelas quais o homem político será visto e compreendido, votado nas sondagens, eleito ou não eleito. Goethe ainda não conhece a noção de "pequena frase", mas, como nós já sabemos disso, as coisas estão lá em sua essência antes de serem materialmente realizadas e denominadas. Goethe compreende que Napoleão acaba de proferir uma pequena frase soberba; "pequena frase" que será útil a ambos. Encantado, aproxima-se da mesa.

Pensem o que quiserem da imortalidade dos poetas, os estrategistas são ainda mais imortais: é portanto justo que Napoleão interrogue Goethe e não o contrário.

— Que idade o senhor tem?, pergunta ele.

— Sessenta anos, responde Goethe.

— O senhor está bem-disposto para sua idade, diz Napoleão com respeito (ele tem vinte anos menos), e Goethe empertiga-se. Aos cinquenta anos ele já era bem gordo, e não ligava para seu queixo duplo. Mas, com o correr dos anos, conheceu o medo da morte, e na mesma hora o medo de entrar na imortalidade com uma horrível barriga. Por isso decidiu emagrecer e logo voltou a ser um homem esbelto, cuja aparência, sem ser bela, pode ao menos evocar a lembrança de uma beleza passada.

— O senhor é casado?, pergunta Napoleão com sincero interesse.

— Sim, responde Goethe, inclinando-se ligeiramente.

— E tem filhos?

— Um filho.

Nisso, um general aproxima-se de Napoleão para comunicar-lhe uma notícia importante. Napoleão começa a pensar. Retira sua mão de debaixo do dólmã, pega um pedaço de carne com o garfo, leva-o até a boca (a cena não é mais fotografada) e responde mastigando. Só no fim de um momento volta a lembrar-se de Goethe. Com um interesse sincero, pergunta-lhe:

— O senhor é casado?

— Sim, responde Goethe, inclinando-se ligeiramente.

— E tem filhos?

— Um filho.

— E o seu Carlos Augusto?, diz Napoleão, inesperadamente disparando sobre Goethe o nome do soberano de Weimar que evidentemente ele não aprecia.

Goethe não quer falar mal de seu príncipe, mas, não querendo também contradizer um imortal, ele retruca com uma habilidade inteiramente diplomática que Carlos Augusto fez muito pelas ciências e pelas artes. A alusão às artes oferece ao imortal estrategista a ocasião de levantar-se da mesa, de tornar a pôr a mão sob o dólmã, de avançar alguns passos em direção ao poeta, e de desenvolver diante dele suas ideias sobre o teatro. Imediatamente o invisível bando de fotógrafos se agita, os aparelhos crepitam, e o estrategista que se afasta com o poeta para um diálogo íntimo tem que levantar a voz para poder ser ouvido na sala. Propõe a Goethe escrever uma peça sobre a conferência de Erfurt, pois ela deverá garantir, enfim, à humanidade, a felicidade e a paz.

— O teatro, acrescenta ele em voz alta, deveria tornar-se a escola do povo! (Eis a segunda pequena frase, que mereceria ser divulgada pela televisão logo no dia seguinte.)

— E seria oportuno, continuou ele mais suavemente, dedicar a peça ao czar Alexandre. (Pois é dele que trata a conferência de Erfurt! É dele que Napoleão quer se fazer um aliado!) Depois inflige a Schilloethe uma pequena lição de literatura, mas, interrompido por um de seus ajudantes de ordens, perde o fio. Na esperança de encontrá-lo, repete mais duas vezes, sem lógica nem convicção, que o teatro é a escola do povo, depois (Pronto! Até que enfim! Tornou a encontrar o fio!) ele chega à *Morte de César*, de Voltaire. Belo exemplo, segundo ele, de um poeta que perdeu a ocasião de tornar-se o educador do povo. Sua tragédia deveria ter mostrado um grande estrategista trabalhando pelo bem-estar do gênero humano, mas impedido por uma morte prematura de realizar seus nobres propósitos. As últimas palavras ressoaram melancolicamente, e o estrategista olha o poeta diretamente nos olhos.

— Eis um grande assunto para o senhor!

Mas são interrompidos de novo, os generais entram na sala. Napoleão tira sua mão de debaixo do dólmã, senta em sua mesa, pega um pedaço de carne com seu garfo e começa a mastigar escutando os relatórios. As sombras dos fotógrafos desapareceram. Goethe olha em torno, para em frente dos quadros. Depois, aproximando-se do ajudante de ordens que o acompanhara, pergunta se a audiência terminara. O ajudante de ordens diz sim, o garfo de Napoleão levanta-se e Goethe vai embora.

5

Bettina era filha de Maximiliane La Roche, a mulher por quem Goethe fora apaixonado aos vinte e três anos. Abstraindo-se de alguns castos beijos, era um amor imaterial, puramente sentimental, que tivera tão poucas consequências que a mãe de Maximiliane tinha, em tempo oportuno, casado sua filha com o rico comerciante italiano Brentano; quando este viu que o jovem poeta tinha intenção de continuar o flerte com sua mulher, expulsou-o de sua casa com a proibição de tornar a pôr os pés ali. Maximiliane teve doze filhos (seu infernal macho italiano procriou vinte ao todo!), entre eles uma chamada Elizabeth; era Bettina.

Bettina sentira-se atraída por Goethe desde a mais tenra infância. Não apenas porque aos olhos de toda a Alemanha ele estava a caminho do Templo da Glória, mas também porque soubera da história de amor de Goethe por sua mãe. Interessou-se apaixonadamente por esse antigo amor, tão fascinante quanto distante (meu Deus, remontava a treze anos antes do nascimento de Bettina!), e pouco a pouco ocorreu-lhe a ideia de que ela tinha direitos secretos sobre o grande poeta, de quem, no sentido metafórico (quem mais do que um poeta deveria levar a sério as metáforas?), ela se considerava filha.

Os homens, como sabemos, têm uma tendência lastimável a fugir das obrigações paternas, a não pagar as pensões alimentícias, a negar a paternidade. Recusam-se a compreender que a criança é a essência de todo amor, mesmo se não for realmente concebida e posta no mundo. Na álgebra amorosa, o filho é o sinal de uma soma mágica de dois seres. Mesmo amando uma mulher sem tocá-la, um homem deve contar com a possibilidade de que seu amor seja fecundo e que o fruto só apareça treze anos depois do último encontro dos namorados. Era mais ou menos isso o que Bettina devia ter pensado antes de ousar ir ao encontro de Goethe, em Weimar. Era na primavera de 1807. Ela tinha vinte e dois anos (quer dizer, a mesma idade que ele quando cortejava sua mãe), e sentia-se sempre criança. Essa sensação misteriosamente a protegia, como se a infância fosse seu escudo.

Abrigar-se com o escudo da infância era o disfarce de toda a sua vida. Seu disfarce, mas também sua natureza, porque desde criança brincava de criança. Estava sempre um pouco apaixonada por Clemens Brentano, seu irmão mais velho, e sentava-se com alegria no seu colo. Então (tinha na época catorze anos) já estava na mesma situação de saborear a condição três vezes ambígua de criança, de irmã e de mulher sedenta de amor. É possível expulsar uma criança de seu colo? Nem Goethe seria capaz de fazê-lo.

Ela sentou-se no seu colo no mesmo dia em que se encontraram pela primeira vez, em 1807, se pelo menos dermos crédito ao que ela mesma contou mais tarde: primeiro instalou-se no sofá em frente a Goethe; com momentânea tristeza ele falava sobre a duquesa Amélia que morrera poucos dias antes. Bettina disse que não soubera de nada. "Como!", espantou-se Goethe, "a vida de Weimar não te interessa?" E Bettina: "Nada me interessa a não ser o senhor". Sorrindo para a moça, Goethe pronunciou esta frase fatal: "Você é uma criança encantadora". Assim que ouviu a palavra "criança", Bettina sentiu todo o seu medo desaparecer:

"Não posso continuar neste sofá", disse ela ficando de pé. "Fique à vontade", disse Goethe, e Bettina, precipitando-se, sentou-se em seu colo. Ela deve ter sentido uma tal sensação de conforto, aconchegada nele, que logo adormeceu.

É difícil afirmar se tudo se passou desse modo, ou se Bettina nos engana, mas, se ela nos engana, melhor ainda: assim podemos compreender que imagem ela queria oferecer de si mesma e qual era o seu método para abordar os homens: à maneira de uma criança, tinha sido de uma impertinente sinceridade (ao declarar que a morte da duquesa era-lhe indiferente, ao achar incômodo o sofá onde diversas pessoas antes dela tinham se sentado, sentindo-se honradas); como uma criança, atirou-se no pescoço de Goethe, sentou-se em seus joelhos, e para culminar: à maneira de uma criança, dormiu no colo dele.

Nada é mais vantajoso do que adotar um comportamento infantil: ainda inocente e inexperiente, a criança pode se permitir o que quer; não tendo ainda entrado no mundo da forma, ela não é forçada a observar as regras de boa conduta; pode expressar seus sentimentos sem se preocupar com as conveniências. As pessoas que se recusavam a ver a criança em Bettina achavam que ela era meio maluca (um dia, movida apenas pelo sentimento de alegria, tinha dançado no quarto, caíra e abrira a testa na beirada de uma mesa), mal-educada (na sala, preferia sempre sentar no chão) e, sobretudo, irremediavelmente afetada. Em compensação, aqueles que aceitavam vê-la como uma eterna criança ficavam encantados com sua espontaneidade inteiramente natural.

Goethe ficou comovido com a criança. Como lembrança de sua própria juventude, ofereceu-lhe um belo anel. E, na mesma noite, anotou laconicamente em seu caderno: *Mamsel Brentano*.

6

Quantas vezes esses amantes célebres, Goethe e Bettina, se encontraram? Ela veio vê-lo no outono do mesmo ano de 1807 e passou dez dias em Weimar. Depois só o reviu passados três anos, durante uma curta visita de três dias a Teplitz, uma estação de águas da Boêmia que Goethe frequentava, fato que ela ignorava. Um ano mais tarde ocorreu a visita fatal a Weimar quando, duas semanas depois de sua chegada, seus óculos se espatifaram no chão.

E quantas vezes ficaram realmente a sós, num "tête-à--tête"? Três, quatro vezes, não mais do que isso. Quanto menos se viam, mais se escreviam, ou antes, para ser preciso: ela lhe escrevia. Dirigiu-lhe cinquenta e duas longas cartas, em que o tratava de você e só falava de amor. Mas, apesar da avalanche de palavras, nada realmente aconteceu e podemos nos perguntar por que a história de amor dos dois ficou tão célebre.

Eis a resposta: ela ficou célebre desta forma porque desde o começo se tratava de outra coisa e não de amor.

Goethe não demorou a descobrir. Preocupou-se, pela primeira vez, quando Bettina lhe contou que, muito antes de suas visitas a Weimar, ficara íntima de sua mãe — que, como ela, morava em Frankfurt. Quis saber tudo sobre ele, e a velha senhora, envaidecida e encantada, passou dias inteiros contando-lhe suas lembranças. Bettina esperava que a amizade da mãe lhe abrisse rapidamente a casa de Goethe, assim como também seu coração. Não foi muito feliz nesse cálculo. Goethe achava ligeiramente cômica a adoração que lhe devotava sua mãe (nunca ia vê-la em Frankfurt) e, na aliança de uma filha extravagante com uma mãe ingênua, farejava perigo.

Quando Bettina contava as histórias da velha senhora, imagino que ele tivesse sentimentos confusos. A princípio, claro, ficava envaidecido com o interesse que lhe devotava a moça. Suas conversas despertavam nele mil lembranças esquecidas que o encantavam. Ele logo descobriu histórias que não poderiam ter acontecido, ou que o mostravam sob um aspecto tão ridículo que não deviam ter acontecido. Além disso, toda a sua infância, toda a sua juventude tomavam nos relatos de Bettina uma cor ou mesmo um sentido que lhe desagradavam. Não que Bettina quisesse utilizar contra ele suas lembranças de infância; mas todo mundo (não apenas Goethe) acha irritante que sua vida seja contada segundo uma outra interpretação que não a sua. Tanto que Goethe experimentou uma sensação de ameaça: essa moça que circulava entre os intelectuais jovens do movimento romântico (Goethe não tinha a menor simpatia por eles) era ameaçadoramente ambiciosa e tomava-se (com uma naturalidade que beirava o despudor) por uma futura escritora. Um dia, aliás, ela lhe disse sem rodeios: queria escrever um livro a partir das recordações da sua mãe. Um livro sobre ele, sobre Goethe! Nesse instante, atrás dos protestos de amor, ele enxergou a agressividade dessa pena e começou a se precaver.

Mas, pelo fato de estar em guarda, proibia-se de ser desagradável. Era perigosa demais para que ele pudesse permitir-se fazer dela uma inimiga; melhor seria mantê-la constantemente sob um amável controle, sem exagerar também a amabilidade, pois o menor gesto poderia ser interpretado como um indício de uma conivência amorosa (aos olhos de Bettina, mesmo um espirro poderia passar por uma declaração de amor), e poderia multiplicar ainda por dez as audácias da moça.

Um dia, ela escreveu-lhe: "Não queime minhas cartas, não as rasgue; isso poderia ser ruim para você, porque o amor que expresso nelas está ligado a você, firmemente, solidamente, de maneira viva. Mas não as mostre a ninguém. Guarde-as escondidas como uma beleza secreta". Ele começou a sorrir com condescendência, por vê-la tão segura das belezas de suas cartas, mas em seguida ficou intrigado com a frase: "Não as mostre a ninguém!". Por que essa proibição? Como se ele tivesse vontade de mostrá-las a alguém! Pelo imperativo *não mostre*, Bettina revelava um desejo secreto de *mostrar*.

Compreendendo que as cartas que ele lhe dirigia de tempos em tempos poderiam ter outros leitores, via-se na situação de um acusado advertido pelo juiz: a partir de agora, tudo o que você disser poderá ser utilizado contra você.

Portanto, esforçou-se em traçar entre a afabilidade e a circunspecção um caminho intermediário: em resposta às suas cartas cheias de êxtase, enviava bilhetes ao mesmo tempo amistosos e contidos; a seu tratamento de você, durante muito tempo opôs o senhora; se se encontravam na mesma cidade, ele testemunhava-lhe uma cordialidade inteiramente paternal, convidava-a para sua casa, mas de preferência na presença de outras pessoas.

Então, de que se tratava?

Bettina escreveu-lhe uma carta: "Tenho a firme e forte vontade de amá-lo eternamente". Leia com atenção essa frase aparentemente banal. Bem mais do que a palavra "amar", importam as palavras "eternamente" e "vontade".

Não irei prolongar mais esse suspense. Não se tratava de amor. Tratava-se de imortalidade.

7

Em 1810, durante os três dias em que o acaso os reuniu em Teplitz, ela confiou a Goethe que em breve se casaria com o poeta Achim von Arnim. Provavelmente disse isso um pouco embaraçada, com medo de que ele considerasse esse compromisso matrimonial como uma traição a esse amor declarado com tanto êxtase. Sua insuficiente experiência com os homens não lhe permitia prever a secreta alegria que tal notícia poderia proporcionar a Goethe.

Assim que Bettina partiu, ele escreveu uma carta para Christiane em que se podia ler esta frase cheia de alegria: *"Mit Arnim ists wohl gewiss"*. Com Arnim é tranquilo. Na mesma carta ele alegrava-se de ver Bettina "realmente mais bonita e mais agradável do que antes", e adivinha-se por que ela parecia-lhe assim: Goethe estava certo de que a existência de um marido o poria daí em diante ao abrigo das extravagâncias que até então o haviam impedido de apreciar os encantos de Bettina com serenidade e bom humor.

Para compreender bem a situação é preciso não esquecer um componente fundamental: Goethe fora desde sua primeira juventude um homem mulherengo, portanto era assim quarenta anos depois quando conheceu Bettina; durante todo esse tempo aperfeiçoara-se nele um mecanismo de gestos e reflexos sedutores que ao menor impulso se punham em movimento. Até então, não sem esforço, é preciso que se diga, era forçado em presença de Bettina a manter esse mecanismo imóvel. Mas, quando compreendeu que "com Arnim é tranquilo", pensou com alívio que daí em diante a prudência não era mais necessária.

À noite, ela veio encontrá-lo em seu quarto, como sempre com um trejeito infantil. Contando inconveniências encantadoras, ela sentou-se no chão em frente à poltrona em que Goethe se instalara. Como ele estava de excelente humor ("com Arnim é tranquilo"!), inclinou-se sobre ela para acariciar-lhe o rosto como se acaricia uma criança. Nesse instante a criança parou seu falatório e olhou para ele com olhos cheios de exigências e desejos inteiramente femininos. Segurando-lhe as mãos, obrigou-a a levantar-se. Fixemos bem a cena: ele continuava sentado, ela estava perto dele, e no vão da janela o sol se punha. Olhavam-se nos olhos, a máquina de seduzir estava em movimento e Goethe não fazia nada para desligá-la. Com uma voz um pouco mais baixa do que em outras ocasiões e sem despregar os olhos dela, pediu-lhe que desnudasse os seios. Ela não disse nada, não fez nada; enrubesceu. Ele levantou-se da poltrona e desabotoou seu vestido na altura do peito. Imóvel, ela continuava com seus olhos nos olhos dele, e o vermelho do pôr do sol misturava-se na sua pele com o rubor que a cobria da testa até o estômago. Ele pôs a mão sobre seu seio: "Alguém jamais tocou seu seio?", perguntou ele. "Não", respondeu ela. "E é tão estranho que você me toque…", e ela não desviava os olhos dos seus um instante. A mão sempre sobre seu seio, ele também a olhava, dentro dos olhos, e profundamente, longamente, com avidez observava o pudor de uma moça a quem ninguém jamais tocara o seio.

Eis aproximadamente a cena como foi anotada pela própria Bettina, cena que, provavelmente, não teve nenhuma sequência; na história deles, mais retórica do que erótica, ela brilha como uma única e esplêndida joia de excitação sexual.

8

Mesmo quando logo depois se distanciaram um do outro, guardaram o vestígio desse momento encantado. Na carta seguinte ao encontro, Goethe chamou-a *"allerliebste"*, a mais querida de todas. Portanto, ele não esquecera a essência desse encontro e, desde a primeira carta enviada em seguida, para contar-lhe que começara a escrever suas memórias, *Poesia e verdade*, ele pedia que ela o ajudasse: sua mãe não estava mais neste mundo, ninguém mais se lembrava de seus anos de juventude. Mas durante muito tempo Bettina fizera companhia à velha senhora: ela é quem deveria transcrever o que lhe fora contado, era ela quem deveria enviar isso a Goethe.

Será que não sabia que Bettina pretendia publicar um livro sobre a infância de Goethe? Que já estava mesmo em entendimentos com um editor? Claro que ele sabia! Aposto que ele fez esse pedido não por uma exigência real, mas para impossibilitá-la de publicar qualquer coisa sobre ele. Fragilizada pelo sortilégio do último encontro, com medo também de que seu casamento com Arnim a afastasse de Goethe, ela cedeu. Ele conseguiu desarmá-la como se desarma uma bomba.

Depois, em setembro de 1811, Bettina veio a Weimar

acompanhada de seu jovem marido, de quem estava grávida. Nada dá mais alegria do que se encontrar uma mulher, até então perigosa, mas que, desarmada, não provoca mais nenhum medo. Ora, Bettina, embora grávida, embora casada, embora impedida de escrever seu livro, não se considerava desarmada e não pretendia absolutamente cessar o combate. Que me compreendam bem; não o combate pelo amor, mas pela imortalidade.

Que Goethe tenha pensado na imortalidade, sua idade permitia tal suposição. Mas será que uma mulher tão moça quanto Bettina, e tão pouco conhecida, teria tido o mesmo pensamento? Evidentemente. Sonha-se com a imortalidade desde a infância. Além disso, Bettina pertencia à geração dos românticos, deslumbrados pela morte desde o dia do nascimento. Novalis não chegou aos trinta anos de idade, mas, apesar de sua juventude, nada, provavelmente, o inspirou mais do que a morte, a morte feiticeira, a morte transmutada na embriaguez da poesia. Todos viviam na transcendência, no superar-se a si, as mãos estendidas para o infinito, para o final de suas vidas, e mesmo para o além, em direção à imensidão do não ser. Como já disse, onde quer que esteja a morte, a imortalidade, sua companheira, está com ela, e os românticos a tratam com despudorada intimidade, assim como Bettina tratava Goethe.

Esses anos, entre 1807 e 1811, foram os mais belos de sua vida. Em Viena, em 1810, fez uma visita inesperada a Beethoven. Assim conheceu os dois alemães mais imortais de todos, não apenas o belo poeta mas também o feio compositor, e flertou com os dois. Essa dupla imortalidade a embriagava. Goethe já estava velho (na época, um sexagenário era considerado um velho) e magnificamente maduro para a morte; mal tendo quarenta anos nessa época, Beethoven sem sabê-lo estava cinco anos mais próximo do túmulo do que Goethe. Bettina aninhava-se entre eles como um anjinho delicado entre duas enormes colunas negras. Era maravilhoso, e a boca desdentada de Goethe não a incomodava absolutamente. Ao contrário, quanto mais velho ele era, mais a atraía, porque quanto mais se aproximava da morte, mais ele se aproximava da imortalidade. Só um Goethe morto estaria em condições de tomá-la firmemente pela mão e conduzi-la para o Templo da Glória. Quanto mais ele se aproximava da morte, menos ela pretendia renunciar a ele.

Por isso, nesse fatal mês de setembro de 1811, se bem que casada e grávida, fazia-se mais do que nunca de criança, falava alto e forte, sentava-se no chão, na mesa, na beirada da cômoda, no lustre, subia nas árvores, deslocava-se dançando, cantava quando os outros conversavam gravemente, expressava-se com gravidade quando os outros cantavam, e procurava custasse o que custasse a oportunidade de um tête-à-tête com Goethe. No entanto, no decorrer dessas duas semanas só conseguiu ficar a sós com ele uma vez. Segundo contam, o encontro ocorreu mais ou menos assim:

Era noite, estavam sentados perto da janela no quarto de Goethe. Ela começou a falar da alma, depois das estrelas. Goethe levantou os olhos em direção ao céu e mostrou-lhe um grande astro. Mas Bettina era míope e não via nada. Ele estendeu-lhe um telescópio: "Você tem sorte, olhe lá Mercúrio. Neste outono podemos vê-lo muito bem". Mas Bettina sonhava com as estrelas dos apaixonados, não com as estrelas dos astrônomos: pondo o olho no telescópio, ela, de propósito, não viu nada e declarou que as lentes estavam muito fracas. Pacientemente, Goethe foi buscar um telescópio mais possante. Mais uma vez pôs o olho nele e mais uma vez disse que não via nada. O que incitou Goethe a falar-lhe de Mercúrio; de Marte, dos planetas, do Sol e da Via Láctea. Falou longamente, e quando terminou, Bettina, pedindo que ele a desculpasse, voltou para o quarto. Alguns dias mais tarde, na exposição, ela proclamou que os quadros eram impossíveis, e Christiane, como única resposta, fez voar por terra seus óculos.

9

Este dia dos óculos quebrados, um dia 13 de setembro, foi vivido por Bettina como uma grande derrota. Primeiramente reagiu com agressividade, proclamando por toda Weimar que tinha sido mordida por uma salsicha enlouquecida, mas não demorou a perceber que, mostrando-se assim ressentida, se arriscava a não ver mais Goethe, reduzindo desta forma seu grande amor pelo imortal a um episódio banal fadado ao esquecimento. Assim, ela obrigou o bom Arnim a escrever uma carta para Goethe pedindo que perdoasse sua mulher. A carta ficou sem resposta. O casal deixou Weimar, onde esteve novamente em janeiro de 1812. Goethe não os recebeu. Em 1816, Christiane morreu e Bettina, algum tempo depois, mandou a Goethe uma longa carta cheia de humildade. Goethe não reagiu. Em 1821, portanto dez anos depois de seu último encontro, ela chegou a Weimar, fez-se anunciar a Goethe, que recebia convidados naquela noite e não pôde impedi-la de entrar. Mas ele não lhe disse uma só palavra. Em dezembro do mesmo ano, ela ainda lhe escreveu. Não recebeu nenhuma resposta.

Em 1823, os conselheiros municipais de Frankfurt tomaram a decisão de erguer um monumento em honra de

Goethe, e o encomendaram a um escultor chamado Rauch. Quando Bettina viu o esboço, que lhe desagradou, não teve dúvidas de que o destino lhe oferecia uma oportunidade que não podia perder. Embora não soubesse desenhar, botou mãos à obra e desenhou seu próprio projeto de estátua: Goethe estava sentado na postura de um herói antigo: em uma das mãos segurava uma lira; entre seus joelhos uma pequena menina que deveria representar Psique; os cabelos do poeta pareciam chamas. Ela mandou o desenho para Goethe e aconteceu um fato inteiramente surpreendente: em seu olho apareceu uma lágrima! Foi assim que depois de treze anos (estávamos em julho de 1924, ele tinha setenta e cinco anos; ela, trinta e nove) ele recebeu-a em casa e, embora um pouco contrafeito, fez com que ela compreendesse que tudo estava perdoado, que a era do silêncio desdenhoso estava superada.

Parece-me que durante esta fase dos acontecimentos os dois protagonistas haviam chegado a uma compreensão friamente lúcida das coisas: os dois sabiam do que se tratava e cada um deles sabia que o outro também sabia. Ao desenhar o monumento, Bettina mostrou pela primeira vez, sem ambiguidade, aquilo que desde o começo estava em jogo: a imortalidade. Sem pronunciá-la, ela tocou nessa palavra como se toca uma corda que ressoa doce e longamente. Goethe ouviu isso. Primeiro ficou ingenuamente envaidecido, mas pouco a pouco (depois de enxugar sua lágrima) compreendeu o verdadeiro e menos lisonjeiro sentido da mensagem: ela lhe fazia saber que o antigo jogo continuava; que ela não se dava por vencida, que seria ela quem cortaria sua mortalha, aquela com que ele seria exposto à posteridade; ela lhe avisava que ele não poderia absolutamente impedi-la, e sobretudo nunca por meio de um silêncio amuado. Mais uma vez pensou o que já sabia havia muito tempo: Bettina era perigosa e era melhor tomar cuidado com ela.

Bettina sabia que Goethe sabia. Isso fica evidente no encontro do outono do mesmo ano, o primeiro depois de sua reconciliação; ela mesma o contou numa carta enviada à sua sobrinha: assim que a acolheu, escreve Bettina, "Goethe mostrou-se primeiro rabugento, depois disse-me palavras carinhosas para reconquistar minha simpatia".

Como não compreender Goethe! Ao vê-la, percebeu intensamente quanto ela o irritava e ficou com raiva de ter interrompido esse magnífico silêncio de treze anos. Começou uma briga para descarregar nela todas as reclamações que nunca tinha expressado. Mas logo se controlou: por que ser sincero? Por que lhe dizer o que pensava? Apenas importava a sua decisão: neutralizá-la, pacificá-la, mantê-la sob controle.

Sob diversos pretextos, conta Bettina, Goethe interrompeu o encontro deles pelo menos seis vezes para ir à sala vizinha onde, escondido, bebia vinho, como pôde depois perceber pelo seu hálito. Ela acabou por perguntar-lhe, com ar brincalhão, por que bebia escondido, e Goethe aborreceu-se.

Mais do que Goethe bebendo vinho escondido, é Bettina que me parece interessante: ela não se comportou como você ou eu, que teríamos observado Goethe com bom humor, mas calando-nos discreta e respeitosamente. Dizer-lhe o que os outros teriam mantido em silêncio ("Seu hálito cheira a álcool! Por que você bebeu? Por que bebe escondido?") era sua maneira de extorquir de Goethe uma parte de sua intimidade, de ficar corpo a corpo com ele. Nessa agressividade da indiscrição que em nome de sua espontaneidade infantil sempre reivindicara, Goethe logo reconheceu a Bettina que, treze anos antes, decidira nunca mais rever. Sem dizer uma palavra ele se levantou, pegou uma lâmpada para dizer que o encontro terminara e que ele iria acompanhar a visita pelo corredor escuro até a porta.

Então, conta Bettina no prosseguimento de sua carta, para impedi-lo de sair, ela ajoelhou-se na soleira, em frente ao quarto, e disse-lhe: "Quero ver se posso mantê-lo preso e se você é um espírito do Bem, ou um espírito do Mal, como o rato de Fausto; beijo e abençoo a soleira dessa porta que cada dia é atravessada pelo espírito mais eminente que também é meu melhor amigo".

O que fez Goethe? Segundo a carta citada, declarou: "Para sair, não vou pisoteá-la, nem você nem seu amor; esse me é muito caro; quanto a seu espírito, vou deslizar em torno dele (e realmente contornava cuidadosamente o corpo ajoelhado de Bettina), pois você é muito ardilosa e é melhor viver em paz com você".

Essa frase, posta pela própria Bettina na boca de Goethe, parece-me resumir tudo aquilo que, durante esse encontro, ele lhe disse sem dizer: Sei, Bettina, que seu esboço da estátua foi um ardil genial. Em minha senilidade deplorável deixei-me comover pelas chamas com que você compara meus cabelos (ah, meus pobres cabelos ralos), mas não demorei a compreender: você não quis me mostrar um desenho, mas a pistola que tem na mão para atirar nas profundezas de minha imortalidade. Não, não consegui desarmá-la. No entanto não quero a guerra. Quero a paz. Nada mais do que a paz. Prudentemente vou contorná-la sem tocá-la, não vou abraçá-la, não vou beijá-la. Em primeiro lugar, não tenho a menor vontade. Depois, sei que tudo que eu fizer você transformará em munição para sua a pistola.

10

Dois anos depois Bettina voltou a Weimar; ela viu Goethe quase todos os dias (nessa época ele tinha setenta e sete anos) e no fim de sua estada, ao tentar introduzir-se na corte de Carlos Augusto, cometeu uma das impertinências encantadoras de que conhecia o segredo. Aconteceu, então, um fato inesperado: Goethe explodiu. "Essa mosca insuportável (*diese leidige Bremse*) que minha mãe me legou, escreveu ele a Carlos Augusto, nos incomoda há muito tempo. Ela conserva um pequeno jogo que a rigor poderia agradar em sua mocidade, a conversa dela é cheia de rouxinóis e ela gorjeia como um canário. Se Vossa Alteza permitir, vou proibir no futuro, com a firmeza de um tio, todas as suas impertinências. Do contrário, Vossa Alteza nunca ficará livre de suas inconveniências".

Seis anos mais tarde, ela se fez anunciar mais uma vez na casa dele. Mas Goethe recusou-se a vê-la e a comparação de Bettina com uma mosca ficou sendo sua última palavra nessa história.

Coisa curiosa: depois de ter recebido o desenho do monumento, ele adotara como regra manter a paz com ela a qualquer preço. Se bem que alérgico até à sua presença, ele tudo fizera (por isso ela sentiu cheiro de álcool em seu hálito) para passar a noite "numa boa relação" com ela. Como ele poderia deixar ir por água abaixo todos os seus esforços? Ele que tomava tanto cuidado de não partir rumo à imortalidade com a camisa amassada, como ele pôde escrever essas palavras horríveis, mosca insuportável, essas palavras que seriam censuradas ainda cem anos depois, trezentos anos depois, e quando mais ninguém leria nem *Fausto* nem *Os sofrimentos do jovem Werther*?

É preciso compreender o quadrante da vida:

Até um certo momento, a morte permanece um fato distante demais para que nos ocupemos dela. Ela é não vista, não é visível. É a primeira fase da vida, a mais feliz.

Depois, subitamente, nos deparamos com nossa própria morte diante de nós e é impossível afastá-la de nosso campo visual. Ela está conosco. E, como a imortalidade é grudada à morte como Hardy a Laurel, podemos dizer que a imortalidade, ela também está conosco. Mal descobrimos sua presença, começamos, febrilmente, a cuidar dela. Nós lhe encomendamos um smoking, compramos uma gravata, com medo que terno e gravata sejam escolhidos por outra pessoa, e mal escolhidos. Foi num momento como esse que Goethe decidiu escrever suas memórias, sua célebre *Poesia e verdade*, e convidou para sua casa o devotado Eckermann (por curiosa coincidência isso se passou nesse mesmo ano de 1823 quando Bettina fez o desenho da estátua) para que ele pudesse escrever suas *Conversas com Goethe*, esse belo retrato realizado sob a amável fiscalização do retratado.

Depois dessa segunda fase de sua vida, onde o homem não pode afastar a morte dos olhos, vem uma terceira, a mais curta e a mais secreta, da qual pouco se sabe, e da qual não se fala. Suas forças declinam e um sereno cansaço se apossa do homem. Cansaço: ponto silencioso que conduz do rio da vida ao rio da morte. A morte está tão próxima que nos cansamos de vê-la. Como antes, ela é não vista e não visível. Não vista como os objetos muito familiares, muito conhecidos. O homem cansado olha pela janela a folhagem das árvores das quais mentalmente pronuncia o nome: castanheira, álamo, bordo. Essas palavras são belas como o próprio ser. O álamo é grande e parece um atleta levantando os braços para o céu. Ou parece uma alta chama petrificada. O álamo, oh, o álamo. A imortalidade é uma ilusão derrisória, uma palavra vazia, um sopro de vento, que se persegue com uma rede de pegar borboletas, se a compararmos com a beleza do álamo, que o velho cansado vê pela janela. A imortalidade, o velho cansado não pensa nela absolutamente.

O que ele fará, o velho cansado olhando o álamo, quando de repente surge uma mulher que quer dançar em torno da mesa, ajoelhar-se na soleira da porta e conversar coisas sofisticadas? Com o sentimento de inefável alegria e uma brusca retomada de vigor, ele a chamará *leidige Bremse*, mosca insuportável.

Penso nesse instante em que Goethe escreveu: mosca insuportável. Penso no prazer que sentiu e penso que, num lampejo de lucidez, compreendeu: nunca agira como queria ter agido. Ele supunha-se o gerente de sua imortalidade e essa responsabilidade fizera com que perdesse toda a naturalidade. Tivera medo das extravagâncias, sentindo por elas ao mesmo tempo muita atração, e, se cometera algumas, tentara depois atenuá-las para não se afastar dessa moderação sorridente que algumas vezes o identificara com a beleza. As palavras "mosca insuportável" não estavam de acordo nem com sua obra, nem com sua vida, nem com sua imortalidade. Essas palavras eram a liberdade pura. Só pode escrever essas palavras um homem que, tendo chegado à terceira fase da vida, deixou de gerenciar sua imortalidade e não a considera mais uma coisa séria. É raro chegar até esse limite extremo, mas aquele que o atinge sabe que ali e em nenhum outro lugar se encontra a verdadeira liberdade.

Essas ideias atravessaram o espírito de Goethe, mas ele logo as esqueceu porque era um velho cansado, e sua memória estava falhando.

11

Recordemos: foi disfarçada em criança que ela veio vê-lo a primeira vez. Vinte e cinco anos mais tarde, em março de 1832, quando soube da grave doença de Goethe, foi uma criança que ela logo enviou à sua casa: seu filho Sigmund. Esse tímido garoto de dezoito anos passou seis dias em Weimar, seguindo as instruções de sua mãe, sem saber nada do que se tratava. Mas Goethe sabia: ela o mandou para perto dele como um embaixador encarregado de fazê-lo compreender, por sua simples presença, que a morte rondava atrás da porta e que dali em diante Bettina tomaria conta da imortalidade de Goethe.

Depois a morte abriu a porta e no dia 26 de março Goethe morreu, depois de uma semana de luta, e Bettina, alguns dias mais tarde, escreveu uma carta ao executor testamentário de Goethe, o chanceler Müller: "Na verdade, a morte de Goethe provocou-me uma impressão profunda, inapagável, mas não uma impressão de tristeza; não posso expressar com palavras a verdade exata, mas creio aproximar-me o máximo ao dizer que foi uma impressão de glória".

Sublinhemos bem esta precisão de Bettina: não de tristeza mas de glória.

Pouco depois, ela pediu ao mesmo chanceler Müller para mandar-lhe todas as cartas que escrevera a Goethe. Relendo-as, teve uma decepção: toda essa história parecia um rascunho, claro, de uma obra-prima, no entanto nada além de um rascunho e, além disso, imperfeito. Era preciso começar a trabalhar. O trabalho durou três anos: corrigiu, reescreveu, completou. Se estava descontente com suas próprias cartas, as de Goethe pareciam-lhe ainda mais decepcionantes. Ao relê-las, sentia-se ferida por seu laconismo, por sua reserva, até por sua impertinência. Como se realmente ele a tomasse por uma criança, redigia muitas vezes suas cartas sob a forma de amáveis lições destinadas a uma estudante. Assim sendo, ela teve que mudar o tom: "minha cara amiga" tornou-se "meu coração querido", as censuras que ele lhe dirigira foram adoçadas por acréscimos elogiosos, e outros acréscimos deram a entender o papel de inspiradora e de musa que Bettina soubera representar junto ao poeta fascinado.

De maneira ainda mais radical, ela reescreveu suas próprias cartas. Não, ela não mudou o tom, o tom estava certo. Mas mudou, por exemplo, as datas (para fazer desaparecer no meio de sua correspondência os longos intervalos que teriam desmentido a constância de sua paixão), eliminou muitas passagens inconvenientes (aquela, por exemplo, em que implorava a Goethe que não mostrasse suas cartas a ninguém), acrescentou outras explicações, tornou mais dramáticas as situações descritas, deu mais profundidade às suas opiniões sobre política ou arte, notadamente quando música e Beethoven estavam em questão.

Acabou o livro em 1835 e publicou-o sob o título *Goethes Briefwechsel mit einem Kinde*, Correspondência de Goethe com uma criança. Ninguém pôs em dúvida a autenticidade das cartas até 1929, data na qual a correspondência original foi descoberta e publicada.

Ah! Por que ela não teria queimado as cartas a tempo?

Ponha-se em seu lugar: não é fácil queimar documentos íntimos que lhe são caros; é como se você reconhecesse que não tem mais tempo, que vai morrer amanhã; assim você adia eternamente esse ato de destruição e um dia é tarde demais.

Contamos com a imortalidade, e esquecemos de contar com a morte.

12

Graças à distância que o fim de nosso século nos permite, talvez possamos ousar dizer: o personagem Goethe está exatamente no meio da História europeia. Goethe: o soberbo ponto mediano, o centro. Não o centro, ponto pusilânime que detesta os extremos, mas o centro sólido que sustenta os dois extremos num notável equilíbrio que a Europa nunca mais conhecerá. Em sua juventude Goethe estuda ainda alquimia, mas torna-se mais tarde um pioneiro da ciência moderna; ele é o maior dos alemães, sendo ao mesmo tempo antipatriota e europeu; cosmopolita, no entanto não deixa nunca sua província, sua minúscula Weimar; é um homem da natureza e ao mesmo tempo um homem da História. No amor, é tão libertino quanto romântico. E ainda isso:

Lembremo-nos de Agnès no elevador agitado por sacudidelas, como que tomado pela doença de são Guido. Mesmo sendo especialista em cibernética, ela não podia entender o que se passava na cabeça técnica dessa máquina, que para ela era tão estranha e opaca quanto os mecanismos de todos os objetos que encontrava todos os dias, desde o pequeno computador disposto ao lado do telefone até o lava-louça.

Goethe, ao contrário, viveu esse momento da História,

curto e único, em que o nível técnico já permitia um certo conforto, mas em que o homem culto ainda podia compreender todos os utensílios que o cercavam. Goethe sabia com o que e como sua casa tinha sido construída, por que uma lâmpada a óleo iluminava, conhecia o mecanismo de seu telescópio; sem dúvida não ousava efetuar operações cirúrgicas, mas, por ter assistido a algumas, podia dialogar como conhecedor com o médico que o tratava. O mundo dos objetos técnicos era para ele inteligível e transparente. Esse foi o grande momento goethiano no meio da História da Europa, o minuto que deixará uma cicatriz nostálgica no coração do homem aprisionado no elevador que se agita e que dança.

A obra de Beethoven começa onde termina o grande momento de Goethe. Pouco a pouco o mundo perde sua transparência e torna-se opaco, ininteligível, precipita-se no desconhecido, enquanto o homem traído pelo mundo se refugia em seu foro íntimo; em sua nostalgia, em seus sonhos, em sua revolta, e, aturdido com a voz dolorosa que emerge de dentro dele, não sabe mais ouvir as vozes que o interpelam de fora. Para Goethe, o grito interior era um insuportável clamor. Detestava o barulho, é sabido. Não suportava nem mesmo o latido de um cão no fundo de um jardim distante. Diz-se que não gostava de música. É falso. Não gostava de orquestras. Adorava Bach, que ainda pensava a música como sonoridade transparente de vozes independentes e distintas. Mas, nas sinfonias de Beethoven, as vozes particulares dos instrumentos fundiam-se numa opacidade sonora de gritos e de choros. Goethe não suportava os urros da orquestra, tanto quanto não suportava os ruidosos soluços da alma. Os amigos de Bettina tinham percebido a repulsa nos olhos do divino Goethe que os observava tapando os ouvidos. Não podiam perdoá-lo e o atacavam como um inimigo da alma, da revolta e do sentimento.

Irmã do poeta Brentano, mulher do poeta Arnim, adoradora de Beethoven, Bettina, membro da família romântica, era amiga de Goethe. Eis sua excelente posição: ela era a soberana de dois reinados.

Seu livro apresentava-se como uma magnífica homenagem a Goethe. Todas as suas cartas não eram senão um *canto* de amor dedicado a ele. Que seja, mas como todo mundo sabia que madame Goethe jogara no chão os óculos de Bettina, e que Goethe, então, por uma salsicha enlouquecida, traíra vergonhosamente a criança apaixonada, esse livro era ao mesmo tempo (e muito mais) uma *lição* de amor imposta ao poeta que diante de um grande sentimento se comportou como um covarde vaidoso e sacrificou a paixão por uma miserável paz matrimonial. O livro de Bettina era, ao mesmo tempo, uma homenagem e uma bofetada.

13

No mesmo ano em que Goethe morreu, numa carta endereçada a seu amigo, o conde Hermann von Pückler-Muskau, ela contou o que tinha acontecido num dia de verão, vinte anos antes. Segundo consta, soubera disso pelo próprio Beethoven. Em 1812 (portanto, um ano depois do ano negro dos óculos quebrados), este tinha vindo passar alguns dias em Teplitz, onde encontrara Goethe pela primeira vez. Fizeram um passeio juntos. Enquanto iam por uma aleia, de repente apareceu diante deles a imperatriz acompanhada por sua família e sua corte. Ao perceber o cortejo e deixando de escutar o que Beethoven lhe dizia, Goethe parou, afastou-se e tirou o seu chapéu. Beethoven, por sua vez, enterrou o seu na cabeça, franziu as grossas sobrancelhas que cresceram mais alguns centímetros e dirigiu-se, sem afrouxar o passo, de encontro aos aristocratas; foram eles que pararam, que o deixaram passar, que o cumprimentaram. Só se virou depois para esperar Goethe. E então lhe disse o que pensava de seu comportamento servil. Repreendeu-o como a uma criança.

Essa cena realmente aconteceu? Beethoven a inventou? Inteiramente? Ou apenas exagerou um pouco? Ou foi Bettina que a exagerou? Ou que a forjou inteiramente? Nunca ninguém saberá. Mas é certo que, ao escrever sua carta a Hermann von Pückler, ela compreendeu bem o valor inestimável dessa anedota, a única que poderia revelar o sentido mais profundo da história de amor entre ela e Goethe. Todavia, como torná-la conhecida? Em sua carta, ela pergunta a Hermann von Pückler: "A história te agrada? *Kannst Du sie brauchen?*" Você pode utilizá-la? Como Von Pückler não tivesse intenção de utilizá-la, ela, a princípio, alimenta o projeto de editar toda a correspondência que mantivera com o conde, para depois encontrar, de longe, a melhor solução: em 1839, na revista *Athenäum*, ela publica a carta em que o próprio Beethoven conta essa história! O original da carta, datada de 1812, nunca foi encontrado. Existe apenas a cópia escrita pela mão de Bettina. Muitos detalhes (por exemplo, a data exata da carta) indicam que Beethoven jamais a escreveu, ou pelo menos nunca a escreveu como Bettina a recopiou. Mas pouco importa que se trate de um falso ou de um semifalso, a anedota tornou-se célebre e agradou a todo mundo. De repente, tudo ficou claro: se Goethe preferiu uma salsicha a um grande amor, não foi por acaso: enquanto Beethoven é um homem revoltado que passa na frente, com o chapéu enterrado na cabeça, as mãos atrás das costas, ele, Goethe, é um homem servil que faz reverências pelos cantos de uma aleia.

14

Tendo estudado música, chegando mesmo a compor algumas peças, Bettina estava à altura de compreender o que havia de novo e de belo na música de Beethoven. Portanto, pergunto: a música de Beethoven cativou-a por sua qualidade, por suas notas? Ou seria pelo que *representava*, ou, melhor dizendo, por sua nebulosa ligação com as atitudes e ideias que Bettina e sua geração compartilhavam? Contas feitas, o amor pela arte, isso existe e jamais existiu? Não é uma ilusão? Quando Lênin proclamou que acima de tudo amava a "Appassionata", de Beethoven, o que realmente amava? O que ele ouvia? A música? Ou um majestoso clamor que lhe lembrava os movimentos pomposos de sua alma repleta de sangue, de fraternidade, de enforcamentos, de justiça e do absoluto? Ele ouvia a música ou simplesmente deixava que ela o transportasse a um devaneio que nada tinha em comum nem com a arte nem com a beleza? Mas retornemos a Bettina: ela foi atraída pelo Beethoven músico, ou pelo grande Beethoven anti-Goethe? Ela amava a música de um amor discreto, como esse que nos prende a uma metáfora mágica, à aliança de duas cores sobre um quadro? Ou dessa paixão conquistadora que nos faz aderir a um partido político? Seja lá o que for (e nunca saberemos o que era), Bettina enviou ao mundo a imagem de um Beethoven indo em frente, o chapéu enterrado na cabeça, e essa imagem continuou sozinha sua caminhada através dos séculos.

Em 1927, cem anos depois da morte de Beethoven, uma revista alemã, *Die literarische Welt*, pediu aos compositores mais importantes que dissessem o que Beethoven representava na opinião deles. A redação jamais pôde imaginar uma tal execução póstuma do homem com o chapéu enterrado na cabeça: Auric, membro do Grupo dos Seis, fez uma proclamação em nome de todos os seus amigos: Beethoven era-lhes a tal ponto indiferente que não merecia nem mesmo ser contestado. Que ele um dia pudesse ser redescoberto, reabilitado, como aconteceu cem anos antes com Bach? Inadmissível! Ridículo! Janáček também confirmou que a obra de Beethoven nunca o encantara. E Ravel resumiu: não gostava de Beethoven, porque sua glória não repousava sobre sua música, obviamente imperfeita, mas sobre um mito literário originário de sua biografia.

Um mito literário. No caso, ele repousa sobre dois chapéus: um profundamente enterrado na cabeça, até as enormes sobrancelhas; o outro, na mão de um homem que se inclina profundamente. Os mágicos gostam de manipular chapéus. Gostam que objetos desapareçam neles, ou deles tiram pombos que voam para o teto. Bettina tirou do chapéu de Goethe os feios pássaros de seu servilismo; e no chapéu de Beethoven (certamente sem querer) ela fez desaparecer toda a sua música. Ela reservou para Goethe o destino de Tycho Brahe e de Carter: uma imortalidade risível. Mas a imortalidade risível nos espreita a todos; para Ravel, Beethoven indo em frente com seu chapéu enterrado até as sobrancelhas era muito mais risível do que Goethe que se inclinava profundamente.

Assim, mesmo se for possível moldar a imortalidade, moldá-la por antecipação, manipulá-la, ela nunca acontecerá conforme o planejado. O chapéu de Beethoven tornou-se imortal. Nesse aspecto, o plano foi bem-sucedido. Mas o significado que teria o chapéu imortal, ninguém poderia prever.

15

"Sabe, Johann, disse Hemingway, eu também não escapo de eternas acusações. Em vez de ler meus livros, escrevem livros sobre mim. Parece que eu não gostava de minhas mulheres. Que não me ocupei suficientemente de meu filho. Que quebrei a cara de um crítico. Que fui pouco sincero. Que fui orgulhoso. Que fui macho. Que me vangloriei de duzentos e trinta ferimentos de guerra quando tive apenas duzentos e seis. Que me masturbei. Que fui mau para minha mãe.

— O que você quer é a imortalidade, disse Goethe. A imortalidade é um eterno processo.

— Se é um eterno processo, seria preciso um juiz de verdade! E não uma professora do interior com uma vara na mão.

— Uma vara erguida por uma professora do interior, eis o eterno processo! O que mais você imaginou, Ernest?

— Não imaginei nada. Esperava apenas que depois da morte viveria um pouco tranquilo.

— Você fez tudo para tornar-se imortal.

— Bobagem. Apenas escrevia livros.

— Exatamente!, exclamou Goethe.

— Que meus livros sejam imortais, não tenho nada

contra. Escrevi-os de maneira tal que não se pode mudar uma palavra neles. Tudo fiz para que resistam às intempéries. Mas como homem, como Ernest Hemingway, estou pouco ligando para a imortalidade!

— Compreendo, Ernest. Mas você deveria ter sido mais prudente quando vivo. Agora, não há muita coisa a fazer.

— Mais prudente? É uma alusão às vantagens que contava? Sim, na minha mocidade era um galo, gostava de me mostrar. Regalava-me com as histórias que contavam a meu respeito. Mas creia-me, por mais vaidoso que fosse, não era um monstro e não sonhava absolutamente com a imortalidade! No dia em que compreendi que era justamente ela que me espreitava, entrei em pânico. Cem vezes implorei às pessoas que não se metessem na minha vida. Mas, quanto mais implorava, pior era. Instalei-me em Cuba para escapar delas. Quando me deram o prêmio Nobel, recusei-me a ir a Estocolmo. Estava pouco ligando para a imortalidade, e direi ainda mais: o dia em que constatei que ela me abraçava, o horror que senti foi pior do que o horror da morte. O homem pode pôr fim à sua vida; mas não pode pôr fim à sua imortalidade. Na hora em que você embarca nela, não pode mais descer, mesmo que queime os miolos como eu, você continua a bordo com seu suicídio, e é horrível, Johann, é horrível. Estava morto, deitado no tombadilho, e em torno via minhas quatro mulheres agachadas, escrevendo tudo que sabiam de mim, e atrás delas estava meu filho que também escrevia, e Gertrude Stein, a velha feiticeira estava lá, e escrevia, e todos os meus amigos estavam lá e contavam todas as intrigas, todas as calúnias que tinham ouvido a meu respeito; e uma centena de jornalistas se comprimiam atrás deles, microfones ligados, e em todas as universidades da América um exército de professores classificava tudo isso, analisava, desenvolvia, fabricando milhares de artigos e centenas de livros."

16

Hemingway tremia e Goethe tomou-lhe a mão. "Acalme-se, Ernest. Acalme-se, meu amigo. Eu te compreendo. O que você está me contando me faz lembrar um sonho. Foi meu último sonho, depois disso nunca mais sonhei ou então eram sonhos confusos que eu não podia distinguir da realidade. Imagine uma pequena sala de teatro de marionetes. Estou atrás do palco, movimento os bonecos e eu mesmo recito o texto. É uma representação de *Fausto*. Do meu *Fausto*. A propósito, você sabia que em nenhuma parte o *Fausto* é tão bonito quanto no teatro de marionetes? Por isso estava contente que não houvesse atores e que pudesse recitar, eu mesmo, os versos que nesse dia ressoavam mais belos do que nunca. Depois, de repente, olhei para a sala e vi que estava vazia. Fiquei desconcertado. Onde estão os espectadores? Meu *Fausto* é tão cansativo a ponto de todos terem ido embora? Eu não merecia nem uma vaia? Encabulado, olhei ao meu redor e fiquei estupefato: esperava vê-los na sala, e estavam todos atrás do palco! Os olhos arregalados observavam-me com curiosidade. No momento que nossos olhares se encontraram, começaram a aplaudir. Compreendi que o espetáculo a que eles queriam assistir não eram as marionetes, mas eu próprio. Não ao *Fausto*, mas a Goethe! Fui tomado de horror, muito semelhante a esse que você acaba de mencionar. Senti que eles queriam que eu dissesse qualquer coisa, mas eu não era capaz. A garganta apertada, larguei os bonecos no palco iluminado, que ninguém olhara. Tentei conservar uma serenidade digna, sem uma palavra me dirigi até o cabide para apanhar meu chapéu, enfiei-o na cabeça e, sem dar a menor atenção a todos esses curiosos, saí e fui para casa. Esforçava-me em não olhar nem para a direita nem para a esquerda, sobretudo em não olhar para trás, porque sabia que eles estavam no meu rastro. E, virando a chave, abri a pesada porta da minha casa, batendo-a, depressa, atrás de mim. Acendi o lampião a óleo e, segurando-o com minha mão trêmula, dirigi-me para meu escritório para esquecer esse episódio examinando minha coleção de minerais. Mas mal tinha posto o lampião em cima da mesa, meu olhar foi atraído para a janela: vi seus rostos apertados uns contra os outros. E compreendi que nunca me veria livre deles, nunca, nunca mais. Pelos grandes olhos com que me fixavam, dei-me conta de que o lampião iluminava meu rosto. Apaguei-o, mesmo sabendo que era um erro: perceberiam a partir daí que me escondia deles, que tinha medo, ficariam ainda mais exaltados. E como o medo já era maior do que a razão, corri para o meu quarto, puxei o lençol da cama para cobrir minha cabeça e me postei num canto do quarto, bem colado na parede..."

17

Hemingway e Goethe afastam-se nos caminhos do além e vocês me perguntam de onde tirei essa ideia de juntar exatamente esses dois. Poder-se-ia imaginar dupla mais surpreendente? Eles não têm nada em comum! E daí? Com quem, segundo vocês, Goethe gostaria de passar o tempo no além? Com Herder? Com Hölderlin? Com Bettina? Com Eckermann? Lembrem-se de Agnès e de sua repulsa em imaginar que depois de sua morte teria que ouvir, para sempre, aquelas mesmas vozes de mulher que sempre ouvia na sauna. Ela não queria tornar a encontrar-se nem com Paul nem com Brigitte! Então, por que Goethe deveria desejar a presença póstuma de Herder? Ouso mesmo dizer que não tinha nenhuma vontade de rever Schiller. Claro, ele nunca teria reconhecido isso quando vivo, porque seria um triste saldo não ter tido em vida nenhum grande amigo. Certamente Schiller era seu amigo mais querido. Porém o mais querido quer dizer mais querido do que todos os outros, que, falando francamente, não eram assim tão queridos. Eram seus contemporâneos, e ele não os tinha escolhido. Nem mesmo Schiller ele tinha escolhido. Quando um dia teve que se render à evidência de que durante toda a sua vida os teria em torno de si, a angústia apertou-lhe o coração. Que fazer? Tinha que se resignar. Mas por que iria desejar frequentá-los depois de sua morte?

Foi, portanto, por um amor puramente desinteressado que imaginei oferecer-lhe como companheiro alguém que fosse capaz de cativá-lo (se vocês já esqueceram, lembro-lhes que Goethe, quando vivo, era muito interessado pela América), alguém que não lhe lembrasse aquele círculo de românticos de rosto pálido, que no fim de sua vida se apossaram da Alemanha.

"Sabe, Johann", disse Hemingway, "para mim é uma grande sorte estar em sua companhia. Diante de você, as pessoas tremem de respeito, de modo que minhas mulheres e até mesmo a velha Gertrude Stein somem assim que te veem." Em seguida, ele começou a rir: "A não ser que seja por causa de sua roupa inacreditável".

Para tornar compreensíveis essas palavras de Hemingway, tenho que explicar que os imortais são autorizados a escolher, para seus passeios no além, o aspecto físico que preferem entre aqueles que tiveram em vida. E Goethe escolhera o aspecto íntimo de seus últimos anos; ninguém a não ser aqueles que lhe eram próximos o viram assim: para proteger seus olhos que ardiam, usava na testa uma viseira verde e transparente, amarrada na testa por um barbante; usava chinelos nos pés e, com medo do frio, enrolava-se num enorme xale colorido.

Ao ouvir falar de sua roupa inacreditável, riu de alegria como se Hemingway tivesse lhe feito um grande elogio. Depois se inclinou para ele e disse a meia-voz: "Foi por causa de Bettina que me vesti assim. Onde quer que vá ela fala de seu grande amor por mim. Portanto quero que as pessoas vejam o objeto desse amor! Assim que ela me vê de longe, foge. Sei que sapateia de raiva ao me ver perambular por aqui com este aspecto: sem dentes, sem cabelo e com esse objeto grotesco em cima dos olhos".

PARTE III
A luta

As *irmãs*

A estação de rádio que escuto pertence ao governo, portanto não transmite anúncios de publicidade, mas alterna notícias, comentários e músicas populares mais recentes. Como a estação ao lado é particular, os anúncios substituem a música, mas parece tanto com as músicas populares mais recentes que nunca sei qual estação escuto, e ainda fico sabendo menos porque adormeço e torno a adormecer a todo instante. Mergulhado num torpor, aprendo que depois que a guerra terminou havia dois milhões de mortos nas estradas da Europa, a média anual na França sendo de dez mil mortos e trezentos mil feridos, um exército inteiro de sem-pernas, sem-braços, sem-orelhas, sem-olhos. Indignado com este terrível balanço, o deputado Bertrand Bertrand (esse nome é bonito como uma *berceuse*) propôs a adoção de uma excelente providência, mas tendo sido vencido pelo sono, justo nesse momento, só soube uma meia hora depois, quando repetiram a mesma notícia: o deputado Bertrand Bertrand, cujo nome é bonito como uma *berceuse*, propôs, na Assembleia, um projeto proibindo qualquer anúncio de cerveja. Isso provocou uma enorme tempestade na Assembleia, numerosos deputados opuseram-se ao projeto, apoiados por representantes do rádio e da televisão que perderiam muito dinheiro com essa proibição. Em seguida, ouço a voz do próprio Bertrand: fala do combate contra a morte, da luta pela vida... A palavra "luta", repetida cinco vezes durante seu breve discurso, lembrou-me minha velha pátria, Praga, bandeiras vermelhas, cartazes, luta pela felicidade, luta pela justiça, luta pelo futuro, luta pela paz; luta pela paz até a destruição de todos por todos, sem deixar de acrescentar a sabedoria do povo tcheco. Mas já adormecera novamente (um doce sono que me invade cada vez que pronunciam o nome de Bertrand Bertrand) e, quando acordei, foi para ouvir um comentário sobre jardinagem; ajusto o botão na estação vizinha. Ali, era a questão do deputado Bertrand Bertrand e a proibição de qualquer anúncio sobre cerveja. As relações lógicas foram aparecendo pouco a pouco: as pessoas se matam no carro como num campo de batalha, mas não podemos proibir os automóveis, que são o orgulho do homem moderno; uma certa porcentagem de catástrofes é atribuída à bebedeira de maus motoristas, mas não podemos proibir o vinho, glória imemorial da França; uma parte da bebedeira pública deve-se à cerveja, mas a cerveja também não pode ser proibida, já que haveria violação dos tratados internacionais sobre a liberdade dos mercados; uma certa porcentagem de bebedores de cerveja é incentivada a beber influenciada pelas campanhas publicitárias, o que, enfim, revela o calcanhar de aquiles do inimigo: veja onde o corajoso deputado decidiu brigar! Viva Bertrand Bertrand, digo comigo mesmo, mas, como esse nome provoca em mim o efeito de uma *berceuse*, logo adormeço, até o momento em que ouço uma voz bastante conhecida, uma sedutora voz aveludada, sim, é Bernard, o locutor, e como não há novidades a não ser as do tráfego, ele conta: esta noite, uma jovem sentou-se na estrada de costas para os automóveis. Três carros, um depois do outro, desviaram no último momento e foram achatar-se na sarjeta, houve mortos e feridos. Não conseguindo o que queria, a suicida foi embora sem deixar rastro, e só soubemos de sua existência pelos depoimentos convergentes dos feridos. Essa notícia assustou-me a tal ponto que não pude mais dormir. Só me restava levantar, tomar meu café da manhã e sentar-me diante da máquina de escrever. Mas durante muito tempo não consegui me concentrar, tinha diante dos olhos essa jovem enroscada no meio da rua, a cabeça entre os joelhos, e ouço os gritos que saem da vala. Tenho que afastar essa imagem à força para poder continuar meu romance que, se você tem boa memória, começou na beira de uma piscina, quando, esperando pelo professor Avenarius, vi uma desconhecida cumprimentar seu professor de natação. Revimos esse gesto quando Agnès se despediu de seu tímido colega de classe. Repetiu-o todas as vezes que acompanhava um amigo até a cerca do jardim. A pequena Laura escondia-se atrás de um arbusto e esperava o retorno de sua irmã; queria ver o beijo que iam trocar, depois seguir Agnès quando ela voltasse sozinha até a porta de casa. Esperava que Agnès voltasse e acenasse com o braço. Para a menina, nesse movimento estava magicamente incluída a vaporosa ideia do amor do qual ela nada sabia, e que, para ela, ficaria ligada para sempre à ideia de uma encantadora e carinhosa irmã mais velha.

Quando Agnès surpreendeu Laura imitando esse gesto para cumprimentar seus amiguinhos, achou desagradável e decidiu, desde então, como sabemos, despedir-se de suas amigas sem demonstrações. Essa breve história de um gesto nos permite discernir o mecanismo que determinava o relacionamento entre as duas irmãs: a caçula imitava a mais velha, estendia as mãos para ela, mas esta lhe escapava sempre no último momento.

Depois de passar no vestibular, Agnès foi continuar seus estudos em Paris. Laura ficou ressentida com ela por esse abandono das paisagens que juntas tinham amado. Mas, depois de seu vestibular, também se matriculou para estudar em Paris. Agnès dedicou-se à matemática. Quando terminou seus estudos, todos previram-lhe uma brilhante carreira científica, mas, em vez de continuar suas pesquisas, Agnès casou-se com Paul e aceitou um emprego banal, apesar de bem remunerado, mas sem nenhuma perspectiva de glória. Laura ficou desolada, e decidiu, quando entrou para o Conservatório, para compensar o insucesso de sua irmã, ficar célebre em seu lugar.

Um dia Agnès apresentou-lhe Paul. Naquele instante do encontro, Laura ouviu alguém invisível dizer-lhe: "Eis um homem! O verdadeiro. O único. Não existe outro no mundo". Quem era o interlocutor invisível? Talvez a própria Agnès? Sim. Era ela que mostrava o caminho à sua irmã caçula, ao mesmo tempo que o barrava. Muito gentis com Laura, Agnès e Paul cuidavam dela com tanta solicitude que na casa deles, em Paris, se sentia como antes em sua cidade natal. Ficando, desta forma, no ambiente familiar, desfrutava uma felicidade que não era isenta de uma certa melancolia: o homem que poderia amar, ao mesmo tempo era o único que lhe era proibido. Quando compartilhava da vida do casal, os momentos de felicidade alternavam-se com crises de tristeza. Calava-se, o olhar perdido no vazio; Agnès, então, segurando-lhe as mãos, dizia: "O que você tem, Laura? O que você tem, minha irmãzinha?". Às vezes, na mesma situação e com a mesma emoção, era Paul que lhe tomava as mãos, e todos os três mergulhavam num banho voluptuoso feito de sentimentos confusos: fraternos e amorosos, tolerantes e sensuais.

Depois se casou. Brigitte, a filha de Agnès, estava com dez anos e Laura decidiu oferecer-lhe um pequeno primo, ou uma pequena prima. Pediu a seu marido que a engravidasse, o que ele executou sem dificuldade, mas o resultado foi aflitivo: Laura teve um aborto e os médicos preveniram que daí em diante não poderia ter filhos a não ser que se submetesse a graves intervenções cirúrgicas.

Os óculos escuros

Quando Agnès ainda estava no colégio, apaixonou-se por óculos escuros. Ela os usava mais para parecer bonita e enigmática do que para proteger os olhos do sol. Os óculos tornaram-se sua mania: assim como certos homens têm um armário cheio de gravatas, assim como certas mulheres enchem de anéis suas caixas de joias, Agnès colecionava óculos escuros.

Quanto a Laura, começou a usar óculos escuros no dia seguinte ao seu aborto. Na época, ela os usava quase constantemente, desculpando-se com as amigas: "Não se zanguem, o choro me desfigurou, não posso aparecer sem eles". Daí em diante os óculos escuros significaram o luto para ela. Não os usava para esconder o choro, mas para que soubessem que chorava. Os óculos tornaram-se o substituto das lágrimas, tendo sobre as lágrimas verdadeiras a vantagem de não enfear as pálpebras, de não torná-las vermelhas e inchadas, e de a favorecer mais.

Aí também foi Agnès que inspirou a Laura o gosto pelos óculos escuros. Mas a história dos óculos também mostra que a relação entre as duas irmãs não poderia se resumir à imitação da mais velha pela mais moça. Ela a imitava, sim, mas ao mesmo tempo a corrigia: dava aos óculos escuros um conteúdo mais profundo, um sentido mais grave, forçando por assim dizer os óculos escuros de Agnès a enrubescer por sua frivolidade. Quando Laura aparecia com seus óculos escuros, isso sempre significava que sofria, e Agnès sentia que devia tirar os seus, por modéstia e por delicadeza.

A história dos óculos revela ainda uma coisa: Agnès aparecia como uma favorecida da Fortuna, Laura como sua enjeitada. As duas acabaram acreditando que não eram iguais em face do destino, o que talvez afetasse Agnès mais ainda do que a Laura. "Minha irmãzinha é apaixonada por mim e ela não tem sorte." Foi por isso que ela ficou contente em acolher Laura em Paris e apresentou-lhe Paul pedindo-lhe que a tratasse com afeto; por isso que descobriu para Laura um pequeno apartamento agradável na vizinhança e a convidava para sua casa todas as vezes que desconfiava que ela estava triste. Mas esforçava-se em vão, continuava sendo sempre ela que a Fortuna favorecia injustamente, e Laura a enjeitada da Fortuna.

Laura tinha um grande talento musical, tocava piano muito bem, no entanto, teimosamente, decidiu estudar canto no Conservatório. "Quando toco piano, estou em frente de um objeto estranho e hostil, a música não me pertence, pertence ao instrumento preto na minha frente. Ao contrário, quando canto, meu corpo transforma-se em órgão e eu me torno música." Não foi culpa sua se, infelizmente, tinha uma voz muito fraca que a conduziu ao fracasso: não se tornou solista e durante o resto de sua vida suas ambições musicais reduziram-se a um coro de amadores, onde ia duas vezes por semana para ensaiar alguns concertos anuais.

Seu casamento, em que investira toda a sua boa vontade, desmoronou também no fim de seis anos. É verdade que seu marido muito rico teve que lhe deixar um belo apartamento e uma pensão alimentícia considerável, o que lhe permitiu comprar uma loja onde vendia peles com uma habilidade que surpreendeu a todos; mas esse sucesso era muito terra a terra para reparar a injustiça sofrida em nível bem mais elevado: espiritual e sentimental.

Divorciada, mudava de amantes e tinha uma reputação de amante apaixonada e fingia carregar seus amores como uma cruz. "Tive muitos homens em minha vida", dizia muitas vezes num tom grave e melancólico, como para se queixar do destino.

— Invejo você, respondeu Agnès, e Laura, em sinal de tristeza, pôs seus óculos escuros. A admiração que sentiu na infância ao ver Agnès cumprimentar suas amigas na grade do jardim nunca a deixara, e, no dia em que compreendeu que sua irmã renunciava a qualquer carreira científica, não pôde esconder sua decepção.

— O que é que você me censura?, disse Agnès para se defender. Você, em vez de cantar na Ópera vende peles, e eu, em vez de viajar de um congresso para outro ocupo um lugar agradavelmente insignificante numa empresa de informática.

— Mas eu fiz o que pude para poder cantar enquanto você renunciou propositadamente às suas ambições. Eu fui vencida. Você se entregou.

— E por que eu deveria ter feito carreira?

— Agnès! Só temos uma vida! É preciso assumi-la! Afinal de contas devemos deixar alguma coisa atrás de nós!

— Deixar alguma coisa atrás de nós?, repetiu Agnès num tom espantado e cético.

Laura demonstrou uma discordância quase dolorosa:

— Agnès, você é negativa!

Muitas vezes dirigia essa reprovação à sua irmã, mas mentalmente. Nunca a expressara em voz alta a não ser em duas ou três ocasiões. A última vez foi depois da morte de sua mãe, quando vira o pai rasgar as fotos. O que o pai fazia era inaceitável: destruía uma parte da vida, de sua vida comum com mamãe: rasgava imagens, rasgava lembranças que não eram apenas suas, mas pertenciam a toda a família e principalmente às filhas; não tinha o direito de agir assim. Ela começou a gritar com ele, e Agnès tomou a defesa do pai.

Quando ficaram sozinhas, pela primeira vez na vida brigaram, apaixonada e raivosamente.

— Você é negativa! Você é negativa!, gritou Laura; depois, chorando de raiva, ela pôs seus óculos escuros e foi embora.

O corpo

Quando já estavam muito velhos, o célebre pintor Salvador Dalí e sua mulher, Gala, domesticaram um coelho que depois viveu com eles sem deixá-los um instante: gostavam muito dele. Um dia, quando deveriam partir para uma longa viagem, discutiram até tarde da noite o que iriam fazer com o coelho. Era difícil levá-lo, mas não menos difícil confiá-lo a alguém, porque o coelho tinha medo dos homens. No dia seguinte Gala preparou o almoço e Dalí deleitou-se, até o momento em que compreendeu que comia um ensopado de coelho. Levantou-se da mesa e correu para o banheiro para vomitar na pia seu pequeno animal querido, fiel companheiro de seus dias de velhice. Gala, ao contrário, estava contente que seu amado tivesse penetrado em suas entranhas, tivesse-as acariciado lentamente, tornando-se o corpo de sua dona. Ela não conhecia relação mais absoluta de amor do que a ingestão do ser amado. Comparado a essa fusão dos corpos, o ato de amor físico parecia-lhe um prurido irrisório.

Laura era como Gala. Agnès era como Dalí. Ela amava uma quantidade de pessoas, homens e mulheres, mas se um estranho contrato de amizade a obrigasse a cuidar de seus narizes e a assoá-los regularmente, teria preferido viver sem amigos. Conhecendo as idiossincrasias de sua irmã, Laura a repreendia:

— O que significa a simpatia que você sente por alguém? Dessa simpatia, como você pode excluir o corpo? Sem seu corpo, o homem continua um homem?

É, Laura era como Gala: perfeitamente identificada com seu corpo, perfeitamente instalada nele. E o corpo não era apenas aquilo que se podia ver num espelho: a parte mais preciosa encontrava-se no interior. Reservava também um lugar especial, em seu vocabulário, aos nomes dos órgãos internos. Para expressar o desespero em que seu amante a mergulhara na véspera, ela dizia:

— Tenho vomitado desde que ele partiu.

Apesar das frequentes alusões ao vômito, Agnès não tinha certeza se ela jamais vomitara. O vômito não era a sua verdade, mas a sua poesia: a metáfora, a imagem lírica da decepção e do desgosto.

Um dia, quando foram fazer compras numa butique de lingerie, Agnès viu Laura acariciar um sutiã que a vendedora lhe mostrava. Nesses momentos é que ela compreendia tudo o que a separava de sua irmã: para Agnès, o sutiã fazia parte dos objetos destinados a compensar uma carência física, como por exemplo os curativos, as próteses, os óculos, os coletes que os doentes das vértebras cervicais têm de usar. O sutiã tem como função sustentar uma coisa mais pesada do que o previsto, cujo peso foi mal calculado, e que mais tarde é preciso escorar um pouco como é escorada com pilastras e contrafortes a varanda de uma construção malfeita. Em outras palavras: o sutiã revela o aspecto *técnico* do corpo feminino.

Agnès invejava Paul por ele poder viver sem estar eternamente consciente do seu corpo. Ele inspira, expira, seu pulmão trabalha como um grande fole automático, e é assim que ele sente seu corpo: esquecendo-o alegremente. Mesmo que tenha problemas físicos, nunca fala deles, não por modéstia, mas por um desejo vaidoso de elegância, porque uma doença não é senão uma imperfeição que o envergonha. Durante anos, sofreu de uma úlcera no estômago, mas Agnès só soube no dia em que uma ambulância o levou ao hospital acometido de uma terrível crise, justamente depois de uma dramática defesa oral diante do tribunal. Essa vaidade poderia ser motivo de riso, mas em vez disso Agnès ficava comovida, e quase o invejava.

Se bem que Paul provavelmente seja mais vaidoso do que a média, pensava Agnès, seu comportamento revela a diferença entre as condições feminina e masculina: a mulher leva muito mais tempo discutindo suas preocupações físicas; ela não conhece o esquecimento inconsequente do corpo. Isso começa pelo choque das primeiras perdas de sangue; de repente o corpo surge e ela se vê diante dele como um mecânico encarregado de, sozinho, tomar conta de uma pequena fábrica: todos os meses tem que usar tampões, engolir comprimidos, ajustar o sutiã, aprontar-se para produzir. Agnès olhava com inveja os homens velhos; tinha a impressão de que eles envelheciam de outra maneira: o corpo de seu pai transformava-se imperceptivelmente na sua própria sombra, desmaterializava-se, ficando aqui embaixo apenas uma alma displicentemente encarnada. Ao contrário, quanto mais o corpo feminino torna-se inútil, mais ele se torna corpo: pesado e volumoso; parece uma fábrica velha destinada à demolição, mas ao lado da qual o eu de uma mulher é obrigado a ficar até o fim com a função de guardiã.

O que poderia mudar a relação de Agnès com seu corpo? Nada, a não ser o momento da excitação. A excitação: redenção fugitiva do corpo.

Mas também sobre esse ponto Laura não estaria de acordo. O momento da redenção? Como assim, momento? Para Laura, o corpo era sexual desde o início, a priori, sempre e inteiramente, por essência. Amar alguém para ela significava: levar-lhe seu corpo, entregá-lo diante dele, seu corpo tal qual é, tanto no exterior quanto no interior, mesmo com o tempo que, doce e lentamente, o deteriora.

Para Agnès o corpo não era sexual. Ele só se tornava assim em raros momentos, quando a excitação projetava

117

sobre ele uma luz irreal, artificial, que o tornava belo e desejável. Eis por que, mesmo que ninguém percebesse, Agnès era dominada pelo amor físico e presa a ele, porque sem ele a miséria do corpo não teria nenhuma saída de emergência e tudo estaria perdido. Ao fazer amor ela conservava os olhos abertos e se houvesse um espelho perto ela se observava: seu corpo parecia-lhe, então, inundado de luz.

Mas olhar seu corpo inundado de luz é um jogo pérfido. Um dia que Agnès estava com seu amante, durante o amor ela percebeu no espelho certos defeitos de seu corpo que não havia notado em seu encontro anterior (eles só se viam uma ou duas vezes por ano num grande e anônimo hotel parisiense) e foi impossível para ela desviar o olhar: não viu mais o amante, não viu mais os corpos copulando, viu apenas o envelhecimento que começava a corroê-la. Imediatamente a excitação desapareceu do quarto. Agnès fechou os olhos e acelerou os movimentos do amor para impedir o parceiro de adivinhar seus pensamentos: acabava de decidir que seria seu último encontro. Sentia-se fraca e desejava o leito matrimonial em cuja cabeceira uma pequena lâmpada ficava sempre apagada; ela o desejava como uma consolação, como um porto de obscuridade.

A *adição e a subtração*

Em nosso mundo, em que surgem cada dia mais e mais fisionomias que se parecem cada vez mais, não é tarefa fácil para o homem querer confirmar a originalidade do seu eu e conseguir convencer-se de sua inimitável unicidade. Há dois métodos para cultivar a unicidade do eu: o método aditivo e o método subtrativo. Agnès subtrai de seu eu tudo o que é exterior e emprestado, para, desta forma, aproximar-se de sua essência pura (correndo o risco de chegar a zero com essas subtrações sucessivas). O método de Laura é exatamente inverso: para tornar seu eu mais visível, mais fácil de ser apreendido, para dar-lhe mais consistência, ela acrescenta-lhe sem cessar novos atributos, aos quais tenta se identificar (correndo o risco de perder a essência do eu sob esses atributos adicionados).

Tomemos o exemplo de sua gata. Depois do seu divórcio, Laura viu-se só num grande apartamento e sentiu-se triste. Quis dividir sua solidão nem que fosse com um pequeno animal. Sua primeira ideia foi arranjar um cachorro, mas logo compreendeu que um cachorro exigiria cuidados que ela não estava em condições de oferecer. Por isso arranjou uma gata. Era uma grande gata, bela e má. De tanto viver com ela, e falar dela com seus amigos, atribuiu a essa gata, escolhida mais por acaso e sem grande convicção (pois afinal a princípio quisera um cachorro!), uma importância cada vez maior: em todos os lugares elogiava seus méritos, obrigando todos a admirá-la. Via nela a bela independência, o orgulho, a desenvoltura, charme permanente (bem diferente do charme humano que se alterna sempre com momentos de inépcia e de falta de graça); via um modelo em sua gata; e via-se nela.

Não interessa absolutamente saber se em seu caráter Laura se parece ou não com a gata, o importante é que ela adotou-a como sua marca e a gata tornou-se um dos atributos de seu eu. Muitos de seus amantes de saída mostraram sua irritação diante desse animal egocêntrico e malévolo, que sem nenhuma razão cuspia e dava unhadas, e que se tornou o teste do poder de Laura, a qual parecia dizer a cada um: você me terá, mas tal qual sou realmente, quer dizer, com minha gata. A gata é a imagem de sua alma, e o amante devia aceitar primeiro sua alma, se depois quisesse possuir seu corpo.

O método aditivo é inteiramente agradável se acrescentamos ao eu um cachorro, uma gata, um assado de porco, o amor do oceano ou as duchas frias. As coisas tornam-se menos idílicas se decidimos acrescentar ao eu a paixão pelo comunismo, pela pátria, por Mussolini, pela Igreja católica, pelo ateísmo, pelo fascismo ou pelo antifascismo. Nos dois casos, o método continua exatamente o mesmo: aquele que defende insistentemente a superioridade dos gatos sobre os outros animais faz, em essência, a mesma coisa que aquele que proclama Mussolini o único salvador da Itália: ele apregoa um atributo do seu eu e empenha-se totalmente para que esse atributo (um gato ou Mussolini) seja reconhecido e amado por todos que o cercam.

Esse é o estranho paradoxo de que são vítimas todos aqueles que recorrem ao método aditivo para cultivar seu eu: esforçam-se em adicionar para criar um eu inimitavelmente único, mas tornando-se ao mesmo tempo os propagandistas desses atributos adicionados, fazem tudo para que o maior número de pessoas se pareça com eles; e então a unicidade de seu eu (tão trabalhosamente conquistada) logo desaparece.

Podemos, então, nos perguntar por que um homem que ama uma gata (ou um Mussolini) não se contenta com seu amor, mas, além disso, quer impô-lo aos outros. Tentemos responder lembrando-nos daquela jovem da sauna que, com combatividade, afirmava sua predileção pelas duchas frias. Dessa maneira, de uma tacada conseguiu se diferençar da metade do gênero humano, que prefere as duchas quentes. O azar é que a outra metade da humanidade se parecia ainda mais com ela. Ah! Como é triste! Muitas pessoas, poucas ideias, e como fazer para nos diferençarmos uns dos outros? A jovem desconhecida sabia apenas de um meio para superar a desvantagem de sua semelhança com as inumeráveis multidões de adeptos da ducha fria: era preciso lançar bruscamente sua afirmação ("adoro as duchas frias!") desde a entrada da sauna, com toda a sua energia, para que os milhões de outras mulheres que gostam de ducha fria parecessem de repente míseras imitadoras. Em outras palavras: se queremos que o amor (inocentemente insignificante) das duchas se torne um atributo de nosso eu, é preciso que o mundo inteiro conheça nossa intenção de lutarmos por esse amor.

Aquele que faz de uma paixão por Mussolini um atributo de seu eu, torna-se militante político; o que exalta os gatos, a música ou móveis antigos presenteia seus amigos.

Suponhamos que você tem um amigo que gosta de Schumann e detesta Schubert, enquanto você adora Schubert e Schumann o aborrece. Que disco você daria de presente de aniversário a seu amigo? Schumann que ele adora, ou Schubert que você adora? Schubert, é claro. Dando de presente Schumann, você teria a desagradável impressão de ser insincero, de presentear seu amigo com uma espécie de suborno para agradar-lhe, com a ideia quase mesquinha de conquistá-lo. Afinal de contas, quando você presenteia é por amor, para oferecer uma parte de você, um pedaço do seu coração! Assim sendo, você daria "A inacabada" de Schubert a seu amigo, que, depois que você saísse, calçaria luvas, cuspiria no disco e, segurando-o entre dois dedos, o jogaria no lixo.

Num intervalo de alguns anos, Laura presenteou sua irmã e seu cunhado com um aparelho de jantar, uma compoteira, uma lâmpada, uma cadeira de balanço, cinco ou seis cinzeiros, uma toalha de mesa e sobretudo um piano que dois robustos rapazes um dia trouxeram inesperadamente, perguntando onde deveriam deixá-lo. Laura estava radiante:

— Queria dar-lhes um presente que os obrigasse a pensar em mim, mesmo que eu não esteja com vocês.

Depois de seu divórcio, Laura ia para a casa de Agnès sempre que tinha um momento livre. Ocupava-se de Brigitte como se fosse sua própria filha, e se comprou um piano para a irmã era para que a sobrinha aprendesse a tocá-lo. Ora, Brigitte detestava piano. Com medo de que Laura ficasse sentida, Agnès suplicou à filha que fizesse um esforço e que mostrasse alguma afeição às teclas brancas e pretas. Brigitte defendia-se:

— Então é para dar prazer a você que devo aprender a tocar?

Assim, a história não acabou bem e passados alguns meses o piano era apenas um objeto decorativo, ou melhor dizendo, inoportuno; lembrança melancólica de um projeto abortado; um grande corpo branco (sim, o piano era branco) que ninguém queria.

Na realidade, Agnès não gostava nem do piano nem do aparelho de jantar nem da cadeira de balanço. Não que fossem de mau gosto, mas tinham um quê de excêntrico que não correspondia nem à natureza de Agnès nem às suas preferências. Sentiu não somente um sincero prazer, mas também um alívio egoísta quando um dia (havia seis anos ninguém pusera a mão no piano) Laura contou-lhe, muito alegre, que se apaixonara por Bernard, o jovem amigo de Paul. Uma mulher que está no começo de um grande amor, pensou Agnès, teria mais o que fazer do que presentear sua irmã e ocupar-se da educação da sobrinha.

A *mulher mais velha do que o homem,* o *homem mais moço do que a mulher*

"Eis uma notícia extraordinária", disse Paul quando Laura lhe falou sobre seu amor, e convidou as duas irmãs para jantar. Como para ele era uma grande alegria ver que duas pessoas que amava também se amavam, pediu duas garrafas de um vinho muito caro.

— Você vai se relacionar com uma das melhores famílias da França, explicou a Laura. Sabe quem é o pai de Bernard?

Laura disse:

— Claro! Um deputado! E Paul:

— Você não sabe de nada! O deputado Bertrand Bertrand é filho do deputado Arthur Bertrand. Muito orgulhoso do seu sobrenome, Arthur Bertrand quis que seu filho o fizesse mais célebre ainda. Depois de pensar longamente que nome lhe dar, teve a ideia genial de batizá-lo Bertrand. Um nome assim dobrado nunca poderia deixar ninguém indiferente, ninguém poderia esquecê-lo! Bastaria dizer apenas Bertrand Bertrand para que esse nome ressoasse como uma ovação, como um viva: Bertrand! Bertrand! Bertrand! Bertrand! Bertrand! Bertrand!

E, repetindo essas palavras, Paul levantava o copo como

para levantar um brinde e soletrar o nome de um chefe adulado pelas multidões. Depois tomou um gole:

— Esse vinho é extraordinário! E continuou: Cada um de nós é misteriosamente influenciado pelo seu nome, e Bertrand Bertrand, que ouviu muitas vezes por dia a repetição rítmica do seu, sentiu-se esmagado durante toda a sua vida sob a glória imaginária dessas quatro sílabas sonoras. No dia em que foi reprovado no vestibular, encarou o fato muito pior do que seus colegas. Como se seu nome dobrado automaticamente multiplicasse por dois seu senso de responsabilidade. Sua proverbial modéstia permitiria, certamente, que suportasse a vergonha que se abatia sobre ele; mas não podia se adaptar à vergonha que se abatera sobre seu nome. Com vinte anos fez a seu nome a promessa solene de consagrar sua vida a combater pelo bem. Mas não demorou a constatar que é difícil distinguir aquilo que é bom daquilo que é mau. Por exemplo, seu pai votou pelos acordos de Munique, com a maioria dos deputados. Ele queria salvar a paz porque a paz é incontestavelmente um bem. Mais tarde, porém, ele foi censurado por ter, desta forma, aberto o caminho da guerra, que é incontestavelmente um mal. Querendo evitar os erros do pai, o filho fixou-se em algumas certezas elementares. Jamais se pronunciou sobre os palestinos, sobre Israel, sobre a Revolução de Outubro, sobre Castro, nem mesmo sobre o terrorismo, sabendo que o assassinato a partir de uma fronteira secreta torna-se um ato de heroísmo e que essa fronteira sempre seria indiscernível para ele. Toma apaixonadamente partido contra Hitler, contra o nazismo, contra as câmaras de gás e nesse sentido lamenta o desaparecimento de Hitler nos escombros da Chancelaria, porque a partir desse dia o bem e o mal passaram a ser insuportavelmente relativos. Tudo isso levou-o a devotar-se ao bem sob seu aspecto mais imediato, ainda não deformado pela política. Adotou como divisa "bem é a vida". Desse modo a luta contra o aborto, contra a eutanásia, contra o suicídio tornou-se a meta de sua existência.

Laura protestou rindo: Segundo você, é um débil mental!

— Está vendo, disse Paul a Agnès, ela já está defendendo

a família do amante. Isso merece todos os elogios, do mesmo modo que este vinho, cuja escolha você deveria aplaudir. Durante um recente programa sobre a eutanásia, Bertrand Bertrand deixou-se filmar na cabeceira de um doente paralisado, com a língua amputada, cego, sofrendo dores permanentes. Estava ao lado da cama, inclinado sobre o doente, e a câmera o mostrava insuflando nele a esperança de dias melhores. No momento em que pronunciava a palavra "esperança" pela terceira vez, o doente, bruscamente excitado, soltou um grito longo e aterrador semelhante ao grito de um animal, cavalo, touro, elefante ou os três juntos, e Bertrand Bertrand teve medo: não conseguia mais falar, tentava apenas guardar o sorriso, às custas de um esforço sobre-humano, e a câmera filmou longamente esse sorriso petrificado de um deputado tremendo de medo, e ao lado dele, na mesma tomada, o rosto de um moribundo urrando. Mas não era isso que eu queria dizer. O que queria contar é que, ao escolher o nome de seu filho, errara o golpe. Sua primeira intenção era batizá-lo Bertrand, mas logo foi obrigado a admitir que seria grotesco, dois Bertrand Bertrand neste mundo, porque as pessoas nunca iriam saber se se tratava de duas ou de quatro pessoas. No entanto, não queria desistir por completo à felicidade de ouvir no nome de seu rebento o eco de seu próprio nome, e foi assim que lhe ocorreu a ideia de batizar seu filho de Bernard. Ora, Bernard Bertrand, isso não soa como uma ovação ou como vivas, mas como um balbuciar, ou, melhor dizendo, como um desses exercícios fonéticos que os atores e apresentadores de rádio usam para aprender a falar depressa, sem se enganar. Como dizia, os nomes que usamos nos teleguiam misteriosamente, e o de Bernard o destinava desde o berço a, um dia, falar no rádio.

Se Paul falava todas essas bobagens, era porque não ousava expressar em voz alta, diante da cunhada, o pensamento que o obcecava: os oito anos de diferença entre Laura e o jovem Bernard, esses oito anos o encantavam! Paul realmente guardava a lembrança fascinante de uma mulher quinze anos mais velha que conhecera intimamente quando ele próprio tinha vinte e cinco anos. Queria falar nisso, gostaria de explicar a Laura que todo homem deve viver um amor por uma mulher mais velha, e que nenhum outro amor deixa uma lembrança melhor. "Uma mulher mais velha", teve vontade de clamar levantando uma vez mais seu copo, "é uma ametista na vida de um homem!" Mas renunciou a esse gesto imprudente e contentou-se em evocar em silêncio sua amante de outrora, que lhe dera as chaves de seu apartamento onde podia se instalar quando quisesse e fazer o que quisesse, arranjo ainda mais cômodo, uma vez que Paul estava em maus termos com seu pai e queria morar o mínimo possível na casa dele. Ela não era absolutamente possessiva com suas noites; Paul vinha encontrar-se com ela quando estava livre, mas não tinha que dar explicações quando não tinha tempo de vê-la. Ela não o forçava nunca a sair em sua companhia e comportava-se, quando os dois eram vistos em sociedade, como uma parente amorosa pronta a fazer tudo pelo sobrinho encantador. Quando ele se casou, ofereceu-lhe um presente suntuoso que sempre ficou sendo um enigma para Agnès.

Mas ainda era menos possível dizer a Laura: estou contente de que meu amigo esteja apaixonado por uma mulher mais velha, que vai ser para ele como uma tia que adora seu adorável sobrinho. Foi menos possível ainda quando Laura retomou a palavra:

— O maravilhoso é que quando estou na companhia dele sinto-me remoçar dez anos. Graças a ele, risquei da minha vida dez ou quinze anos penosos, tenho a impressão de que foi ontem que cheguei da Suíça e o conheci.

Essa confissão impediu que Paul evocasse em voz alta sua ametista; logo guardou suas lembranças para si mesmo e contentou-se em saborear o vinho, sem ouvir mais o que Laura dizia. Só mais tarde, para retomar a conversa, perguntou:

— O que Bernard contou a você sobre seu pai?

— Nada, respondeu Laura. Posso assegurar a você que seu pai não foi assunto de nossas conversas. Sei que eles pertencem a uma grande família. Mas você sabe muito bem o que penso das grandes famílias.

— E você não está curiosa em saber ainda mais?

— Não, disse Laura, com um riso alegre.

— Pois deveria estar. Bertrand Bertrand é o principal problema de Bernard Bertrand.

— Claro que não!, exclamou Laura, convencida de ser ela mesma o principal problema de Bernard.

Sabia que o velho Bertrand destinava Bernard a uma carreira política?, perguntou Paul.

— Não, respondeu Laura levantando os ombros.

— Nessa família, herda-se uma carreira política como se herda uma fazenda. Bertrand Bertrand estava certo de que seu filho um dia disputaria, no lugar dele, um mandato de deputado. Mas Bernard, com vinte anos, ouviu esta notícia no rádio: "Catástrofe aérea sobre o Atlântico. Cento e seis passageiros desapareceram, entre eles sete crianças e quatro jornalistas". Que nesses casos as crianças sejam mencionadas como uma categoria especial da humanidade, não nos surpreende mais há muito tempo. Mas dessa vez, quando a apresentadora acrescentou às crianças também os jornalistas, foi para ele um raio de luz. Compreendendo que o homem político é hoje um personagem risível, decidiu ser jornalista. O acaso quis que nessa época eu dirigisse um seminário na faculdade de Direito que ele frequentava. Foi lá que ele consumou a traição a seu pai. Bernard contou-lhe isso?

— É claro!, respondeu Laura. Ele adora você.

Um negro entrou na sala, carregando um cesto de flores. Laura fez um sinal com a mão. O negro mostrou fantásticos dentes brancos e Laura, tirando do cesto um buquê de cinco cravos meio murchos, estendeu-o a Paul:

— Toda a minha felicidade devo a você.

Paul enfiou a mão no cesto e apanhou um outro buquê de cravos.

— Não é a mim, mas a você que festejamos hoje, disse ele oferecendo-lhe as flores.

127

— É, hoje é a festa de Laura, disse Agnès tirando do cesto um terceiro buquê de cravos.

Laura tinha os olhos úmidos.

— Sinto-me tão bem com vocês, sinto-me tão bem com vocês, e levantou-se. Apertava os dois buquês contra o peito, imóvel ao lado do negro que se postava como um rei. Todos os negros parecem reis. Este era como Otelo, antes de ficar com ciúmes de Desdêmona, e Laura era como uma Desdêmona apaixonada por seu rei. Paul sabia o que iria acontecer. Quando Laura estava bêbada, sempre começava a cantar. Lentamente, das profundezas do seu corpo um desejo de canto subiu para sua garganta, tão intensamente, que muitas pessoas que jantavam no restaurante viraram a cabeça com curiosidade.

— Laura, sussurrou Paul, neste restaurante pode ser que não apreciem seu Mahler!

Com um buquê apertado em cada seio, Laura achava que estava num palco de ópera. Parecia-lhe sentir sob os dedos o volume das tetas inchadas de notas. Mas, para ela, os desejos de Paul eram sempre ordens. Obedeceu e contentou-se em suspirar:

— Gostaria tanto de fazer qualquer coisa...

Então o negro, guiado pelo instinto sutil dos reis, apanhou no fundo do cesto os dois últimos buquês de cravos amassados e, com um gesto sublime, estendeu-os a Laura.

— Agnès, disse Laura, querida Agnès, sem você eu nunca teria vindo para Paris, sem você nunca teria conhecido Paul, sem Paul nunca teria conhecido Bernard, e pôs seus quatro buquês na mesa diante de sua irmã.

O *décimo primeiro mandamento*

Antigamente, a glória jornalística pôde encontrar seu símbolo no famoso nome de Ernest Hemingway. Toda a sua obra, assim como seu estilo sóbrio e conciso, tem origem nas reportagens que o Hemingway muito jovem mandava aos jornais de Kansas City. Ser jornalista significava, então, aproximar-se mais do que qualquer outro da vida real, escavar seus recantos escondidos, mergulhar as mãos ali e sujá-las. Hemingway orgulhava-se de ter escrito livros que são ao mesmo tempo tão terra a terra e postos tão alto no firmamento da arte.

Quando Bernard pensa na palavra "jornalista" (título que hoje, na França, engloba também as pessoas do rádio, da televisão e os fotógrafos da imprensa), não é em Hemingway que ele pensa, e o gênero literário no qual ele deseja destacar-se não é a reportagem. Sonha mais em escrever em alguma revista de destaque, editoriais que fariam tremer todos os colegas de seu pai. Ou então entrevistas. Aliás, qual é o jornalista mais marcante dos últimos tempos? Não é um Hemingway contando suas experiências vividas nas trincheiras, nem um especialista nas putas de Praga, como Egon Erwin Kisch, nem um Orwell que viveu um ano inteiro com os miseráveis de Paris, mas Oriana Fallaci, que publicou entre 1969 e 1972, na revista italiana *Europeo*, uma série de entrevistas com os políticos mais célebres da época. Essas entrevistas eram mais do que entrevistas; eram duelos. Antes de poder compreender que lutavam com armas desiguais — porque era ela que podia fazer as perguntas, não eles —, os políticos todo-poderosos rolavam K.O. no estrado do ringue.

Esses duelos eram um sinal dos tempos: a situação mudara. Os jornalistas compreenderam que questionar não era apenas o método de trabalho do repórter desempenhando humildemente uma entrevista com seu caderno de notas na mão, mas sim uma maneira de exercer o poder. O jornalista não é aquele que faz as perguntas, mas aquele que detém o direito sagrado de fazê-las, e de fazê-las a qualquer pessoa, sobre qualquer assunto. Mas todos nós não temos esse direito? Toda pergunta não seria uma passarela de compreensão lançada de homem a homem? Talvez. Explico, portanto, minha afirmação: o poder do jornalista não se fundamenta sobre o direito de fazer uma pergunta, mas sobre o direito de *exigir uma resposta*.

Observe, por favor, que Moisés não pôs "Não mentirás" entre os dez mandamentos de Deus. Não foi por acaso! Pois aquele que diz "Não minta" deve ter dito antes "Responda!", quando Deus não deu a ninguém o direito de exigir do outro uma resposta. "Não minta, diga a verdade" são ordens que um homem não deveria dirigir a um outro homem enquanto ele o considere como seu igual. Apenas Deus talvez pudesse fazê-lo, mas ele não tem nenhuma razão de agir assim, já que sabe tudo e não tem nenhuma necessidade de nossas respostas.

Entre o que comanda e o que deve obedecer, a desigualdade não é tão radical como a desigualdade entre o que tem o direito de exigir uma resposta e o que tem o dever de responder. Por isso o direito de exigir uma resposta nunca foi concedido, a não ser excepcionalmente. Por exemplo, ao juiz que instrui uma questão criminal. No decorrer de nosso século, os Estados comunistas e fascistas se outorgaram esse direito, não a título excepcional, mas permanente. Os que voltavam a esses países sabiam que a qualquer momento podiam obrigá-los a responder: o que haviam feito na véspera? O que eles pensavam em seu íntimo? Sobre o que conversavam com A? Mantinham relações íntimas com B? Foi justamente esse imperativo sacramentado, "Não minta! Diga a verdade!", esse décimo primeiro mandamento a cuja força não souberam resistir, que os transformou num cortejo de pobres sujeitos infantilizados. Entretanto, de vez em quando aparecia um C recusando-se obstinadamente a dizer sobre o que conversava com A; para expressar sua revolta (às vezes era a única revolta possível!), disse uma mentira em vez de uma verdade. Mas a polícia sabia e mandou instalar microfones na casa dele. Ela não foi movida por nenhum motivo condenável, mas pelo simples desejo de aprender uma verdade que o mentiroso C escondia. Simplesmente mantinha seu sagrado direito de exigir uma resposta.

Num país democrático, qualquer cidadão botaria a língua de fora para qualquer policial que ousasse lhe perguntar do que conversava com A e se tinha relações íntimas com B. No entanto, aqui também o poder soberano do décimo primeiro mandamento é exercido. Afinal de contas, é preciso que um mandamento seja exercido, num século onde o Decálogo está praticamente esquecido! Toda a estrutura moral de nossa época tem como base o décimo primeiro mandamento, e o jornalista compreendeu muito bem que caberia a ele assegurar sua gestão; assim o quer uma secreta determinação da História, que confere hoje em dia ao jornalista um poder com o qual nenhum Hemingway, nenhum Orwell jamais ousou sonhar.

Isso ficou claro como água de mina no dia em que os jornalistas americanos Carl Bernstein e Bob Woodward desmascararam com suas perguntas as manobras condenáveis do presidente Nixon durante a campanha eleitoral, desta forma constrangendo o homem mais poderoso do planeta, primeiro a mentir publicamente, depois a admitir publicamente que mentira, e enfim a deixar a Casa Branca cabisbaixo. Assim, nosso aplauso foi unânime porque justiça fora feita. Paul também aplaudiu, porque nesse episódio previa uma grande mudança histórica, o ultrapassar de um limiar, o momento inesquecível de uma reconstrução: surgia uma nova força que, sozinha, seria capaz de destronar o antigo profissional do poder que até então fora o político. Destroná-lo não só pelas armas ou pela intriga, mas pela simples força do questionamento.

"Diga a verdade!", exige o jornalista, e claro, podemos nos perguntar: qual o conteúdo da palavra "verdade" que possa dar origem à instituição do décimo primeiro mandamento? A fim de evitar qualquer mal-entendido, sublinhemos que não se trata nem da verdade de Deus, que custou a Jan Hus a fogueira, nem a verdade científica que mais tarde custou a Giordano Bruno a mesma morte. A verdade que o décimo primeiro mandamento exige não diz respeito nem à fé nem ao pensamento, é a verdade no estágio ontológico mais baixo, a verdade puramente positivista das coisas: o que C fez ontem; o que pensa realmente no íntimo de si mesmo; do que fala quando encontra A; e se tem relações íntimas com B. No entanto, apesar de situado no estágio ontológico mais baixo, é a verdade da nossa época e ela encerra a mesma força explosiva que encerrava em outros tempos a verdade de Jan Hus e de Giordano Bruno. "Você tem relações íntimas com B?", pergunta o jornalista. C responde com uma mentira, afirmando nunca ter conhecido B. Mas o jornalista ri disfarçadamente porque há muito tempo o repórter de seu jornal fotografou secretamente B inteiramente nua nos braços de C, e só depende dele tornar público o escândalo, acrescentando além do mais as afirmações do mentiroso C que tão covarde quanto afrontosamente continua a negar que conheça B.

Estamos em plena campanha eleitoral, o homem político entra num helicóptero, do helicóptero passa para um carro, agita-se, transpira, engole seu café correndo, grita nos microfones, faz discursos de duas horas, mas finalmente será um Woodward ou um Bernstein que decidirá qual entre as cinquenta mil frases pronunciadas vai aparecer nos jornais e será citada no rádio. Daí o desejo que tem o homem político de falar pessoalmente no rádio e na televisão, mas então é preciso a intermediação de uma Oriana Fallaci, que detém o comando do programa e que faz as perguntas. Para tirar proveito do breve momento em que toda a nação pode vê-lo, o homem político gostaria de dizer imediatamente aquilo que realmente é importante para ele, mas Woodward irá interrogá-lo sobre assuntos que não lhe interessarão absolutamente, e sobre os quais preferiria não falar. Desta forma, se encontrará na situação clássica do estudante interrogado no quadro-negro, que irá se valer de um velho truque: fingindo responder à pergunta, recorrerá, na verdade, a frases preparadas em casa para o programa. Mas se esse truque pôde enganar o professor algumas vezes, não irá enganar Bernstein, que o perseguirá sem piedade: "O senhor não respondeu à minha pergunta!".

Quem hoje em dia gostaria de fazer uma carreira política? Quem gostaria de ser interrogado a vida toda no quadro-negro? Certamente não o filho do deputado Bertrand Bertrand.

A *imagologia*

O homem político depende do jornalista. Mas de quem dependem os jornalistas? Daqueles que os pagam. E quem os paga são as agências de publicidade que compram para seus anúncios espaços nos jornais, ou tempo no rádio. À primeira vista, poderíamos pensar que elas irão se dirigir, sem hesitar, a todos os jornais cuja grande circulação pode promover a venda de um produto. Mas é uma ideia ingênua. A venda do produto tem menos importância do que se pensa. Basta considerar o que se passa nos países comunistas: afinal de contas, não se poderia afirmar que milhares de cartazes de Lênin colados em toda parte pelo caminho possam tornar Lênin mais querido. As agências de publicidade do partido comunista (as famosas seções de agitação e propaganda) há muito tempo esqueceram a sua finalidade prática (tornar amado o sistema comunista) e tornaram-se seu próprio fim: criar uma linguagem, fórmulas, uma estética (os chefes dessas agências foram, outrora, os mestres absolutos da arte em seu país), um estilo de vida particular que em seguida desenvolveram, lançaram e impuseram aos pobres povos.

Vocês poderiam objetar que publicidade e propaganda não têm ligação entre si; estando uma a serviço do mercado e a outra a serviço da ideologia. Não estão compreendendo nada. Há mais ou menos cem anos, na Rússia, os marxistas perseguidos formaram pequenos círculos clandestinos em que se estudava em conjunto o *Manifesto* de Marx; simplificaram o conteúdo dessa ideologia para difundi-la em outros círculos cujos membros, simplificando por sua vez essa simplificação do simples, a transmitiram e propagaram até o momento em que o marxismo, conhecido e poderoso em todo o planeta, viu-se reduzido a uma coleção de seis ou sete slogans tão precariamente ligados entre si que dificilmente podemos considerá-lo como ideologia. E como tudo que ficou de Marx não forma mais nenhum *sistema lógico de ideias*, mas apenas uma sequência de imagens e emblemas sugestivos (o operário que sorri segurando seu martelo, o branco estendendo a mão ao amarelo e ao negro, a pomba da paz voando etc.), podemos justificadamente falar de uma transformação progressiva, geral e planetária da ideologia em imagologia.

Imagologia! Em primeiro lugar, quem forjou este magistral neologismo? Paul ou eu? Não importa. O que conta é que finalmente existe uma palavra que permite reunir num só teto fenômenos com denominações tão diferentes: agências publicitárias; conselheiros em comunicação dos homens de Estado; desenhistas que projetam a linha de um novo carro ou do equipamento de uma sala de ginástica; criadores da moda e grandes costureiros; cabeleireiros; estrelas do show business ditando as normas da beleza física, onde se inspiram todos os ramos da imagologia.

Os imagólogos existiam, bem entendido, antes da criação das poderosas instituições que conhecemos hoje. Mesmo Hitler tinha seu imagólogo pessoal que, plantado diante do Führer, lhe mostrava pacientemente os gestos que deveria fazer no palanque para provocar o entusiasmo nas multidões. Mas, se esse imagólogo, durante uma entrevista concedida a algum jornalista, tivesse descrito aos alemães um Führer incapaz de mover as mãos adequadamente, não teria sobrevivido mais do que meio dia a tamanha indiscrição.

Hoje, o imagólogo não dissimula mais seu trabalho, muito pelo contrário, adora falar nele, frequentemente em vez de e em lugar de seu homem de Estado; adora explicar publicamente tudo o que tentou ensinar a seu cliente, os maus hábitos que fê-lo perder, as instruções que lhe deu, os slogans e as fórmulas que adotará no futuro, a cor da gravata que usará. Tanto orgulho não deve nos surpreender: nos últimos decênios, a imagologia alcançou uma vitória histórica sobre a ideologia.

Todas as ideologias foram denotadas: seus dogmas acabaram sendo desmascarados como ilusões e as pessoas deixaram de levá-las a sério. Por exemplo, os comunistas acreditaram que a evolução do capitalismo iria empobrecer cada vez mais o proletariado: um dia, ao descobrir que todos os trabalhadores da Europa iam de carro para o trabalho, tiveram vontade de gritar que tinham sido enganados pela realidade. A realidade era mais forte do que a ideologia. E é precisamente nesse sentido que a imagologia a ultrapassou: a imagologia é mais forte do que a realidade, que, aliás, há muito tempo deixou de representar para o homem o que representava para a minha avó que vivia numa cidade da Morávia e sabia tudo por experiência: como se prepara um pão, como se constrói uma casa, como se mata um porco e como se faz com ele uma carne defumada, como se confeccionam os edredons, o que o senhor pároco pensava do mundo e o que pensava também o senhor professor; encontrando cada dia todos os habitantes da cidade, sabia quantos assassinatos tinham sido cometidos na região nos últimos dez anos; mantinha por assim dizer a realidade sob seu controle pessoal, de modo que ninguém poderia fazê-la acreditar que a agricultura da Morávia prosperava se não houvesse o que comer em casa. Em Paris, meu vizinho de andar passa a maior parte de seu tempo sentado no escritório diante de um outro empregado, depois volta para casa, liga a televisão para saber o que acontece no mundo, e quando o apresentador, comentando a última sondagem, informa que para a maioria dos franceses a França é a campeã da Europa em matéria de segurança (li, recentemente, essa sondagem), louco de alegria, abre uma garrafa de champanhe e nunca saberá que no mesmo dia, na mesma rua em que mora, foram cometidos três assaltos e dois assassinatos.

As sondagens de opinião são o instrumento decisivo do poder imagológico, são elas que lhe permitem viver em perfeita harmonia com o povo. O imagólogo bombardeia as pessoas com perguntas: como se comporta a economia francesa? Existe racismo na França? O racismo é uma coisa boa ou má? Qual é o maior escritor de todos os tempos? A Hungria fica na Europa ou na Polinésia? De todos os homens de Estado do mundo, qual é o mais sexy? Como a realidade, hoje, é um continente que pouco visitamos, e que justificadamente não amamos, a sondagem tornou-se uma espécie de realidade superior; ou, em outras palavras, tornou-se a verdade. A sondagem de opinião é um parlamento em sessão permanente, que tem como missão produzir a verdade, digamos que até mesmo a verdade mais democrática que jamais conhecemos. Como nunca entrará em contradição com o parlamento da verdade, o poder dos imagólogos viverá sempre dentro da verdade, e, mesmo que eu soubesse que tudo que é humano é perecível, não poderia imaginar que força conseguiria quebrar esse poder.

A propósito da relação entre ideologia e imagologia, acrescento ainda isto: as ideologias eram como imensas rodas, rodando nos bastidores e desencadeando as guerras, as revoluções, as reformas. As rodas imagológicas também giram, mas sua rotação não tem nenhum efeito sobre a História. As ideologias se guerreavam, cada uma era capaz de envolver toda uma época com seu pensamento. A imagologia organiza por si mesma a alternância pacífica de seus sistemas no ritmo alegre das estações. Como diria Paul: as ideologias pertencem à História, o reino da imagologia começa ali, onde a História termina.

A palavra *mudança*, tão cara à nossa Europa, tomou um novo sentido: não significa mais uma *nova fase numa evolução contínua* (no sentido de um Vico, de um Hegel ou de um

Marx), mas o *deslocamento de um lado para outro*, do lado esquerdo para o lado direito, do lado direito para trás, de trás para o lado esquerdo (no sentido dos grandes costureiros inventando o corte da próxima estação). No clube que Agnès frequenta, se os imagólogos decidiram fixar nas paredes imensos espelhos, não foi para permitir aos ginastas acompanhar melhor seus exercícios, mas porque o espelho, naquele momento, era um número vitorioso na roleta imagológica. Se todo mundo decide, no momento em que escrevo estas linhas, que é preciso considerar o filósofo Martin Heidegger como um mistificador e um canalha, não é porque seu pensamento tenha sido superado por outros filósofos; mas sim porque na roleta imagológica ele tornou-se, no momento, um número perdedor, um anti-ideal. Os imagólogos criam sistemas de ideais e de anti-ideais, sistemas que não durarão muito, e em que cada um será logo substituído por outro, mas que influenciam nossos comportamentos, nossas opiniões políticas, nossos gostos estéticos, as cores dos tapetes da sala, assim como a escolha dos livros, com tanta força quanto os antigos sistemas dos ideólogos.

Depois dessas observações, posso voltar ao começo de minhas reflexões. O homem político depende do jornalista. E os jornalistas dependem de quem? Dos imagólogos. O imagólogo exige do jornalista que seu jornal (ou sua cadeia de televisão, ou sua estação de rádio) responda ao espírito do sistema imagológico de um determinado momento. Eis o que os imagólogos verificam de tempos em tempos, quando decidem dar ou não seu apoio a um jornal. Um dia, examinaram o caso de uma estação de rádio onde Bernard era redator e onde Paul fazia, todos os sábados, uma crônica intitulada "O direito e a lei". Prometeram oferecer à estação muitos contratos publicitários e lançar uma grande campanha, com cartazes em toda Paris, mas impondo condições às quais o diretor dos programas, conhecido pelo apelido de Grizzly, não podia deixar de se submeter: pouco a pouco começou a diminuir todos os comentários, para não aborrecer o ouvinte com longas reflexões, deixou que interrompessem a fala dos redatores com perguntas de outros redatores, transformando, desta forma, o monólogo em conversa; multiplicou os intervalos musicais, até mesmo a ponto de conservar muitas vezes a música de fundo atrás de suas palavras, recomendou a todos os seus colaboradores que dessem a tudo o que diziam no microfone uma leve descontração, jovem e inconsequente, aquela mesma que enfeitou meus sonhos de manhã cedo fazendo da meteorologia uma espécie de ópera-bufa. Preocupado em aparecer sempre a seus subordinados como um urso todo-poderoso, fez o que pôde para conservar todos os seus colaboradores no posto. Cedeu apenas num ponto. O programa intitulado "O direito e a lei" era considerado pelos imagólogos como tão desinteressante que eles se recusaram a discuti-lo, contentando-se, quando alguém o mencionava, em explodir numa gargalhada que mostrava seus dentes muito brancos. Depois de ter lhes prometido cancelar essa crônica, Grizzly ficou envergonhado de ter cedido. Sua vergonha ainda era maior porque Paul era seu amigo.

O *brilhante aliado de seus coveiros*

O diretor dos programas tinha o sobrenome de Grizzly e nem poderia ter outro: era atarracado, lento, bonachão, mas todos sabiam que, quando enfurecido, sua pesada pata podia bater. Os imagólogos, descarados a ponto de pretender ensinar-lhe o ofício, levavam ao extremo a sua paciência de urso. Estava na cantina da emissora, sentado à mesa, e explicava a alguns colaboradores:

— Esses impostores da publicidade parecem marcianos. Não se comportam como pessoas normais. Quando fazem as observações mais desagradáveis, suas fisionomias resplandecem de contentamento. Não utilizam mais do que uns sessenta vocábulos e se expressam por frases curtas não contendo mais do que quatro palavras. Sua fala, pontuada de dois ou três termos técnicos incompreensíveis, enuncia no máximo uma ou duas ideias, vertiginosamente primárias. Esse pessoal não tem vergonha de ser como é, não tem o menor complexo de inferioridade. Eis aí a prova de seu poder.

Mais ou menos nesse momento, Paul apareceu na cantina. Ao percebê-lo, o pequeno grupo ficou ainda mais contrafeito pelo fato de Paul parecer estar de excelente humor. Pediu uma xícara de café no balcão e foi juntar-se a seus companheiros.

Na presença de Paul, Grizzly sentiu-se constrangido. Estava aborrecido consigo mesmo por não tê-lo apoiado, e por nem ter tido a coragem de contar isso a ele. Submergido por uma nova onda de raiva dos imagólogos, prosseguiu:

— Para satisfazer a esses cretinos, posso até transformar a previsão meteorológica em diálogo de palhaços, mas me incomoda ouvir Bernard anunciar logo em seguida a morte de centenas de pessoas numa catástrofe aérea. Estou pronto a sacrificar minha vida para que um francês se divirta, mas as notícias não são palhaçadas.

Todos pareciam concordar, exceto Paul. Quando um jovem provocador riu, ele interveio:

— Grizzly! Os imagólogos têm razão! Você confunde as notícias com as ocorrências noturnas.

Grizzly lembrou-se da crônica de Paul, às vezes espirituosa, mas sempre excessivamente sutil e recheada de palavras desconhecidas, cujo significado a redação ia em segredo procurar depois no dicionário. Preferindo evitar esse assunto no momento, ele respondeu reunindo toda a sua dignidade:

— Sempre levei muito a sério o jornalismo e não tenho a intenção de mudar de opinião.

Paul prosseguiu:

— Ouvir as notícias é o mesmo que fumar um cigarro que depois jogamos fora.

— Acho difícil admitir isso.

— Mas você é um fumante inveterado! Por que acha ruim que as notícias se pareçam com os cigarros?, diz Paul rindo. Se os cigarros são nocivos, as notícias são inofensivas e proporcionam a você uma agradável diversão antes de um dia de trabalho.

— A guerra entre o Irã e o Iraque é um divertimento?, perguntou Grizzly, e uma ponta de aborrecimento misturou-se à pena que sentia de Paul. A catástrofe ferroviária de hoje, toda essa carnificina, você acha isso engraçado?

— Você comete um erro corriqueiro vendo na morte

uma tragédia, disse Paul, que decididamente estava em grande forma.

— Confesso, diz Grizzly com voz glacial, que sempre vi na morte uma tragédia.

— Aí está o erro, diz Paul. Uma catástrofe ferroviária é horrível para quem está no trem, ou sabe que seu filho está lá dentro. Mas, nas informações pelo rádio, o sentido da morte é o mesmo que nos romances de Agatha Christie, que, sem dúvida, é a maior mágica de todos os tempos, porque soube transformar a morte em divertimento, e não somente uma morte, mas dezenas de mortes, centenas de mortes, mortes em cadeia, perpetradas para nossa grande alegria nos campos de exterminação dos seus romances. Auschwitz está esquecida, mas os fornos crematórios dos romances de Agatha enviam eternamente sua fumaça em direção ao firmamento, e só um homem muito inocente poderia afirmar que é a fumaça da tragédia.

Grizzly lembrou-se de que, com paradoxos como esse, Paul, durante muito tempo, influenciara toda a equipe, que, sob o olhar maléfico dos imagólogos, dava fraco apoio ao chefe, secretamente persuadida de que ele estava fora de moda. Censurando-se por ter cedido, Grizzly ao mesmo tempo sabia que não tinha outra escolha. Esses compromissos obrigatórios com o espírito da época têm qualquer coisa de banal, afinal de contas, de inevitável, a não ser que se queira convocar a uma greve geral todos os que encararam nosso século com repugnância. Mas, no caso de Paul, não se podia falar de compromisso obrigatório. Ele se esforçava em oferecer a seu século sua inteligência e seus brilhantes paradoxos com pleno conhecimento de causa, e segundo Grizzly, com excesso de zelo. Ainda com mais frieza, Grizzly então respondeu:

— Eu também leio Agatha Christie! Quando estou cansado, quando quero mergulhar na infância por um instante. Mas, se a vida inteira se torna uma brincadeira de crianças, o mundo acabará morrendo sob as risadinhas e gritarias infantis.

Paul disse:

— Prefiro morrer sob gritarias infantis a morrer escutando a "Marcha fúnebre" de Chopin. E acrescento o seguinte: Todo mal vem dessa marcha fúnebre que é a glorificação da morte. Se houvesse menos marchas fúnebres, talvez se morresse menos. Compreenda o que quero dizer: o respeito que a tragédia inspira é mais perigoso do que a despreocupação das gritarias infantis. Qual é a eterna condição das tragédias? A existência de ideais que têm maior valor do que a vida humana. E qual é a condição das guerras? A mesma coisa. Você é obrigado a morrer, porque parece que existe qualquer coisa superior à sua vida. A guerra só pode existir no mundo da tragédia; desde o princípio de sua história, o homem não conheceu senão o mundo trágico e não é capaz de sair disso. A idade da tragédia só pode acabar por uma revolta da frivolidade. As pessoas só conhecem, da *Nona* de Beethoven, os quatro compassos do hino à alegria que acompanham o anúncio dos perfumes Bella. Isso não me escandaliza. A tragédia será banida do mundo como uma velha cabotina, que com a mão sobre o coração recita com voz rouca. A frivolidade é uma dieta radical para emagrecer. As coisas perderão noventa por cento de seu sentido e se tornarão leves. Nessa atmosfera rarefeita, o fanatismo desaparecerá. A guerra se tornará impossível.

— Estou feliz em saber que, afinal, você encontrou uma maneira de acabar com as guerras, diz Grizzly.

— Você imagina a juventude francesa pronta a combater pela pátria? Na Europa, a guerra tornou-se impensável. Não politicamente, mas antropologicamente impensável. Na Europa, as pessoas não são mais capazes de guerrear.

Não vá me dizer que dois homens em desacordo profundo podem se amar; são contos da carochinha. Talvez pudessem se amar se guardassem para eles próprios suas opiniões, não falando sobre isso a não ser em tom de brincadeira para diminuir a importância delas (foi assim que Paul e Grizzly conversaram até agora). Mas depois que a briga estourou foi tarde demais. Não que acreditassem tanto nas opiniões que defendiam, mas não suportavam não ter razão. Olhe os dois.

143

Além de tudo, essa briga não vai mudar nada de nada, não chegará a nenhuma conclusão, não mudará a marcha dos acontecimentos, é completamente estéril, inútil, limitada ao perímetro dessa cantina e à sua atmosfera fétida, com a qual desaparecerá quando as faxineiras abrirem as janelas. No entanto, veja a concentração do pequeno grupo de ouvintes, apertados em volta da mesa! Todos escutam em silêncio, até esquecendo de tomar o café. E os dois adversários se agarram a essa minúscula opinião pública, que vai designar ou um ou outro como o detentor da verdade: para cada um deles, ser designado como aquele que não a detém equivale a uma desonra. Ou a perder um pedaço do seu eu. Na realidade, pouco importa a eles a opinião que defendem. Mas como fizeram disso um atributo do seu eu, cada ataque a essa opinião é uma aguilhoada em suas carnes.

Em algum lugar nas profundezas de sua alma, Grizzly sentia satisfação com a ideia de que Paul não faria mais comentários sofisticados na emissora; sua voz, cheia de um orgulho de urso, fazia-se mais baixa, mais glacial. Paul, ao contrário, falava mais alto e as ideias que lhe passavam pela cabeça eram cada vez mais arrebatadas e provocadoras.

— A grande cultura, diz ele, é filha dessa perversão europeia que chamamos de História; quero dizer que esta mania de estar sempre na frente, de considerar as gerações seguintes como uma corrida de revezamento onde cada um chega antes de seu antecessor para ser ultrapassado por seu sucessor. Sem essa corrida de revezamento, que chamamos de História, não haveria a arte europeia, nem o que a caracteriza: o desejo de originalidade, o desejo de mudança. Robespierre, Napoleão, Beethoven, Stálin, Picasso também são corredores de revezamento, todos correm no mesmo estádio.

— Você acha mesmo que se pode comparar Beethoven a Stálin?, perguntou Grizzly com carregada ironia.

— Evidentemente, mesmo se isso te choca. A guerra e a cultura são os dois polos da Europa, seu céu e seu inferno, sua glória e sua vergonha, mas não podem ser desassociadas. Quando uma acabar, a outra também acabará, desaparecerão juntas. O fato de não haver mais guerra na Europa há cinquenta anos está misteriosamente ligado ao fato de que há cinquenta anos não conhecemos nenhum Picasso.

— Vou te dizer uma coisa, Paul, disse Grizzly com inquietante lentidão, e podia-se dizer que ia levantar sua pesada pata para aplicar um golpe: se a grande cultura está perdida, você também está, e essas suas ideias paradoxais junto com você, porque o paradoxo como tal tem como base a grande cultura e não as gritarias infantis. Você me faz pensar nesses jovens que antigamente aderiam aos movimentos nazistas ou comunistas, não com a intenção de praticar o mal nem por arrivismo, mas por excesso de inteligência. Nada na realidade exige mais esforço do pensamento do que a argumentação necessária para justificar o não pensamento. Pude constatar isso pessoalmente, depois da guerra, quando os intelectuais e artistas entraram como bezerros para o partido comunista, que depois, com o maior prazer, liquidou-os sistematicamente. Você faz exatamente a mesma coisa. Você é o brilhante aliado de seus próprios coveiros.

O *burro total*

Do rádio que estava entre suas cabeças vinha a voz familiar de Bernard, entrevistando um ator cujo filme deveria estrear em breve. Sua voz estridente tirou-os de seu torpor.

— Vim falar sobre meu filme, não sobre meu filho.

— Não tenha medo, chegará a vez dele, dizia a voz de Bernard. Mas a atualidade tem as suas exigências. Corre o boato de que o senhor teve um papel importante no escândalo de seu filho.

— Quando me convidou para seu programa, garantiu-me que ele seria sobre o filme. Portanto falaremos do filme, e não da minha vida particular.

— O senhor é um homem público, estou te fazendo perguntas que interessam aos nossos ouvintes. Estou apenas cumprindo meu dever.

— Responderei a qualquer pergunta sobre o filme.

— Como quiser. Mas nossos ouvintes ficarão surpresos que o senhor se recuse a responder.

Agnès saiu da cama. No fim de uns bons quinze minutos, quando ela ia para o trabalho, Paul, por sua vez, levantou-se, vestiu-se e desceu para buscar a correspondência na portaria. Assinada por Grizzly, uma das cartas anunciava-lhe com grandes rodeios, misturando desculpas com um humor amargo, aquilo que já sabemos: a rádio dispensava os serviços de Paul.

Releu a carta quatro vezes. Depois, com um gesto de indiferença, foi para seu escritório. Mas sentia-se pouco à vontade, incapaz de concentrar-se, e só pensava na carta. Para ele era um golpe tão duro assim? Do ponto de vista prático, absolutamente. Mas estava magoado. Toda a sua vida se esforçar para fugir do mundo dos juristas: estava feliz coordenando um seminário na universidade, e estava feliz falando na rádio. Não que a profissão de advogado lhe desagradasse: ao contrário, gostava dos acusados, tentava compreender o crime que haviam cometido e dar-lhe sentido. "Não sou um advogado, mas sim um poeta da defesa!", dizia ele brincando; e punha-se conscientemente de todo o coração ao lado dos fora da lei, considerando-se (não sem uma certa vaidade) como um traidor, um quinta-coluna, um guerrilheiro caridoso num mundo de leis desumanas, comentadas em grossos livros que carregava sempre nas mãos com a ligeira repugnância de um conhecedor desiludido. Também desejava manter contatos humanos fora dos limites do Palácio de Justiça, ligar-se aos estudantes, aos escritores, aos jornalistas, para conservar a certeza (e não apenas a ilusão) de pertencer a essa família. Era muito ligado a eles e não aceitara de bom grado que a carta de Grizzly o mandasse de volta para seu escritório e para o tribunal.

Havia outro motivo para sentir-se deprimido. Quando Grizzly o chamou na véspera de aliado de seus próprios coveiros, Paul não vira nisso senão uma elegante maldade, sem nenhum conteúdo concreto. A palavra *coveiros* não lhe dizia grande coisa. É que ainda não sabia nada sobre esses coveiros. Mas agora que já recebera a carta rendia-se à evidência: os coveiros existiam mesmo, já o haviam indicado e o esperavam.

Subitamente compreendeu que as pessoas o viam de maneira diversa da que ele próprio se via, não da maneira que ele imaginava ser visto. De todos os colaboradores da estação, era o único que deveria sair, apesar de Grizzly (não tinha a menor dúvida) tê-lo defendido da melhor maneira possível. Em que irritara todos esses publicitários? Aliás, seria ingênuo achar que essas pessoas seriam as únicas a considerá-lo inaceitável. Muitas outras deveriam ter a mesma opinião. O que tinha acontecido com sua imagem? Tinha acontecido alguma coisa, ele não sabia dizer o quê, e nunca iria saber. Pois é assim, e a lei vale para todo mundo: nunca sabemos por que e em que aborrecemos os outros, em que lhes somos antipáticos, em que lhes parecemos ridículos; nossa própria imagem é para nós o maior mistério.

Paul sabia que, o dia inteiro, não pensaria em mais nada; tirando o telefone do gancho, convidou Bernard para almoçar fora.

Sentaram-se um em frente ao outro; Paul morria de vontade de falar da carta, mas como era bem-educado suas primeiras palavras foram de delicadeza: "Escutei você de manhã cedo. Você cercou aquele ator como se fosse um coelho".

— É verdade, disse Bernard. Talvez tenha exagerado. Mas estava de um humor execrável. Ontem recebi uma visita que nunca vou esquecer. Um desconhecido veio me ver. Mais alto um palmo do que eu, ostentando uma barriga enorme. Apresentando-se, sorriu para mim com um ar terrivelmente amável. "Tenho a honra de entregar-lhe este diploma", disse-me ele enfiando entre meus dedos um tubo de cartolina. Pediu-me com insistência que o abrisse diante dele. Dentro havia um diploma. Em cores. Numa boa caligrafia. A inscrição dizia: *Bernard Bertrand é promovido a burro total.*

— O quê?, disse Paul caindo na gargalhada, mas logo se controlou ao ver diante dele um rosto grave e sério em que não havia o menor traço de divertimento.

— É, repetiu Bernard com uma voz sinistra, fui promovido a burro total.

— Mas quem promoveu você? Havia o nome de uma organização?

— Não, há apenas uma assinatura ilegível.

Bernard repetiu muitas vezes o que lhe tinha acontecido, antes de acrescentar:

— Comecei não acreditando nos meus olhos. Tinha a impressão de estar sendo vítima de um atentado, queria gritar e chamar a polícia. Depois compreendi que não podia fazer nada. O tipo sorria e me estendia a mão: "Posso felicitá-lo?", disse-me ele, e estava tão confuso que lhe apertei a mão.

— Apertou a mão dele? Agradeceu-lhe sinceramente?, disse Paul reprimindo o riso com dificuldade.

— Quando compreendi que não podia mandar a polícia prender aquele sujeito, quis mostrar meu sangue-frio e agir como se tudo fosse perfeitamente normal e como se nada tivesse me ofendido.

— É matemático, disse Paul: quando somos promovidos a burros, agimos como um burro.

— Que horror, disse Bernard.

— E você não sabe quem era? No entanto ele se apresentou!

— Estava tão nervoso que logo esqueci o nome dele.

Paul não conseguia mais se controlar; caiu na gargalhada.

— É, sei que você vai dizer que é uma brincadeira, é claro que você tem razão, é uma brincadeira, continuou Bernard. Mas não há nada a fazer. Desde então não consigo pensar em outra coisa.

Paul tinha parado de rir compreendendo que Bernard dizia a verdade: sem dúvida nenhuma, não pensava em mais nada desde a véspera. Como Paul teria reagido recebendo semelhante diploma? Exatamente como Bernard. Quando você é qualificado de burro total, significa que pelo menos uma pessoa vê você com os traços de um burro e faz questão de que você saiba disso. Só isso já é desagradável. E é inteiramente possível que a iniciativa tenha sido tomada não apenas por uma única pessoa, mas por uma dezena de pessoas. É também possível que essas pessoas preparem um outro golpe, como, por exemplo, pôr um anúncio nos jornais, de tal modo que no *Le Monde* do dia seguinte, nos anúncios dos funerais, dos casamentos e das distinções honoríficas, todos possam ficar sabendo que Bernard foi promovido a burro total.

Bernard confidenciou-lhe depois (e Paul não sabia se devia rir do amigo ou chorar por ele) que desde que recebera o diploma, ele o mostrava a todos que encontrava. Não queria ficar sozinho na sua humilhação, tentava englobar nela os outros, explicando a todo mundo que não era o único visado.

— Se se tratasse apenas de mim, teriam me entregado o diploma em casa. Mas me entregaram na rádio! É um ataque aos jornalistas! Um ataque contra todos nós!

Paul cortava a carne no prato, bebericava seu vinho e pensava: eis dois bons amigos, um se chama burro total, o outro é o brilhante aliado de seus coveiros. E compreendeu (o que tornava seu amigo mais moço ainda mais querido) que em espírito não o chamaria mais Bernard, mas sempre de burro total: não por maldade, mas porque um título tão bonito é irresistível, todos aqueles a quem Bernard mostrara o diploma, em seu abatimento irracional, certamente iriam chamá-lo sempre assim.

Pensou também que Grizzly tinha sido muito afetuoso ao qualificá-lo de brilhante aliado de seus coveiros no decorrer de uma simples conversa de mesa. Afinal de contas, poderia ter lhe dado um diploma e isso teria sido bem pior. Foi assim, graças ao problema de seu amigo, que Paul quase esqueceu seu próprio sofrimento e quando Bernard lhe disse: "Parece que você também teve um aborrecimento", ele afastou a questão: "Bobagens", e Bernard concordou: "Vi logo que você estava acima disso. Você tem mil coisas mais interessantes a fazer".

Quando Bernard o levou até seu carro, Paul disse-lhe com muita melancolia:

— Grizzly está errado e os imagólogos têm razão. O homem não é nada além de sua imagem. Os filósofos podem nos explicar que a opinião do mundo conta pouco e que só conta aquilo que somos. Mas os filósofos não compreendem nada. Enquanto vivermos entre os homens, seremos aquilo que os seres humanos acham que somos. Passamos por patifes ou espertalhões quando no fundo nos perguntamos sem parar como os outros nos enxergam, quando nos esforçamos por parecer o mais simpáticos que podemos. Mas entre meu eu e o do outro, será que existe um contato direto, sem os olhos como intermediários? É possível pensar o amor sem a busca angustiada de sua própria imagem no pensamento da pessoa amada? Quando o que o outro pensa de nós não tem mais importância, é porque deixamos de amá-lo.

— Você tem razão, disse Bernard com uma voz baixa.

— É uma ilusão ingênua achar que nossa imagem é uma simples aparência, atrás da qual se esconderia a verdadeira substância do nosso eu, independentemente do olhar do mundo. Com um cinismo radical, os imagólogos provam que o contrário é verdadeiro: nosso eu é uma simples aparência, inatingível, indescritível, confusa, enquanto a única realidade, fácil demais de apreender e de descrever, é nossa imagem nos olhos dos outros. E, pior, você não tem o comando sobre isso. Primeiro tenta pintá-la você mesmo, depois pelo menos conservar uma influência sobre ela, controlá-la, mas em vão: basta uma fórmula maldosa para transformá-la para sempre numa lamentável caricatura.

Pararam perto do carro; Paul viu em frente dele um rosto ainda mais ansioso e pálido. Sua intenção tinha sido reconfortar o amigo, mas agora constatava que sua conversa o abatera. Sentiu remorso: foi pensando em si mesmo, no seu próprio caso, que ele tinha se deixado levar por essas reflexões. Mas o mal estava feito.

Ao despedir-se, Bernard disse com um constrangimento que comoveu Paul:

— Por favor, não fale nisso com Laura. Não fale nem com Agnès.

Deu-lhe um aperto de mão firme e amistoso:

— Pode confiar em mim.

De volta a seu escritório, começou a trabalhar. Seu encontro com Bernard estranhamente o consolara e ele se sentia melhor do que de manhã. No fim da tarde, foi encontrar Agnès em casa. Ao lhe falar da carta de Grizzly, não deixou de acrescentar que o problema era sem importância. Tentou rir enquanto falava, mas Agnès percebeu que entre as palavras e o riso, Paul começava a tossir. Conhecia essa tosse. Quando tinha um aborrecimento Paul sempre sabia se controlar; a única coisa que o traía era essa tosse insistente, da qual não se dava conta.

— Eles quiseram tornar o programa mais engraçado e mais jovem, disse Agnès. Seu comentário pretendia ser irônico em relação aos que tinham cancelado o programa de Paul. Depois lhe acariciou os cabelos. Mas nunca deveria ter feito isso. Nos olhos de Agnès, Paul via sua imagem: a de um homem humilhado que tinham resolvido não achar mais nem jovem nem engraçado.

A gata

Cada um de nós deseja transgredir as convenções, os tabus eróticos, e entrar com embriaguez no reino do Proibido. Mas nos falta tanta audácia... Arranjar uma amante mais velha, um amante mais moço, eis o que podíamos recomendar como o meio de transgressão mais fácil, mais acessível a todos. Pela primeira vez Laura tinha um amante mais moço do que ela, Bernard tinha, pela primeira vez, uma amante mais velha do que ele, e os dois viviam essa primeira experiência como um pecado excitante.

Quando Laura assegurava a Paul que Bernard a fazia rejuvenescer dez anos, falava a verdade: uma onda de energia a invadia. Mas isso não queria dizer que ela se sentia mais moça do que ele. Ao contrário, saboreava com um deleite, até então desconhecido, a ideia de ter um amante mais moço, um amante que se achava mais fraco e que ficava tenso ao pensar que sua amante experimentada iria compará-lo a seus antecessores. No erotismo é como na dança: um dos parceiros sempre se encarrega de conduzir o outro. Pela primeira vez Laura conduzia o homem, e conduzir para ela era tão excitante quanto ser conduzido para Bernard.

O que a mulher mais velha oferece ao homem mais moço

153

é antes de tudo a certeza de que seu amor se desenvolverá longe de qualquer risco matrimonial, pois, afinal de contas, ninguém imagina que um homem que tem um futuro belo e promissor vá se casar com uma mulher oito anos mais velha. É por isso que Bernard tinha para Laura o mesmo olhar que Paul outrora tivera para a mulher que se tornou sua ametista: supunha que sua amante estivesse disposta a desaparecer um dia diante de uma mulher mais moça que ele pudesse apresentar a seus pais sem que estes se sentissem constrangidos. Confiando na sabedoria maternal de Laura, achava que ela seria capaz de ser madrinha de seu casamento e fingir perfeitamente para a jovem noiva nunca ter sido (ou mesmo ainda ser) amante de Bernard.

Sua felicidade foi completa durante dois anos. Depois Bernard foi promovido a burro total e tornou-se taciturno. Laura ignorava tudo sobre o diploma (Paul cumprira o prometido) e, não tendo o hábito de interrogar Bernard sobre seu trabalho, também não sabia nada sobre seus outros problemas profissionais (como sabemos, uma desgraça nunca vem sozinha); portanto, interpretava seu mutismo como prova de que não a amava mais. Já muitas vezes tinha reparado que isso acontecia: ele não sabia o que ela tinha acabado de falar; estava certa de que nesses momentos estava com outra mulher na cabeça. Ah, em amor é preciso tão pouco para que fiquemos desesperados!

Veio um dia à casa dela mergulhado em pensamentos sombrios. Ela desapareceu da sala para trocar de roupa e ele ficou sozinho na sala em companhia da grande gata. Não sentia por ela nenhuma simpatia especial, mas sabia que aos olhos da dona o bicho era sagrado. Sentado numa poltrona, entregava-se, portanto, a seus pensamentos sombrios estendendo maquinalmente a mão em direção à gata, porque se achava na obrigação de acariciá-la. Mas a gata começou a rosnar e mordeu-lhe a mão. Esta mordida, somando-se a toda uma série de fracassos e humilhações suportadas nas últimas semanas, encheu-o de raiva e, pulando da cadeira, ameaçou a gata com o punho fechado. Ela correu para um canto e arqueou as costas emitindo terríveis miados.

Depois se virou e viu Laura. De pé na porta, ela certamente observara toda a cena.

— Não, disse ela, a gata não deve ser punida. Estava perfeitamente no direito dela.

Bernard olhou-a com espanto. A mordida estava doendo e esperava que a amante, se não se aliasse a ele contra a gata, pelo menos desse prova de um senso mínimo de justiça. Sentia vontade de dar um pontapé tão violento na gata que ela ficasse colada na parede. Foi preciso um grande esforço para conseguir dominar-se.

Laura continuou, articulando cada palavra:

— Quando é acariciada, ela exige que não se fique distraído. Eu também não suporto que se fique comigo com o pensamento noutra coisa.

Alguns momentos antes, ao ver sua gata reagir tão violentamente à atitude distraída de Bernard, sentiu-se, de repente, solidária com o animal. Fazia semanas que Bernard se comportava em relação a ela como em relação à gata: acariciava-a, mas seus pensamentos estavam longe; fingia estar em sua companhia, mas não a escutava.

Quando viu a gata morder seu amante, teve a impressão de que seu outro eu, o eu simbólico e místico que era para ela seu animal, queria, deste modo, encorajá-la, mostrar-lhe a conduta a seguir, servir de exemplo. Há momentos, pensou ela, em que é preciso mostrar as garras; decidiu que naquela mesma noite, no restaurante em que deveriam jantar a sós, finalmente encontraria a coragem necessária para agir.

Direi claramente, adiantando os acontecimentos: é difícil imaginar bobagem maior do que a sua decisão. Aquilo que ela queria era inteiramente contrário a seus interesses. E preciso acentuar que Bernard, desde que a conhecera havia dois anos, estava feliz em sua companhia, talvez até mais feliz do que Laura imaginava. Ela era para ele uma evasão, um refúgio longe da vida que seu pai, o eufônico Bertrand Bertrand, preparou-lhe desde a infância. Enfim, podia viver uma liberdade, como desejava, ter um canto secreto onde nenhum membro de sua família vinha introduzir sua cabeça curiosa, um canto onde sua vida corria seguindo outros hábitos: adorava os modos boêmios de Laura, o piano que de vez em quando tocava, os concertos a que ia com ela, seus estados de espírito e suas excentricidades. Em sua companhia, sentia-se longe das pessoas ricas e enfadonhas que frequentavam a casa de seu pai. Mas a felicidade deles tinha uma condição: deviam permanecer solteiros. Se casassem, tudo mudaria subitamente: a união deles ficaria imediatamente exposta a todas as interferências da família de Bernard; o amor deles perderia, desta forma, não apenas seu charme, mas também sua própria razão de ser. E Laura não poderia exercer todo poder que exercia até então sobre Bernard.

Como ela podia tomar uma decisão tão estúpida, tão contrária a seus interesses? Conheceria tão pouco o seu amante? Compreenderia tão mal?

É, por estranho que pareça, ela o conhecia mal, e não o compreendia. Ficava mesmo orgulhosa em não se interessar por Bernard, mas apenas por seu amor. Nunca o interrogava sobre seu pai. Não sabia nada sobre sua família. Quando ele lhe falava de si mesmo, ela se caceteava ostensivamente e logo manifestava sua recusa em desperdiçar um tempo precioso que poderia dedicar a Bernard. Mais estranho ainda: durante as semanas sombrias do diploma, em que ele não abria a boca a não ser para desculpar-se de estar com problemas, ela sempre repetia:

— É, os problemas, sei o que é isso. Mas sem nunca lhe fazer a seguinte pergunta, a mais simples de todas:

— *Que* problemas você tem? Objetivamente, o que está acontecendo? Fale, diga o que te preocupa!

É curioso: era louca por Bernard e, ao mesmo tempo, não se interessava por ele. Diria até: era louca por Bernard e *por essa mesma razão* não se interessava por ele. Se lhe censurássemos sua falta de interesse e a acusássemos de não conhecer seu amante, ela não nos compreenderia. Pois Laura não sabia o que significa *conhecer* alguém. Era como uma virgem que teme ficar grávida ao trocar muitos beijos com seu amante! Havia muito tempo pensava em Bernard quase sem parar. Imaginava seu corpo, seu rosto, tinha a impressão de estar constantemente com ele, de estar impregnada dele. Por isso achava que o conhecia de cor, como ninguém o conhecera antes. O sentimento do amor nos engana a todos por uma ilusão de compreensão.

Depois desses esclarecimentos, talvez possamos, enfim, acreditar que ela declarou-lhe na sobremesa (para desculpá--la poderia esclarecer que tinham tomado uma garrafa de vinho e dois conhaques, mas estou certo de que ela teria dito a mesma coisa se estivesse sóbria):

— Bernard, case comigo!

O gesto de protesto contra os atentados aos direitos do homem

Brigitte saiu de seu curso de alemão firmemente decidida a não voltar mais ali. Por um lado, a língua de Goethe parecia-lhe destituída de toda utilidade prática (foi sua mãe que lhe tinha imposto esse aprendizado), por outro lado sentia-se em profundo desacordo com o alemão. Essa língua a irritava pelo seu ilogismo. Desta vez a dose foi excessiva: a preposição *ohne* (sem) regia o acusativo, a preposição *mit* (com) regia o dativo. Por quê? Na verdade as duas preposições significam os aspectos negativo e positivo da mesma relação, de modo que deveriam gerar a mesma declinação. Brigitte fizera essa observação a seu professor, um jovem alemão que ficou embaraçado com essa objeção e que se sentira logo culpado. Esse homem simpático e sutil sofria por pertencer a um povo que tinha sido governado por Hitler. Pronto a culpar sua pátria por todas as taras, concordou imediatamente que nenhuma razão válida justificava duas declinações diferentes com as preposições *mit* e *ohne*.

— Sei que não é lógico, mas é um uso que ficou estabelecido através dos séculos, disse ele como se quisesse despertar a pena da jovem francesa em relação a uma língua condenada pela História.

— Estou contente que você reconheça isso. Não é lógico. Ora, uma língua *deve* ser lógica, disse Brigitte.

O jovem alemão concordou:

— Pena; não tivemos um Descartes. É uma loucura imperdoável de nossa história. A Alemanha não tem a tradição que vocês têm de razão e de clareza, ela é cheia de brumas metafísicas. A Alemanha é a música wagneriana, e todos sabemos quem era o maior admirador de Wagner: Hitler!

Não se importando nem com Hitler nem com Wagner, Brigitte continuou seu raciocínio:

— Uma criança pode aprender uma língua ilógica, porque uma criança não é dotada de razão. Mas um estrangeiro adulto nunca poderá aprendê-la. A meu ver, é por isso que o alemão não é uma língua de comunicação universal.

— Você tem toda razão, disse o alemão, e acrescentou a meia-voz: veja como era absurda a vontade alemã de dominar o mundo.

Satisfeita consigo mesma, Brigitte entrou no carro e foi para o Fauchon comprar uma garrafa de vinho. Em vão procurou um lugar para estacionar: filas de carros alinhavam-se nas calçadas, para-choques encostados em para-choques, numa extensão de um quilômetro; depois de dar voltas durante quinze minutos, foi invadida por um espanto indignado com essa falta de vagas: subiu na calçada e desligou o motor. Depois se dirigiu a pé para a loja. De longe percebeu que algo estranho acontecia. Aproximando-se, compreendeu:

O interior e a vizinhança da célebre loja, onde tudo custa dez vezes mais caro do que em qualquer outro lugar, tanto que a clientela é de pessoas que têm mais prazer em pagar do que em comer, estavam ocupados por uma centena de pessoas modestamente vestidas, de grevistas; era uma manifestação curiosa: não tinham vindo quebrar nada, nem fazer ameaças, nem gritar slogans; tinham vindo simplesmente embaraçar os ricaços e estragar-lhes o prazer do bom vinho e do caviar. Na verdade, tanto os vendedores quanto os compradores subitamente sorriam com timidez e pareciam tão incapazes de vender quanto de comprar.

Brigitte abriu caminho através da multidão e entrou. Não tinha antipatia pelos grevistas e também não tinha nada contra as mulheres usando casacos de pele. Em voz alta pediu uma garrafa de Bordeaux. Sua determinação surpreendeu a vendedora e fez com que esta compreendesse que os manifestantes, cuja presença não era nada ameaçadora, não deveriam impedir que ela servisse a jovem freguesa. Brigitte pagou a garrafa e voltou para o carro, diante do qual estavam dois policiais, caneta na mão.

Começou a repreendê-los, e assim que eles explicaram que o carro estava mal estacionado sobre a calçada, ela mostrou-lhes os carros estacionados em fila uns atrás dos outros:

— Vocês podem me dizer onde eu poderia ter estacionado?, disse ela. Se permitem que as pessoas comprem automóveis, deviam garantir-lhes um lugar onde deixá-los, não? É preciso ser lógico!

Conto isso tudo só pelo seguinte detalhe: repreendendo os policiais, Brigitte lembrou-se dos grevistas em frente da loja e sentiu por eles uma brusca e grande simpatia: sentia-se unida a eles num mesmo combate. Isso lhe deu coragem e falou mais alto; os guardas (tão embaraçados quanto as mulheres com casacos de pele diante dos grevistas) podiam apenas repetir idiotamente, sem a menor convicção, as palavras "proibido", "não é permitido", "disciplina", "ordem", e acabaram deixando que ela partisse sem multá-la.

Durante essa investida, Brigitte acompanhou sua reclamação com rápidos e curtos movimentos de cabeça, levantando ao mesmo tempo os ombros e as sobrancelhas. Quando, de volta a casa, contou o incidente a seu pai, sua cabeça fez exatamente o mesmo movimento. Já encontramos esse gesto: expressa um espanto indignado diante daqueles que pretendem negar nossos direitos mais elementares. Logo, chamemos esse gesto: *o gesto de protesto contra os atentados ao direito do homem*.

A noção dos direitos do homem data de dois séculos, mas só atingiu o apogeu de sua glória na segunda metade dos anos 1970 de nosso século. Nesta época, Alexander Soljenítsin foi banido da Rússia, sua pessoa extraordinária, de barba, e com um par de algemas, hipnotizou os intelectuais ocidentais em falta de grandes destinos. Graças a ele, com cinquenta anos de atraso, acabaram por reconhecer a existência de campos de concentração na Rússia comunista; mesmo os homens avançados admitiram subitamente que aprisionar as pessoas pelo que pensavam não era justo. E, para explicar sua nova atitude, encontraram um excelente argumento: os comunistas russos estavam atentos aos direitos do homem, solenemente proclamados pela própria Revolução Francesa!

Portanto, graças a Soljenítsin, a expressão "direitos do homem" reencontrou seu lugar no vocabulário atual; não conheço um político que não invoque dez vezes por dia "a luta pelos direitos do homem" ou "os direitos do homem desprezados por nós". Mas, como no Ocidente não se vive sob a ameaça dos campos de concentração, como podemos falar ou escrever qualquer coisa, à medida que a luta pelos direitos do homem ganhava popularidade, perdia todo conteúdo concreto, para tornar-se finalmente a atitude comum de todos a respeito de tudo, uma espécie de energia transformando todos os desejos em direitos. O mundo transformou-se em direito do homem e tudo se transformou em direito: o desejo do amor no direito ao amor, o desejo do repouso no direito ao repouso, o desejo da amizade no direito à amizade, o desejo de dirigir depressa demais no direito de dirigir depressa demais, o desejo da felicidade no direito à felicidade, o desejo de publicar um livro no direito de publicar um livro, o desejo de gritar nas ruas de noite no direito de gritar nas ruas de noite. Os grevistas têm o direito de ocupar a loja de luxo, as mulheres com casacos de pele têm o direito de comprar caviar, Brigitte tem o direito de estacionar seu carro sobre a calçada, e todos, grevistas, mulheres com casacos de pele, Brigitte, pertencem ao mesmo exército de militantes dos direitos do homem.

Sentado numa poltrona em frente de Brigitte, Paul, com amor, olhava-a balançar a cabeça da esquerda para a direita.

Ele sabia que a filha gostava dele e isso para ele era mais importante do que agradar à sua mulher. Pois os olhos cheios de admiração da filha davam-lhe o que Agnès não podia lhe dar: a prova de que ele não estava afastado da juventude, que ainda fazia parte dos jovens. Apenas duas horas haviam passado desde que Agnès, comovida com sua tosse, havia lhe acariciado os cabelos. A essa carícia humilhante, como ele preferia o balançar de cabeça de Brigitte! A presença de sua filha agia nele como um acumulador de energia, de onde ele tirava sua força.

Ser absolutamente moderno

Ah! Esse caro Paul que queria provocar Grizzly e irritá-lo, fazendo um risco sobre a História, sobre Beethoven, sobre Picasso... No meu espírito confunde-se com Jaromil, o personagem de um romance cuja redação terminei exatamente há vinte anos, um exemplar do qual será deixado num bistrô de Montparnasse, para ser entregue ao professor Avenarius.

Estamos em Praga em 1948; Jaromil, com a idade de dezoito anos, está mortalmente apaixonado pela poesia moderna, por Desnos, Éluard, Breton, Vítězslav Nezval; a exemplo deles criou para si mesmo um slogan com a frase escrita por Rimbaud em *Uma temporada no inferno*: "É preciso ser absolutamente moderno". Ora, o que em Praga se revelou de repente inteiramente moderno foi a revolução socialista, que imediata e brutalmente condenou à morte a arte moderna pela qual Jaromil estava mortalmente apaixonado. Então, meu herói, diante de alguns amigos não menos apaixonados pela arte moderna, renegou sarcasticamente tudo o que amava (tudo o que amava realmente e de todo coração) para não trair o grande mandamento de "ser inteiramente moderno". Em sua negação, pôs toda a raiva, toda a paixão de um adolescente desejoso de entrar na vida adulta por um ato brutal; e seus amigos, ao ver com que obstinação negava tudo o que lhe era mais caro, tudo aquilo por que tinha vivido e queria viver, ao vê-lo negar Picasso e Dalí, Breton e Rimbaud, ao ver que os negava em nome de Lênin e do Exército Vermelho (que naquele momento representava o máximo da modernidade), seus amigos ficaram com a garganta apertada, primeiro estupefatos, depois enojados e finalmente horrorizados. O espetáculo desse adolescente que aderia àquilo que se declarava moderno, e que aderia não por covardia (para favorecer sua carreira) mas por coragem, como um homem que sacrifica com dor aquilo que ama, sim, esse espetáculo tinha alguma coisa de horrível (prenunciando o horror do terror iminente, o horror das prisões e dos enforcamentos). Talvez alguém tenha dito, então, observando-o: "Jaromil é o aliado de seus próprios coveiros".

Claro, Jaromil e Paul não se parecem absolutamente. Seu único ponto em comum é justamente a convicção apaixonada de que "é preciso ser absolutamente moderno". "Absolutamente moderno" é uma noção cujo conteúdo é mutável e inatingível. Em 1872, certamente Rimbaud não pensava ver sob essas palavras milhões de bustos de Lênin e de Stálin; imaginava ainda menos os filmes publicitários, as fotos coloridas e o rosto extasiado de um cantor de rock. Mas pouco importa, pois ser absolutamente moderno significa: nunca questionar o conteúdo do moderno, pôr-se a seu serviço como se está a serviço do absoluto, isto é, sem ter dúvidas.

Assim como Jaromil, Paul sabia que a modernidade de amanhã difere da de hoje e que pelo *imperativo* eterno do moderno é preciso saber trair seu *conteúdo* provisório, do mesmo modo que pelo slogan rimbaudiano é preciso saber trair os *versos* de Rimbaud. Em Paris de 1968, ao adotar uma terminologia bem mais radical ainda do que Jaromil na Praga de 1948, os estudantes recusaram o mundo tal qual ele é, o mundo superficial do conforto, do comércio, da publicidade, o mundo da estúpida cultura de massas que recheia a cabeça das pessoas com melodramas, o mundo das convenções, o mundo do pai. Nessa época, Paul havia passado alguns dias nas barricadas e sua voz ecoara tão resolutamente quanto a voz de Jaromil vinte anos antes; nada poderia fazê-lo recuar; apoiado no braço que lhe oferecia a revolta estudantil, distanciava-se do mundo dos pais, para finalmente se tornar, aos trinta e cinco anos, um adulto.

Depois o tempo passou, sua filha cresceu e se sentiu à vontade no mundo como ele é, no mundo da televisão, do rock, da publicidade, da cultura de massas e de seus melodramas, no mundo dos cantores, dos carros, da moda, das mercearias de luxo e dos industriais elegantes elevados à categoria de estrelas. Capaz de defender decididamente suas posições contra os professores, contra os policiais, contra os prefeitos e os ministros, Paul não sabia defender-se absolutamente de sua filha, que gostava de sentar-se em seus joelhos e não se apressava de modo algum em deixar o mundo do pai, como ele fizera outrora, para entrar na idade adulta. Ao contrário, ela queria ficar o maior tempo possível sob o mesmo teto de seu tolerante papai, que (quase que enternecido) permitia que todos os sábados ela dormisse com seu namorado ao lado do quarto dos pais.

Que significa ser absolutamente moderno quando não se é mais jovem e quando se tem uma filha inteiramente diferente daquilo que éramos na sua idade? Paul encontrou a resposta sem dificuldade: neste caso, ser absolutamente moderno significa identificar-se inteiramente com sua filha.

Imagino Paul, em companhia de Agnès ou de Brigitte, sentado à mesa do jantar. Brigitte, sentada meio de lado na cadeira, mastiga enquanto olha a televisão. Nenhum dos três diz uma palavra porque a televisão está alta. Paul continua pensando na funesta observação de Grizzly, que o qualificou como aliado de seus próprios coveiros. Depois a risada de Brigitte interrompeu o curso de seus pensamentos: na tela está passando um anúncio: uma criança nua, com pouco menos de um ano, se levanta de seu penico arrastando atrás dela o rolo de papel higiênico cuja brancura se estende como a cauda majestosa de um vestido de noiva. Ora, Paul lembra-se de ter constatado recentemente que Brigitte jamais lera um poema de Rimbaud. Considerando a que ponto ele mesmo, na idade de Brigitte, amara Rimbaud, com razão ele poderia julgá-la como seu próprio coveiro.

Sente certa melancolia quando ouve a risada aberta de sua filha, que ignora o grande poeta e se deleita com inépcias televisionadas. Depois pergunta a si mesmo: na realidade, por que ele amou tanto Rimbaud? Como chegou a esse amor? Foi enfeitiçado por seus poemas? Não. Naquela época Rimbaud confundia-se em seu espírito com Trótski, com Breton, com Mao, com Castro, para formar uma única amálgama revolucionária. O que ele conheceu primeiro de Rimbaud foi o slogan repisado por todo mundo: *mudar a vida.* (Como se, para formular tal banalidade, precisássemos de um poeta genial...) Sem dúvida, Paul depois leu os versos de Rimbaud; sabia alguns de cor e atuava-os. Mas nunca leu todos os poemas: só tinha gostado daqueles que haviam sido mencionados por sua turma, que por sua vez os mencionara graças à recomendação de outra turma. Portanto, Rimbaud não foi seu amor estético e é possível que ele nunca tenha conhecido um amor estético. Enrolou-se na bandeira de Rimbaud como nos enrolamos sob uma bandeira, como aderimos a um partido político, como se torce por um clube de futebol. Na verdade, o que lhe tinham acrescentado os versos de Rimbaud? Nada mais do que o orgulho de ser um dos que amavam os versos de Rimbaud.

Paul voltava sempre à sua recente conversa com Grizzly: é, ele exagerava, deixava-se levar pelos paradoxos, provocava Grizzly e todos os outros, mas afinal de contas não dizia a verdade? Aquilo que Grizzly chama com todo respeito "a cultura" não é nossa quimera, algo de belo e de precioso, claro, mas que nos importa muito menos do que ousamos admitir?

Alguns dias antes, Paul desenvolvera com Brigitte, esforçando-se por retomar os mesmos termos, as reflexões que trocara com Grizzly. Queria conhecer as reações de sua filha.

Não apenas ela não se escandalizou pelas fórmulas provocantes, mas dispôs-se a ir muito além. Era isso que contava para Paul. Pois estava cada vez mais ligado à sua filha, e havia alguns anos perguntava sua opinião sobre todos os problemas que enfrentava. Talvez, a princípio, o tenha feito por uma preocupação pedagógica, para forçá-la a se interessar por coisas sérias, mas pouco depois os papéis se inverteram sub-repticiamente: não parecia mais um professor estimulando com suas perguntas um aluno tímido, mas sim um homem pouco seguro de si que consulta uma vidente.

Não se exige de uma vidente que possua uma grande sabedoria (Paul não tinha ilusões sobre os talentos e os conhecimentos de sua filha), mas que ela esteja ligada por fios invisíveis a um reservatório de sabedoria independente dela. Quando Brigitte expunha suas opiniões, não as atribuía à originalidade pessoal de sua filha, mas à grande sabedoria coletiva dos jovens, que se expressava por sua boca; assim a escutava com uma confiança sempre crescente.

Agnès levantara-se da mesa e juntava os pratos para levá-los à cozinha, Brigitte tinha virado sua cadeira para a frente da televisão, e Paul continuava na mesa sozinho. Pensava num jogo de salão que seus pais jogavam. Dez pessoas rodam em torno de dez cadeiras, e com um sinal todas devem se sentar. Cada cadeira traz uma inscrição. Sobre a que lhe cabe podemos ler: *Brilhante aliado de seus coveiros*. Ele sabe que o jogo terminou e que vai ficar sentado para sempre nessa cadeira.

O que fazer? Nada. Aliás, por que um homem não seria aliado de seus coveiros? Deveria lutar com eles aos socos? Para que cuspissem no seu caixão?

Mais uma vez ouviu o riso de Brigitte e uma outra definição logo lhe veio ao espírito, mais paradoxal e mais radical. Agradou-lhe a ponto de fazê-lo esquecer sua tristeza. Eis essa definição: ser absolutamente moderno é ser aliado de seus próprios coveiros.

Ser vítima de sua glória

Dizer a Bernard "case comigo!" era, em qualquer circunstância, um erro; dizê-lo depois de ele ter sido promovido a burro total era um erro tão grande quanto a altura do Mont-Blanc. Pois é preciso levar em conta uma circunstância que, à primeira vista, pode parecer inteiramente improvável, mas cuja lembrança é necessária se quisermos compreender Bernard: com exceção de uma rubéola em criança, ele nunca tinha ficado doente, a única morte que vira de perto fora a do galgo de seu pai e, além de algumas más notas nos exames, não tinha conhecido o fracasso; tinha vivido na certeza de ser, por natureza, destinado à felicidade e simpático a todo mundo. Sua promoção à categoria de burro foi o primeiro golpe do destino que o atingiu.

Aconteceu, então, uma estranha coincidência. Os imagólogos, na mesma época, lançaram uma vasta campanha publicitária pela estação de rádio de Bernard, de tal modo que a fotografia colorida da equipe de redação espalhou-se sobre grandes cartazes colados por toda parte na França: estavam todos sob um fundo de céu azul, com camisa branca, mangas arregaçadas e boca aberta: estavam rindo. Ao passear por Paris, Bernard, primeiro, sentiu-se inebriado de orgulho. Mas, no fim de uma semana ou duas de glória imaculada, o ogro ventripotente veio entregar-lhe, sorrindo, um tubo de cartolina. Se isso tivesse acontecido antes; quando o retrato gigante não se oferecesse ao mundo inteiro, Bernard talvez tivesse suportado melhor o choque. Mas a glória da foto veio dar à vergonha do diploma uma espécie de ressonância; ela a amplificou.

Ler no *Le Monde* que um desconhecido, um certo Bernard Bertrand, foi promovido a burro total é uma coisa, outra é saber da promoção de um homem cuja fotografia se espalha sobre todos os muros. A glória acrescenta a tudo que nos acontece um eco cem vezes maior. Não é nada agradável passear pelo mundo carregando atrás de si um eco. De repente Bernard compreendeu sua vulnerabilidade recente e pensou que a glória era, exatamente, o que ele jamais ambicionara. É evidente, ele sempre desejou o sucesso, mas o sucesso e a glória são coisas diferentes. A glória significa que um determinado número de pessoas o conhecem sem que você os conheça; eles acham que, no que concerne à sua pessoa, tudo é permitido, querem saber tudo sobre você, e comportam-se como se você fosse propriedade deles. Atores, cantores, políticos sentem uma espécie de volúpia oferecendo-se dessa maneira aos outros. Mas essa volúpia, Bernard não a desejava. Recentemente, entrevistando um ator cujo filho estivera metido num caso escabroso, deleitou-se vendo como a glória desse homem tornara-se seu calcanhar de aquiles, seu ponto fraco, sua tara, a cabeleira por onde agarrá-lo, sacudi-lo sem soltá-lo mais. Bernard queria ser aquele que fazia as perguntas, e não aquele que é obrigado a responder. Ora, a glória pertence ao que responde, não ao que interroga. O homem que responde é iluminado pelos refletores. O homem que pergunta é filmado de costas. É Nixon e não Woodward que aparece em plena luz. Bernard não deseja a glória daquele para quem são dirigidos os refletores, mas o poder daquele que fica na penumbra. Deseja a força de um caçador que mata um tigre, não a glória do tigre admirado por aqueles que se servirão dele como tapete.

Porém a glória não pertence só às pessoas célebres. Cada pessoa conhece ao menos uma vez sua pequena glória e ao menos por um momento sente o mesmo que Greta Garbo, Nixon ou um tigre esfolado. A boca aberta de Bernard ria em todas as paredes da cidade e ele sentia-se amarrado no pelourinho: todo mundo o via, o examinava, o julgava. Quando Laura lhe diz: "Bernard, case comigo!", ele a imagina a seu lado no pelourinho. Subitamente (isso nunca acontecera antes), ela pareceu-lhe velha, desagradavelmente extravagante e ligeiramente ridícula.

Tudo isso era ainda mais idiota porque nunca precisara dela como agora. O amor mais saudável ainda era para ele o amor de uma mulher mais velha, com a condição de que esse amor se tornasse ainda mais secreto e que essa mulher mostrasse ainda mais sabedoria e discrição. Se em vez de estupidamente ter lhe pedido para casar, Laura tivesse decidido fazer desse amor um luxuoso castelo afastado da vida pública, ela não precisaria ter medo de perder Bernard. Mas vendo a foto gigante em cada canto de rua, Laura relacionou isso com a nova atitude de seu amante, com seus silêncios, com seu ar distraído, e concluiu sem hesitação que o sucesso pusera em seu caminho uma outra mulher que ocupava todos os seus pensamentos. Como Laura não queria entregar-se sem lutar, passou ao ataque.

Você compreende agora por que Bernard recuou. Quando um ataca, o outro recua, é a regra. Esse recuo, como todos sabem, é a manobra de guerra mais difícil. Bernard executou-a com a precisão de um matemático: enquanto recentemente passava quatro noites por semana na casa de Laura, limitou-se a duas; quando antes saía com ela todos os fins de semana, passou a consagrar-lhe somente um domingo em cada dois e preparou-se para novas restrições. Fazia o mesmo que o piloto de uma nave espacial que, reentrando na atmosfera, precisa frear bruscamente. Assim sendo, freava, com prudência e determinação, enquanto sua graciosa e maternal amante desaparecia sob seu olhar. Em seu lugar estava uma mulher briguenta, desprovida tanto de sabedoria quanto de maturidade e desagradavelmente ativa.

Um dia Grizzly lhe disse:

— Conheci sua noiva.

Bernard ficou vermelho de vergonha.

Grizzly continuou:

— Ela falou-me de uma briga de vocês. É uma mulher simpática. Seja gentil com ela.

Bernard ficou branco de raiva. Sabendo que Grizzly dava com a língua nos dentes, tinha certeza de que toda a emissora agora sabia o nome de sua amante. Uma ligação com uma mulher mais velha parecera-lhe até então uma encantadora perversão, quase uma audácia; mas no momento compreendia que seus colegas não veriam nisso senão a confirmação de sua burrice.

— Por que você foi queixar-se a estranhos?

— A estranhos? Do que você está falando?

— De Grizzly.

— Pensei que fosse seu amigo!

— Mesmo sendo meu amigo, para que contar a ele nossa vida íntima?

Ela respondeu tristemente:

— Não escondo meu amor por você. É preciso que eu me cale? Será que você tem vergonha de mim?

Bernard não respondeu nada. Sim, tinha vergonha dela. Tinha vergonha dela, mesmo sendo feliz em sua companhia. Mas só era feliz em sua companhia nos momentos em que esquecia que tinha vergonha dela.

A luta

A bordo da nave cósmica do amor, Laura suportava muito mal a desaceleração.

— O que é que você tem? Por favor, me explique.

— Nada. Não tenho nada.

— Você mudou.

— Preciso ficar sozinho.

— Aconteceu alguma coisa?

— Estou preocupado.

— Se está preocupado, é uma razão a mais para não ficar sozinho. Quando temos problemas é que precisamos dos outros.

Uma sexta-feira, ele foi para sua casa de campo sem convidá-la. No entanto, no sábado ela desembarcou na casa dele. Sabia que não deveria agir assim, mas havia muito tempo tinha o hábito de fazer o que não devia e ficava até orgulhosa disso, pois era por isso que os homens a admiravam e Bernard mais do que qualquer outro. Às vezes, no meio de um concerto ou de um espetáculo que ele desagradava, levantava-se em sinal de protesto e ia embora ostensivamente e com bastante ruído, sob os olhares reprovadores dos vizinhos estarrecidos. Um dia, Bernard pediu à filha do porteiro para entregar a Laura, em sua loja, uma carta que ela esperava com impaciência; transportada pela alegria, apanhou numa prateleira um gorro de pele, que custava pelo menos dois mil francos, e deu-o a essa adolescente de dezesseis anos. Uma outra vez foi passar dois dias com Bernard à beira-mar, numa casa alugada; para puni-lo de alguma coisa que já não lembro mais, passou a tarde toda brincando com um menino de doze anos, filho de um pescador vizinho deles, como se até tivesse esquecido da existência do amante. O espantoso é que Bernard, mesmo sentindo-se magoado, acabou vendo no comportamento dela uma sedutora espontaneidade (por esse garoto, quase esqueci o mundo inteiro!) aliada a uma feminilidade desconcertante (ela não ficara *maternalmente* enternecida por uma criança), e toda a raiva desapareceu no dia seguinte, quando ela esqueceu o filho do pescador para ocupar-se dele. Sob o olhar apaixonado e admirativo de Bernard, suas ideias caprichosas desabrochavam com exuberância, pode-se dizer que floresciam como rosas; seus atos incongruentes, suas palavras irrefletidas apareciam em Laura como a marca de sua originalidade, como a graça de seu eu, e ela ficava contente.

Quando Bernard começou a lhe escapar, sua extravagância não desapareceu mas logo perdeu seu caráter alegre e natural. No dia em que decidiu ir à casa dele sem ser convidada, ela sabia que dessa vez isso não provocaria nenhuma admiração, e entrou com uma ansiedade que fez com que o atrevimento do seu comportamento há pouco inocente, e até encantador, se tornasse agressivo e crispado. Ela percebia isso e não perdoava Bernard de privá-la do prazer que ainda recentemente sentia em ser ela mesma, prazer que subitamente se revelou frágil, sem raízes e inteiramente dependente de Bernard, de seu amor e de sua admiração. Mas isso só incentivou-a ainda mais a agir com excentricidade, insensatez, e a estimular sua maldade; queria provocar uma explosão, com a vaga e secreta esperança de que depois da tempestade as nuvens se dissipariam e que tudo voltaria a ser como antes.

— Aqui estou, disse ela rindo, espero que isso te deixe contente.

— Sim, isso me deixa contente. Mas estou aqui para trabalhar.

— Não vou atrapalhar seu trabalho. Não te peço nada. Só quero estar com você. Alguma vez já atrapalhei seu trabalho?

Ele não respondeu.

— Afinal de contas, já fui para fora com você muitas vezes quando você tinha que preparar seus programas. Já te atrapalhei alguma vez?

Ele não respondeu.

— Atrapalhei você?

Não tinha jeito. Tinha que responder:

— Não, você nunca me atrapalhou.

— E por que atrapalho agora?

— Você não me atrapalha.

— Não minta! Trate de se comportar como homem e tenha ao menos a coragem de me dizer que eu o aborreço terrivelmente, chegando sem ser convidada. Detesto os covardes. Preferia que você me mandasse dar o fora. Diga isso!

Sem graça, ele levantou os ombros.

— Por que você é covarde?

Novamente ele levantou os ombros.

— Não levante os ombros!

Teve vontade de levantá-los pela terceira vez, mas não o fez.

— O que é que você tem? Por favor, explique.

— Não tenho nada.

— Você mudou.

— Laura! Tenho preocupações!, diz ele, levantando a voz.

— Eu também tenho preocupações!, responde ela, levantando também a voz.

Ele sabia que se comportava como um idiota, como um garoto repreendido por sua mamãe, e a detestava. Que devia fazer? Sabia ser gentil com as mulheres, divertido, talvez até

174

sedutor, mas não sabia destratá-las, ninguém lhe ensinara isso, ao contrário, todos meteram na sua cabeça que com elas nunca se podia ser mau. Como deve se comportar um homem com uma mulher que chega à casa dele sem ser convidada? Qual a universidade onde podemos aprender esse tipo de coisa?

Desistindo de responder-lhe, passou para a sala ao lado, deitou no sofá e apanhou um livro qualquer. Era um romance policial em edição de bolso. Deitado de costas, segurava o livro aberto em cima do peito; fingia que lia. Passado um minuto, ela entrou e sentou-se em frente dele. Depois, olhando a fotografia colorida que enfeitava a capa do livro, perguntou:

— Como você pode ler uma coisa dessas?

Surpreso, virou a cabeça para ela.

— Essa capa!, diz Laura.

Ele continuava sem compreender.

— Como você pode ficar olhando para uma capa de tão mau gosto? Se você insiste em ler esse livro na minha presença, faça-me o favor de arrancar a capa.

Bernard não respondeu nada, arrancou a capa, entregou-lhe e continuou a ler.

Laura tinha vontade de gritar. Ela devia se levantar, pensou, ir embora e nunca mais tornar a vê-lo. Ou então, devia afastar o livro alguns centímetros e cuspir-lhe na cara. Mas não teve coragem de fazer nem uma coisa nem outra. Preferiu jogar-se sobre ele (o livro caiu no tapete) e, cobrindo-o de beijos furiosos, deslizou as mãos sobre seu corpo todo.

Bernard não sentia a menor vontade de fazer amor. Mas, se ousou recusar a discussão, não sabia recusar ao apelo erótico. No que aliás se parecia com todos os homens de todas as épocas. Que homem ousaria dizer: "Tire as patas!" a uma mulher que amorosamente escorrega a mão entre suas pernas? Eis aí como o mesmo Bernard, que com soberano desprezo acabara de arrancar a capa de um livro para entregá-la à amante humilhada, reagiu subitamente a seu toque e beijou-a desabotoando a calça.

Mas ela também não tinha vontade de fazer amor. O que a impulsionara em direção a ele fora o desespero de não saber o que fazer, e a necessidade de fazer qualquer coisa. Suas carícias impacientes e apaixonadas expressavam o desejo cego de uma ação, o desejo mudo de uma palavra. Quando começaram a se amar, ela esforçou-se em fazer essa união mais selvagem do que nunca, tão grandiosa como um incêndio. Mas como fazê-lo durante um coito silencioso (pois sempre se amavam em silêncio, a não ser algumas palavras líricas murmuradas quase sem fôlego)? Sim, como fazê-lo? Com movimentos rápidos e vigorosos? Aumentando o tom dos suspiros? Mudando posições? Como não conhecesse outros meios, utilizou esses três. Principalmente, e por iniciativa própria, mudava de posição a todo momento: ora ficava de quatro, ora se sentava acocorada sobre ele, ora inventava posições radicalmente novas e extremamente difíceis, que eles jamais haviam tentado.

Bernard interpretou essa performance física como imprevista, como um desafio que ele não podia deixar de ressaltar. Voltou à sua antiga ansiedade de jovem que temia poderem subestimar seu talento e sua maturidade erótica. Essa ansiedade devolvia a Laura o poder que ela havia perdido fazia algum tempo e sobre o qual o relacionamento deles fora outrora fundamentado: o poder de uma mulher mais velha do que seu parceiro. Novamente teve a desagradável impressão de que Laura era mais experiente, que sabia o que ele não sabia, que podia compará-lo aos outros e julgá-lo. Assim, ele caprichava em efetuar os movimentos requisitados e, ao menor sinal de Laura demonstrando que queria ficar de outro jeito, reagia com docilidade e prontamente como um soldado em exercício. Essa ginástica amorosa exigia tanta aplicação que ele não tinha nem mesmo tempo para se perguntar se estava excitado ou não, nem se sentia alguma coisa que pudesse se chamar volúpia.

Ela não se preocupava mais nem com o prazer nem com a excitação. Não vou largá-lo, dizia para si mesma, não vou me deixar rejeitar, lutarei para ficar com você. Seu sexo, então, movendo-se para cima e para baixo, transformou-se numa máquina de guerra que ela movimentava e dirigia. Essa arma era a última, pensava ela, a única que lhe restava, mas era todo-poderosa. Ao ritmo de seus movimentos, ela repetia para si mesma, como um *ostinato* de violoncelo num trecho de música: *eu lutarei, eu lutarei, eu lutarei*, e ela acreditava na sua vitória.

Basta abrir um dicionário. Lutar significa opor a sua vontade à vontade do outro, a fim de machucá-lo, botá-lo de joelhos, eventualmente matá-lo. "A vida é uma luta", eis uma expressão que, pronunciada pela primeira vez, deve ser proferida com um suspiro melancólico e resignado. Nosso século de otimismo e de massacres conseguiu transformar essa horrível frase em uma alegre cantilena. Talvez você diga que, se às vezes é horrível lutar *contra* alguém, lutar *por* alguma coisa é nobre e belo. Sem dúvida, é belo trabalhar a favor da felicidade (do amor, da justiça etc.), mas, se você gosta de designar esse esforço pela palavra *luta*, está implícito nesse nobre esforço o secreto desejo de derrubar alguém por terra. A luta *por* não pode ser dissociada da luta *contra* e, durante a luta, os lutadores sempre esquecem a preposição *por* em benefício da preposição *contra*.

O sexo de Laura movia-se possantemente para cima e para baixo. Laura lutava. Ela amava e lutava. Lutava por Bernard. Mas contra quem? Contra aquele que abraçava, e depois afastava para obrigá-lo a mudar de posição. Essa performance exaustiva sobre o sofá e sobre o tapete que os fazia transpirar e que os deixava sem ar parecia a pantomima de uma luta implacável: ela atacava e ele se defendia, ela dava as ordens e ele obedecia.

O *professor Avenarius*

O professor Avenarius descia a Avenue du Maine, contornou a Gare Montparnasse e decidiu, como não estava com pressa, atravessar as Galeries Lafayette. No departamento de senhoras, viu-se no meio dos manequins, vestidos na última moda, que o observavam de todos os lados. Avenarius gostava dessa companhia. Sentia uma atração especial por essas mulheres que se imobilizavam numa louca gesticulação e cuja boca escancarada expressava não o riso (os lábios não estavam abertos) mas o espanto. Na imaginação do professor Avenarius, todas essas mulheres petrificadas acabavam de perceber a soberba ereção de seu membro, que não era apenas gigantesco, mas distinguia-se dos pênis comuns pela cabeça de diabo com chifres que lhe enfeitavam a extremidade. Ao lado daquelas que demonstravam um espanto cheio de admiração, outras arredondavam seus lábios vermelhos como cu de galinha, entre os quais uma língua poderia aparecer a qualquer momento para convidar Avenarius para um beijo sensual. E depois havia uma terceira categoria de mulheres, aquelas cujos lábios desenhavam um sorriso sonhador. Seus olhos semicerrados não deixavam a menor dúvida: acabavam de saborear longa e silenciosamente a volúpia do coito.

A esplêndida sexualidade desses manequins, cujo aspecto parecia irradiado por uma fonte de energia nuclear, não encontrava eco em ninguém: as pessoas circulavam entre as mercadorias, cansadas, abatidas, apáticas, rabugentas e completamente indiferentes ao sexo; só o professor Avenarius ficava contente quando passava por ali, convencido de estar comandando uma gigantesca suruba.

Pena, as coisas mais belas acabam: o professor Avenarius saiu da grande loja e, para evitar o fluxo de carros na avenida, dirigiu-se para a escada que levava aos subterrâneos do metrô. Familiarizado com o lugar, não ficou surpreso com o espetáculo. No corredor instalava-se sempre a mesma equipe. Dois mendigos curtiam sua ressaca, sem largar a garrafa de vinho; um deles às vezes interpelava os transeuntes para pedir com indolência, exibindo um sorriso tocante, uma contribuição para uma nova garrafa. Um rapaz sentado no chão, encostado na parede, escondia o rosto entre as mãos: diante dele uma inscrição a giz dizia que acabava de sair da prisão, não conseguia encontrar emprego e tinha fome. Finalmente, de pé perto da parede (em frente ao homem que saíra da prisão), estava um músico cansado; a seus pés estavam dispostos de um lado um chapéu com algumas moedas no fundo; do outro lado, um trompete.

Ali não havia nada de anormal, apenas um detalhe fora do comum chamou a atenção do professor Avenarius. Exatamente a meio caminho entre o homem saído da prisão e os dois mendigos bêbados, não perto da parede, mas no meio do corredor, estava uma mulher mais para bonita, que não passava dos quarenta anos; segurava na mão uma lata vermelha de pedir esmolas, que estendia aos transeuntes com um sorriso radiante de feminilidade; na lata, podia-se ler uma inscrição: *ajude os leprosos*. Pela elegância de suas roupas, contrastava com o ambiente, e seu entusiasmo clareava como uma lanterna a penumbra do corredor. Era evidente que sua presença aborrecia os mendigos, habituados a passar ali seu dia de trabalho, e o trompete depositado aos pés do músico expressava com eloquência a capitulação diante de uma concorrência desleal.

Cada vez que a mulher captava um olhar, articulava com nitidez, mas com voz quase inaudível para forçar os transeuntes a lerem seus lábios: "Os leprosos!". O professor Avenarius também se apressava para decifrar essas palavras em sua boca, mas a mulher, ao vê-lo, pronunciou só o "le" e deixou o "prosos" em suspenso, porque o reconheceu. Avenarius, por sua vez, a reconheceu sem poder entender sua presença nesse lugar. Subiu a escada correndo e saiu do outro lado da avenida.

Ali chegando, compreendeu que tomara em vão os corredores subterrâneos, pois o caminho estava bloqueado: do La Coupole à Rue de Rennes uma multidão de manifestantes avançava sobre toda a largura da calçada. Como todos tinham o rosto escuro, o professor Avenarius achou que era um protesto de árabes contra o racismo. Sem dar importância a eles, percorreu algumas dezenas de metros e empurrou a porta de um bistrô; o dono lhe disse:

— O sr. Kundera está atrasado. Aqui está o livro que ele deixou para distraí-lo enquanto espera, e entregou-lhe meu livro *A vida está em outro lugar*, na edição barata que se chama Fólio.

O professor Avenarius pôs o livro no bolso sem lhe dar a menor atenção porque nesse preciso momento a mulher da lata vermelha voltou à sua cabeça e desejou revê-la.

— Volto daqui a pouco, disse ele saindo.

Pelas inscrições nas bandeirolas, acabou compreendendo que não eram árabes que desfilavam, mas turcos, e que não protestavam contra o racismo francês, mas contra a bulgarização de uma minoria turca na Bulgária. Os manifestantes levantavam o punho com um gesto um tanto cansado, porque a indiferença sem limites dos parisienses perambulando pelas calçadas levara-os à beira do desespero. Mas quando viram o ventre magnífico e ameaçador de um homem que andava na calçada na mesma direção e que levantava o punho e gritava com eles:

— Abaixo os russos! Abaixo os búlgaros!, sentiram-se poderosamente revigorados e os slogans ressoaram ainda mais alto na avenida.

Na entrada do metrô, perto da escada que subira alguns minutos antes, Avenarius viu duas feiosas ocupadas em distribuir folhetos. Para saber mais sobre a luta antibúlgara, perguntou a uma delas:

— A senhora é turca?

— Deus me livre!, respondeu a mulher como se ele a tivesse acusado de alguma coisa abominável.

— Não temos nada com essa manifestação! Estamos aqui para lutar contra o racismo!

Avenarius pegou um folheto de cada uma e de súbito se deparou com o sorriso de um rapaz displicentemente apoiado na grade do metrô. Ele também estendia um folheto, com ar alegremente provocador.

— É contra o quê?, perguntou o professor Avenarius.

— Pela liberdade do povo kanak.

Portanto o professor Avenarius desceu para o subsolo com três folhetos; desde a entrada constatou que a atmosfera das catacumbas tinha mudado; o cansaço e o tédio haviam desaparecido, estava acontecendo alguma coisa: Avenarius ouviu o som alegre do trompete, aplausos, risos. Depois viu a cena toda: a mulher da lata vermelha continuava lá, mas cercada pelos dois mendigos: o primeiro segurava sua mão esquerda que estava livre, o segundo segurava ligeiramente o braço que segurava a lata. O que segurava a mão dava pequenos passos de dança, três para a frente, três para trás. O que segurava o cotovelo estendia para os transeuntes o chapéu do músico, gritando: "Para os leprosos! Para a África!", e o músico ao lado dele soprava o trompete, soprava até perder o fôlego, soprava como nunca; um ajuntamento se formava, as pessoas riam divertidas, jogando moedas no fundo do chapéu, até mesmo notas, enquanto os mendigos agradeciam: "Ah, como a França é generosa! Obrigado!

Obrigado pelos leprosos que sem a França morreriam como pobres animais! Ah, como a França é generosa!".

A mulher não sabia o que fazer; ora tentava afastar-se, ora os aplausos a estimulavam a dar pequenos passos de dança para a frente e para trás. Chegou o momento em que o mendigo quis rodar em direção a ela, para dançar corpo a corpo. Sentiu um forte cheiro de álcool e defendeu-se desajeitadamente, o medo e a angústia estampados no rosto.

O homem que saíra da prisão levantou-se de repente e começou a gesticular, como para avisar os mendigos de um perigo iminente. Dois tiras se aproximavam. Ao avistá-los, o professor Avenarius também entrou na dança: deixava seu ventre enorme oscilar da esquerda para a direita, lançava os braços para a frente, um a um, semidobrados, sorria para os lados e espalhava em torno de si uma indizível atmosfera de despreocupação e de paz. Quando os tiras chegaram perto deles, dirigiu um sorriso de conivência à mulher da lata vermelha e começou a bater as mãos no ritmo do trompete e de seus passos. Com o olhar morno, os tiras viraram-se para ele e continuaram sua ronda.

Encantado com um tal sucesso, Avenarius redobrou o empenho e com uma leveza imprevisível girou no lugar, inclinou-se para a frente e para trás, jogava a perna para o alto imitando com as mãos o gesto de uma dançarina de cancã. Isso logo deu uma ideia a um dos mendigos que segurava a mulher pelo cotovelo: abaixou-se e levantou a barra de sua saia. Ela quis se defender mas não conseguia afastar o olhar do homem barrigudo que a olhava com um sorriso encorajador; quando ela tentou devolver-lhe o sorriso, o mendigo levantou a saia até a cintura, mostrando suas pernas nuas e a calcinha verde (combinando muito bem com a saia rosa). Novamente ela tentou defender-se, mas estava reduzida à impotência: em uma das mãos segurava a lata vermelha (se bem que ninguém tivesse enfiado ali nem um tostão, ela a segurava firmemente como se sua honra, o sentido de sua vida, sua alma talvez, estivessem encerrados ali dentro), a outra mão estava imobilizada pelo mendigo. Se tivessem lhe amarrado os braços para estuprá-la, sua situação não seria pior. O mendigo levantava a saia bem alto, gritando: "Pelos leprosos! Pela África!", e lágrimas de humilhação corriam pelo seu rosto. No entanto, recusando-se a parecer humilhada (uma humilhação confessada é uma humilhação em dobro), esforçou-se em sorrir como se tudo estivesse acontecendo com o seu consentimento e no interesse da África; chegou até a jogar para o alto uma perna, bonita apesar de um pouco curta.

Um terrível mau cheiro atingiu então suas narinas: o hálito do mendigo fedia tanto quanto suas roupas, que, usadas dia e noite durante anos, acabaram incrustando-se na sua pele (se ele fosse vítima de um acidente, toda uma equipe cirúrgica teria que raspar seus trapos durante uma hora antes de botá-lo numa mesa de operação); ela não aguentava mais, num último esforço conseguiu livrar-se do seu abraço, e, apertando a lata contra o peito, correu para o professor Avenarius. Ele abriu os braços e abraçou-a. Apertada contra ele, tremia e soluçava. Ele acalmou-a rapidamente, tomou-a pela mão, e levou-a para fora do metrô.

O corpo

— Laura, você está emagrecendo, Agnès disse com ar preocupado quando almoçava com sua irmã num restaurante.

— Estou perdendo o apetite. Vomito tudo, respondeu Laura tomando um gole da água mineral que ela pedira em vez do vinho habitual. É forte demais, acrescentou ela.

— A água mineral?

— É preciso que eu junte um pouco de água comum.

— Laura!... Agnès teve vontade de protestar, mas contentou-se em dizer: Não se atormente assim.

— Está tudo perdido, Agnès.

— Mas o que mudou entre vocês?

— Tudo. No entanto, fazemos amor como nunca antes. Como dois loucos.

— Então o que mudou, se vocês fazem amor como dois loucos?

— São os únicos momentos em que tenho certeza de que ele está comigo. Quando paramos de fazer amor, seus pensamentos voam para longe. Poderíamos fazer amor cem vezes mais, seria inútil. Porque fazer amor não representa grande coisa. Não é isso que importa. O importante é que ele pense em mim. Tive muitos homens em minha vida, nenhum sabe mais nada sobre mim, eu não sei mais nada sobre eles e me pergunto: por que vivi se ninguém vai guardar o menor traço de mim? Que restará da minha vida? Nada, Agnès, nada! Mas estes dois últimos anos fiquei realmente feliz quando soube que Bernard pensava em mim, que eu morava na cabeça dele, que vivia nele. Porque a verdadeira vida para mim é isso: viver nos pensamentos do outro. Sem isso, sou uma morta, apesar de viva.

— Mas, quando você está sozinha em casa ouvindo discos, seu Mahler não te dá uma espécie de pequena felicidade elementar, pela qual vale a pena viver? Isso não te basta?

— Agnès, você está dizendo bobagens e sabe disso. Mahler não representa nada para mim, absolutamente nada, se estou sozinha. Mahler só me dá prazer se estou com Bernard, ou se sei que ele está pensando em mim. Quando ele não está ali, não tenho forças nem para fazer minha cama. Não tenho nem vontade de tomar banho, nem de trocar minha roupa de baixo.

— Laura! Seu Bernard não é o único no mundo!

— É, sim, respondeu Laura. Por que você quer que eu me iluda? Bernard é a minha última chance. Não tenho mais nem vinte nem trinta anos. Depois de Bernard, é o deserto.

Tomou um gole da água mineral e repetiu:

— Esta água mineral é muito forte.

Depois chamou o garçom para pedir uma garrafa de água.

— Daqui a um mês, ele vai passar quinze dias na Martinica, prosseguiu. Já estive lá com ele duas vezes. Dessa vez, já me avisou que vai sozinho. Durante dois dias não pude comer nada. Mas sei o que vou fazer.

A garrafa de água apareceu na mesa e Laura, sob o olhar atônito do garçom, virou-a dentro do copo de água mineral; depois repetiu: Sim, já sei o que vou fazer.

Calou-se como se quisesse, com esse silêncio, provocar sua irmã a interrogá-la. Agnès entendeu e de propósito não fez nenhuma pergunta. Mas como o silêncio se prolongava, rendeu-se:

— O que é que você vai fazer?

Laura respondeu que nas últimas semanas consultara pelo menos cinco médicos pedindo a cada um receitas de barbitúricos.

Depois que Laura completou suas queixas usuais com alusões ao suicídio, Agnès sentiu-se cansada e abatida. Já muitas vezes contradissera sua irmã com argumentos racionais ou sentimentais; reafirmava-lhe seu amor (você não pode fazer isso *comigo*!), sem o menor resultado: Laura voltava a falar de suicídio, como se não tivesse escutado nada.

— Irei para a Martinica uma semana antes dele, continuou. Tenho uma chave. A casa está vazia. Darei um jeito para que me encontre lá. E para que jamais possa me esquecer.

Sabendo que Laura era capaz de cometer atos despropositados, Agnès teve medo quando ouviu a frase: "Darei um jeito para que me encontre lá". Ela imaginava o corpo de Laura imóvel no meio da sala da casa tropical e essa imagem, deu-se conta com medo, era perfeitamente possível, concebível, identificava-se com Laura.

Amar alguém, para Laura, significava dar-lhe de presente seu corpo: entregá-lo, como mandara entregar à sua irmã o piano branco; depositá-lo no meio de seu apartamento: eis-me aqui, eis meus cinquenta e sete quilos, eis minha carne e meus ossos, são para você e é em sua casa que os deixo. Essa oferenda era para ela um gesto erótico, porque em sua opinião o corpo não era sexual somente nos momentos excepcionais da excitação, mas, como disse, desde o princípio, a priori, constante e inteiramente, na superfície como no interior, durante o sono, acordado, e mesmo depois da morte.

Para Agnès, o erotismo limitava-se ao instante da excitação quando o corpo se tornava desejável e belo. Só esse instante justificava e resgatava o corpo; uma vez extinta essa luz artificial, o corpo voltava a ser um mecanismo sujo que ela era obrigada a manter em forma. Por isso Agnès nunca poderia dizer: "Darei um jeito para que ele me encontre lá". Ela ficaria horrorizada com a ideia de que o homem amado a visse como um simples corpo privado de sexo, desprovido de qualquer encanto, o rosto convulso, numa atitude que ela não poderia mais controlar. Sentiria vergonha. O pudor impediria que ela se tornasse cadáver por vontade própria.

Mas Agnès sabia que sua irmã era diferente: expor seu corpo sem vida na sala de um amante, essa ideia era consequência do relacionamento de Laura com o corpo e de sua maneira de amar. Por isso Agnès teve medo. Inclinando-se sobre a mesa, segurou a mão da irmã.

— Entenda-me, disse Laura a meia-voz. Você tem Paul. O melhor homem que você possa desejar. Eu tenho Bernard. Assim que Bernard me deixar, não tenho mais nada e não terei mais ninguém. E você sabe que não me contento com pouco! Não vou olhar para a miséria da minha própria vida. Tenho minha vida em alta conta. Quero que a vida me dê tudo, ou então vou-me embora. Você me entende. Você é minha irmã.

Houve um momento de silêncio, Agnès tentando confusamente formular uma resposta. Estava cansada. O mesmo diálogo repetia-se semana após semana e tudo o que Agnès podia dizer não surtia nenhum efeito. De repente, nesse momento de cansaço e impotência ressoaram palavras completamente inacreditáveis:

— O velho Bertrand Bertrand provocou novamente uma tempestade na Assembleia contra a onda de suicídios! Ele é o proprietário da casa na Martinica. Imagine só o prazer que vou lhe dar!, diz Laura caindo na gargalhada.

Se bem que nervosa e forçada, essa risada foi para Agnès uma aliada inesperada. Começou a rir também, e o riso das duas logo perdeu tudo o que havia de tenso, subitamente se tornou um riso verdadeiro, um riso de alívio, as duas irmãs riam às lágrimas, sabendo bem que se amavam e que Laura não se suicidaria. As duas falavam ao mesmo tempo, sem se largarem as mãos, e o que elas diziam eram palavras de amor atrás das quais transparecia uma casa num jardim na Suíça e um aceno de mão lançado para o alto como uma bola colorida, como um convite para viajar, como a promessa de um futuro indizível, promessa não cumprida mas cujo eco continuava para elas igualmente cativante.

Quando o momento de vertigem passou, Agnès disse:

— Laura, é preciso não fazer idiotices. Nenhum homem merece que você sofra por ele. Pense em mim. Pense que amo você.

E Laura diz:

— No entanto, gostaria de fazer alguma coisa, gostaria tanto de fazer alguma coisa.

Alguma coisa? Alguma coisa?

Laura olhou a irmã no fundo dos olhos levantando os ombros, como que admitindo que o conteúdo da "coisa" ainda não lhe parecia claro. Depois deixou cair um pouco a cabeça, seu rosto cobriu-se de um vago sorriso melancólico, tocou com a ponta dos dedos o sulco do peito e, repetindo "alguma coisa", jogou os braços para a frente.

Agnès ficou aliviada: sem dúvida não podia imaginar nada de concreto sobre essa "coisa", mas o gesto de Laura não deixava nenhuma dúvida: a "coisa" visava as alturas sublimes, não podia ter nada em comum com um cadáver estendido no soalho de uma sala tropical.

Algumas horas mais tarde, Laura foi à Associação França-África, presidida pelo pai de Bernard, e ofereceu-se como voluntária para pedir esmolas para os leprosos na rua.

O gesto do desejo de imortalidade

O primeiro amor de Bettina foi seu irmão Clemens, futuro grande poeta romântico; depois, como sabemos, ficou apaixonada por Goethe, adorou Beethoven, amou seu marido, Achim von Arnim, também grande poeta, depois se apaixonou pelo conde Hermann von Pückler-Muskau, que, sem ser um grande poeta, escreveu livros (aliás, foi a ele que ela dedicou a *Correspondência de Goethe com uma criança*), depois, por volta dos cinquenta anos, alimentou um sentimento erótico-maternal por dois homens moços, Philipp Nathusius e Julius Döring, que, sem escrever livros, trocaram cartas com ela (correspondência que em parte ela publicou), admirava Karl Marx e um dia, quando estava visitando a noiva dele, Jenny, forçou-o que a levasse para um longo passeio noturno (Marx não tinha a menor vontade de passear, preferia a companhia de Jenny à de Bettina; no entanto até mesmo o homem capaz de virar o mundo pelo avesso era incapaz de resistir à mulher que tinha tratado Goethe de "você"), teve uma queda por Franz Liszt, mas muito rápida, pois logo se declarou desinteressada por causa do interesse exclusivo de Liszt por sua própria glória, tentou apaixonadamente ajudar o pintor Karl Blecher atingido por uma doença mental (desprezava a mulher dele como antes desprezara madame Goethe), travou uma correspondência com Carlos Alexandre, herdeiro do trono de Saxe-Weimar, escreveu para o rei da Prússia, Frederico Guilherme, *O livro do rei*, em que explicava os deveres de um rei para com seus súditos, depois deste publicou *O livro dos pobres*, no qual descreve a terrível miséria do povo, dirigiu-se mais uma vez ao rei para pedir-lhe para libertar Friedrich Wilhelm Schloeffel, acusado de fomentar um complô comunista, pouco depois interveio junto dele em favor de Ludwik Mierosławski, um dos dirigentes da revolução polonesa, que esperava sua execução numa prisão prussiana. O último homem que adorou, ela nunca encontrou: foi Sándor Petöfi, o poeta húngaro que morreu aos vinte e seis anos nas fileiras do exército rebelde de 1848. Assim, fez o mundo inteiro conhecer não apenas um grande poeta (ela o chamava *Sonnengott*, "deus do sol"), mas com ele também sua pátria, cuja existência, na época, a Europa quase ignorava. Se nos lembrarmos de que os intelectuais húngaros se denominaram "círculo Petöfi" quando, em 1956, se revoltaram contra o Império russo ao deslancharem o primeiro grande movimento antistalinista, constatamos que por seus amores Bettina se apresenta no vasto campo da História europeia, desde o século XVIII até a metade do século presente. Corajosa e decidida Bettina: a fada da História, sua sacerdotisa. E digo sacerdotisa com muita justiça, porque a História era para ela (todos os seus amigos empregavam a mesma metáfora) "a encarnação de Deus".

Às vezes seus amigos censuravam-na por não pensar na família como devia, nem na sua situação material, de sacrificar-se demais pelos outros.

— O que vocês dizem não me interessa. Não sou uma contadora! É assim que sou!, ela respondia com a ponta dos dedos sobre o peito, exatamente entre os seios. Inclinava a cabeça ligeiramente para trás e, com um sorriso, lançava, bruscamente mas com elegância, os braços para a frente. No começo do movimento as falanges permaneciam unidas; os braços só se separavam no fim do gesto e a palma das mãos se abria completamente.

Não, vocês não estão enganados. Laura fez o mesmo gesto no capítulo precedente, quando declarou querer fazer "alguma coisa". Recordemos a situação:

Quando Agnès disse:

— Laura, não faça bobagens. Nenhum homem merece que você sofra por ele. Pense em mim, pense que a amo. Laura respondeu:

— No entanto queria fazer alguma coisa, queria tanto fazer alguma coisa.

Ao dizer isso, pensava confusamente em dormir com outro homem. A ideia tinha lhe ocorrido muitas vezes e não era absolutamente uma ideia contraditória com seu desejo de suicídio. Eram duas reações extremas, mas perfeitamente legítimas numa mulher humilhada. Seu vago sonho de infidelidade foi brutalmente interrompido pela incômoda intervenção de Agnès, que queria esclarecer as coisas:

— Alguma coisa? O quê? Que coisa?

Compreendendo que ficaria ridículo evocar a infidelidade logo depois do suicídio, Laura ficou encabulada e contentou-se em repetir mais uma vez "alguma coisa". E como o olhar de Agnès exigisse uma resposta mais precisa, ela esforçou-se pelo menos em dar, com um gesto, um certo sentido a essa expressão tão imprecisa: pôs as mãos sobre o peito, depois as lançou para a frente.

Como lhe ocorreu a ideia de fazer esse gesto? Difícil dizer. Nunca o tinha feito antes. Um desconhecido deve tê-lo soprado como se sopra a um artista o texto que ele esqueceu. Apesar de não expressar nada de concreto, o gesto dava a entender que "fazer alguma coisa" significa sacrificar-se, oferecer-se ao mundo, mandar sua alma para o azul do infinito, como uma pomba branca.

Alguns minutos antes, o projeto de ir para o metrô com uma lata de esmolas certamente lhe seria estranho, e na certa Laura não o teria imaginado se não tivesse posto os dedos nos seios e lançado seus braços para a frente. Este gesto parecia dotado de uma vontade própria: ele comandava e ela seguia.

Os gestos de Laura e de Bettina são idênticos e certamente existe uma ligação entre o desejo de Laura de ajudar os negros nos países distantes e os esforços de Bettina para salvar o polonês condenado à morte. No entanto, a comparação parece sem sentido. Não saberia imaginar Bettina von Arnim pedindo esmola no metrô com uma lata, Bettina não tinha o menor talento para as obras de caridade. Não era uma rica desocupada que, para encher seus dias, organizasse coletas para os pobres. Tratava duramente os empregados, a ponto de provocar repreensões de seu marido ("os empregados também têm alma", lembrou-lhe ele numa carta). O que a incitava a agir não era a paixão pela caridade, mas o desejo de entrar em contato direto e pessoal com Deus, que acreditava estar encarnado na História. Todos os seus amores por homens célebres (os outros não a interessavam) não eram senão um trampolim do qual se deixava cair com todo o peso de seu corpo para ser impulsionada depois para muito alto, até o firmamento onde Deus habitava encarnado na História.

E tudo isso é verdade. Mas atenção! Laura também não se parecia com as senhoras bondosas que presidem as instituições de caridade. Ela não tinha o hábito de dar esmolas aos mendigos. Quando passava por eles, a dois ou três metros de distância, não os enxergava. Sofria de miopia espiritual. Os negros que perdiam sua carne aos pedaços, a quatro mil quilômetros de distância dela, estavam, portanto, mais próximos. Achavam-se exatamente naquele lugar do horizonte para onde o gesto de seus braços levava sua alma dolorida.

No entanto, existe uma diferença entre um polonês condenado à morte e os negros leprosos! Aquilo que em Bettina era uma intervenção na História tornou-se em Laura um simples ato de caridade. Para Laura, isso não era nada. A História mundial, com suas revoluções, suas utopias, suas esperanças, seus horrores, desertou a França e deixou apenas nostalgia. É justamente por isso que o francês internacionalizou a caridade. Não é o amor cristão pelo próximo (como, por exemplo, nos americanos) que o estimula às boas obras, mas a nostalgia dessa história perdida, o desejo de fazê-la lembrar-se dele, de estar presente nela pelo menos sob a forma de uma lata vermelha de pedir esmolas destinada a coletar dinheiro para os negros.

Chamemos o gesto de Bettina e de Laura *gesto do desejo de imortalidade*. Aspirando à grande imortalidade, Bettina quer dizer: recuso-me a desaparecer com o presente e suas preocupações, quero ultrapassar a mim mesma, fazer parte da História porque a História é a memória eterna. Mesmo aspirando somente à pequena imortalidade, Laura quer a mesma coisa: ultrapassar a si mesma e ultrapassar o momento infeliz que atravessa, fazer "alguma coisa" para ficar na memória dos que a conheceram.

A *ambiguidade*

Em sua infância, Brigitte já gostava de sentar no colo de seu pai, mas parece-me que com dezoito anos gostava mais ainda. Agnès não dizia nada. Muitas vezes Brigitte metia-se na cama deles (por exemplo, quando estavam vendo televisão) e entre os três reinava uma intimidade física maior do que outrora entre Agnès e seus próprios pais. Agnès também percebia a ambiguidade desse quadro: uma moça grande, com peitos opulentos e quadris redondos, sentada no colo de um homem bonito em pleno vigor, roça com esse peito exuberante os ombros e o rosto do homem, chamando-o de "papai".

Uma noite convidaram um bando alegre de amigos, entre os quais estava Laura. Num momento de euforia, quando Brigitte estava no colo do pai, Laura disse:

— Também quero fazer isso!

Brigitte emprestou-lhe um joelho e as duas ficaram montadas nas pernas de Paul.

A situação nos lembra mais uma vez Bettina, pois foi graças a ela e a mais ninguém que se sentar nos joelhos criou um modelo de ambiguidade erótica. Já disse que Bettina tinha atravessado o campo de batalha amoroso de sua vida, abrigada atrás do escudo da infância. Carregara esse escudo na sua frente até os cinquenta anos, para trocá-lo por um escudo de mãe e pôr todos os moços no seu colo; mais uma vez a situação era maravilhosamente ambígua: é proibido suspeitar de uma mãe de ter intenções sexuais com seu filho, e é por isso que a imagem de um rapaz sentado no colo de uma mulher madura (mesmo que só metaforicamente) é cheia de significados eróticos ainda mais fortes por serem nebulosos.

Ouso afirmar que não existe erotismo autêntico sem a arte da ambiguidade; quanto mais poderosa é a ambiguidade, mais viva é a excitação. Quem não se lembra de ter brincado, na sua infância, do sublime jogo do médico? A garota deita-se no chão e o garoto tira a roupa dela sob o pretexto de visita médica. A garota fica dócil, pois aquele que a observa não é um garoto curioso, mas um especialista sério que se preocupa com sua saúde. A carga erótica dessa situação é tão imensa quanto misteriosa; os dois ficam sem fôlego. Ainda mais sem fôlego porque o garoto em nenhum momento deixará de ser um médico e, ao tirar a calcinha da menina, a tratará de "senhora".

Esse momento abençoado da vida infantil evoca em mim uma lembrança mais bela ainda, o de uma cidade tcheca do interior onde uma moça voltou a se instalar em 1969, depois de uma temporada em Paris. Tendo ido para a França estudar em 1967, reencontrou seu país ocupado pelo exército russo; as pessoas tinham medo de tudo e o único desejo que tinham era estar noutro lugar, em qualquer lugar onde houvesse liberdade, e que fosse na Europa. Durante dois anos, a jovem tcheca tinha frequentado assiduamente os seminários que, nessa época, deveriam ser frequentados assiduamente se alguém pretendesse instalar-se no coração da vida intelectual; ali tinha aprendido que na primeira infância, antes da fase edipiana, atravessamos o que o célebre psicanalista chamava a *fase do espelho*, na qual dizia que antes de confrontar com o corpo da mãe e do pai descobrimos nosso próprio corpo. Voltando para seu país, a moça tcheca achou que muitos de seus compatriotas, para grande espanto deles, tinham pulado precisamente este estágio de sua evolução pessoal. Aureolada pelo prestígio de Paris e de seus famosos seminários, ela reuniu um grupo de jovens mulheres. Dava--lhes cursos teóricos, dos quais ninguém compreendia nada, e as iniciava em exercícios práticos, tão simples quanto era complicada a parte teórica: todas ficavam nuas e cada uma examinava-se diante de um grande espelho, depois se examinavam todas juntas com extrema atenção, finalmente se observavam em espelhos de bolsa, que uma estendia à outra de maneira a mostrar-lhe aquilo que ela nunca tinha visto antes. Em nenhum momento a instrutora interrompia sua explicação teórica cuja fascinante opacidade as transportava para longe da ocupação russa, para longe de sua cidade, proporcionando--lhes além do mais uma excitação misteriosa e sem nome, da qual evitavam falar. Sem dúvida, a instrutora era não apenas uma discípula do grande Lacan, mas também uma lésbica; no entanto, não acredito que nesse grupo houvesse muitas lésbicas convictas. E de todas essas mulheres, confesso, aquela que ocupa meu pensamento é uma moça inteiramente inocente para quem não existia mais nada no mundo, durante essas sessões, a não ser o tenebroso discurso de Lacan mal traduzido para o tcheco. Ah!, essas reuniões científicas de mulheres nuas, essas sessões num apartamento da pequena cidade tcheca, enquanto as patrulhas russas faziam suas rondas, ah, como eram mais excitantes do que as orgias em que cada pessoa esforça-se por fazer os gestos esperados, em que tudo é combinado e tem apenas um sentido, lamentavelmente único! Mas apressemo-nos em deixar a pequena cidade tcheca, e voltemos aos joelhos de Paul: Laura está sentada num; no outro, imaginemos no presente, por razões experimentais, não Brigitte, mas sua mãe.

Para Laura é uma sensação agradável pôr seu traseiro em contato com as coxas de um homem secretamente desejado: a sensação é ainda mais excitante porque ela não se sentou no colo de Paul na qualidade de sua amante mas sim de cunhada, com pleno consentimento da mulher. Laura é a toxicômana da ambiguidade.

Para Agnès, a situação não tem nada de excitante, mas ela não pode tirar da cabeça esta frase ridícula: em cada joelho de Paul está sentado um ânus de mulher! Em cada joelho de Paul está sentado um ânus de mulher! Agnès é o observador lúcido da ambiguidade.

E Paul? Ele fala sem parar, brinca, levantando ora um joelho, ora outro, para convencer as duas irmãs de suas brincadeiras de titio, sempre pronto a transformar-se em cavalo de corrida para alegria de suas pequenas sobrinhas. Paul é o palerma da ambiguidade.

No pior de seus problemas amorosos, Laura pedia muitas vezes conselho a Paul e muitas vezes o encontrava em diferentes bares. Notemos que o suicídio ficava ausente de suas conversas. Laura pedira a Agnès que guardasse segredo de seus projetos mórbidos, que ela mesma nunca mencionava em frente de Paul. Assim, a imagem excessivamente brutal da morte não rompia o tecido delicado da bela tristeza do ambiente, e sentados um diante do outro, algumas vezes Paul e Laura se tocavam. Paul apertava-lhe a mão ou o ombro como que para dar-lhe força e confiança, pois Laura amava Bernard, e quem ama merece que alguém lhe dê apoio.

Ia dizer que nesses momentos ele a olhava nos olhos, mas isso não seria exato, já que Laura recomeçou a usar seus óculos escuros; Paul conhecia a razão disso: ela não queria mostrar suas pálpebras inchadas pelas lágrimas. Os óculos, de repente, carregavam-se de muitos significados: davam a Laura uma elegância quase severa, quase inacessível; mas mostravam ao mesmo tempo alguma coisa de muito carnal, de muito sensual: um olho molhado de lágrimas, um olho subitamente transformado em orifício do corpo, uma dessas nove belas portas do corpo feminino de que fala o célebre poema de Apollinaire, um orifício molhado, escondido atrás da folha de parreira do vidro acinzentado. A ideia da lágrima atrás dos óculos algumas vezes era tão intensa, e a lágrima imaginada tão abrasadora, que se transformava num vapor que os envolvia aos dois, privando-os do julgamento e da visão.

Paul percebia esse vapor. Mas será que compreendia o sentido dele? Acho que não. Imaginemos esta situação: uma garota vem ver um garoto. Começa a tirar a roupa dizendo:

— Doutor, o senhor tem que me examinar. Então, o garoto declara:

— Mas minha filha! Eu não sou médico!

É exatamente assim que Paul se comportava.

A *vidente*

Se Paul, na sua discussão com Grizzly, quis mostrar-se um brilhante partidário da frivolidade, como é que com as duas irmãs no colo tinha sido tão pouco frívolo? Eis a explicação: na sua cabeça, a frivolidade era um benéfico clister que ele queria aplicar na cultura, na vida pública, na arte, na política, um bom clister para Goethe e Napoleão, mas (prestem atenção!) que certamente não servia para Laura e Bernard. A profunda desconfiança que Paul sentia por Beethoven e Rimbaud era redimida pela confiança sem limites que dispensava ao amor.

Em seu espírito, a noção de amor estava ligada à imagem do oceano, o mais tempestuoso dos elementos. Quando estava de férias com Agnès, deixava a janela do quarto do hotel escancarada, para que seus suspiros de amor se juntassem à voz das ondas e para que sua paixão se confundisse com essa grande voz. Mesmo sendo feliz com sua mulher, mesmo amando-a, sentia em algum recôndito secreto de sua alma um ligeiro, um tímido desapontamento com a ideia de que seu amor nunca tivesse se manifestado de maneira um pouco mais dramática. Quase invejava em Laura os obstáculos que tinha encontrado em seu caminho porque, segundo ele, apenas os obstáculos podem transformar o amor em história de amor. Também sentia por ela um sentimento de afetuosa solidariedade, sofrendo com os tormentos dela como se fossem seus.

Um dia, ela lhe telefonou para dizer que Bernard iria dentro de alguns dias para a Martinica, para a casa da família, e que decidira encontrar-se com ele lá, se bem que ele não a tivesse convidado. Se o encontrasse lá em companhia de uma desconhecida, pior. Pelo menos tudo ficaria esclarecido.

Para poupá-la de conflitos inúteis, ele tentou dissuadi-la. Mas a conversa eternizava-se; Laura repetia sempre os mesmos argumentos e Paul, conformado, apressou-se em dizer:

— Vá, já que você está tão profundamente convencida de que sua decisão está certa! Mas sem lhe dar tempo, Laura declarou:

— Uma única coisa poderia me impedir de fazer essa viagem: uma proibição sua.

Assim, acabava de transmitir-lhe muito claramente o que ele deveria dizer para dissuadi-la desse projeto, preservando ao mesmo tempo sua dignidade de mulher decidida a ir até o fim do desespero e da luta. Lembremo-nos de seu primeiro encontro com Paul; ouvira na sua cabeça exatamente as palavras que Napoleão dissera a Goethe: "Eis um homem!". Se Paul fosse realmente um homem, não teria hesitado um instante em proibir-lhe essa viagem. Ora, ele não era um homem, mas sim um homem de princípios: fazia muito tempo havia riscado a palavra "proibir" do seu vocabulário e ficava orgulhoso com isso. Protestou:

— Você sabe que nunca proíbo nada a ninguém.

Laura insistiu:

— Mas eu *quero* suas proibições e suas ordens. Você sabe que ninguém mais tem esse direito. Farei o que você me disser.

Paul sentiu-se perturbado: passara uma hora explicando que ela não devia ir, e há uma hora ela afirmava o contrário. Por que, em vez de se deixar convencer, lhe pedia uma proibição? Ele calou-se.

— Você tem medo?, ela perguntou.

— Medo de quê?

— De me impor sua vontade.

— Se não pude convencê-la, não tenho o direito de proibir o que quer que seja.

— É isso que eu diria, você está com medo.

— Queria convencê-la pela razão.

Ela riu.

— Você se esconde atrás da razão porque tem medo de me impor sua vontade. Tem medo de mim!

Seu riso fez com que ele mergulhasse num constrangimento ainda maior e apressou-se em terminar a conversa:

— Vou pensar nisso.

Depois pediu a Agnès sua opinião.

Ela disse:

— Ela não deve ir. Seria uma bobagem monumental. Se falar com ela, faça tudo para impedi-la de partir!

Mas a opinião de Agnès não representava grande coisa, pois o principal conselheiro de Paul era Brigitte.

Quando ele explicou a situação em que estava sua tia, ela logo reagiu:

— E por que ela não iria para lá? Devemos fazer sempre o que queremos.

— Mas suponha, objetou Paul, que encontre Bernard com uma mulher. Fará um escândalo terrível!

— E ele disse que estaria acompanhado de uma mulher?

— Não.

— Deveria ter dito. Se não o fez, é porque é covarde e ela não tem nenhuma razão para poupá-lo. O que é que Laura tem a perder? Nada.

Podemos perguntar por que Brigitte deu a Paul essa opinião e não uma outra. Por que estava solidária com Laura? Não acredito. Muitas vezes Laura se comportava como se fosse filha de Paul, o que Brigitte achava ridículo e desagradável. Não tinha a menor vontade de ficar solidária com a tia; sua única preocupação era agradar a seu pai. Pressentia que Paul se dirigia a ela como a uma vidente, e queria conso-

201

lidar essa autoridade mágica. Supondo corretamente que sua mãe era hostil à viagem de Laura, ela quis adotar a atitude contrária, deixar falar por sua boca a voz da mocidade, e seduzir seu pai com um gesto de coragem irrefletida.

Balançava rapidamente a cabeça da esquerda para a direita; e da direita para a esquerda, levantando os ombros e as sobrancelhas, e Paul, mais uma vez, sentia a estranha sensação de ter em sua filha uma bateria de onde retirar energia. Talvez, pensou ele, se Agnès tivesse o hábito de persegui-lo, se pegasse um avião para persegui-lo em ilhas distantes, talvez ele tivesse sido mais feliz. Toda a sua vida havia desejado que a mulher amada estivesse disposta a bater a cabeça na parede por ele, a gritar de desespero ou dar pulos de alegria no apartamento. Concluiu que Laura e Brigitte eram do lado da coragem e da loucura, e que sem um toque de loucura a vida não merecia ser vivida. Que Laura, portanto, se deixasse conduzir pela voz do coração! Por que virar e tornar a virar cada um de nossos atos na frigideira da razão como se fosse uma panqueca?

— No entanto não esqueça, objetou ele ainda, que Laura é uma mulher sensível Essa viagem só pode fazê-la sofrer!

— No lugar dela, eu iria. E ninguém poderia me segurar, disse Brigitte num tom categórico.

Depois Laura chamou Paul no telefone. Para cortar a conversa, ele logo lhe disse:

— Pensei muito e minha opinião é que você deve fazer exatamente o que quer. Se quer partir, parta!

— Já estava quase decidida a desistir. Você estava muito preocupado com essa viagem. Mas já que agora você aprova, parto amanhã.

Isso foi para Paul uma ducha fria. Compreendeu que sem estímulo Laura jamais iria para a Martinica. Mas foi incapaz de acrescentar mais alguma coisa: a conversa parou aí. No dia seguinte, um avião levou Laura sobre o Atlântico, e Paul sentiu-se pessoalmente responsável por uma viagem que no íntimo, como Agnès, achava um absurdo.

O *suicídio*

Passaram-se dois dias depois que Laura embarcou. Às seis horas da manhã, o telefone tocou. Era Laura. Disse à irmã e ao cunhado que na Martinica era meia-noite. Sua voz tinha uma alegria forçada; por isso Agnès concluiu que as coisas não corriam bem.

Não se enganara: vendo Laura na aleia cercada de coqueiros que levava à sua casa, Bernard ficou pálido de raiva e disse-lhe com dureza:

— Eu te pedi que não viesse.

Ela tentou justificar-se, mas sem uma palavra ele jogou duas camisas numa sacola, entrou no carro e foi embora. Sozinha, perambulou pela casa e descobriu dentro de um armário sua roupa de banho vermelha que lá deixara ficar numa visita anterior.

— Só essa roupa de banho me esperava. Só essa roupa de banho, disse, passando do riso às lágrimas. Chorando, continuou: — Foi uma baixeza. Vomitei. Depois decidi ficar. É nessa casa que tudo terminará. Quando voltar, Bernard me encontrará aqui vestida com essa roupa de banho.

A voz de Laura ressoava no quarto; os dois podiam ouvi-la, pois havia uma extensão.

— Eu te peço, dizia Agnès, acalme-se. Procure manter seu sangue-frio.

Laura riu de novo:

— Quando penso que antes de viajar comprei vinte caixas de barbitúricos e que as esqueci em Paris! Estava muito nervosa.

— Melhor ainda, melhor ainda, disse Agnès, que na hora sentiu um verdadeiro alívio.

— Mas aqui achei um revólver numa gaveta, continuou Laura, rindo ainda mais: — Bernard deve temer por sua vida! Tem medo de ser atacado pelos negros. Vejo nisso um aviso.

— Que aviso?

— Que deixou o revólver para mim.

— Você está louca! Ele não deixou nada! Não esperava que você chegasse!

— É claro que ele não deixou de propósito. Mas comprou um revólver que só eu usarei. Portanto, deixou-o para mim.

Agnès sentiu novamente uma exasperada sensação de impotência.

— Eu te imploro, disse ela, ponha esse revólver no lugar.

— Mas não sei como usá-lo. Mas Paul... Paul, você está me ouvindo?

Paul pegou o telefone.

— Sim.

— Paul, estou feliz de ouvir sua voz.

— Eu também, Laura, mas peço que você...

— Eu sei, Paul, mas não posso mais... e rompeu em soluços.

Houve um silêncio.

Depois Laura recomeçou:

— O revólver está diante de mim. Não posso tirar os olhos dele.

— Ponha-o onde estava, disse Paul.

— Paul, você fez o serviço militar.

— Claro.

— Você é oficial!

— Segundo-tenente.

— Isso quer dizer que você sabe usar um revólver.

Paul ficou atrapalhado. Mas teve que responder:

— Sim.

— Como se sabe se um revólver está carregado?

— Se o tiro sai é porque está carregado.

— Se eu apertar o gatilho, o tiro sai?

— É possível.

— Como, é possível?

— Se o pino de segurança estiver solto, o tiro sai.

— E como se vê que está solto?

— Ora, você não vai explicar a ela como se matar!, Agnès gritou, arrancando o aparelho das mãos de Paul.

Laura continuou:

— Só quero saber como se usa. Na realidade, todo mundo deveria saber como se usa um revólver. Como se solta o pino de segurança?

— Chega, diz Agnès, nem uma palavra mais sobre esse revólver. Ponha-o de volta onde estava. Chega! Chega de brincadeira!

Laura mudou de voz subitamente, uma voz grave:

— Agnès! Não estou brincando! E novamente desatou a soluçar.

A conversa não acabava; Agnès e Paul repetiam as mesmas frases, asseguravam a Laura que eles a amavam, suplicavam que ela ficasse com eles, que não os deixasse mais, tanto que ela acabou prometendo que ia enfiar o revólver na gaveta e que ia dormir.

Desligando o telefone, estavam tão cansados, que ficaram muito tempo sem dizer uma palavra.

Depois Agnès falou:

— Por que ela faz isso! Por que faz isso!

E Paul disse:

— Foi minha culpa. Eu é que disse que ela fosse.

— Ela teria ido de qualquer maneira.

Paul abanou a cabeça:

— Não. Ela ia ficar. Fiz a maior bobagem da minha vida.

205

Agnès quis poupar Paul desse sentimento de culpa. Não por compaixão, mas talvez por ciúme: ela não queria que ele se sentisse responsável por Laura a esse ponto, nem que mentalmente ficasse tão ligado a ela. Por isso disse:

— Como você pode ter certeza de que ela encontrou um revólver?

Paul não compreendeu logo.

— O que você quer dizer?

— Que talvez não haja revólver nenhum.

— Agnès! Ela não está brincando! Sente-se isso.

Agnès tentou formular suas suspeitas com mais prudência:

— É possível que ela tenha um revólver. Mas também não é impossível que ela tenha barbitúricos, e que ela fale do revólver só para nos assustar. Também não se pode excluir que ela não tenha nem barbitúricos nem revólver, e que queira nos atormentar.

— Agnès, disse Paul, você é má.

A repreensão de Paul despertou sua atenção: já havia algum tempo, sem dúvida nenhuma, ele estava mais próximo de Laura do que de Agnès; ele pensava nela, dava-lhe cuidados especiais, ficava preocupado, e Agnès, de repente, foi forçada a imaginar que ele a comparava com sua irmã, e que nessa comparação ela aparecia como a menos sensível das duas.

Tentou se defender:

— Não sou má. Quero somente dizer que Laura é capaz de qualquer coisa para chamar atenção. É normal, pois está sofrendo. Todo mundo tende a rir de suas decepções amorosas e a dar de ombros. Mas, quando ela pega um revólver, ninguém pode rir mais.

— E se o seu desejo de chamar atenção levá-la ao suicídio? Isso não é possível?

— É, admitiu Agnès, e um longo silêncio angustiado abateu-se sobre eles.

Depois Agnès disse:

— Também posso compreender que se queira acabar

com tudo. Que não se possa mais suportar o sofrimento. Nem a maldade dos outros. Que se queira ir embora para sempre, ir embora para sempre. Todo mundo tem o direito de se matar. É nossa liberdade. Não tenho nada contra o suicídio desde que seja uma maneira de ir embora.

Parou um segundo, não querendo acrescentar nada, mas estava furiosamente hostil em relação aos atos de sua irmã para não continuar:

— Mas o caso dela é diferente. Ela não quer *ir embora*. Pensa no suicídio porque é uma maneira de *ficar*. Ficar com ele. De ficar conosco. De inscrever-se para sempre na nossa memória. De cair com todo peso em nossa vida. De nos esmagar.

— Você é injusta, disse Paul, ela está sofrendo.

— Sei disso, disse Agnès, começando a chorar. Imaginou sua irmã morta e tudo o que acabara de dizer pareceu-lhe mesquinho, vil e indesculpável.

— E se ela prometeu guardar o revólver só para nos tranquilizar?, ela disse, discando o número da casa da Martinica; como ninguém respondeu, sentiram o suor escorrendo na testa; sabiam que não poderiam desligar e que iriam escutar indefinidamente a campainha que significaria a morte de Laura. Finalmente ouviram sua voz estranhamente seca. Perguntaram onde ela estava. "No quarto ao lado", disse ela. Agnès e Paul falavam ao mesmo tempo ao telefone. Contaram a angústia que tinha feito com que eles ligassem de novo. Reafirmaram seu amor por ela muitas vezes e a pressa que tinham em vê-la de novo em Paris.

Foram tarde para o trabalho e só pensaram nela o dia inteiro. De noite tornaram a chamar e de novo a ligação durou uma hora, de novo reafirmaram seu amor e sua impaciência.

Alguns dias depois, ela tocou a campainha. Paul estava sozinho em casa. De pé na porta, ela usava óculos escuros. Caiu nos braços dele. Foram para a sala e sentaram-se em poltronas um em frente ao outro, mas ela estava tão agitada que se levantou no fim de alguns instantes e começou a andar pela sala. Falava febrilmente. Então ele também se levantou, começou a andar pela sala e a falar.

Falou com desprezo de seu antigo aluno, de seu protegido, de seu amigo. Isso poderia justificar-se, claro, pela preocupação de diminuir em Laura a dor de uma separação. Mas ele próprio estava surpreso de constatar até que ponto ele pensava sincera e seriamente tudo o que dizia: Bernard era um mimado; um filhinho de papai rico, um arrogante.

Apoiada na lareira, Laura olhava Paul. E Paul, de repente, percebeu que ela não usava mais óculos. Ela os segurava na mão e fixava em Paul uns olhos inchados, molhados. Compreendeu que havia alguns instantes Laura não o ouvia mais.

Calou-se. Um grande silêncio invadiu a sala, como se fosse uma força inexplicável que o obrigava a aproximar-se dela.

— Paul, disse ela, por que não nos encontramos mais cedo, você e eu? Antes de todos os outros...

Estas palavras espalharam-se entre eles como uma neblina. Paul penetrou nessa camada estendendo o braço, como se estivesse tateando; sua mão tocou em Laura. Laura deu um suspiro e deixou a mão de Paul em sua pele. Depois deu um passo para o lado e pôs os óculos de novo. Esse gesto dissipou a neblina e eles viram-se face a face como cunhada e cunhado.

Alguns instantes mais tarde, Agnès voltou do trabalho e entrou na sala.

Os óculos escuros

Revendo Laura pela primeira vez depois do seu retorno da Martinica, Agnès, em vez de abraçá-la como se faz com uma pessoa que escapou de uma catástrofe, demonstrou surpreendente frieza. Não via sua irmã, via seus óculos escuros, essa máscara trágica que queria ditar o tom do reencontro.

— Laura, disse ela, como se não tivesse reparado a máscara, você emagreceu terrivelmente.

Só então se aproximou dela e, seguindo o costume francês entre duas pessoas conhecidas, beijou-a de leve em cada lado do rosto.

Levando em conta que essas eram as primeiras palavras pronunciadas depois desses dias dramáticos, temos que admitir que eram impróprias. Não tinham como objetivo nem a vida, nem a morte, nem o amor, mas a digestão. Em si, isso não seria muito grave, porque Laura adorava falar de seu corpo, e o considerava como uma metáfora de seus sentimentos. O que era bem pior é que essa frase foi dita sem o menor carinho, sem nenhuma admiração melancólica pelos tormentos responsáveis pelo emagrecimento de Laura, mas com cansaço e repulsa evidentes.

É claro que Laura compreendeu perfeitamente o tom empregado por Agnès e entendeu seu significado. Mas, por sua vez, fingindo ignorar o que pensava sua irmã, respondeu com voz sofrida:

— Sim, perdi sete quilos.

Agnès tinha vontade de gritar:

— Chega! Chega! Isso já durou demais! Pare! Mas dominou-se e não disse nada.

Laura levantou a mão:

— Olhe, não é mais um braço, é um caule... Não posso mais vestir uma saia. Estou nadando dentro de minhas roupas. Meu nariz também está sangrando... e como para ilustrar o que acabava de dizer, virou a cabeça para trás e respirou longamente pelo nariz.

Agnès contemplou esse corpo magro com uma repulsa que não podia dominar e pensou: para onde foram os sete quilos que Laura perdeu? Como uma energia que se consome, dissolveram-se no azul do céu? Ou sumiram em excrementos nos esgotos? Para onde foram os sete quilos do insubstituível corpo de Laura?

Entretanto, Laura tirara seus óculos escuros, para deixá-los sobre a lareira onde estava encostada. Virou para a irmã seus olhos inchados de lágrimas, como havia feito minutos antes com Paul.

Quando tirou os óculos, foi como se tivesse despido o rosto. Como se estivesse nua. Não da maneira que uma mulher se despe em frente do amante, mas como diante de um médico a quem ela delega a responsabilidade de seu corpo.

Incapaz de deter as frases que giravam em sua cabeça, Agnès disse em voz alta:

— Chega! Pare. Estamos exaustos. Você vai se separar de Bernard como milhares de mulheres se separaram de milhares de homens sem no entanto se matarem.

Depois de muitas semanas de intermináveis conversas, nas quais Agnès jurava à sua irmã todo o seu amor, uma tal explosão, pensaríamos, deveria surpreender Laura, mas, curiosamente, não a surpreendeu; Laura reagiu às palavras de Agnès como se ela já as esperasse há muito tempo. Foi com a maior calma que respondeu:

— Vou dizer a você o que penso. Você não sabe nada sobre o amor, nem nunca soube, nem vai saber nunca. O amor nunca foi o seu ponto forte.

Laura conhecia os pontos vulneráveis de sua irmã e Agnès teve medo: compreendeu que Laura falava dessa maneira porque Paul estava presente. De repente tudo ficou claro, não se tratava mais de Bernard: todo esse drama de suicídio não tinha nada a ver com ele; provavelmente nunca saberia disso; o drama só era dirigido a Paul e Agnès. Ela ainda pensou: se começamos a lutar, botamos em movimento uma força que não se detém no primeiro objetivo que era, para Laura, Bernard; havia outros ainda.

Não era mais possível esquivar-se da luta. Agnès disse:

— Se você perdeu sete quilos por causa de Bernard, isso é uma prova irrefutável de amor. Porém, é difícil entender você. Se amo alguém, desejo-lhe o bem; se detesto alguém, desejo-lhe o mal. Você, há semanas e semanas, tortura Bernard e a nós também. Qual a relação com o amor? Nenhuma.

Imaginemos a sala como um palco de teatro: à extrema direita, a lareira, à esquerda uma biblioteca cercando o palco. No centro, ao fundo, um sofá, uma mesa baixa e duas poltronas. Paul está em pé no meio da sala, Laura está perto da lareira, a dois passos de distância, e olha Agnès fixamente. Os olhos inchados de Laura acusam sua irmã de crueldade, de incompreensão e de frieza. À medida que Agnès fala, Laura recua para o meio da sala, em direção ao lugar onde está Paul, como para mostrar com esse recuo seu espanto amedrontado diante de um ataque injusto de sua irmã.

Chegando a dois passos de Paul, ela parou, repetindo:

— Você não conhece absolutamente nada do amor.

Agnès avançou e veio ocupar o lugar perto da lareira que sua irmã acabara de deixar. Disse:

— Sei muito bem o que é o amor. No amor, o importante é aquele a quem se ama. É dele que se trata, e de mais ninguém. E eu me pergunto o que é o amor para uma mulher que não sabe enxergar senão ela própria. Em outras palavras, eu me pergunto que sentido tem a palavra amor para uma mulher completamente egoísta.

— Perguntar-se o que é o amor não tem nenhum sentido, minha querida irmã, diz Laura. O amor é o que é, eis tudo. Vive-se o amor ou não. O amor é uma asa que bate dentro do meu peito como dentro de uma gaiola, e que me leva a fazer coisas que a você parecem insensatas. Isso nunca te aconteceu. Eu só enxergo a mim mesma, diz você. Mas vejo claro em você, até o fundo. Ultimamente, quando você me assegurava seu amor, eu sabia perfeitamente que na sua boca essa palavra não tinha nenhum sentido. Não era senão uma armadilha. Um argumento para me acalmar. Para me impedir de perturbar sua tranquilidade. Eu te conheço, minha irmã: você esteve do outro lado do amor toda a sua vida. Do outro lado totalmente. Além do amor.

Enquanto falavam de amor, as duas mulheres se dilaceravam com os dentes. E o homem que estava com elas estava desesperado. Queria dizer qualquer coisa para atenuar a tensão insuportável:

— Nós três estamos exaustos. Precisamos, os três, ir para longe, qualquer lugar, e esquecer Bernard.

Mas Bernard já estava irrevogavelmente esquecido, e a intervenção de Paul teve como único efeito substituir a disputa pelo silêncio; nenhuma compaixão era transmitida por esse silêncio, nenhuma lembrança em comum, nem o menor vestígio de solidariedade entre as duas irmãs.

Não afastemos de vista o conjunto do palco: à direita, apoiada na lareira, estava Agnès; no meio da sala, virada em direção à irmã, estava Laura, a dois passos de Paul. Com a mão, fez um gesto de desesperada impotência diante do ódio que tinha explodido tão absurdamente entre duas mulheres que ele amava. Como se quisesse, para enfatizar sua reprovação, afastar-se delas o mais possível, deu meia-volta e dirigiu-se para a estante. Encostou-se ali, virou a cabeça para a janela e tentou não vê-las mais.

Agnès viu os óculos escuros pousados sobre a lareira e apanhou-os maquinalmente. Examinou-os com raiva, como se tivesse entre as mãos as grossas lágrimas negras da irmã. Sentia repugnância por tudo o que vinha do corpo de Laura, e essas grossas lágrimas de vidro pareciam-lhe uma das secreções desse corpo.

Laura viu os óculos escuros entre as mãos de Agnès. Esses óculos subitamente lhe faziam falta. Precisava de um escudo, de um véu para cobrir seu rosto diante do ódio de sua irmã. Mas ao mesmo tempo não tinha forças para dar quatro passos, ir até a sua irmã-inimiga e recuperá-los. Tinha medo de Agnès. Ela identificava-se assim, com uma espécie de paixão masoquista, à vulnerável nudez de seu rosto sobre o qual estavam impressos todos os traços de seus sofrimentos. Ela sabia bem que os propósitos que tinha a respeito de seu corpo, os sete quilos perdidos, irritavam Agnès ao máximo, ela o sabia instintivamente, intuitivamente, e era precisamente por isso, por desafio, por revolta, que ela queria se tornar corpo o máximo possível, não ser nada mais do que um corpo, um corpo abandonado e rejeitado. Queria depositar esse corpo no meio da sala deles e deixá-lo lá. Deixá-lo lá, pesado e imóvel. E obrigá-los, se eles não o quisessem na casa deles, a pegar esse corpo, seu corpo, um pelos punhos, o outro pelos pés, e depositá-lo na calçada como se deposita secretamente, à noite, um velho colchão usado.

Agnès estava em pé perto da lareira, os óculos escuros na mão. No meio da sala, Laura olhava sua irmã e recuando continuava a se afastar dela. Depois deu um último passo e seu corpo apoiou-se no corpo de Paul, junto, muito junto, Paul estando encostado na estante. Laura pôs as mãos sobre as coxas de Paul com firmeza. Virando a cabeça para trás, apoiou sua nuca sobre o peito de Paul.

Agnès estava num canto da sala, os óculos escuros na mão; no outro canto, em frente e longe dela, Laura erguia-se como uma estátua, encostada no corpo de Paul. Ficaram imóveis, petrificados, ninguém disse uma palavra. Passou-se um tempo antes que Agnès afastasse seu polegar do indicador. Os óculos escuros, símbolo do sofrimento, essas lágrimas metamorfoseadas, caíram sobre a laje que cercava a estante, voando em pedaços.

PARTE IV
Homo sentimentalis

1

No decorrer do eterno processo movido contra Goethe no caso Bettina, inúmeras acusações foram pronunciadas contra ele, assim como também vários testemunhos foram fornecidos. Para não cansar o leitor com a enumeração de coisas insignificantes, não me deterei senão em três testemunhos que me parecem capitais.

Primeiro: o testemunho de Rainer Maria Rilke, o maior poeta alemão depois de Goethe.

Segundo: o testemunho de Romain Rolland, um dos romancistas mais lidos dos montes Urais ao Atlântico nas décadas de 1920 e 1930, e que além disso gozava de uma notável autoridade como homem do progresso, antifascista, humanista, pacifista e amigo da Revolução.

Terceiro: o testemunho do poeta Paul Éluard, excelente representante daquilo que chamamos avant-garde, grande intérprete do amor, ou melhor, segundo uma expressão dele próprio, do amor-poesia, já que essas duas noções (como podemos testemunhar em um de seus mais belos trabalhos, intitulado precisamente *L'Amour de la poésie*) em seu espírito confundem-se numa só.

2

Convocado como testemunha no processo eterno, Rilke empregou exatamente os mesmos termos que na célebre obra em prosa, editada em 1910: *Les Cahiers de Malte Laurids Brigge*, em que dirigia a Bettina esta longa apóstrofe:

"Como é possível que ninguém fale mais do seu amor? O que terá acontecido de mais importante depois disso? De que se ocupam? Você mesma conhecia o valor de seu amor, você o dizia em voz alta a seu poeta maior, para que ele o tornasse humano, pois esse amor era ainda elemento. Mas o poeta, escrevendo a você, dissuadiu os homens. Todos leram suas respostas e acreditaram mais ainda, pois o poeta é mais inteligível para eles do que a natureza. Mas talvez compreendam um dia que o limite de sua grandeza está aqui. Essa amante (*diese Liebende*) foi-lhe imposta (*auferlegt* significa 'imposto' como um dever ou um exame é imposto) e ele fracassou (*er hat sie nicht bestanden*), o que significa, precisamente: ele não conseguiu passar no exame que era, para ele, Bettina. O que quer dizer que ele não pôde retribuir o seu amor? Um amor como esse não precisa ser retribuído, contém em si mesmo o grito de apelo e sua resposta; ele se exalta por si mesmo. Mas o poeta deveria humilhar-se diante desse amor, em toda a sua magnificência, e aquilo que ditava, escrevê-lo a duas mãos como são João Evangelista de joelhos em Patmos. Não tinha outra escolha diante dessa voz que 'exercia o ministério dos anjos' (*die 'das Amt der Engel verrichtete'*) e que tinha vindo envolvê-lo e levá-lo para a eternidade. Ali estava a carruagem de sua viagem fulgurante através dos céus. Ali foi preparado, na hora de sua morte, o mito sombrio (*der dunkle Mythos*) que ele deixou vazio."

3

O testemunho de Romain Rolland trata da relação entre Goethe, Beethoven e Bettina. O romancista a explicou detalhadamente no ensaio *Goethe e Beethoven*, publicado em Paris em 1930. Pondo *nuances* em sua atitude, ele não esconde que sua simpatia é por Bettina: ele interpreta os acontecimentos mais ou menos como ela. Goethe o aflige, mesmo que não negue sua grandeza: a prudência, tanto estética quanto política, fica mal para os gênios. E Christiane? Ah, é melhor nem falar nela, é uma "'nulidade de espírito'".

Esse ponto de vista, repito, é expresso com sutileza e com comedimento. Os discípulos são sempre mais radicais do que seus inspiradores. Tenho nas mãos uma rica biografia de Beethoven, publicada na França nos anos 1960. Nela fala-se claramente na "covardia" de Goethe, no seu "servilismo", no seu "medo senil diante de toda novidade" *et cetera, et cetera*. Ao contrário, Bettina é dotada de uma "qualidade de clarividência e de um poder de adivinhação que quase lhe conferem as dimensões de um gênio". E Christiane, como sempre, não é senão uma pobre e "volumosa esposa".

4

Mesmo que fiquem do lado de Bettina, Rilke e Rolland falam de Goethe com respeito. No livro *Les Sentiers et les routes de la poésie*, textos escritos em 1949 (isto é, sejamos justos em relação a ele, no momento menos feliz de sua carreira de poeta, quando era ferozmente partidário de Stálin), Paul Éluard, um verdadeiro *Saint-Just* do amor-poesia, mostra-se ainda mais duro:

"Goethe, em seu diário, assinala seu primeiro encontro com Bettina Brentano com estas palavras: 'Mamsel Brentano'. O prestigioso poeta-autor de *Werther* preferia a paz de seu lar aos delírios ativos da paixão, e toda a imaginação e também todo o talento de Bettina não o desviariam de seu sonho olímpico. Se Goethe tivesse cedido, seu canto talvez iria baixar à terra, mas não o amaríamos menos, pois possivelmente não teria se decidido por seu papel de cortesão e não teria contaminado seu povo persuadindo-o de que a injustiça é preferível à desordem."

5

"Essa amante lhe foi imposta", escreveu Rilke, e podemos perguntar: o que significa essa forma gramatical passiva? Em outras palavras: *quem* impôs a ele essa amante?

A mesma pergunta nos vem ao espírito quando lemos, numa carta escrita a Goethe por Bettina em 15 de julho de 1807: "Não devo ter medo de me entregar a este sentimento, porque não fui eu que o plantei no meu coração".

Quem então o plantou, Goethe? Certamente não foi o que Bettina quis dizer. Aquele que lhe plantou o amor no coração era alguém superior a ela e superior a Goethe: se não foi Deus, foi pelo menos um dos anjos de que fala Rilke.

Chegando a esse ponto, podemos tomar a defesa de Goethe: se alguém (Deus ou um anjo) plantou um sentimento no coração de Bettina, é lógico que ela obedecerá a esse sentimento: ele está no *seu* coração, é *seu* sentimento, é dela. Mas ninguém, parece, plantou esse sentimento no coração de Goethe. Bettina lhe foi "imposta". Prescrita como um dever. *Auferlegt*. A partir daí, como pode Rilke censurar Goethe por resistir a um dever que lhe foi imposto contra sua vontade, por assim dizer, sem advertência? Por que ele deveria cair de joelhos e escrever "a duas mãos" aquilo que lhe "ditava" uma voz vinda das alturas?

Por não poder responder racionalmente a essa pergunta, sou forçado a recorrer a uma comparação: imaginemos Simão pescando no mar da Galileia. Jesus aproxima-se e lhe pede que deixe as redes para segui-lo. Simão diz: "Deixe-me em paz. Prefiro minhas redes e meus peixes". Um Simão desses logo se transformaria num personagem cômico, num Falstaff do Evangelho: foi nisso que Goethe se transformou aos olhos de Rilke, um Falstaff do amor.

6

Rilke diz do amor de Bettina: esse amor não precisa ser retribuído, contém em si mesmo seu apelo e sua resposta; ele se satisfaz a si mesmo. O amor plantado no coração dos humanos por um jardineiro dos anjos não precisa de nenhum objeto, nenhum eco, nenhum *Gegen-Liebe* (contra-amor, amor retribuído), como dizia Bettina. O amado (Goethe, por exemplo) não é nem a causa nem o objetivo do amor.

Na época de sua correspondência com Goethe, Bettina também dirigia cartas de amor a Arnim. Escreveu numa delas: "O amor verdadeiro (*die wahre Liebe*) é incapaz de infidelidade". Esse amor que não se preocupa em ser retribuído (*die Liebe ohne Gegen-Liebe*) "procura o amado em todas as suas metamorfoses".

Se o amor tivesse sido plantado no coração de Bettina não por um jardineiro angélico mas por Goethe e por Arnim, um amor por Goethe e por Arnim teria se desenvolvido nela, amor inimitável, intercambiável, destinado àquele que o havia plantado, àquele que era atuado, e portanto amor que não conhecia metamorfoses. Poderíamos definir semelhante amor como uma *relação*: uma relação privilegiada entre duas pessoas.

Ao contrário disso, aquilo que Bettina chama *wahre Liebe* (amor verdadeiro) não é amor-relação, mas *amor-sentimento*: a chama que uma mão celeste acende na alma de um homem; a rocha sob cuja luz o que ama "procura o amado em todas as metamorfoses". Um amor assim (o amor-sentimento) não conhece a infidelidade, pois mesmo se o objeto muda, o amor continua a mesma chama, iluminada pela mesma mão celeste.

Neste ponto de nossa reflexão, talvez possamos começar a compreender por que, na sua volumosa correspondência, Bettina faz tão poucas perguntas a Goethe. Meu Deus, imagine se tivessem permitido que você mantivesse uma correspondência com ele! Sobre o que você o teria interrogado! Sobre todos os seus livros! Sobre os livros escritos por seus contemporâneos. Sobre a poesia. Sobre a prosa. Sobre a pintura. Sobre a Alemanha. Sobre a Europa. Sobre a ciência e sobre a técnica. Você o teria empurrado até suas últimas trincheiras e o levaria a explicar suas atitudes. Discutiria com ele, para constrangê-lo a formular o que nunca dissera até então.

Ora, Bettina não discute com Goethe. Nem mesmo sobre arte. Com uma única exceção: ela lhe expõe suas ideias sobre música. Mas é ela quem lhe dá lições! Bem sabe que Goethe não compartilha de suas opiniões. Então, por que não lhe pergunta as razões de sua divergência? Se ela tivesse sabido formular as perguntas, as respostas de Goethe nos teriam fornecido a primeira crítica antecipada do romantismo na música!

Mas não, não encontraremos nada parecido nessa vasta correspondência: ela não nos informa grande coisa sobre Goethe simplesmente porque Bettina se interessava muito menos do que se pensa por Goethe; a causa e o sentido de seu amor não era Goethe, mas o amor.

7

A civilização europeia é supostamente fundamentada na razão. Mas também poderíamos dizer que a Europa é uma civilização do sentimento; ela deu origem ao tipo humano que eu gostaria de chamar o homem sentimental: *homo sentimentalis*.

A religião judaica prescreveu uma lei a seus fiéis. Ela pretende ser racionalmente acessível (o talmude é uma racionalização perpétua sobre as prescrições bíblicas); ela não exige dos seus adeptos um sentido misterioso do sobrenatural, nem uma exaltação especial, nem fogo místico queimando a alma. O critério do bem e do mal é objetivo: é a lei escrita, que deve ser compreendida e observada.

O cristianismo virou esse critério de cabeça para baixo. *Ame a Deus e faça o que quiser*, disse Santo Agostinho. Transferido para a alma do indivíduo, o critério do bem e do mal tornou-se subjetivo. Se a alma de Untel é cheia de amor, está tudo bem: este homem é bom e tudo o que ele faz é bom.

Bettina pensa como Santo Agostinho quando escreve para Arnim: "Encontrei um belo provérbio: o verdadeiro amor tem sempre razão, mesmo se está errado. Quanto a Lutero, disse numa carta: o verdadeiro amor muitas vezes é injusto. Isso não me parece tão bom quanto o meu provérbio. Aliás, Lutero dizia: o amor precede tudo, mesmo o sacrifício, mesmo a oração. Concluo que o amor é a virtude suprema. O amor nos faz perder a consciência (*macht bewusstlos*) do terrestre e nos alimenta com o celestial; assim o amor nos exime de toda culpa (*macht unschuldig*)".

Nesta convicção de que o amor inocenta o homem repousa a originalidade do direito europeu e da sua teoria de culpabilidade, que leva em consideração os sentimentos do acusado: quando você mata alguém a sangue-frio, por dinheiro, você não tem nenhuma desculpa; se você o mata porque ele te ofendeu, sua cólera te valerá circunstâncias atenuantes e a pena imposta será menor; enfim, se você for levado ao assassinato por um sentimento de amor ferido, por ciúme, o júri vai simpatizar com você, e Paul, como advogado encarregado de defendê-lo, exigirá a pena máxima para a vítima.

8

É preciso definir o homem sentimental não como uma pessoa que experimenta sentimentos (porque todos somos capazes de experimentá-los), mas como uma pessoa que os valorizou. Desde que o sentimento seja considerado como um valor, todo mundo quer experimentá-lo; e, como todos nós temos orgulho de nossos valores, é grande a tentação de exibir nossos sentimentos.

Essa transformação do sentimento em valor produziu-se na Europa em torno do século XII: quando cantavam sua imensa paixão por uma nobre dama, por uma bem-amada inacessível, os trovadores pareciam tão admiráveis e tão belos que todos, a exemplo deles, queriam se vangloriar de ser a presa de algum indomável movimento do coração.

Ninguém penetrou o *homo sentimentalis* com mais perspicácia do que Cervantes. Dom Quixote decide amar uma certa dama, Dulcineia, apesar de mal conhecê-la (não existe aí nada que possa nos surpreender: quando se trata do *wahre Liebe*, do verdadeiro amor, já sabemos que pouco importa a amada). No capítulo 25 da primeira parte, ele retira-se para as montanhas desertas em companhia de Sancho, lá onde quer mostrar-lhe a grandeza de sua paixão. Mas como provar que em sua alma arde uma chama? Além do mais, como prová-lo para um ser tão ingênuo e primitivo como Sancho? Então, no caminho íngreme, dom Quixote se despe, fica apenas de camisa, e, para mostrar a seu escudeiro a extensão de seu sentimento, começa a dar saltos e cambalhotas na frente dele. Cada vez que fica de cabeça para baixo, a camisa escorrega de seus ombros e Sancho enxerga seu sexo que balança. O casto e pequeno membro do cavaleiro oferece um espetáculo tão risivelmente triste, tão pungente, que até Sancho, com sua alma rústica, não aguenta, monta em Rocinante e vai embora em disparada.

Quando seu pai morreu, Agnès teve que organizar o enterro. Ela não queria que a cerimônia tivesse discurso e queria que a música fosse o "Adágio" da décima sinfonia de Mahler, da qual seu pai gostava especialmente. Mas essa música era horrivelmente triste, e Agnès temia não conseguir reter as lágrimas durante a cerimônia. Considerando inadmissível soluçar em público, pôs no seu aparelho de som uma gravação do "Adágio" e a escutou. Uma vez, depois duas, depois três. A música evocava a lembrança de seu pai, e ela chorou. Mas, quando o "Adágio" soou pela oitava ou nona vez na sala, o poder da música enfraqueceu e na décima terceira audição Agnès ficou tão comovida quanto se tocassem diante dela o hino nacional do Paraguai. Graças a esse treinamento ela não chorou no enterro.

Por definição, o sentimento surge em nós à nossa revelia e muitas vezes com nosso corpo se defendendo. Do momento que *queremos* experimentá-lo (assim que *decidimos* experimentá-lo, como dom Quixote decidiu amar Dulcineia), o sentimento não é mais sentimento, mas imitação de sentimento, sua exibição. Aquilo que geralmente chamamos histeria. É por isso que o *homo sentimentalis* (em outras palavras, aquele que instituiu o sentimento como valor) é na realidade idêntico ao *homo hystericus*.

O que não quer dizer que o homem que imita o sentimento não o sinta. O ator que representa o papel do velho rei Lear sente em cena, defronte aos espectadores, a tristeza autêntica de um homem abandonado e traído, mas essa tristeza evapora-se no mesmo momento que a representação termina. É por isso que o *homo sentimentalis*, logo depois de nos ter comovido com seus grandes sentimentos, nos desconcerta com sua inexplicável indiferença.

9

Dom Quixote era virgem. Bettina tinha vinte e cinco anos quando sentiu pela primeira vez a mão de um homem em seu seio, no quarto de hotel em Teplitz, onde estava a sós com Goethe. E Goethe, segundo seus biógrafos, só conheceu o amor físico durante sua famosa viagem à Itália, quando já estava com quase quarenta anos. Pouco depois, em Weimar, encontrou a operária de vinte e três anos que se transformou em sua primeira amante permanente. Era Christiane Vulpius, que, depois de muitos anos de vida em comum, se tornou sua esposa em 1806, e que um dia, no memorável ano de 1811, jogou no chão os óculos de Bettina. Era fielmente devotada a seu marido (protegeu-o com seu corpo, dizem, diante dos soldados de Napoleão) e com certeza excelente amante, o que é confirmado pelo encantamento de Goethe, que a chamava *mein Bettschatz*, expressão que se poderia traduzir por "tesouro de minha cama".

No entanto, na hagiografia de Goethe, Christiane situa--se além do amor. O século XIX (mas também o nosso, cuja alma continua sempre cativa do século precedente) recusou--se a deixar Christiane entrar na galeria dos amores de Goethe, ao lado de Lotte (aquela que serviria de modelo à Charlotte de *Werther*), de Frédérique, de Lili, de Bettina ou de Urilke. Vocês diriam que era por ser sua esposa, e que adotamos o hábito de considerar o casamento como uma coisa antipoética. Mas acho que a verdadeira razão é mais profunda: o público recusou-se a ver em Christiane um amor de Goethe simplesmente porque Goethe dormia com ela. Pois o tesouro do amor e o tesouro da cama apareciam como duas coisas incompatíveis. Se os escritores do século XIX gostavam de terminar seus romances com casamentos, não era para proteger a história de amor da monotonia matrimonial. Não, era para protegê-la do coito.

As grandes histórias de amor europeias se desenrolam num espaço fora do coito: a história da princesa de Clèves, a de Paul e Virgínia, o romance de Fromentin, cujo herói, Dominique, gosta a vida inteira de uma única mulher que nunca beijou e, claro, a história de Werther, e a de Victoria de Hamsun, e a de Pierre e Lucie, esses personagens de Romain Rolland que em seu tempo fizeram chorar as leitoras de toda a Europa. Em *O idiota*, Dostoiévski deixou Nastássia Filíppovna dormir com o primeiro comerciante que apareceu, mas, quando chegou a vez da paixão verdadeira, isto é, quando Nastássia se viu entre o príncipe Míchkin e Rogójin, seus sexos se dissolveram em três grandes corações como pedaços de açúcar em três xícaras de chá. O amor de Anna Kariênina e de Vronski terminou com seu primeiro ato sexual, esse amor logo envelheceu e nem sabemos por quê: será que faziam amor de modo tão lamentável? Ou ao contrário, será que se amavam com tanto entusiasmo que a força da volúpia fez nascer neles o sentimento do pecado? Qualquer que seja a resposta, chegaremos sempre à mesma conclusão: depois do amor pré-coital, não existia mais o grande amor, nem poderia existir.

Isso não significa absolutamente que o amor fora do coito fosse inocente, angélico, infantil, puro: ao contrário, ele encerrava tudo o que se pode imaginar de infernal neste mundo. Nastássia Filíppovna pôde dormir com toda tranquilidade com plutocratas vulgares; mas, depois do seu encontro com Míchkin e Rogójin, cujos sexos, como já disse, se dissolveram no grande samovar do sentimento, ela penetra numa zona de catástrofe e se perde. Lembremos também esta cena soberba de *Dominique*, de Fromentin: os dois namorados que se amaram durante anos sem se tocar vão dar um passeio a cavalo e a terna, a fina, a delicada Madeleine tem a crueldade inesperada de forçar seu cavalo a galopar desenfreadamente, sabendo bem que Dominique é mau cavaleiro e se arrisca a morrer. O amor extracoital: uma panela no fogo, na qual o sentimento, levado ao ponto de ebulição, se transforma em paixão e faz tremer a tampa que começa a dançar loucamente...

A noção europeia de amor tem raízes no solo fora do coito. O século xx, que se vangloria de ter liberado a sexualidade e gosta de ridicularizar os sentimentos românticos, não soube dar à noção de amor nenhum outro sentido (é um dos naufrágios deste século), de modo que um jovem europeu, quando pronuncia mentalmente essa grande palavra, se vê transportado nas asas do encantamento, quer queira, quer não, para o ponto exato em que Werther viveu seu amor por Lotte e em que Dominique quase caiu do cavalo.

10

É significativo que Rilke, admirador de Bettina, tenha admirado também a Rússia, a ponto de considerá-la por um período como sua pátria espiritual. Pois a Rússia é, por excelência, o país do sentimento cristão. Foi preservada do racionalismo da escolástica medieval, não conheceu a Renascença. Os tempos modernos, fundamentados no pensamento crítico cartesiano, a atingiram com um ou dois séculos de atraso. Portanto o *homo sentimentalis* não encontrou na Rússia contrapeso suficiente e tornou-se ali sua própria hipérbole, o que chamamos comumente a *alma eslava*.

A Rússia e a França são dois polos da Europa que exercerão uma atração eterna um pelo outro. A França é um velho país cansado onde o sentimento só sobrevive como fórmulas. Para terminar uma carta, um francês escreve: "Queira aceitar, caro senhor, a certeza de meus sentimentos especiais". Quando recebi pela primeira vez uma carta assim, assinada por uma secretária das Edições Gallimard, vivia ainda em Praga. Saltei até o teto de alegria: em Paris existe uma mulher que me ama! Conseguiu nas últimas linhas de uma carta oficial introduzir uma declaração de amor! Não apenas ela sente por mim sentimentos, mas ela acentua expressamente que eles são especiais! Nunca uma tcheca me disse coisa parecida!

Bem mais tarde, quando me instalei em Paris, explicaram-me que a prática epistolar oferece todo um leque semântico de fórmulas de polidez; permite que um francês escolha com a precisão de um farmacêutico o sentimento que quiser, sem senti-lo, expressando-o ao destinatário; nessa gama de escolha, os sentimentos especiais representam o grau mais baixo da polidez administrativa, chegando quase ao desprezo.

Ó França! És o país da Forma, como a Rússia é o país do Sentimento! É por isso que um francês eternamente frustrado de não sentir nenhuma chama queimar em seu peito contempla com inveja e nostalgia o país de Dostoiévski, onde os homens estendem aos outros homens lábios fraternos, prontos a estrangular quem se recusar a beijá-los. Aliás, se estrangularem, é preciso perdoá-los logo, pois agiram sob o domínio de um amor ferido, e Bettina nos ensinou que o amor perdoa àquele que ama. Pelo menos cento e vinte advogados parisienses alugariam um trem para Moscou a fim de defender o assassino sentimental. Não seriam levados por qualquer sentimento de compaixão (sentimento exótico demais, pouco praticado em seu país), mas por princípios abstratos que são sua única paixão. O assassino russo, que não sabe nada de tudo isso, se precipitará em direção a seu defensor francês depois da absolvição, para abraçá-lo e beijá-lo nos lábios. Amedrontado, o francês recuará, o russo ofendido o apunhalará, e toda a história vai se repetir.

11

Ah! Os russos...

Enquanto eu ainda vivia em Praga, contava-se esta história engraçada sobre a alma russa. Com uma constrangedora rapidez, um tcheco seduz uma russa. Depois do coito ela lhe diz com infinito desprezo:

— Você teve meu corpo. Mas nunca terá minha alma!

Bela anedota. Bettina escreveu a Goethe quarenta e cinco cartas, nelas vemos cinquenta vezes a palavra alma, a palavra coração cento e dezenove vezes. É raro que a palavra coração seja utilizada no sentido anatômico literal ("meu coração bateu"); mais frequentemente é usada por sinédoque, para designar o peito ("queria apertá-lo em meu coração"), mas na maior parte dos casos a palavra significa a mesma coisa que a alma: o *eu sensível*.

Penso, logo existo é uma afirmação de um intelectual que subestima as dores de dente. *Sinto, logo existo* é uma verdade de alcance muito mais amplo e que concerne a todo ser vivo. Meu eu não se distingue essencialmente do seu eu pelo pensamento. Muitas pessoas, poucas ideias: pensamos todos mais ou menos a mesma coisa, transmitindo, pedindo emprestado, roubando nossas ideias um do outro. Mas se alguém pisa no meu pé, só eu sinto a dor. O fundamento do eu não é o pensamento mas o sofrimento, sentimento mais elementar de todos. No sofrimento, nem um gato pode duvidar de seu eu único e não intercambiável. Quando o sofrimento é muito agudo, o mundo desaparece e cada um de nós fica só consigo mesmo. O sofrimento é a Grande Escola do egocentrismo.

— Você não tem um profundo desprezo por mim?, pergunta Hippolyte ao príncipe Míchkin.

— Por quê? Seria porque você sofreu e sofre mais do que nós?

— Não, apenas porque sou indigno do meu sofrimento.

Sou indigno do meu sofrimento. Grande fórmula. Implica que o sofrimento não é apenas o fundamento do eu, sua única prova ontológica indubitável, mas também, de todos os sentimentos, o mais digno de respeito. O valor dos valores. É por isso que Míchkin admira todas as mulheres que sofrem. Ao ver pela primeira vez a foto de Nastássia Filíppovna, ele diz:

— Esta mulher deve ter sofrido muito. Essas palavras estipulam de uma só vez, antes mesmo que possamos ver a pessoa, que Nastássia Filíppovna se situa acima de todas as outras.

— Eu não sou nada, mas você, você sofreu, diz enfeitiçado Míchkin a Nastássia no capítulo quinze da primeira parte, e desde então está perdido.

Disse que Míchkin admira todas as mulheres que sofrem, mas o inverso não é menos verdadeiro: assim que uma mulher lhe agrada, ele a imagina sofrendo. E, como não sabe segurar a língua, apressa-se em dizê-lo. Aliás, este é um excelente método de sedução (pena que o príncipe não saiba tirar dele melhor partido), porque se dizemos a uma mulher: "Você sofreu muito", é como se falássemos diretamente à sua alma, como se acariciássemos essa alma e a exaltássemos. Toda mulher em tal circunstância está pronta a nos dizer:

— Você ainda não tem meu corpo, mas minha alma já é sua!

Sob o olhar de Míchkin, a alma não para de crescer, parece um gigantesco cogumelo, tão alto quanto uma casa de cinco andares, parece com um balão que a qualquer momento pode voar para o céu com a sua tripulação. É isso que chamo a *hipertrofia da alma*.

12

Quando Goethe recebeu de Bettina o projeto da estátua, sentiu, se você se lembra, uma lágrima no olho; tinha então certeza de que seu foro mais íntimo lhe fazia conhecer, desta forma, a verdade: Bettina o amava realmente e ele era injusto em relação a ela. Só mais tarde compreendeu que a lágrima não lhe revelava nenhuma verdade surpreendente sobre a dedicação de Bettina, mas apenas uma verdade banal sobre sua própria vaidade. Teve vergonha de se deixar levar pela demagogia de sua lágrima: realmente, a partir dos cinquenta anos, tivera longas experiências com ela: cada vez que alguém o elogiava, ou quando ele próprio sentia uma onda de autossatisfação diante de uma boa ação que realizava, ficava com lágrimas nos olhos. O que é uma lágrima? Goethe perguntava-se muitas vezes e nunca encontrou a resposta. No entanto uma coisa ficou clara: muitas e muitas vezes, a lágrima nascia da emoção provocada em Goethe ao ver Goethe.

Cerca de uma semana depois da horrível morte de Agnès, Laura fez uma visita a Paul, arrasado de dor.

— Paul, disse ela, estamos sós no mundo.

Paul sentiu as lágrimas subirem-lhe aos olhos e virou a cabeça para disfarçar sua dor.

Foi precisamente esse movimento de cabeça que levou Laura a segurar-lhe firmemente o braço:

— Paul, não chore!

Olhando-a através de suas lágrimas, constatou que ela também estava com os olhos molhados. Sorriu.

— É você que está chorando, disse ele com a voz trêmula.

— Se você precisar do que quer que seja, Paul, saiba que estou aqui, que estou inteiramente com você.

Paul respondeu:

— Sei disso.

A lágrima no olho de Laura era a lágrima da emoção que suscitava em Laura a visão de uma Laura decidida a fazer o sacrifício de sua vida, ficando ao lado do marido de sua irmã desaparecida.

A lágrima no olho de Paul era a lágrima da emoção que suscitava em Paul a fidelidade de um Paul incapaz de viver com uma outra mulher que não fosse a própria sombra de sua companheira desaparecida, sua imitação, sua irmã.

E depois, um dia, deitaram numa grande cama e a lágrima (a misericórdia da lágrima) levou a última suspeita que talvez ainda tivessem de trair a morta.

A arte milenar da ambiguidade erótica veio socorrê-los: estavam deitados um ao lado do outro, não como um casal, mas como irmão e irmã. Para Paul, Laura tinha sido um tabu; jamais a associou a uma imagem sexual, nem mesmo no âmago de seu pensamento. Sentia-se como um irmão para ela, encarregada, portanto, de substituir sua irmã. A princípio esse sentimento tornou-lhe moralmente mais fácil ir para a cama com ela, depois encheu-o de uma excitação inteiramente desconhecida: eles sabiam tudo um sobre o outro (como um irmão e uma irmã) e o que os separava não era o desconhecido mas a interdição já velha de vinte anos que, com o tempo, se tornava cada vez mais inviolável. Nada estava mais próximo do que o corpo do outro. Nada era mais proibido que o corpo do outro. Com uma excitante sensação de incesto (e lágrimas nos olhos), começaram a fazer amor; ele a amou com selvageria, como nunca em sua vida amara alguém.

13

Do ponto de vista da arquitetura, existem civilizações superiores à da Europa, e a tragédia antiga jamais será ultrapassada. Mas nenhuma civilização conseguiu criar, a partir dos sons, esse milagre que é a história milenar da música europeia, com toda a sua riqueza de formas e de estilos! A Europa: grande música e *homo sentimentalis*. Dois gêmeos dormindo lado a lado no mesmo berço.

A música não só ensinou ao europeu a sensibilidade, mas também a aptidão de venerar os sentimentos e o eu sensível. Você conhece essa situação: no palco, o violonista fecha os olhos, longamente, faz ressoar as duas primeiras notas. O ouvinte, por sua vez, fecha os olhos e, sentindo sua alma encher-lhe o peito, suspira:

— Como é bonito!

No entanto, ouviu apenas duas simples notas, que em si mesmas não podem conter nenhum pensamento do compositor, nenhuma intenção criativa, portanto nenhuma arte, nenhuma beleza. Mas essas notas tocaram o coração do ouvinte, impondo silêncio à sua inteligência, como também ao seu julgamento estético. Um simples som musical age em nós aproximadamente da mesma maneira como o olhar de Míchkin fixando uma mulher. A música: uma bomba inflando a alma. As almas hipertrofiadas, transformadas em enormes balões, planam sob o teto da sala de concerto e se entrechocam numa enorme confusão.

Laura amava a música sincera e profundamente; em seu amor por Mahler percebo um significado preciso: Mahler é o último grande compositor que ainda se dirige com sinceridade ao *homo sentimentalis*. Depois de Mahler, o sentimento na música torna-se suspeito. Debussy quer nos encantar, não nos comover, e Stravinski tem vergonha dos sentimentos. Mahler é para Laura o *último compositor*, e quando ouve, vindo do quarto de Brigitte, as vociferações do rock, seu amor por uma música em via de desaparecer sob os golpes das guitarras elétricas sente-se atingido e ela se enfurece; por isso dirige a Paul um ultimato; ou Mahler ou o rock; o que quer dizer: ou eu ou Brigitte.

Mas como escolher entre duas músicas igualmente pouco amadas? Para Paul, o rock é muito barulhento (como Goethe, ele tem o ouvido delicado) e a música romântica desperta nele uma sensação de angústia. Um dia, durante a guerra, quando em torno dele todo mundo estava aterrorizado pela marcha ameaçadora da História, em vez de tangas ou de valsas o rádio começou a transmitir os acordes em tom menor de uma música triste e solene; em sua memória de criança esses acordes menores ficaram gravados para sempre como um mensageiro de catástrofes. Mais tarde, compreendeu que o páthos da música romântica unia toda a Europa: nós o ouvimos cada vez que um homem de Estado é assassinado ou que uma guerra é declarada, cada vez em que é preciso encher de glória a cabeça das pessoas para que se deixem matar mais facilmente. As nações que se destruíam entre si eram tomadas por uma emoção fraternal idêntica ao ouvir o som da "Marcha fúnebre" de Chopin ou a "Sinfonia heroica" de Beethoven. Ah! Se dependesse de Paul o mundo dispensaria tanto o rock quanto Mahler. Mas as duas mulheres não lhe deixavam escapatória. Elas o forçavam a escolher:

entre duas músicas, entre duas mulheres. Ele não sabia o que fazer, pois, essas mulheres, gostava de uma e de outra.

Elas, ao contrário, se detestavam. Com tristeza torturante, Brigitte olhava o piano branco que durante anos tinha lhe servido de prateleira: lembrava-lhe Agnès, que por amor à irmã tinha suplicado que ela aprendesse a tocar. Mal Agnès morrera, o piano reviveu e era tocado todos os dias. Com a invasão do rock Brigitte queria vingar a mãe traída e expulsar a intrusa. Quando compreendeu que Laura ficaria, foi ela quem partiu. O rock calou-se. O disco rodava na vitrola, os trombones de Mahler ressoavam no apartamento e dilaceravam o coração de Paul, arrasado com a ausência de Brigitte. Laura segurou a cabeça de Paul e olhou-o nos olhos:

— Quero te dar um filho, ela disse.

Os dois sabiam que havia muito os médicos tinham lhe avisado que evitasse uma nova gravidez. Por isso acrescentou:

— Farei todas as operações necessárias.

Chegou o verão. Laura fechou a butique e os dois foram passar quinze dias na praia. As ondas quebravam na areia e esse ruído enchia o peito de Paul. Era a única música que amava com paixão. Feliz e atônito, via Laura confundir-se com essa música; foi a única mulher em sua vida que foi para ele como o oceano; a única que foi oceano.

14

Romain Rolland, testemunha da acusação no processo eterno movido contra Goethe, distinguia-se por duas qualidades: adorava as mulheres ("ela é mulher e por isso nós a amamos", disse ele de Bettina) e tinha o desejo entusiasmado de progredir (o que para ele significava: com a Rússia comunista e com a Revolução). Curiosamente, esse adorador da feminilidade dedicava a mesma admiração a Beethoven, porque ele se recusara a cumprimentar as mulheres. Esse é realmente o fundo do problema, se compreendermos o que deve ter acontecido na estação de águas de Teplitz: Beethoven, com o chapéu enterrado na cabeça e as mãos atrás das costas, passa pela imperatriz e sua corte que certamente não era composta somente de homens mas também de mulheres. Não cumprimentá-los teria sido uma grosseria sem igual! É impensável: apesar de original e de rude, Beethoven nunca se comportou como um cafajeste em relação às mulheres! Toda essa anedota é uma tolice evidente: se ela pôde ter sido acolhida e espalhada com candura, é porque as pessoas (e até mesmo um romancista, o que é uma vergonha!) perderam todo o sentido da realidade.

Poderão me objetar que é abusivo examinar a veracidade de uma anedota que, evidentemente, não é um testemunho mas uma alegoria. De acordo; consideremos, portanto, a alegoria como alegoria; esqueçamos as circunstâncias de sua origem (elas continuarão sempre obscuras), esqueçamos a parcialidade de que um e outro quiseram revesti-la, e tentemos apreender seu significado, por assim dizer, objetivo:

O que significa o chapéu de Beethoven profundamente enterrado na cabeça? Que Beethoven despreza a aristocracia, porque ela é reacionária e injusta, enquanto o chapéu na mão humilde de Goethe implora ao mundo continuar tal qual é? Sim, essa é a interpretação comumente aceita, mas era difícil de defender: como Goethe, Beethoven foi obrigado a negociar com sua época um modus vivendi para si mesmo e para sua música; assim, ele dedicava as suas sonatas ora a um príncipe, ora a outro e, para celebrar os vencedores de Napoleão reunidos em Viena, não hesitou em compor uma cantata em que o coro gritava as palavras "Que o mundo seja de novo aquilo que era!"; chegou até a escrever uma *polonaise* para a imperatriz da Rússia, como se quisesse depositar simbolicamente a infeliz Polônia (essa Polônia pela qual Bettina lutaria corajosamente trinta anos mais tarde) aos pés de seu usurpador.

Portanto, se, em nosso carro alegórico, Beethoven cruza com o grupo de aristocratas sem tirar seu chapéu, isso não pode significar que os aristocratas sejam reacionários desprezíveis e ele um revolucionário admirável; isso significa que aqueles que *criam* (estátuas, poemas, sinfonias) merecem mais respeito do que aqueles que *governam* (empregados, funcionários ou povos). Que a criação represente mais do que o poder, a arte mais do que a política. Que as obras são imortais, não as guerras nem os bailes dos príncipes.

(Aliás, Goethe devia ter a mesma opinião, só que achava inútil revelar essa verdade desagradável aos mestres do mundo enquanto vivos. Tinha certeza de que no outro mundo eles o cumprimentariam primeiro, e essa certeza lhe bastava.)

A alegoria é clara, e no entanto é interpretada sempre ao contrário: aqueles que, diante do quadro alegórico, se apressam em aplaudir Beethoven não entendiam nada do seu orgulho; na maior parte das vezes pessoas obscurecidas pela política, e preferem Lênin, Castro, Kennedy ou Mitterrand a Picasso ou Fellini. Certamente Romain Rolland tiraria seu chapéu abaixando-o ainda mais do que Goethe, se tivesse visto Stálin se aproximando dele na aleia de Teplitz.

15

O respeito de Romain Rolland pela feminilidade me parece um pouco bizarro. Ele, que admirava Bettina pela simples razão de ela ser mulher ("ela é mulher e por isso nós a amamos"), nada encontrou de admirável em Christiane que, sem dúvida, também era mulher! Diz que Bettina tem um coração "terno e louco", que ela é "louca e sábia", "loucamente viva e sorridente", e repete muitas vezes "louca". Ora, sabemos que para o *homo sentimentalis* as palavras "louco", "louca", "loucura" (que em francês, "*fou*", "*folle*", "*folie*", têm uma ressonância ainda mais poética do que nas outras línguas!) significam a exaltação liberada dos sentimentos de toda a censura ("os delírios ativos da paixão", como diz Éluard) e consequentemente se pronunciam com uma comovida admiração. De Christiane, ao contrário, o adorador de mulheres e do proletariado não fala nunca sem juntar a seu nome, em desacordo com todas as regras da galanteria, os adjetivos "ciumenta", "vermelha e pesada", "gorda", "inoportuna", "curiosa" e "obesa".

Curiosamente, o amigo das mulheres e do proletariado, o mensageiro da igualdade e da fraternidade, não manifesta nenhuma emoção com a ideia de que Christiane fosse uma antiga operária e que Goethe demonstrou uma coragem fora do comum ao viver abertamente com ela, casando-se depois. Ele teve que enfrentar não apenas as calúnias dos salões de Weimar, mas também a desaprovação de seus amigos intelectuais, Helder e Schiller, que a olhavam de cima. Não me surpreende saber que a Weimar dos aristocratas tenha aplaudido a opinião de Bettina qualificando madame Goethe de salsichona. Mas fico surpreso de ver isso aplaudido pelo amigo das mulheres e da classe operária. Como ele pôde sentir-se tão próximo da jovem aristocrata que exibia maliciosamente sua cultura diante de uma mulher simples? E como é que Christiane, que bebia, dançava, engordava alegremente sem se importar com sua linha, nunca teve direito ao divino qualificativo de "louca" e tenha sido, para o amigo do proletariado, apenas "inoportuna"?

Como é que o amigo do proletariado não teve a ideia de transformar a cena dos óculos quebrados num quadro alegórico em que uma mulher do povo inflige uma punição justa a uma intelectual arrogante, e que Goethe, tomando a defesa de sua mulher, enfrenta com a cabeça erguida (e sem chapéu!) o exército da nobreza e de seus detestáveis preconceitos?

Claro, uma tal alegoria não seria menos boba do que a precedente. No entanto a questão permanece: por que o amigo do proletariado e das mulheres teria preferido uma alegoria boba a qualquer outra? Por que preferiu Bettina a Christiane?

Esta pergunta nos leva ao cerne da questão.

O capítulo seguinte nos dará a resposta.

16

Goethe persuadia Bettina (numa carta sem data) a "sair de si mesma". Hoje, diríamos que ele censurava seu egocentrismo. Mas teria ele o direito de fazer isso? Quem tomara o partido e abraçara a causa dos patriotas do Tirol? Quem defendera a memória de Petöfi e a vida do condenado à morte Mierosławski? Quem pensava constantemente nos outros? Qual dos dois estava pronto a sacrificar-se?

Bettina. Sem dúvida nenhuma. Mas a observação de Goethe, no entanto, não fica invalidada, pois Bettina nunca saiu de seu eu. Onde quer que tenha ido, seu eu flutuava atrás dela como uma bandeira. O que a incitou a tomar o partido e a causa dos montanheses do Tirol não foram os montanheses, mas a cativante imagem de Bettina apaixonada pela luta dos montanheses do Tirol. O que a incitou a amar Goethe não foi Goethe, mas a imagem sedutora da menina Bettina apaixonada pelo velho poeta.

Lembro-me de seu gesto, que chamei de gesto do desejo de imortalidade: primeiro ela pôs os dedos num ponto situado entre seus seios, como para indicar o centro daquilo que chamamos o eu. Depois lançou as mãos para a frente, como para projetar esse eu muito longe, além do horizonte, em direção à imensidade. O gesto do desejo de imortalidade não conhece senão dois pontos de referência: o eu aqui, e o horizonte lá longe; e apenas duas noções: o absoluto que é o eu e o absoluto do mundo. Portanto esse gesto não tem nada em comum com o amor, já que o outro, o próximo, qualquer homem que se encontre entre estes dois polos extremos (o mundo e o eu) está excluído antecipadamente do jogo, omitido, invisível.

O rapaz que se alista aos vinte anos no partido comunista, ou que de fuzil na mão vai se juntar à guerrilha nas montanhas, fica fascinado por sua própria imagem de revolucionário: é ela que o distingue dos outros, é ela que faz com que ele se torne ele mesmo. Na origem de sua luta encontra-se o amor exacerbado e insatisfeito de seu eu, ao qual deseja dar contornos bem nítidos, antes de enviá-lo (fazendo o gesto do desejo de imortalidade, como acabei de descrever) ao grande palco da História para onde convergem milhares de olhares; e sabemos, por exemplo, por Míchkin e por Nastássia Filíppovna, que sob os olhares intensamente dirigidos para ela a alma não para de crescer, de inflar, de aumentar de volume, para finalmente subir em direção ao firmamento como um balão magnificamente iluminado.

O que incita as pessoas a levantar o punho, a pegarem um fuzil, a defenderem juntas causas justas ou injustas não é a razão, mas sim a alma hipertrofiada. É ela o combustível sem o qual o motor da História não funcionaria e sem o qual a Europa estaria deitada sobre a grama, olhando preguiçosamente as nuvens que flutuam no céu.

Christiane não sofria de nenhuma hipertrofia da alma e não desejava absolutamente se exibir no grande palco da História. Desconfio que ela preferisse deitar-se na grama, para olhar as nuvens flutuando no céu. (Desconfio que nesses momentos ela até ficasse feliz, ideia desagradável para o homem de alma hipertrofiada que, consumido pelas chamas de seu eu, nunca está feliz.) Portanto Romain Rolland, amigo do progresso e das lágrimas, não hesitou um minuto quando teve que escolher entre Christiane e Bettina.

17

Passeando pelos caminhos do além, Hemingway viu ao longe um jovem que vinha ao seu encontro; ele estava elegantemente vestido e com boa postura. À medida que esse elegante se aproximava, Hemingway podia distinguir em seus lábios um sorriso leve e malicioso. Quando estava próximo, o jovem diminuiu o passo como se quisesse dar a Hemingway uma última chance de reconhecê-lo.

— Johann!, Hemingway gritou espantado.

Goethe sorriu com satisfação, orgulhoso com seu excelente efeito cênico. Não esqueçamos que, tendo dirigido por muito tempo um teatro, sabia manejar esses efeitos. Depois pegou seu amigo pelo braço (interessante: se bem que mais moço, nesse momento ele continuava a se comportar com Hemingway com a amável indulgência de alguém mais velho) e levou-o para um longo passeio.

— Johann, disse Hemingway, hoje você está bonito como um deus! A beleza de seu amigo lhe dava um prazer sincero e riu feliz: — Mas onde estão seus chinelos? E sua viseira verde, onde foi parar? E quando parou de rir: — É assim que você devia se apresentar para o eterno processo.

Esmagar os juízes não com seus argumentos, mas com sua beleza!

— Você sabe que eu nunca disse uma palavra no processo eterno. Era por desprezo. Mas não pude deixar de ir e de escutá-los. Lamento.

— O que você quer? Condenaram você à imortalidade para puni-lo por ter escrito livros. Você mesmo me explicou isso.

Goethe levantou os ombros e disse com certo orgulho:

— Num certo sentido, pode ser que nossos livros sejam imortais. Pode ser. Depois de uma pausa, juntou a meia-voz, em tom grave: — Mas não nós.

— Ao contrário!, Hemingway protestou com amargura. Nossos livros, é provável que logo parem de lê-los. Do seu *Fausto* não sobrará senão uma ópera boba de Gounod. E talvez, também, esse verso que trata da questão do eterno feminino que nos leva a algum lugar.

— *Das Ewigweibliche zieht uns hinan*, recitou Goethe.

— É isso. Mas os homens nunca deixarão de comentar os menores detalhes de sua vida.

— Até hoje você não compreendeu que os personagens de que falam não têm nada a ver conosco?

— Você não vai querer dizer, Johann, que não há nenhuma relação entre você e o Goethe de quem todo mundo fala, e sobre quem todo mundo escreve. Admito que você não é inteiramente idêntico à imagem que ficou de você. Admito que nela você esteja bastante deformado. Mas, ainda assim, está representado nela.

— Não, não estou presente nesta imagem, disse Goethe com bastante firmeza. E digo mais. Em meus livros também não estou presente. Aquele que não é, não pode estar presente.

— Essa linguagem é muito filosófica para mim.

— Esqueça um instante que você é americano e trabalhe com seu cérebro: aquele que não é, não pode estar presente. É tão complicado assim? Desde o instante da minha morte, abandonei todos os lugares que ocupava. Mesmo meus livros. Esses livros continuam no mundo sem mim. Ninguém me achará mais neles. Porque não se pode achar quem não é.

— Gostaria muito de acreditar em você, continuou Hemingway, mas diga-me: se sua imagem não tem nada em comum com você, por que você consagrou-lhe tantos cuidados em vida? Por que convidou Eckermann para ficar na sua casa? Por que resolveu escrever *Poesia e verdade*?

— Ernest, resigne-se a admitir que fui tão absurdo quanto você. A preocupação com a própria imagem, essa é a incorrigível imaturidade do homem. É tão difícil ficar indiferente à sua imagem! Uma indiferença dessas suplanta as forças humanas. O homem só a conquista depois de sua morte. E mais, não logo depois. Muito depois de sua morte. Você ainda não chegou lá. Você ainda não é adulto. E, no entanto, você está morto... Já há quanto tempo?

— Vinte e sete anos, disse Hemingway.

— É muito pouco. É preciso esperar ainda vinte ou trinta anos pelo menos. Só então compreenderá, talvez, que o homem é mortal e saberá talvez tirar disso todas as conclusões. Impossível chegar a isso antes. Algum tempo antes de minha morte, achei que sentia em mim uma tal força criadora que seu total desaparecimento me parecia impossível. E claro, acreditava deixar de mim uma imagem que seria meu prolongamento. Sim, fui como você. Mesmo depois da morte, foi difícil para mim resignar-me a não ser mais. É muito estranho, sabe? Ser mortal é a experiência humana mais elementar, e no entanto o homem nunca foi capaz de aceitá-la, de compreendê-la, de comportar-se de acordo com isso. O homem não sabe ser mortal. E quando morre, nem sabe ficar morto.

— E você, você acha que sabe ficar morto?, perguntou Hemingway para atenuar a gravidade do momento.

— Você acha realmente que a melhor maneira de estar morto é perder seu tempo conversando comigo? Não seja idiota, Ernest, disse Goethe. Você sabe que no momento não somos senão a fantasia frívola de um romancista que nos faz dizer aquilo que provavelmente nunca dissemos. Mas vamos adiante. Você notou meu aspecto hoje?

— Já te disse, logo depois que o reconheci! Você está belo como um deus!

— Era assim que eu era, na época em que toda a Alemanha via em mim um implacável sedutor, disse Goethe num tom quase solene. Depois acrescentou, emocionado: quis que você guardasse de mim essa imagem no decorrer de seus próximos anos.

Hemingway olhou-o com súbita e terna indulgência:

— E você, Johann, qual a sua idade post-mortem?

— Cento e cinquenta e seis anos, Goethe respondeu com um certo pudor.

— E você ainda não aprendeu a ficar morto?

Goethe sorriu:

— Sei, Ernest, estou agindo um pouco em contradição com o que acabo de te dizer. Se me deixei levar por essa vaidade infantil, é porque estamos nos vendo hoje pela última vez.

Depois, lentamente, como um homem que daí em diante não fará mais nenhuma declaração, pronunciou estas palavras:

— Pois compreendi, de uma vez por todas, que o eterno processo é uma estupidez. Finalmente decidi aproveitar meu estado de morto para, se me permite essa expressão inexata, ir dormir. Para saborear a volúpia do não ser total, que meu grande inimigo Novalis dizia ter uma cor azulada.

PARTE V
O acaso

1

Depois do almoço, voltou para o quarto. Era um domingo, o hotel não esperava nenhum hóspede novo, ninguém a pressionava a deixar o quarto, a grande cama ficara desfeita, como a deixara de manhã. Esse espetáculo a enchia de felicidade: tinha passado essas duas noites sozinha, sem ouvir outro ruído a não ser sua própria respiração, deitada enviesada de um lado a outro da cama como se quisesse apoderar-se de toda essa superfície retangular que só pertencia a seu corpo e a seu sono.

Em sua mala aberta sobre a mesa, tudo já estava no lugar: em cima da saia dobrada estavam, numa edição em brochura, os poemas de Rimbaud. Ela os tinha levado porque nas últimas semanas tinha pensado muito em Paul. Antes de Brigitte nascer, ela subia na garupa de uma grande motocicleta e percorriam toda a França. Em sua lembrança, este período e esta moto se confundiam com Rimbaud: era o poeta deles.

Ela apanhara esses poemas semiesquecidos como se apanhasse um diário íntimo, curiosa em ver se as anotações amareladas pelo tempo lhe pareceriam comoventes, ridículas, fascinantes ou sem nenhuma importância. Os versos continuavam sempre tão belos quanto antes, mas num ponto a surpreenderam: não tinham nada a ver com a grande moto que ela cavalgava outrora com Paul. O mundo da poesia de Rimbaud estava muito mais próximo dos contemporâneos de Goethe do que dos contemporâneos de Brigitte. Rimbaud, que tinha se imposto ao mundo inteiro como absolutamente moderno, era um poeta da natureza, um vagabundo, seus poemas continham palavras que o homem de hoje esqueceu ou que não lhe dão mais nenhum prazer: grilos, olmos, agrião, aveleiras, tílias, urze, carvalho, corvos agradáveis, excrementos quentes de velhos pombais; e caminhos, sobretudo caminhos. *Nas noites azuis do verão irei pelos caminhos no meio do trigo, pisando a relva tenra... Não falarei nada, não pensarei em nada... e irei longe, muito longe, como um cigano, no meio da natureza — feliz como se estivesse com uma mulher...*

Ela fechou a mala. Depois saiu pelo corredor, saiu correndo do hotel, jogou sua mala no banco de trás e sentou-se ao volante.

2

Eram duas e meia e era preciso partir sem demora, pois ela não gostava de dirigir à noite. Mas não se decidia a ligar o motor. Como um amante que não teve tempo de dizer o que tinha no peito, a paisagem em volta a impedia de partir. Desceu do carro. As montanhas a cercavam; as da esquerda estavam iluminadas de cores vivas e a brancura das geleiras brilhava por cima de seu horizonte verde; as da direita estavam envoltas numa neblina que impedia que se visse sua silhueta. Eram dois efeitos de luz completamente diferentes; dois mundos diferentes. Ela virou a cabeça da esquerda para a direita e da direita para a esquerda e decidiu fazer um último passeio. Tomou um caminho que subia progressivamente entre as pastagens em direção às florestas.

Sua viagem aos Alpes com Paul, sobre a grande motocicleta, fora há vinte anos. Paul gostava do mar, as montanhas não o sensibilizavam. Ela queria fazê-lo gostar do seu mundo; queria que ele ficasse extasiado diante das árvores e das pastagens. A moto estava parada ao lado da estrada e Paul dizia:

— Uma pastagem não é nada mais do que um campo de sofrimento. Neste lindo verde, um ser morre a cada segundo, as formigas devoram na terra as minhocas vivas, os pássaros estão vigilantes em pleno céu, à espreita de uma doninha ou de um rato. Você está vendo este gato preto imóvel entre a folhagem? Ele está só esperando uma oportunidade para matar. Acho repugnante o respeito ingênuo que temos pela natureza. Você acha que nas mandíbulas de um tigre uma corça fica menos espantada do que você mesma ficaria? Se as pessoas dizem que um animal não pode sofrer tanto quanto um homem, é porque não poderíamos suportar a ideia de viver no meio de uma natureza que não é senão atrocidade, apenas atrocidade.

Paul fica feliz de ver o homem cobrir pouco a pouco toda a terra de cimento. Para ele, era como se tivessem emparedado uma força assassina viva. Agnès o compreendia bem demais para ficar chocada com essa aversão à natureza, motivada, por assim dizer, por sua bondade e seu senso de justiça.

Mas talvez fosse mais o ciúme bastante banal de um marido que se esforçava por separar de uma vez por todas a filha do pai. Pois foi de seu pai que Agnès herdou o amor pela natureza. Em sua companhia percorrera quilômetros e quilômetros de caminhos, deslumbrando-se com o silêncio dos bosques.

Um dia, uns amigos a levaram para passear de carro na paisagem americana. Era um reino de árvores, infinito e inacessível, entrecortado por longas estradas. O silêncio dessas florestas parecera-lhe mais ameaçador do que o tumulto de Nova York. Nos bosques de que Agnès gosta, os caminhos se ramificam em pequenos desvios, depois em atalhos; pelos atalhos andam os guardas-florestais. Ao longo dos caminhos ficam os bancos de onde se pode ver a paisagem cheia de carneiros e vacas pastando. É a Europa, é o coração da Europa, os Alpes.

3

Há oito dias, rasgara minhas botas
Nas pedras do caminho...

Rimbaud escreveu.

Caminho: tira de terra sobre a qual se anda a pé. A estrada diferencia-se do caminho não só porque a percorremos de carro; mas porque é uma simples linha ligando um ponto a outro. A estrada em si não faz nenhum sentido; só têm sentido os dois pontos ligados por ela. O caminho é uma homenagem ao espaço. Cada trecho do caminho tem um sentido próprio e nos convida a parar. A estrada é uma triunfal desvalorização do espaço, espaço que hoje em dia não é mais do que um entrave aos movimentos do homem, uma perda de tempo.

Antes mesmo de desaparecerem da paisagem, os caminhos desapareceram da alma humana: o homem não tem mais vontade de caminhar e de ter prazer nisso. Sua vida também, ele não a vê mais como um caminho, mas como uma estrada: como uma linha que leva de um ponto a outro, do posto de capitão ao posto de general, do estado de esposa ao estado de viúva. O tempo de viver está reduzido a um simples obstáculo que é preciso ultrapassar numa velocidade cada dia maior.

O caminho da estrada também encerra duas noções de beleza. Quando Paul dizia que havia uma linda paisagem num certo lugar, queria dizer: se você parar o seu carro ali, verá um lindo castelo do século xv cercado por um parque; ou então: existe um lago, e cisnes nadando em sua superfície espelhada que se perde no horizonte.

No mundo das estradas, uma bela paisagem significa: uma pequena ilha de beleza, ligada por um longo caminho a outras pequenas ilhas de beleza.

No mundo dos caminhos, a beleza é contínua e sempre variada; a cada passo, ela nos diz "Pare!".

O mundo dos caminhos era o mundo do pai. O mundo das estradas era o mundo de seu marido. A história de Agnès acaba num círculo: do mundo dos caminhos ao mundo das estradas, e agora novamente ao ponto de partida. Pois Agnès se instala na Suíça. Sua decisão já está tomada, e é por isso que há duas semanas ela se sente tão contínua e loucamente feliz.

4

A tarde já estava avançada quando ela voltou para seu carro. No momento exato em que girou a chave na ignição, o professor Avenarius, de calção de banho, aproximou-se da pequena piscina onde eu já o esperava na água quente, agitada por violentos turbilhões que jorravam de suas paredes submersas.

É assim que os acontecimentos se sincronizam. Cada vez que uma coisa acontece no lugar Z, uma outra também acontece nos lugares A, B, C, D, E. "E no momento exato em que..." é uma das fórmulas mágicas que encontramos em todos os romances, uma fórmula que nos enfeitiça na leitura de *Os três mosqueteiros*, o romance preferido do professor Avenarius, a quem digo à guisa de cumprimento:

— Neste preciso momento, enquanto você entra na piscina, a heroína do meu romance enfim girou a chave da ignição e pegou a estrada para Paris.

— Maravilhosa coincidência, disse o professor Avenarius com visível satisfação, e mergulhou na água.

— Evidentemente no mundo acontecem, a cada segundo, milhares de coincidências desse gênero. Sonho em escrever um grande livro sobre isso: uma teoria do acaso. Primeira parte: o acaso regendo as coincidências. A classificação dos diversos tipos de coincidências. Por exemplo: "No momento preciso em que o professor Avenarius mergulha para expor suas costas aos turbilhões, no parque público de Chicago uma folha morta cai de um castanheiro". Eis uma coincidência de acontecimentos, mas ela não faz nenhum sentido. Na minha classificação eu a denomino *coincidência muda*. Mas imagine se digo: "no momento exato em que a *primeira* folha morta caía na cidade de Chicago, o professor Avenarius entrava na piscina para massagear as costas". A frase torna-se melancólica, porque vemos o professor Avenarius como um mensageiro do outono, e a água na qual mergulha nos parece salgada de lágrimas. A coincidência provocou no acontecimento um significado imprevisto, é por isso que a chamo de *coincidência poética*. Mas posso também dizer, como fiz ao vê-lo: "O professor Avenarius mergulhou na piscina no momento preciso em que Agnès, em algum lugar nos Alpes, punha seu carro na estrada". Essa coincidência não pode ser denominada poética, porque ela não dá nenhum sentido especial à sua entrada na piscina, mas é uma coincidência assim mesmo muito preciosa e eu a chamo *coincidência púntica*. É como se duas melodias se unissem numa mesma composição. Conheço isso desde a infância. Um garoto cantava uma música, um outro uma outra música, e eles combinavam as duas! Mas existe ainda um outro tipo de coincidência: "O professor Avenarius enfiou-se no metrô em Montparnasse no momento exato em que lá estava uma bela mulher segurando uma lata vermelha de pedir esmolas". Temos aí uma *coincidência geradora de histórias*, especialmente cara aos romancistas.

Fiz, então, uma pausa, esperando incitá-lo a me contar mais sobre o encontro no metrô; mas ele se contentou em curvar as costas, para expor bastante seu lumbago à massagem da água ondulada, e deu a entender que não estava nada interessado no último exemplo que eu dera.

— Não posso me desfazer da ideia, disse ele, de que na vida humana a coincidência não é regida pelo cálculo das probabilidades. Quero dizer com isso que muitas vezes somos confrontados com acasos tão improváveis que não têm nenhuma justificativa matemática. Recentemente, estava andando por Paris, numa rua insignificante de um bairro insignificante, encontrei uma mulher de Hamburgo que via quase todos os dias havia vinte e cinco anos, e que perdera completamente de vista. Entrara nessa rua por engano, havia descido do metrô uma estação antes da minha. Quanto à mulher, viera a Paris passar três dias e tinha se perdido. Havia uma probabilidade em um bilhão de nos encontrarmos!

— Então qual é o método que você adota para calcular a probabilidade dos encontros humanos?

— Você conhece um método?

— Não. E lamento, respondi. É curioso, mas a vida humana nunca foi submetida a uma enquete matemática. Tomemos por exemplo o tempo. Sonho em fazer uma experiência: aplicar eletrodos na cabeça de um homem e calcular qual a porcentagem de sua vida que ele consagra ao presente, que porcentagem às lembranças, que porcentagem ao futuro. Desta forma poderíamos descobrir o que é o homem na sua relação com o tempo. O que é o tempo humano. E com certeza poderíamos definir três tipos humanos fundamentais, segundo o aspecto do tempo que fosse dominante para cada um. Volto aos acasos. O que podemos dizer de sério sobre os acasos da vida, sem uma pesquisa matemática? Só isso, que não existe matemática existencial.

— Matemática existencial. Excelente achado, disse Avenarius perdido em sua meditação. Depois disse: — De qualquer modo, que ele tivesse tido uma chance em um milhão ou em um trilhão de acontecer, o encontro era perfeitamente improvável, e a própria improbabilidade faz seu preço. Pois a matemática existencial, que não existe, daria mais ou menos essa equação: o valor de um acaso é igual a seu grau de improbabilidade.

— Encontrar inesperadamente, em plena Paris, uma bela mulher que não se vê há muitos anos... digo com um ar sonhador.

— Eu me pergunto em que você se baseia para interpretar que ela era bonita. Ela tomava conta dos vestiários de uma cervejaria que naquela época eu frequentava todos os dias, e viera a Paris com um grupo de aposentados para uma excursão de três dias. Quando nos reconhecemos, olhamo-nos com embaraço. E até com um certo desespero, o mesmo que teria um jovem aleijado que ganhasse uma bicicleta numa rifa. Os dois tivemos a impressão de ter recebido de presente uma coincidência muito preciosa mas perfeitamente inútil. Parecia que alguém caçoara de nós e sentimos vergonha um diante do outro.

— Esse tipo de coincidência poderíamos chamar de *mórbida*, eu disse. Mas em vão me pergunto: em que categoria qualificar o acaso pelo qual Bernard Bertrand recebeu seu diploma de burro total?

Avenarius respondeu com seu ar mais autoritário:

— Se Bernard Bertrand foi promovido a burro total é porque ele é um burro total. O acaso não tem nada a ver com essa ocorrência. Havia nisso uma absoluta necessidade. Mas as leis implacáveis da História de que fala Marx não se impõem com necessidade maior do que esse diploma.

E como se minha pergunta o tivesse aborrecido, ele ficou em pé na água com toda a sua estatura ameaçadora. Eu também me pus de pé e fomos nos sentar num bar do outro lado da sala.

5

Tínhamos pedido dois copos de vinho e dado o primeiro gole. Avenarius continuou:

— No entanto, você bem sabe que cada um de meus atos é um ato de guerra contra Satânia.

— É claro que sei, respondi. Por isso pergunto: por que se irritar precisamente com Bernard Bertrand?

— Você não compreendeu nada, disse Avenarius, aparentemente cansado de verificar que eu nem sempre entendia o que ele já me explicara diversas vezes.

— Contra Satânia não existe nenhuma luta eficaz e racional. Marx tentou, todos os revolucionários tentaram, e no final das contas ela se apossou de todas as organizações que inicialmente eram destinadas a destruí-la. Todo o meu passado de revolucionário acabou numa desilusão e hoje só me importa esta pergunta: o que pode fazer aquele que compreendeu a impossibilidade de toda luta organizada racional e eficaz contra Satânia? Só existem duas soluções: ou bem se conforma e deixa então de ser ele mesmo, ou bem continua a cultivar sua necessidade íntima de revolta, e a manifesta de vez em quando. Não para mudar o mundo, como Marx desejava outrora justificadamente e em vão, mas impulsionado por um imperativo moral íntimo. Ultimamente pensei muitas vezes em você. É importante para você também expressar revolta, não apenas por romances que não podem te trazer nenhuma satisfação, mas pela ação! Quero que hoje você finalmente se junte a mim!

— Mas continuo não compreendendo, respondi, por que um imperativo moral íntimo levou-o a atacar um infeliz apresentador de rádio. Que razões objetivas o levaram a isso? Por que você o escolheu, e não a outro, como símbolo de burrice?

— Proíbo-lhe empregar essa estúpida palavra símbolo!, disse Avenarius levantando a voz. Essa é bem a mentalidade das organizações terroristas! Essa é a mentalidade dos políticos atuais que não são mais do que malabaristas de símbolos! Desprezo do mesmo modo aqueles que penduram uma bandeira na sua janela, e aqueles que a queimam nas praças. Bernard, a meus olhos, não tem nada de símbolo. Nada para mim é mais concreto do que ele! Eu o escuto falar todas as manhãs! São suas palavras que inauguram meu dia! Ele me irrita com sua voz efeminada, sua afetação e suas brincadeiras idiotas! Tudo o que diz me parece insuportável! Razões objetivas? Não sei o que isso significa! Eu o promovi a burro total, inspirado na minha liberdade pessoal mais extravagante, mais maldosa, mais caprichosa!

— É isso que queria ouvir você dizer. Você não agiu como o Deus da necessidade, mas como o Deus do acaso.

— Acaso ou necessidade, agrada-me parecer Deus a seus olhos, respondeu Avenarius com voz branda. Mas não compreendo por que minha escolha o surpreende tanto. Um tipo que brinca de modo tão idiota com seus ouvintes e que conduz uma campanha contra a eutanásia é incontestavelmente um burro total, e não vejo realmente quem poderia me contestar.

As últimas palavras de Avenarius me deixaram petrificado.

— Você confunde Bernard Bertrand com Bertrand Bertrand!

268

— Estou falando do Bernard Bertrand que fala no rádio e que luta contra o suicídio e a cerveja!

— Mas são duas pessoas diferentes! O pai e o filho! Como é que você pode confundir numa só pessoa um redator de rádio e um deputado? Seu erro é um exemplo perfeito do que chamávamos ainda há pouco uma coincidência mórbida.

Avenarius ficou desconcertado por um instante. Mas não demorou a responder e disse:

— Receio que você esteja se confundindo com sua teoria da coincidência. Meu erro nada tem de mórbido. Está claro, ele evoca ao contrário o que você chamava coincidência poética. O pai e o filho tornaram-se um burro de duas cabeças. Nem a velha mitologia grega jamais inventou um animal tão extraordinário!

Depois de esvaziar nossos copos, fomos trocar de roupa nos vestiários, de onde telefonei para o restaurante para nos reservar uma mesa.

6

O professor Avenarius estava pondo uma meia quando Agnès se lembrou desta frase: "Uma mulher prefere sempre o filho ao marido". Agnès ouvira sua mãe dizer isso (em circunstâncias que depois esquecera) quando tinha doze, treze anos. O sentido dessa frase não fica claro a não ser que lhe consagremos um momento de reflexão: dizer que amamos A mais do que B não é comparar dois níveis de amor, isso quer dizer que B não é amado, pois, se amamos alguém, não podemos compará-lo. O amado é incomparável. Mesmo no caso de amarmos ao mesmo tempo A e B, é impossível compará-los, senão logo deixamos de amar um dos dois. E, se declaramos publicamente preferir um ao outro, não se trata para nós de confessar a todo mundo nosso amor por A (pois bastaria então dizer "amo A!"), trata-se de fazer entender, com discrição mas com clareza, que B nos é inteiramente indiferente.

A pequena Agnès, claro, era incapaz de uma análise dessas. Certamente sua mãe contava com isso: ela sentia necessidade de se abrir, mas queria evitar ao mesmo tempo se fazer entender completamente. Ora, apesar de ser incapaz de compreender tudo, a criança adivinhou que a observação era desfavorável a seu pai. A seu pai, que ela amava! Também não se sentiu absolutamente envaidecida de ser o objeto de uma preferência, mas sim entristecida que se prejudicasse o amado.

A frase ficou gravada em sua memória; Agnès procurava imaginar o que significava concretamente amar alguém mais e outro menos; na cama, enrolava-se nas cobertas e via essa cena diante de seus olhos: seu pai estava de pé dando a mão a suas duas filhas. Em frente alinhava-se um pelotão de execução que apenas esperava uma ordem: Preparar! Fogo! A mãe foi implorar perdão ao general inimigo, que lhe concedeu o direito de poupar dois dos três condenados. Desta forma, ela corre antes do comandante dar a ordem de atirar, tira suas filhas da mão do pai e, apavorada, leva-as embora correndo. Conduzida pela mãe, Agnès vira a cabeça em direção a seu pai; vira-se tão obstinada e decididamente que sente uma cãibra na nuca; vê que seu pai a segue tristemente com os olhos, sem a menor revolta: está resignado com a escolha da mãe, por saber que o amor maternal suplanta o amor conjugal e que cabe a ele morrer.

Às vezes, ela imaginava o general inimigo autorizando a mãe a salvar um só inimigo. Não duvidava um segundo que a mãe salvaria Laura. Imaginava-se só, ao lado do pai, em frente aos fuzis dos soldados. Ela lhe apertava a mão. Nesse instante, Agnès não se importava absolutamente com sua mãe e sua irmã, nem mesmo as olhava, mesmo sabendo que elas se afastariam rapidamente e que nem uma nem outra se viraria! Na pequena cama Agnès revirava-se nas cobertas, lágrimas quentes subiam-lhe aos olhos, e ela se sentia tomada de uma felicidade indizível porque segurava seu pai pela mão, porque estava com ele e iriam morrer juntos.

7

Sem dúvida Agnès teria esquecido a cena da execução, se as duas irmãs não tivessem brigado, no dia em que viram o pai debruçado sobre uma pilha de fotos rasgadas. Olhando Laura gritar, lembrou-se de que essa mesma Laura a deixara só com o pai diante do pelotão de fuzilamento e afastara-se *sem se virar.* De repente compreendeu que a desavença delas era mais profunda do que pensava; é por isso que nunca mais fez alusão a essa disputa, como se temesse pôr o nome no que deveria ficar sem nome, e despertar o que deveria ficar adormecido.

Então, quando sua irmã se afastou chorando de raiva, deixando-a sozinha com o pai, pela primeira vez sentiu uma estranha sensação de cansaço ao constatar com surpresa (as constatações mais banais são sempre as mais surpreendentes) que teria a mesma irmã toda a sua vida. Ela podia trocar de amigos, mudar de amantes, podia se divorciar de Paul se quisesse, mas não podia de modo algum mudar de irmã. Em sua vida, Laura era uma constante, e era ainda mais fatigante para Agnès porque as relações delas, desde o começo, pareciam uma corrida: Agnès corria na frente, sua irmã vinha atrás.

Às vezes ela tinha a impressão de ser um personagem de

um conto de fadas que conhecia desde a infância: a princesa, a cavalo, tenta escapar de um perseguidor malvado; tem na mão uma vassoura, um pente e uma fita. Quando joga atrás de si a vassoura, uma espessa floresta se ergue entre ela e o malvado. Dessa forma ela ganha tempo, mas o malvado logo reaparece; ela joga o pente, que logo se transforma em rochedos pontudos. E quando mais uma vez ele está nos seus calcanhares, ela desenrola a fita, que se espalha como um grande rio.

Depois Agnès só tinha na mão um último objeto: os óculos escuros. Ela jogou-os no chão, e os cacos de vidro cortante a separaram de seu perseguidor.

Mas agora ela tem as mãos vazias e sabe que Laura é a mais forte. Ela é mais forte porque faz de sua fraqueza uma arma e uma superioridade moral: são injustos com ela, seu amante a abandona, ela sofre, tenta suicidar-se; enquanto Agnès, que vive um casamento feliz, joga no chão os óculos escuros de sua irmã, a humilha, e fecha-lhe a porta. E, depois do caso dos óculos quebrados, passaram nove meses sem se ver. Agnès sabe que Paul a desaprova sem lhe dizer nada. Sofre por Laura. A corrida aproxima-se do fim. Agnès sente a respiração de sua irmã logo atrás dela e sabe que foi derrotada.

Seu cansaço é cada vez maior. Não tem mais a menor vontade de correr. Não é uma atleta. Nunca procurou uma competição. Não escolheu sua irmã. Não queria ser nem seu modelo nem sua rival. Na vida de Agnès, essa irmã era tão fortuita quanto a forma de suas orelhas. Agnès escolheu tanto sua irmã quanto a forma de suas orelhas, e tem de carregar atrás de si em toda a sua vida um acaso sem sentido.

Quando era pequena, seu pai lhe ensinara a jogar xadrez. Uma das jogadas a encantara, aquela que os especialistas chamam roque: o jogador desloca duas peças ao mesmo tempo: põe a torre ao lado da casa do rei, e faz passar o rei do outro lado da torre. Essa manobra agradava-lhe muito: o inimigo junta todas as suas forças para atacar o rei, e de repente o rei desaparece ante seus olhos: ele muda de casa. Toda a sua vida Agnès sonhara uma jogada dessas, e sonhava cada vez mais à medida que seu cansaço aumentava.

8

Depois que seu pai morrera deixando-lhe dinheiro na Suíça, ia lá duas ou três vezes por ano, sempre para o mesmo hotel, e tentava imaginar que ficaria para sempre nos Alpes: poderia viver sem Paul e sem Brigitte? Como saber? A solidão de passar três dias no hotel, essa "solidão experimental", não lhe ensinava grande coisa. "Ir embora!" ressoava-lhe como a mais bela das tentações. Mas, se fosse para sempre, não ficaria logo arrependida? É verdade que desejava a solidão, mas ao mesmo tempo amava seu marido e sua filha e preocupava-se com eles. Exigiria notícias deles, sentiria necessidade de saber como iam. Mas como fazer para ficar só, longe deles, e ao mesmo tempo ser informada de seus atos e gestos? E como organizar sua nova vida? Procurar um outro emprego? Tarefa difícil. Não fazer nada? Sim, era tentador, mas de repente não teria a impressão de estar aposentada? Ao pensar nisso, seu projeto de "ir embora" parecia-lhe cada vez mais artificial, forçado, irrealizável, semelhante a uma dessas ilusões utópicas que alimentamos quando sabemos bem no fundo de nós mesmos que não podemos fazer nada e nada faremos.

E depois, um dia, a solução veio do exterior, a mais inesperada e a mais banal. Seu patrão abrira uma filial em Berna, e como era notório que Agnès falava alemão tão bem quanto francês, tinham lhe perguntado se aceitaria dirigir trabalhos de pesquisa em Berna. Sabendo que era casada, não contavam muito com sua concordância; ela os surpreendeu a todos: respondeu "sim" sem hesitação; surpreendeu-se a si mesma: esse "sim" que pronunciara sem reflexão prévia provava que seu desejo não era uma comédia que representava para si mesma, por brincadeira e da boca para fora, mas alguma coisa séria e real.

Avidamente esse desejo aproveitara a ocasião para se transformar, finalmente, de sonho romântico que era, em algo de inteiramente prosaico: um fator de promoção profissional. Ao aceitar o oferecimento que lhe faziam, Agnès se comportara como qualquer mulher ambiciosa, se bem que ninguém pudesse descobrir nem desconfiar de suas verdadeiras motivações pessoais. Desde então tudo ficou claro para ela: não haveria mais necessidade de testes nem de experiências e não era mais necessário imaginar "o que iria acontecer se acontecesse"... De repente o que ela desejava estava ali e ficou surpresa de sentir uma alegria tão pura e sem mistura.

Era uma alegria tão violenta que Agnès se sentiu envergonhada e culpada. Não teve coragem de contar a Paul sua decisão. Por isso foi uma última vez para seu hotel nos Alpes. (Daí em diante teria um apartamento próprio: quer nos arredores de Berna, quer mais longe na montanha.) Durante esses dois dias, queria refletir sobre um meio de dizer tudo a Brigitte e a Paul, para poder parecer aos olhos deles como uma mulher ambiciosa e emancipada, apaixonada por sua profissão e seu sucesso, quando nunca fora assim.

9

Já era noite; faróis acesos, Agnès atravessou a fronteira suíça e entrou na autoestrada francesa que sempre a amedrontara; disciplinados, os bons suíços respeitavam as leis, enquanto os franceses expressavam com pequenos movimentos horizontais de cabeça sua indignação diante de quem quer que pretendesse negar o direito deles à velocidade e transformavam seus passeios em celebrações orgiásticas dos direitos do homem.

Sentindo fome, decidiu que pararia num restaurante ou num hotel na beira da estrada para jantar. À sua direita três grandes motos a ultrapassaram com uma barulheira infernal; à luz dos faróis, os motociclistas apareciam com uma roupa semelhante aos macacões dos astronautas, o que lhes dava um aspecto de criaturas extraterrestres e desumanas.

Nesse preciso momento, enquanto um garçom se debruçava sobre nossa mesa recolhendo os pratos vazios da entrada, eu estava dizendo a Avenarius:

— Na mesma manhã em que comecei a escrever a terceira parte de meu romance, ouvi no rádio uma notícia que nunca poderei esquecer. Uma moça foi para uma estrada no meio da noite, sentou-se e virou as costas para os carros. Com a cabeça entre os joelhos, esperava a morte. O motorista do primeiro carro desviou no último minuto e morreu com sua mulher e seus dois filhos. O segundo carro também acabou numa vala. Depois um terceiro. A moça não teve nada. Levantou-se, foi embora e ninguém nunca soube quem era.

Avenarius disse:

— Que razões, a seu ver, podem levar uma moça a sentar-se numa estrada no meio da noite para se deixar esmagar?

— Não tenho ideia, eu disse. Mas aposto que tinha uma razão derrisória. Ou melhor, uma razão que, de fora, nos pareceria derrisória e inteiramente despropositada.

— Por quê?, perguntou Avenarius.

Levantei os ombros.

— Não consigo imaginar nenhuma razão maior, como por exemplo uma doença incurável ou a morte de um ente querido, para um suicídio tão horrível. Num caso assim, ninguém escolheria esse fim horrível arrastando para a morte outras pessoas! Apenas uma razão desprovida de razão pode levar a esse horror despropositado. Em todas as línguas que provêm do latim, a palavra razão (*ratio, reason, ragione*) tem dois sentidos: antes de designar a causa designa a faculdade de reflexão. Assim, a razão enquanto causa é sempre entendida como racional. Uma razão cuja racionalidade não é transparente parece incapaz de causar um efeito. Ora, em alemão, a razão enquanto causa se chama *Grund*, palavra que nada tem a ver com a *ratio* latina e que designa primeiramente o solo, depois um fundamento. Do ponto de vista da *ratio* latina, o comportamento da moça sentada na estrada parece absurdo, descabido, sem razão; no entanto, tem sua razão, quer dizer seu fundamento, seu *Grund*. No fundo de cada um de nós está inscrito um *Grund*, que é a causa permanente de nossos atos, que é o solo sobre o qual se desenvolve nosso destino. Tento aprender em cada um de meus personagens seu *Grund* e estou cada vez mais convencido de que ele tem a característica de uma metáfora.

— Sua ideia me escapa, disse Avenarius.

— Pena, é a ideia mais importante que já me veio ao espírito.

Nesse instante o garçom chegou, trazendo o nosso pato. O molho estava delicioso, e nos fez esquecer completamente a conversa que acabávamos de ter. Só depois de um instante Avenarius rompeu o silêncio:

— O que você está escrevendo exatamente?

— Não é reproduzível.

— Pena.

— Por que pena? É uma sorte. Hoje em dia as pessoas vão em cima de tudo o que foi escrito para transformar em filme, em drama de televisão ou em desenho animado. Já que o essencial no romance é aquilo que não pode ser dito senão por um romance, em toda adaptação só fica o que não é essencial. Quem quer que seja suficientemente louco para hoje ainda escrever romances, deve, se quiser protegê-los com segurança, escrevê-los de maneira tal que não possam ser adaptados, em outras palavras, que não possam ser contados.

Ele não era dessa opinião:

— Posso contar a você com o maior prazer *Os três mosqueteiros* de Alexandre Dumas, quando você quiser, e de ponta a ponta!

— Sou como você, gosto de Alexandre Dumas, disse eu. No entanto, lamento que quase todos os romances escritos até hoje obedeçam demais à regra da unidade de ação. Isto é, que estejam fundamentados apenas numa sequência causal de ações e acontecimentos. Esses romances parecem uma rua estreita, ao longo da qual os personagens são perseguidos com chicotadas. A tensão dramática é a verdadeira maldição do romance, porque transforma tudo, mesmo as mais belas páginas, mesmo as cenas e as observações mais surpreendentes, numa simples etapa que leva ao desfecho final, onde se concentra o sentido de tudo o que precede. Devorado pelo fogo de sua própria tensão, o romance se consome como um monte de palha.

— Escutando você, disse timidamente o professor Avenarius, tenho medo de que seu romance seja chato.

— Deve-se então considerar chato tudo o que não é uma corrida frenética para o desenlace final? Ao saborear esta coxa de pato, será que você se chateia? Você se apressa para o final? Pelo contrário, você quer que o pato entre em você o mais lentamente possível e que seu sabor se eternize. O romance não deve ser parecido com uma corrida de bicicleta, mas sim com um banquete onde se servem muitos pratos. Espero com impaciência a sexta parte. Um novo personagem vai surgir no meu romance. E no fim dessa sexta parte ele desaparece como chegou, sem deixar traço. Ele não é a causa de nada e não produz nenhum efeito. É justamente o que me agrada. Será um romance no romance, e a história erótica mais triste que já escrevi. Até você ficará triste.

Avenarius guardou um silêncio embaraçado, depois me perguntou gentilmente:

— E qual será o título do seu romance?

— A insustentável leveza do ser.

— Mas esse título já está tomado.

— Sim. Por mim! Mas na época me enganei de título. Ele deveria pertencer ao romance que estou escrevendo agora.

Continuamos em silêncio, atentos somente ao gosto do vinho e do pato.

Enquanto mastigava, Avenarius declarou: — Na minha opinião você está trabalhando muito. Deveria tomar cuidado com sua saúde.

Bem que sabia aonde Avenarius queria chegar, mas fingi não perceber, saboreando meu vinho em silêncio.

10

Depois de um longo momento, Avenarius repetiu:

— Acho que você está trabalhando muito. Deveria tomar cuidado com sua saúde.

— Tomo cuidado, respondi. Vou fazer regularmente exercícios de peso e halteres.

— É perigoso. Você corre o risco de ter um ataque.

— É disso mesmo que tenho medo, eu disse, e lembrei-me de Robert Musil.

— Você devia era correr, correr à noite. Vou mostrar-lhe uma coisa, disse ele com um ar misterioso, desabotoando sua camisa. Preso em volta do seu peito e de sua barriga imponente vi um curioso objeto que lembrava vagamente o arreio de um cavalo. Embaixo e à direita, o cinto prendia uma correia na qual se pendurava, ameaçadora, uma faca de cozinha.

Felicitei-o por seu equipamento, mas, para desviar a conversa de um assunto que já conhecia bastante, orientei-o para o único caso que me interessava muito e sobre o qual estava curioso em saber um pouco mais:

— Quando você encontrou Laura no corredor do metrô, ela reconheceu você e você a reconheceu?

— Sim, disse Avenarius.

— Gostaria de saber como vocês se conheceram.

— Você se interessa por bobagens e as coisas sérias o aborrecem, disse ele com um ar decepcionado, abotoando de novo a camisa. Você parece uma velha fofoqueira. Levantei os ombros. Continuou:

— Tudo isso não é nada interessante. Antes de entregar-lhe o diploma de burro total, tinham colado fotografias dele nas ruas. Querendo vê-lo em carne e osso, fui esperá-lo no hall, no escritório da rádio. Quando saía do elevador, uma mulher correu para ele e beijou-o. Depois resolvi segui-los, e meu olhar cruzou algumas vezes com o da mulher, de modo que minha cara deve ter lhe parecido conhecida, apesar de ela não saber quem eu era.

— Ela te interessou?

Avenarius baixou a voz:

— Devo confessar que se não fosse meu interesse por ela, nunca teria concretizado o projeto do diploma. Projetos como esse tenho aos milhares, mas a maior parte das vezes não passam de sonhos.

— É, sei disso, aprovei.

— Mas, quando um homem se interessa por uma mulher, faz todo o possível para entrar; ao menos indiretamente, em contato com ela, para tocar de longe no seu mundo, para balançá-la.

— Resumindo, se Bernard se tornou um burro total, foi porque Laura lhe interessou.

— Talvez você não esteja enganado, disse Avenarius com um ar pensativo, e acrescentou: — Há qualquer coisa nessa mulher que a transforma numa vítima certa. É precisamente o que me atraía nela. Quando a vi nos braços de dois mendigos bêbados e fedorentos, fiquei entusiasmado! Que momento inesquecível!

— Bem, até aí conheço sua história. Mas queria saber o que aconteceu depois.

— Ela tem um traseiro absolutamente extraordinário, continuou Avenarius sem se importar com minha pergunta. Quando estava no colégio seus colegas deviam beliscá-lo.

Imagino que cada vez que faziam isso ela dava um grito agudo com sua voz de soprano. Esses gritos eram a deliciosa antecipação de seus orgasmos futuros.

— É, falemos disso. Conte-me tudo o que aconteceu, quando você a arrastou para fora do metrô como um salvador providencial.

Avenarius fingiu não ouvir nada.

— Aos olhos de um esteta, prosseguiu ele, seu traseiro deve parecer muito volumoso e um pouco baixo, o que é um pouco incômodo, pois sua alma quer voar para as alturas. Mas, para mim, toda a condição humana se resume nesta contradição: a cabeça é cheia de sonhos, e o traseiro uma âncora que nos prende no chão.

As últimas palavras de Avenarius, sabe Deus por quê, ressoavam melancolicamente, talvez porque nossos pratos estivessem vazios e não houvesse mais vestígios do pato. Mais uma vez o garçom inclinou-se para tirar a mesa. Avenarius levantou a cabeça para ele:

— Você tem um pedaço de papel?

O garçom estendeu-lhe um tíquete de caixa, Avenarius pegou a caneta e fez este desenho:

Depois disse:

Eis Laura: sua cabeça cheia de sonhos olha para o céu. Mas seu corpo é atraído para a terra: o traseiro e os seios, também bastante pesados, olham para baixo.

— É curioso, disse, e fiz um desenho ao lado do dele.

— Quem é?, perguntou Avenarius.

— Sua irmã Agnès: nela o corpo se eleva como uma chama, mas a cabeça continua sempre ligeiramente baixa: uma cabeça cética que olha para o chão.

— Prefiro Laura, disse Avenarius com voz firme, depois acrescentou: — Mas o que prefiro mais do que tudo são meus passeios noturnos. Você gosta da igreja de Saint--Germain-des-Près?

Fiz sinal que sim.

— E, no entanto, você nunca a enxergou realmente.

— Não estou entendendo, disse eu.

— Há algum tempo, descia a Rue de Rennes em direção ao boulevard contando o número de vezes que tinha tempo de levantar os olhos para Saint-Germain sem ser empurrado por um transeunte muito apressado, ou derrubado por um carro. Contei um total de sete olhadas, que me valeram uma mancha roxa no braço direito, porque um rapaz impaciente me deu uma cotovelada. Uma oitava oportunidade me foi concedida quando me plantei, cabeça para o alto, exatamente em frente à entrada da igreja. Mas só podia ver a fachada, numa perspectiva em *contre-plongée* muito deformante. Dessas olhadas fugazes ou deformadas guardei na minha memória uma imagem aproximada que parece tão pouco com a igreja quanto meu pequeno desenho de duas torres se parece com Laura. A igreja de Saint--Germain desapareceu, e todas as igrejas de todas as cidades desapareceram, como a lua desaparece num eclipse. Ao invadir as ruas, os carros reduziram as calçadas onde se amontoam os pedestres. Se querem se olhar, veem os canos como pano de fundo; se querem olhar a casa em frente, veem os carros em primeiro plano; não existe um só ângulo em que não se vejam carros, no fundo, na frente, dos lados. Seu tumulto onipresente, como um ácido, devora todos os momentos de contemplação. Por causa dos canos, a antiga beleza das cidades tornou-se invisível. Não sou como esses moralistas estúpidos que ficam indignados com os dez mil mortos anuais nas estradas. Pelo menos, isso faz baixar o número de automobilistas. Mas me revolto com o fato de os carros terem eclipsado as catedrais.

O professor Avenarius calou-se, depois disse:

— Bem que estou com vontade de comer um pedaço de queijo.

11

Os queijos fizeram-me esquecer a igreja, e o vinho evocou em mim a imagem sensual de duas flechas superpostas:

— Tenho certeza de que você a acompanhou de volta e que ela o convidou para subir para o apartamento dela. Confidenciou-lhe que era a mulher mais infeliz do mundo. Ao mesmo tempo, seu corpo se dissolvia com suas carícias, estava sem defesa e não podia mais reter nem as lágrimas nem a urina.

— Nem as lágrimas nem a urina!, exclamou Avenarius. Que esplêndida visão!

— Depois você fez amor com ela, ela o olhava de frente e balançava a cabeça repetindo:

— Não é você que eu amo! Não é você que eu amo!

— O que você está dizendo é muito excitante, disse Avenarius, mas de quem você está falando?

— De Laura!

Ele me interrompeu:

— É absolutamente necessário que você faça exercício. A caminhada noturna é a única coisa que pode distraí-lo de suas fantasias eróticas.

— Estou menos armado do que você, disse, fazendo

alusão ao seu arreio. Você bem sabe que sem equipamento adequado é inútil nos lançarmos em tal empreitada.

— Não tenha medo. O equipamento não tem tanta importância. No começo também não o possuía. Tudo isso, disse ele mostrando o peito, é um requinte que me exigiu muitos anos de preparo, e fui levado a isso menos por uma necessidade prática do que por um certo desejo de perfeição, puramente estético e quase inútil. Por enquanto, você pode se contentar com uma faca de bolso. Apenas é necessário respeitar a seguinte regra: o da frente do lado direito no primeiro carro, o da frente da esquerda no segundo, o de trás do lado direito no terceiro, e no quarto...

— ... o de trás do lado esquerdo...

— Errado!, disse Avenarius morrendo de rir, como um professor maldoso que ri com a rata de um aluno.

— No quarto, todos os quatro!

Ri por um instante com Avenarius e ele continuou:

— Sei que há muito tempo você está obcecado pelas matemáticas, de modo que você deveria respeitar essa regularidade geométrica. Eu a imponho a mim como uma regra incondicional que tem duplo sentido: por um lado, ela conduz a polícia para uma pista falsa, já que a estranha disposição dos pneus furados, aparentemente carregados de uma significação especial, aparecia como uma mensagem, como um código que os tiras se esforçavam em vão em decifrar; mas sobretudo: respeitando essa geometria, introduzíamos em nossa ação destruidora um princípio de beleza matemática, e nos diferenciávamos radicalmente dos vândalos que riscam os carros e cagam na capota. Foi na Alemanha, há muito tempo, que acertei os detalhes do meu método, numa época em que acreditava ainda ser possível organizar uma resistência a Satânia. Frequentava uma associação de ecologistas. Para aquelas pessoas, o supremo mal causado por Satânia é a destruição da natureza. Não fosse isso, poderíamos até compreendê-la. Tinha simpatia pelos ecologistas. Propus que criássemos equipes encarregadas de furar os pneus durante a noite. Se meu plano tivesse sido aplicado, garanto que

285

não haveria mais carros. No fim de um mês, cinco equipes de três homens tornariam seu uso impossível numa cidade de tamanho médio! Expus-lhes meu plano nos menores detalhes, todo mundo poderia aprender comigo como se conduz uma ação subversiva perfeitamente eficaz, indecifrável pela polícia. Mas esses cretinos me tomaram por um provocador! Vaiaram-me e ameaçaram com seus punhos. Duas semanas depois, pegaram suas grandes motos, seus pequenos carros e foram fazer uma manifestação, em algum lugar na floresta, contra a construção de uma central nuclear. Destruíram uma quantidade de árvores e deixaram atrás de si, por quatro meses, um fedor insuportável. Então compreendi que havia muito tempo já faziam parte de Satânia, e acabaram-se meus esforços para tentar transformar o mundo. Hoje não recorro mais às antigas práticas revolucionárias a não ser para meu prazer puramente egoísta. Correr pelas ruas de noite furando pneus é uma alegria enorme para a alma e um excelente exercício para o corpo. Uma vez mais recomendo-o a você vivamente. Você dormirá melhor. E não pensará mais em Laura.

— Uma coisa me intriga. Sua mulher acredita mesmo que você saia de noite para furar pneus? Não desconfia que você, com esse pretexto, está escondendo aventuras amorosas?

— Você esquece um detalhe. Eu ronco. Isso me possibilita dormir em quarto separado. Sou o dono absoluto de minhas noites.

Ele sorria e eu sentia uma vontade grande de aceitar seu convite e prometer acompanhá-lo: por um lado sua iniciativa me parecia louvável; por outro, sentia grande afeição por meu amigo e gostaria de ser gentil com ele. Mas, sem me dar tempo de abrir a boca, ele chamou o garçom e pediu a conta; depois disso, a conversa tomou um outro rumo.

12

Como não se sentia tentada por nenhum dos restaurantes que via ao longo da estrada, continuou sem interromper a viagem e seu cansaço aumentava com a fome. Já era muito tarde quando ela freou em frente de um motel.

Não havia ninguém na sala, a não ser uma mãe e seu filho de seis anos, que ora vinha ficar na mesa, ora corria em círculos soltando uivos.

Ela pediu o menu mais simples e notou um boneco no meio da mesa. Era um homenzinho de borracha, um boneco de propaganda. O homenzinho tinha o corpo grande, as pernas curtas e um nariz verde monstruoso que lhe descia até o umbigo. Engraçado, pensou ela, e girando a figura nas mãos observou-a muito tempo.

Imaginou que se dava vida ao homenzinho. Uma vez dotado de alma, sem dúvida ele sentiria uma viva dor se alguém, como Agnès fazia naquele momento, se divertisse em torcer seu nariz verde e emborrachado. Logo nasceria nele o medo dos homens, pois todo mundo iria apertar esse nariz ridículo, e a vida do homenzinho não seria senão medo e sofrimento.

Sentiria ele um respeito sagrado por seu Criador? Ser-

-lhe-ia grato por ele lhe ter dado a vida? Dirigir-lhe-ia orações diárias? Um dia, alguém lhe estenderia um espelho e desde então iria desejar esconder seu rosto entre as mãos, porque sentiria uma terrível vergonha diante das pessoas. Mas não poderia escondê-lo porque seu Criador o fabricara de tal modo que não podia mexer as mãos.

Agnès pensava: é curioso imaginar que o homenzinho teria vergonha. Será ele responsável por seu nariz verde? Ao contrário, não levantaria ele os ombros com indiferença? Não, não levantaria os ombros. Teria vergonha. Quando o homem descobre pela primeira vez seu físico, não é nem indiferença nem raiva que sente em primeiro lugar e com maior intensidade, mas a vergonha, uma vergonha fundamental que, com altos e baixos, mesmo atenuada pelo tempo, o acompanhará a vida inteira.

Quando Agnès tinha dezesseis anos, foi ficar uns dias na casa de uns amigos de seus pais; no meio da noite ficou menstruada e manchou o lençol de sangue. De manhã cedo, ao constatar isso, foi tomada de pânico. Sem fazer barulho, foi correndo até o banheiro, esfregou o lençol com uma toalha embebida em água com sabão; não apenas a mancha aumentou mas Agnès sujou também o colchão; sentiu-se mortalmente envergonhada.

Por que sentia vergonha? Todas as mulheres não tinham um ciclo menstrual? Teria Agnès inventado os órgãos femininos? Seria responsável por eles? É claro que não. Mas a responsabilidade não tem nada a ver com a vergonha. Se Agnès tivesse entornado tinta, por exemplo, estragando o lençol e o tapete de seus anfitriões, isso teria sido constrangedor e desagradável, mas ela não teria tido vergonha. A vergonha não tem por fundamento um erro que cometemos, mas a humilhação que sentimos em ser o que somos sem o termos escolhido, e a sensação insuportável de que essa humilhação é evidente para todos.

Nada de espantoso se o homenzinho de narigão verde tem vergonha de seu rosto. Mas então o que dizer do pai de Agnès? Ele era bonito!

Sim, era. Mas o que é a beleza do ponto de vista matemático? Existe a beleza quando um exemplar é tão semelhante quanto possível ao protótipo original. Imaginemos que tenhamos posto no computador as dimensões mínimas e máximas de todas as partes do corpo: entre três e sete centímetros de comprimento do nariz, entre três e oito de altura de testa, e assim por diante. É feio o homem cuja testa mede seis centímetros e o nariz apenas três. Feiura: caprichosa poesia do acaso. Num homem bonito, o jogo dos acasos escolheu uma média de todas as medidas. Beleza: prosaísmo da média exata. Na beleza, mais ainda que na feiura, manifesta-se o caráter não individual, não pessoal do rosto. Em seu rosto, o homem bonito vê o projeto técnico original, tal qual o desenhou o autor do protótipo, e ele tem dificuldade em acreditar que aquilo que vê seja um eu inimitável. De modo que sente vergonha, exatamente como o homenzinho do nariz verde.

Quando seu pai estava agonizante, Agnès ficou sentada ao lado da cama. Antes de entrar na fase final da agonia, ele lhe disse:

— Não me olhe mais, e foram as últimas palavras que ouviu dele, sua última mensagem.

— Ela obedeceu; inclinando a cabeça para o chão, fechando os olhos, só segurou sua mão e apertou-a; deixou que partisse, lentamente e sem ser visto, para o mundo onde não existem rostos.

13

Pagou a conta e dirigiu-se para o carro. O garoto que gritava no restaurante correu ao seu encontro. Agachou-se diante dela, com o braço estendido, como se estivesse armado com uma pistola automática. Imitando os tiros: "Bang, bang, bang!", ele a crivava de balas imaginárias.

Ela parou, curvou-se à altura dele e disse com uma voz tranquila:

— Você é idiota?

Ele parou de atirar e a encarou com seus grandes olhos infantis.

Ela repetiu:

— É claro que você é idiota.

Uma cara de choro deformou o rosto do garoto:

— Vou contar à mamãe!

— Vá, vá fazer intriga!, disse Agnès. Sentou-se no volante e partiu com toda decisão.

Estava contente por não ter encontrado a mãe. Imaginava-a gritando, balançando a cabeça da direita para a esquerda, levantando os ombros e as sobrancelhas para defender a criança ofendida. É claro que os direitos da criança ficam acima de todos os outros direitos. Na verdade, por que sua mãe preferiu Laura a Agnès, quando o general inimigo lhe concedera a graça para apenas um dos três condenados? A resposta era clara: preferiu Laura porque Laura era a mais moça. Na hierarquia das idades, o recém-nascido fica no topo, depois vem a criança, depois o adolescente, e só depois o homem adulto. Quanto ao velho, ele fica o mais próximo do chão, bem embaixo dessa pirâmide de valores.

E o morto? O morto está abaixo da terra. Portanto mais embaixo ainda do que o velho. O velho ainda vê reconhecidos todos os direitos do homem para ele. O morto, ao contrário, os perde no mesmo instante de sua morte. Nenhuma lei o protege mais da calúnia, sua vida particular deixa de ser particular; as cartas que seus amores lhe escreveram, o álbum com lembranças que sua mãe lhe deixou, nada disso, nada lhe pertence mais.

Pouco a pouco, no decorrer dos anos que precederam sua morte, o pai destruíra tudo atrás de si: nem mesmo deixara roupa nos armários, nenhum manuscrito, nenhuma nota de aula, nenhuma carta. Tinha destruído todos os seus traços, sem que ninguém soubesse. Só uma vez, por acaso, o tinham surpreendido diante daquelas fotos rasgadas. Mas isso não havia impedido que ele as destruísse. Não sobrara nenhuma.

Era contra isso que Laura protestava. Combatia pelos direitos dos vivos, contra as exigências injustificadas dos mortos. Pois o rosto que desaparecerá amanhã sob a terra ou no fogo não pertence ao futuro morto, mas apenas aos vivos, que são famintos e que têm necessidade de comer os mortos, suas cartas, seus bens, suas fotos, seus antigos amores, seus segredos.

Mas o pai, pensou Agnès, tinha escapado a todos.

Pensava nele e sorria. E, de repente, veio-lhe a ideia de que ele fora seu único amor. É, era inteiramente claro: seu pai fora seu único amor.

No mesmo momento, grandes motos a ultrapassaram de novo numa velocidade louca: a luz dos faróis clareava as silhuetas debruçadas sobre os guidons, carregadas de uma agressividade que fazia tremer a noite. Era o mundo do qual queria fugir, fugir para sempre, tanto que decidiu sair da autoestrada no cruzamento seguinte, para tomar uma estrada menos movimentada.

14

Estamos numa avenida de Paris cheia de luzes e de barulho, e nos dirigimos para a Mercedes de Avenarius estacionada algumas ruas adiante. Mais uma vez pensávamos na moça que se sentara uma noite na rua, a cabeça escondida nas mãos, esperando ser atropelada.

— Tentei explicar-lhe, disse eu, que no fundo de nós se encontra, como causa de nossos atos, aquilo que os alemães chamam *Grund*, um fundamento; um código que contém a essência de nosso destino; e esse código, penso, tem a característica de uma metáfora. A moça de que falamos continua incompreensível se não recorrermos a uma imagem. Por exemplo: ela anda pela vida como num vale; a cada instante passa por alguém e lhe dirige a palavra; mas as pessoas a olham sem compreender e seguem seu caminho, porque se expressa com uma voz tão baixa que ninguém ouve. É assim que a imagino e estou certo de que é assim que ela também se vê: como uma mulher que anda num vale, no meio de pessoas que não a ouvem. Ou então uma outra imagem: ela foi ao dentista, a sala de espera está lotada; chega um novo paciente, vai direto para a poltrona onde ela se instalou e senta em seus joelhos; não o faz de propósito, mas simplesmente essa poltrona lhe pareceu vazia; ela protesta, afasta-o com os braços, grita:

— Afinal, senhor! Não está vendo que o lugar está ocupado? Sou eu que estou sentada aqui!

Mas o homem não a escuta, instalou-se confortavelmente em cima dela e conversa alegremente com aqueles que esperam sua vez. Essas duas imagens a definem e me permitem compreendê-la. Seu desejo de suicídio não era causado por nada de exterior. Estava plantado no solo do seu ser, cresceu nela lentamente e desabrochou como uma flor negra.

— Admitamos, disse Avenarius. Mas falta você explicar por que ela decidiu se matar naquele dia e não em outro.

— Como explicar o desabrochar de uma flor num dia tal e não num outro? Sua hora chegou. O desejo de autodestruição crescera lentamente nela e um belo dia ela não resistiu mais. As injustiças que sofrera eram até leves: as pessoas não respondiam ao seu cumprimento, ninguém lhe sorria; quando estava na fila no correio, uma mulher gorda dera-lhe um empurrão e passara à sua frente; era vendedora numa grande loja e seu chefe de seção a acusara de não tratar bem as clientes. Mil vezes quisera se revoltar, dar gritos de protesto, mas sem nunca decidir fazê-lo, porque tinha um fio de voz que sumia sob o efeito da raiva. Mais fraca do que os outros, sofria contínuas ofensas. Quando o mal atinge o homem, repercute sobre outros. É o que chamamos briga, desordem, vingança. Mas o fraco não tem força de espalhar o mal que se abate sobre ele, sua própria fraqueza o humilha e mortifica, diante dela fica absolutamente sem defesa. Só lhe resta destruir sua fraqueza destruindo-se a si mesmo. Foi assim que a moça começou a imaginar sua própria morte.

Avenarius, ao procurar sua Mercedes, percebeu que se enganara de rua. Voltamos para trás.

Continuei:

— A morte, tal como a desejava, não se assemelhava a um desaparecimento mas a uma rejeição. Uma rejeição de si mesma. Em nenhum dia de sua vida, nenhuma palavra que dissera dera-lhe satisfação. Comportava-se através da vida como um fardo monstruoso que detestava e do qual não podia se desfazer. É por isso que queria rejeitar-se a si mesma, rejeitar-se como se rejeita um papel amassado, como se rejeita uma maçã podre. Desejava rejeitar-se como se aquela que rejeitava e aquela que era rejeitada fossem duas pessoas diferentes. Imaginava que empurrava a si mesma pela janela. Mas a ideia era ridícula porque ela morava no primeiro andar, e a grande loja em que trabalhava, situada no térreo, não tinha janelas. Queria morrer, morrer esmagada por um golpe brutal que fizesse um barulho, como quando esmagamos as asas de um inseto. Era um desejo físico de ser esmagada, como acontece quando sentimos necessidade de encostar fortemente a palma da mão num lugar do corpo que está doendo.

Tendo chegado em frente da suntuosa Mercedes de Avenarius, paramos.

— Pela sua descrição sentimos quase simpatia por ela, disse Avenarius.

— Sei o que você quer dizer: se ela não tivesse provocado a morte de outras pessoas. Mas isso também se exprime nessas duas imagens que dei dela. Quando dirigia a palavra a alguém, ninguém a ouvia. Ela estava perdendo o mundo. Quando digo mundo estou me referindo a essa parte do universo que responde aos nossos apelos (nem que seja como um eco apenas perceptível) e de quem também ouvimos os apelos. Para ela, pouco a pouco o mundo se tornava mudo e deixava de ser seu mundo. Ficava inteiramente fechada em si mesma e em seu tormento. Pelo menos ela poderia ser arrancada de sua reclusão pelo espetáculo do tormento dos outros? Não. Pois o tormento dos outros ocorria no mundo que ela tinha perdido, que não era mais o seu. Se o planeta Marte não for senão sofrimento, se até suas pedras gritam de dor, isso não nos emociona nada, porque Marte não pertence ao nosso mundo. O homem que se desprendeu do mundo é insensível à dor do mundo. O único acontecimento que, por um instante, a arrancou de seu tormento foi a doença e a morte de seu cachorrinho. A vizinha ficou indignada: essa moça não tem a menor compaixão pelas pessoas, mas chora por seu cachorro. Se chorava pelo cachorro era porque esse cachorro fazia parte de seu mundo, e sua vizinha não, absolutamente; o cachorro respondia à sua voz, as pessoas não.

Continuamos em silêncio, pensando na infeliz, depois Avenarius abriu a porta do carro e me fez um sinal encorajador:

— Venha! Eu levo você! Vou te emprestar um tênis e uma faca!

Avenarius sabia que se eu não fosse com ele furar pneus, não encontraria outro cúmplice e ficaria sozinho, exilado em sua extravagância. Eu estava louco para acompanhá-lo, mas era preguiçoso, e sentia ao longe um vago desejo de dormir, passar a metade da noite correndo pelas ruas me parecia um sacrifício impensável.

— Volto para casa. Estou com vontade de ir a pé, disse eu estendendo-lhe a mão.

Ele foi embora. Segui sua Mercedes com os olhos, sentindo remorso com a impressão de ter traído um amigo. Depois tomei o caminho de casa e logo meus pensamentos voltaram para aquela moça em quem o desejo de destruir-se tinha desabrochado como uma flor negra.

Pensei: um dia, depois do trabalho, em vez de voltar para casa ela vai para fora da cidade. Não via nada em torno dela, não sabia se era verão, outono ou inverno, se estava ao lado de um rio ou de uma fábrica; na verdade já havia muito tempo que ela não vivia mais nesse mundo; não tinha outro mundo senão sua alma.

15

Não via nada em torno de si, não sabia se era verão, outono ou inverno, se estava perto de um rio ou de uma fábrica; andava, e se andava era porque a alma, quando a inquietação a invade, exige movimento, não pode ficar no lugar, pois quando fica imóvel a dor fica terrível. Como quando você tem uma dor de dente: alguma coisa o obriga a andar em círculos em volta do quarto; não existe uma razão racional para isso, já que o movimento não pode diminuir a dor, mas, sem que você saiba por quê, o dente dolorido implora que você continue em movimento.

Portanto ela andava e chegou a uma grande estrada, onde os carros se enfileiravam uns depois dos outros; ela andava no acostamento, na beirada, sem ver nada, perscrutando apenas o fundo de sua alma que lhe devolvia sempre imagens de humilhação. Não conseguia desviar seu olhar; de vez em quando apenas, quando passava a trepidação de uma moto cuja barulheira lhe feria os tímpanos, dava-se conta de que o mundo exterior existia; mas esse mundo não tinha o menor significado, era puramente um espaço vazio sem outro interesse senão lhe permitir andar, deslocar sua alma dolorida de um lugar para outro na esperança de atenuar seu sofrimento.

Já havia muito tempo ela sonhava em se deixar esmagar por um carro. Mas os carros rodavam com toda desenvoltura e ela sentia medo, eles tinham muito mais força do que ela; não via onde arranjar coragem para atirar-se embaixo de suas rodas. Deveria atirar-se *sobre* elas, *contra* elas, e para isso lhe faltavam forças como lhe faltavam quando queria gritar contra seu chefe de seção que a repreendia injustamente.

Tinha saído de casa no fim da tarde, agora já era noite. Seus pés estavam dormentes e ela sabia que era fraca para ir mais longe. Nesse momento de cansaço, viu o nome *Dijon* num grande painel luminoso.

No mesmo instante o cansaço foi esquecido. Como se essa palavra lhe lembrasse alguma coisa. Esforçava-se em reter na memória uma lembrança fugaz: tratava-se de alguém de Dijon, ou então alguém lhe contara alguma coisa engraçada que tinha acontecido em Dijon. De repente, persuadiu-se de que seria bom viver naquela cidade, que seus habitantes não eram como as pessoas que conhecera até então. Foi como uma música de dança que tocasse no meio do deserto. Foi como uma fonte de água cristalina que jorrasse num cemitério.

É, iria para Dijon! Começou a fazer sinais para os carros. Mas os carros passavam sem parar, cegando-a com seus faróis. A mesma situação se repetia sempre, à qual ela não conseguia escapar: dirige-se a alguém, chama, fala, grita alguma coisa, mas ninguém ouve.

Havia mais de meia hora que levantava o braço em vão: os carros não paravam. A cidade iluminada, a alegre cidade de Dijon, a orquestra de dança no meio do deserto, tornou a mergulhar nas trevas. O mundo se retirava mais uma vez dela e ela voltava para o fundo de sua alma, cercada apenas pelo vazio.

Depois chegou a um ponto em que uma estrada menor cortava a autoestrada. Parou: não, os bólidos da autoestrada não serviam para nada: não poderiam nem esmagá-la nem levá-la para Dijon. Saiu da autoestrada e pegou a pequena estrada mais calma.

16

Como viver num mundo com o qual não se está de acordo? Como viver com os homens quando não compartilhamos nem seus tormentos nem suas alegrias? Quando não podemos ser um deles?

Ou bem o amor ou bem o convento, pensava Agnès. O amor ou o convento: duas maneiras que o homem tem de recusar o computador divino, de escapar dele.

O amor. Outrora Agnès imaginara este tipo de exame: depois da morte perguntam se você quer despertar para uma nova vida. Se você realmente amar, você aceitará a ideia só com a condição de encontrar a pessoa que você amou. A vida é para você um valor apenas condicional, e só vale na medida em que permite que você viva seu amor. A pessoa amada representa para você mais do que toda a Criação, mais do que a vida. Eis aí, claro, uma blasfêmia desdenhosa em relação ao computador divino, que se considera superior a todas as coisas e detentor do sentido da existência.

Mas a maior parte das pessoas não conheceu o amor, e entre aquelas que pensam conhecê-lo muito poucas passariam com sucesso no exame inventado por Agnès; correriam atrás da promessa de uma outra vida sem impor a menor condição; prefeririam a vida ao amor e tornariam a cair, de bom grado, na teia de aranha do Criador.

Se não é dado ao homem viver com a pessoa amada e tudo subordinar ao amor, resta-lhe um outro meio de escapar ao Criador: entrar para um convento. Agnès lembra-se desta frase: "Retirou-se para o convento de Parma". Ao longo do texto, até então, nunca se tratou de nenhum convento, mas essa única frase, na última página, é no entanto tão importante que dela Stendhal tira o título de seu romance; pois a finalidade de todas as aventuras de Fabrice del Dongo era o convento: o lugar afastado do mundo e dos homens.

Antigamente, as pessoas que estavam em desacordo com o mundo, e que não compartilhavam com ele nem seus tormentos nem suas alegrias, entravam para o convento. Mas como nosso século recusa-se a conceder às pessoas o direito de ficar em desacordo com o mundo, acabaram-se os conventos em que um Fabrice podia se refugiar. Não existem mais lugares afastados do mundo e dos homens. Disso só resta a lembrança: o ideal do convento, o sonho do convento. O convento. Retirou-se para o convento de Parma. Miragem do convento. Foi para tornar a encontrar essa miragem que há sete anos Inês ia para a Suíça. Para encontrar seu convento, o convento dos caminhos afastados do mundo.

Lembrou-se de um estranho momento vivido naquele mesmo dia, no fim da tarde, quando fora passear pelo campo uma última vez. Chegando perto de um rio, estendeu-se na relva. Ficou muito tempo assim, imaginando sentir as águas do rio atravessando-a, levando todo o seu sofrimento e toda sujeira: seu eu. Momento estranho, inesquecível: ela havia esquecido seu eu, havia perdido seu eu; e nisso residia a felicidade.

Essa lembrança fez nascer nela um pensamento vago, fugaz, e no entanto tão importante (talvez o mais importante de todos) que Agnès tentou apreendê-lo com palavras:

O que é insustentável na vida não é *ser*, mas sim *ser seu eu*. Graças a seu computador, o Criador fez entrar no mundo bilhões de eus, e suas vidas. Mas ao lado de todas essas vidas podemos imaginar um ser mais elementar que existia antes que o Criador começasse a criar, um ser sobre quem ele não exerceu nem exerce nenhuma influência. Estendida na relva, coberta pelo canto monótono do riacho que levava seu eu, a sujeira do seu eu, Inês participava desse ser elementar que se manifesta na voz do tempo que corre e no azul do céu; agora sabia que não há nada mais belo.

A pequena estrada que tomara ao sair da autoestrada está calma; ao longe, infinitamente distantes, as estrelas brilham. Agnès pensa:

Viver, não existe nisso nenhuma felicidade. Viver: carregar pelo mundo seu eu doloroso.

Mas ser, ser é felicidade. Ser: transformar-se em fonte, bacia de pedra na qual o universo cai como uma chuva morna.

17

Andou muito tempo ainda, os pés dormentes, titubeante, depois se sentou no asfalto no meio da pista direita da estrada. Estava com a cabeça para dentro dos ombros, com o nariz nos joelhos, e, curvando as costas, sentia que queimavam só em pensar que as expunha ao metal, ao ferro, ao choque. Enroscava-se, afundando mais seu pobre peito magro onde se elevava, amarga, a chama de seu eu dolorido que a impedia de pensar em outra coisa que não fosse ela mesma. Desejava ser esmagada pelo choque para que essa chama se extinguisse.

Ao ouvir um carro aproximar-se, enroscou-se ainda mais, o barulho tornou-se insuportável, mas em vez do impacto esperado ela só sentiu à sua direita um sopro violento, que a fez virar-se sobre si mesma. Houve um chiar de pneus, depois uma enorme barulheira; ela não viu nada porque manteve os olhos fechados e o rosto enfiado entre os joelhos, além disso, ficou pasma de se ver ainda viva e sentada como antes.

Mais uma vez percebeu o barulho de um motor que se aproximava; dessa vez ficou plantada no chão e o choque se fez ouvir bem perto, logo seguido por um grito, um grito indescritível, um grito horrível que a fez saltar. Ficou de pé no meio da estrada deserta; mais ou menos a duzentos metros viu chamas, enquanto de um ponto mais próximo continuava subindo, de uma vala em direção ao céu escuro, um grito horroroso.

Este grito era tão insistente e tão horrível que o mundo em torno dela, o mundo que havia perdido, voltou a ser real, colorido, ofuscante, sonoro. De pé no meio da pista, subitamente ela teve a sensação de ser grande, de ser poderosa, de ser forte; o mundo, esse mundo perdido que se recusava a ouvi-la, voltava-lhe gritando, e era tão belo e tão terrível que queria gritar por sua vez, mas em vão, pois sua voz havia emudecido em sua garganta e não conseguia fazê-la voltar.

Um terceiro carro cegou-a com seus faróis. Quis abrigar--se mas não sabia para que lado saltar; ouviu um chiado de pneus, o carro desviou e houve um choque. Então, o grito que tinha na garganta afinal despertou. Da vala, sempre do mesmo lugar, subia um urro ininterrupto, ao qual finalmente começou a responder.

Depois virou as costas e foi embora. Foi embora gritando, fascinada por sua voz tão fraca poder soltar um grito tão forte. No lugar em que a estrada menor se juntava à autoestrada havia uma cabine telefônica. Ela pegou o aparelho:

— Alô! Alô!

Do outro lado da linha uma voz respondeu.

— Aconteceu um acidente!, ela disse. A voz perguntou-lhe onde, mas não podendo precisar onde estava desligou o telefone e voltou correndo para a cidade que deixara de manhã.

18

Algumas horas antes, Avenarius havia me explicado com insistência a necessidade de seguir uma ordem estrita para furar os pneus: primeiro na frente à direita, depois na frente à esquerda, depois atrás à direita, depois todos os quatro. Mas era apenas uma teoria, destinada a espantar o auditório de ecologistas e um amigo muito crédulo. Na verdade, Avenarius procedia sem nenhum método. Corria pela rua e de vez em quando, ao sabor de sua fantasia, apanhava sua faca para enterrá-la no pneu mais próximo.

No restaurante, ele havia me explicado que era preciso depois de cada golpe pôr de novo a faca no lugar, prendê-la na cintura e continuar correndo com as mãos vazias. Por um lado ficamos mais à vontade para correr, por outro garantimos nossa segurança: é melhor não correr o risco de ser visto com uma faca na mão. O golpe também deve ser curto e violento, não levar mais do que alguns segundos.

Mas ora, tanto quanto dogmático na teoria, Avenarius mostrava-se negligente na prática, sem método e perigosamente inclinado a improvisações. Depois de ter furado dois pneus (em vez de quatro) numa rua deserta, empertigou-se e começou a correr exibindo a faca, desprezando todas as regras de segurança. O carro para o qual se dirigia naquele momento estava estacionado numa esquina. Ele estendeu o braço quando ainda estava a quatro ou cinco metros do objetivo (ainda um desrespeito às regras: era prematuro!) e naquele mesmo instante seu ouvido direito ouviu um grito. Uma mulher o olhava petrificada de terror. Deve ter aparecido na esquina no momento exato em que Avenarius, preparando seu alvo, concentrava toda a sua atenção na beirada da calçada. Ficaram plantados um em frente ao outro e, como Avenarius também ficou igualmente paralisado pelo susto, seu braço levantado imobilizou-se. Sem conseguir tirar os olhos dessa faca erguida, a mulher soltou um novo grito. Finalmente Avenarius recuperou sua calma e tornou a pôr a faca na cintura, embaixo de sua roupa. Para tranquilizar a mulher, sorriu e perguntou-lhe:

— Que horas são?

Como se essa pergunta a tivesse assustado mais do que a faca, a mulher soltou um terceiro grito de terror.

Enquanto apareciam alguns notívagos, Avenarius cometeu um erro fatal. Se ele tivesse tornado a tirar sua faca e a tivesse levantado com um ar feroz, a mulher teria recuperado as forças e corrido, levando atrás dela todos os transeuntes ocasionais. Mas, como ele pôs na cabeça agir como se nada houvesse, repetiu com cortesia:

— Poderia fazer a gentileza de me dizer as horas?

Ao ver que os transeuntes se aproximavam e que Avenarius não tinha más intenções, pela quarta vez a mulher deu um terrível grito, depois com uma voz forte se queixou, tomando por testemunhas todos os que podiam ouvi-la:

— Ele me ameaçou com uma faca! Queria me violar!

Num gesto que expressava uma perfeita inocência, Avenarius afastou os braços:

— Meu único desejo era saber a hora certa.

Do círculo que tinha se formado em torno deles destacou-se um homem de uniforme, um agente da polícia. Perguntou o que estava acontecendo. A mulher repetiu que Avenarius tinha querido violá-la.

O homenzinho aproximou-se timidamente de Avenarius que, endireitando sua majestosa postura, declarou com uma voz poderosa:

— Sou o professor Avenarius!

Essas palavras, assim como a grande dignidade com que foram pronunciadas, impressionaram muito o agente de polícia; parecia inteiramente inclinado a pedir às pessoas que se dispersassem e a deixar Avenarius ir embora.

Mas a mulher, inteiramente recuperada do medo, tornou-se agressiva:

— E mesmo que o senhor fosse o professor Kapilarius, gritou, me ameaçou com uma faca!

Alguns metros adiante, abriu-se uma porta e um homem saiu para a rua. Andava de modo estranho, como um sonâmbulo, e parou no momento em que Avenarius explicava com uma voz firme:

— Não fiz nada a não ser pedir à senhora que me dissesse as horas!

A mulher, como se percebesse que a dignidade de Avenarius conquistava a simpatia dos curiosos, gritou para o policial:

— Ele está com uma faca embaixo da roupa! Escondeu-a na roupa! Uma faca enorme! Basta revistá-lo!

O policial levantou os ombros e pediu a Avenarius, quase se desculpando:

— O senhor quer fazer o favor de desabotoar sua roupa?

Avenarius ficou um instante surpreso. Depois compreendeu que não tinha escolha. Lentamente desabotoou sua roupa e abriu-a, revelando a todos o engenhoso sistema de cintos que rodeava seu peito e a assustadora faca de cozinha presa na correia.

Os curiosos soltaram um suspiro de espanto, enquanto o sonâmbulo, aproximando-se de Avenarius, disse:

— Sou advogado. No caso de precisar de ajuda, aqui está meu cartão. Só uma palavra. Você não é obrigado a responder às perguntas. Desde o primeiro momento do inquérito o senhor pode exigir a presença de um advogado.

Avenarius pegou o cartão e pôs no bolso. O policial pegou-o pelo braço e virou para as pessoas:

— Andem! Andem!

Avenarius não ofereceu resistência. Sabia que estava preso. Desde que viram a grande faca de cozinha suspensa em sua cintura, as pessoas não lhe testemunhavam a menor simpatia. Com os olhos procurou o homem que lhe dissera ser advogado e que lhe dera o cartão. Mas o homem afastava-se sem se voltar: dirigiu-se para um carro estacionado, depois enfiou a chave na fechadura. Avenarius teve tempo de vê-lo hesitar e ajoelhar-se perto da roda.

Nesse momento o policial pegou vigorosamente Avenarius pelo braço e arrastou-o para o lado.

Perto de seu carro o homem soltou um suspiro:

— Meu Deus! E todo o seu corpo foi logo sacudido por soluços.

19

Tornou a subir para casa, chorando, e precipitou-se para o telefone. Queria chamar um táxi. No telefone, uma voz extraordinariamente doce lhe disse:

— Táxis Parisienses. Por favor, espere na linha..., em seguida ouviu-se uma música no fone, um alegre coro de mulheres com uma bateria; no fim de um longo momento a música se interrompeu e a voz doce pediu-lhe novamente para ficar na linha. Tinha vontade de urrar que não tinha paciência de esperar, que sua mulher estava morrendo, mas sabia que gritar não tinha sentido, pois a voz no outro lado do fio estava gravada numa fita e ninguém ouviria seus protestos. Então a música ressoou mais forte, coro de mulheres, gorjeios, baterias, e depois de uma longa espera a verdadeira voz de uma mulher, que imediatamente reconheceu como tal pois não era mais absolutamente doce, mas bastante desagradável e impaciente. Quando disse que precisava de um táxi para ser levado a algumas centenas de quilômetros de Paris, a voz não respondeu logo, e quando tentou explicar que precisava desesperadamente de um táxi, mais uma vez ressoaram no seu ouvido a alegre música, a bateria, os gorjeios de mulheres, depois no fim de um longo momento, a doce voz gravada pediu-lhe que ficasse pacientemente na linha.

Desligou e discou o número da sua assistente. Mas, em vez da assistente, surgiu do outro lado da linha sua voz gravada: uma voz alegre, picante, deformada pelo sorriso:

— Estou contente que você finalmente tenha se lembrado de minha existência. Não pode saber como lamento não poder falar com você, mas, se você me deixar o número de seu telefone, ligarei com prazer assim que puder...

— Idiota, disse ele desligando.

Por que Brigitte não estava em casa? Deveria ter chegado há muito tempo, pensava pela centésima vez, e foi dar uma olhada no seu quarto, mesmo sabendo que não a acharia ali.

A quem recorrer? A Laura? Ela não hesitaria em emprestar-lhe seu carro, mas iria insistir em acompanhá-lo; e isso ele não podia consentir: Agnès rompera com sua irmã e Paul não queria fazer nada contra sua vontade.

Então se lembrou de Bernard. As razões da briga entre eles pareceram-lhe de repente ridiculamente fúteis. Discou seu número. Bernard estava em casa.

Paul explicou o que acontecera, e pediu-lhe emprestado o carro.

— Estou aí daqui a pouco, disse Bernard, e naquele momento Paul sentiu-se cheio de amor por seu velho amigo. Gostaria de beijá-lo e chorar em seu ombro.

Estava feliz por Brigitte não estar em casa. Esperava que ela não chegasse, queria ir sozinho para perto de Agnès. De repente tudo havia desaparecido, sua cunhada, sua filha, o mundo inteiro, só restavam Agnès e ele; não queria terceiros entre eles. Não tinha dúvida, Agnès estava morrendo. Se não estivesse em estado desesperador, não o teriam chamado de um hospital do interior no meio da noite. Sua única preocupação daí para a frente era chegar a tempo de beijá-la mais uma vez. Seu desejo de beijá-la tornou-se obsessivo. Desejava um beijo, o último beijo, o beijo terminal que lhe permitiria capturar, como numa rede, aquele rosto que iria desaparecer e do qual restaria apenas a lembrança.

Só lhe restava esperar. Paul começou a arrumar sua mesa de trabalho, espantando-se de que num momento como esse pudesse se dedicar a uma atividade tão insignificante. O que importava que sua mesa estivesse ou não em ordem? E por que dera um cartão de visita a um desconhecido na rua? Mas não conseguia parar: arrumou seus livros num canto da mesa, embolou uns envelopes de velhas cartas e jogou-os na cesta de lixo. É assim mesmo, pensou, que o homem age quando é atingido por uma desgraça: comporta-se como um sonâmbulo. A força de inércia do cotidiano procura mantê--lo nos trilhos da vida.

Olhou seu relógio. Os pneus furados já tinham lhe feito perder uma boa meia hora. Depressa, depressa, soprava para Bernard, não quero que Brigitte me encontre aqui, quero ir sozinho e chegar a tempo.

Não teve sorte. Brigitte entrou em casa no momento de Bernard chegar. Os dois velhos amigos abraçaram-se, Bernard voltou para casa e Paul entrou no carro de Brigitte. Ela deixou que ele guiasse e partiram em grande velocidade.

20

Via erguer-se no meio da estrada uma silhueta de mulher, bruscamente iluminada por um possante projetor, braços afastados como num balé; era como uma aparição de uma bailarina puxando a cortina de um espetáculo, porque depois não haveria nada, e de toda a representação precedente, esquecida de uma só vez, só restara essa imagem final. Depois sentiu apenas cansaço, um cansaço tão imenso, semelhante a um poço profundo, que os médicos e as enfermeiras acharam que ela perdera os sentidos, enquanto ela compreendia, e sentia com surpreendente lucidez, que estava morrendo. Conseguia até espantar-se vagamente por não experimentar nenhuma nostalgia, nenhuma mágoa, nenhum sentimento de horror, nada daquilo que até aquele dia tivesse associado à ideia da morte.

Depois viu que uma enfermeira se inclinava para lhe segredar:

— Seu marido está vindo. Vem ver você. Seu marido.

Agnès sorriu. Por que sorrira? Alguma coisa voltou-lhe à memória desse espetáculo esquecido: é, ela era casada. Depois surgiu um nome: Paul! Sim, Paul. Paul. Paul. Seu sorriso era aquele das descobertas súbitas com uma palavra perdida.

Como quando alguém lhe estende um urso de pelúcia que você não vê há cinquenta anos e você o reconhece.

Paul, ela repetia sorrindo. O sorriso continuou em seus lábios, mesmo quando ela esqueceu a causa. Estava cansada e tudo a cansava. Sobretudo, não tinha forças para suportar nenhum olhar. Conservava os olhos fechados, para não ver nada nem ninguém. Importunada e incomodada por tudo que se passava em torno dela, desejava que nada se passasse.

Depois, lembrou-se: Paul. Afinal, o que a enfermeira dizia? Que ele estava chegando? A lembrança do espetáculo esquecido, do espetáculo que fora sua vida, de repente tornou-se mais clara. Paul. Paul está chegando! Nesse instante desejou violentamente, apaixonadamente, que ele não a visse mais. Estava cansada, não queria nenhum olhar. Não queria o olhar de Paul. Não queria que ele a visse morrer. Ela tinha que se apressar.

Uma última vez repetiu-se a situação fundamental de sua vida: ela corre e é perseguida. Paul a persegue. E, no entanto, ela não tem mais nada nas mãos. Nem escova, nem pente, nem fita. Está desarmada. Está nua, mal coberta por uma espécie de lençol branco do hospital. Ei-la entrando na última linha à direita, onde nada mais pode vir ajudá-la, onde pode apenas contar com a velocidade de sua corrida. Quem será mais rápido? Paul ou ela? Sua morte ou a chegada de Paul?

Seu cansaço ficou ainda mais profundo e Agnès teve a impressão de afastar-se com toda rapidez, como se empurrassem sua cama por detrás. Abriu os olhos e viu uma enfermeira de roupa branca. Com o que se parecia seu rosto? Agnès não o distinguia mais. E estas palavras voltaram-lhe à memória:

— Lá não existem rostos.

21

Aproximando-se da cama, Paul viu o corpo coberto com um lençol por cima da cabeça. Uma mulher de roupa branca avisou-lhes:

— Ela morreu há quinze minutos.

O pouco tempo que o separava dos últimos momentos de Agnès exacerbava seu desespero. Tinha perdido por quinze minutos. Por aproximadamente quinze minutos perdera a realização de sua própria vida, que de repente ficava interrompida e absurdamente truncada. Parecia-lhe que, durante toda a sua vida em comum, ela nunca fora realmente dele, que ele nunca a havia possuído; e que, para realizar e terminar a história de amor deles, faltava-lhe um último beijo, um último beijo para reter, em seus lábios, Agnès viva; para conservá-la entre seus lábios.

A mulher de roupa branca levantou o lençol. Ele viu o rosto familiar, pálido e belo, no entanto tão diferente: os lábios, se bem que sempre pacíficos, desenhavam uma linha que ele nunca conhecera. Não compreendia a expressão desse rosto. Estava incapaz de inclinar-se e beijá-lo.

Ao lado dele, Brigitte explodiu em soluços e começou a tremer com a cabeça no peito de Paul.

Ele olhou o rosto com as pálpebras fechadas: não era para Paul que se dirigia esse estranho sorriso que ele nunca vira; esse sorriso dirigia-se a alguém que Paul não conhecia: ele lhe era incompreensível.

A mulher de roupa branca segurou bruscamente Paul pelo braço; ele estava a ponto de desmaiar.

PARTE VI
O mostrador

1

Mal a criança nasce, põe-se a sugar a teta da mãe. Quando a mãe a desmama, chupa o dedo.

Um dia, Rubens perguntou a uma senhora:

— Por que a senhora deixa seu filho chupar o dedo? Ele já tem dez anos!

Ela ficou aborrecida:

— Não vou proibi-lo. Isso prolonga seu contato com o seio materno! Gostaria que ele ficasse traumatizado?

Assim a criança chupou o dedo até os treze anos, idade em que passou tranquilamente do dedo para o cigarro.

Mais tarde, ao fazer amor com essa mãe que defendia o direito de seu filho à sucção, Rubens pôs seu próprio polegar sobre os lábios dela; virando a cabeça lentamente da direita para a esquerda, ela começou a lamber. Com os olhos fechados, imaginava estar com dois homens.

Essa pequena história marca uma data importante para Rubens, porque fez com que descobrisse uma maneira de testar as mulheres: punha o polegar sobre seus lábios e esperava a reação. As que o lambiam eram, sem dúvida, atraídas pelo amor plural. As que ficavam indiferentes com o polegar eram definitivamente surdas às tentações perversas.

Uma das mulheres que tivera seus pendores orgiásticos desvendados pelo "teste do polegar" realmente amava Rubens. Depois do amor, segurou seu polegar e deu-lhe um beijo desajeitado, que queria dizer: no momento quero que seu polegar volte a ser polegar, porque depois de tudo que imaginei, estou contente de estar aqui a sós com você.

As metamorfoses do polegar. Ou ainda: como os ponteiros se movem sobre o mostrador da vida.

2

Sobre o mostrador de um relógio, os ponteiros giram em círculo. O zodíaco também, como é desenhado pelos astrólogos, tem o aspecto de um mostrador. O horóscopo é um relógio. Quer se acredite ou não nas previsões astrológicas, o horóscopo é uma metáfora da vida, e, assim sendo, encerra grande sabedoria.

Como é que um astrólogo desenha seu horóscopo? Traça um círculo, a imagem da esfera celeste, e o divide em doze setores cada um representando um signo: Carneiro, Touro, Gêmeos etc. Em seguida, no círculo zodiacal, ele inscreve os símbolos gráficos do Sol, da Lua e dos sete planetas nos lugares precisos onde estavam esses astros no momento em que você nasceu. Como se, sobre um mostrador de relógio normalmente dividido em doze horas, inscrevesse anormalmente nove números suplementares. Nove ponteiros percorrem esse mostrador: são também o Sol, a Lua e os planetas, mas da maneira como giram no céu durante toda a sua vida. Cada planeta-ponteiro está assim incessantemente numa nova relação com os planetas-números, esses pontos imóveis do seu horóscopo.

A configuração singular que tinham esses planetas no

momento em que você nasceu é o tema permanente de sua vida, sua definição algébrica, a impressão digital de sua personalidade; os astros imobilizados sobre seu horóscopo formam entre si ângulos cujo valor em graus tem um significado preciso (positivo, negativo, neutro): imagine, por exemplo, que seu Vênus amoroso se ache em conflito com seu Marte agressivo; que o Sol de sua personalidade seja fortificado por sua conjunção com o enérgico e aventureiro Urano; que a sexualidade simbolizada pela Lua seja sustentada pelo astro delirante que é Netuno, e assim por diante. Porém, durante seu trajeto, os ponteiros "dos astros vão tocar cada um dos pontos imóveis do horóscopo, pondo assim em jogo (debilitante, energizante, ameaçador) diversos componentes de seu tema vital. A vida é bem assim: não se parece com o romance picaresco onde o herói, de capítulo em capítulo, é surpreendido por acontecimentos sempre novos, sem nenhum denominador comum; é parecida com essa composição que os músicos chamam *tema com variações*.

Urano move-se no céu num passo relativamente lento. Leva sete anos para percorrer um signo. Suponhamos que hoje esteja numa relação dramática com o Sol imóvel no seu horóscopo (digamos que estejam a noventa graus de distância): você terá um ano difícil; em vinte e um anos a situação se repetirá (Urano estando então a cento e oitenta graus do seu Sol, o que tem o mesmo significado nefasto), mas a repetição será apenas aparente, porque nesse ano, no mesmo momento em que Urano ataca o seu Sol, Saturno no céu se encontrará com Vênus no seu horóscopo num relacionamento tão harmonioso que a tempestade passará por você na ponta dos pés. Como se você fosse atingido por uma mesma doença, mas desta vez sendo tratado num hospital fabuloso, onde, em vez de enfermeiras impacientes, estariam anjos.

A astrologia, parece, nos ensina o fatalismo: você não escapará do seu destino! A meu ver, a astrologia (preste atenção, a astrologia como metáfora da vida) diz uma coisa mais sutil: você não escapará ao *tema de sua vida*! Isso quer dizer que será uma quimera tentar implantar no meio de sua vida uma "vida nova", sem nenhum relacionamento com sua vida precedente, partindo do zero, como se diz. Sua vida será sempre construída com os mesmos materiais, os mesmos tijolos, os mesmos problemas, e o que você poderia considerar no princípio como uma "vida nova" logo aparecerá como uma simples variação do já vivido.

O horóscopo parece com um relógio, e o relógio é a escola da finitude: assim que um ponteiro completou um círculo para voltar ao lugar de onde partiu, uma fase termina. No mostrador do horóscopo, nove ponteiros giram em velocidades diferentes, marcando a todo instante o fim de uma fase e o começo de outra. Em sua juventude, o homem não está em condições de perceber o tempo como um círculo, mas apenas como um caminho que o conduz direto para horizontes sempre diversos; não percebe ainda que sua vida contém apenas um tema; perceberá isso mais tarde, quando a vida compuser suas primeiras variações.

Rubens teria uns catorze anos quando uma menina, que devia ter a metade de sua idade, parou-o na rua para perguntar:

— Por favor, o senhor poderia me dizer as horas?

Era a primeira vez que uma desconhecida o chamava de senhor. Ficou encantado e acreditou estar começando uma nova etapa em sua vida. Depois se esqueceu completamente desse episódio, até o dia em que uma mulher bonita lhe disse:

— Quando você era moço também, não pensava...

Era a primeira vez que uma mulher se referia à sua mocidade como uma coisa do passado. Nesse instante voltou-lhe a imagem da menina que outrora lhe perguntara a hora, e compreendeu que entre essas duas figuras femininas existia um parentesco. Eram duas figuras em si insignificantes, encontradas por acaso; no entanto, quando as relacionou, surgiram como dois elementos decisivos no mostrador de sua vida.

Direi de outra maneira: imaginemos o mostrador da vida de Rubens sobre um gigantesco relógio medieval, o de Praga, por exemplo, na praça da Vielle Ville que atravessei mil vezes antigamente. O relógio soa, e em cima do mostrador abre-se uma pequena janela; sai daí uma marionete, uma menina de sete anos que pergunta a hora. Depois, quando o mesmo ponteiro, muito lentamente, muitos anos depois, atinge o número seguinte, os signos começam atacar, a pequena janela reabre-se, e sai uma outra marionete: "Você também quando era moço...".

3

Quando era muito jovem, jamais ousara confessar a uma mulher suas fantasias eróticas. Achava-se obrigado a transformar toda a sua energia amorosa em uma fantástica proeza física sobre o corpo feminino. Suas parceiras, não menos jovens, estavam perfeitamente de acordo com isso. Lembrava-se vagamente que uma delas, que designaremos pela letra A, durante o amor, repentinamente, arqueou-se sobre os cotovelos e tornozelos, curva como uma ponte; como ele estava deitado sobre ela, perdeu o equilíbrio e quase caiu da cama. Para Rubens, esse gesto esportivo era rico de significados passionais, pelo que ficou reconhecido à sua amiga. Vivia seu primeiro período: *o período de mutismo atlético.*

Depois, pouco a pouco, perdeu esse mutismo; achou-se muito audacioso no dia em que, pela primeira vez, diante de uma moça, designou em voz alta uma certa parte de seu corpo. A audácia, na realidade, era menor do que ele pensava, pois a expressão que empregara era um diminutivo carinhoso, uma perífrase poética. Porém, ele estava encantado com sua coragem (surpreso também da moça não lhe ter imposto silêncio) e começou a inventar metáforas, as mais requintadas possíveis, para falar, com um rodeio poético, sobre o ato sexual. Era seu segundo período: *o período das metáforas*.

Na época, ele saía com B. Depois do habitual prelúdio verbal (muito metafórico!), fizeram amor. Sentindo-se no ponto de gozar, subitamente ela pronunciou uma frase onde seu próprio sexo era designado por um termo inequívoco e não metafórico. Era a primeira vez que ouvia essa palavra da boca de uma mulher (outra data importante sobre seu mostrador, diga-se de passagem). Surpreso, eufórico, compreendeu que esse termo brutal tinha muito mais charme e força explosiva que todas as metáforas jamais inventadas.

Passado um tempo, C convidou-o à casa dela. Essa mulher era quinze anos mais velha do que ele. Antes do encontro, ele repetira para seu amigo M todas as sublimes obscenidades (não, nada mais de metáforas!) que ele tencionava dizer à sra. C durante o coito. Foi um estranho fracasso: antes que ele encontrasse a coragem necessária, foi ela quem as proferiu. Novamente ficou estupefato. Não somente a audácia de sua parceira ultrapassara a sua, mas, o que era ainda mais estranho, ela empregara literalmente a mesma forma de falar que ele levara vários dias para aperfeiçoar. Essa coincidência entusiasmou-o. Creditou o fato a uma telepatia erótica, ou a um misterioso parentesco de almas. Foi assim que progressivamente entrou em seu terceiro período: *o período da verdade obscena*.

O quarto período foi estreitamente ligado a seu amigo M: *o período do telefone sem fio*. Chamava-se telefone sem fio uma brincadeira que ele fizera muitas vezes entre cinco e sete anos de idade: as crianças sentavam-se lado a lado, o primeiro cochichava uma longa frase ao segundo, que a cochichava ao terceiro, que a repetia ao quarto, e assim em seguida até o último, que a pronunciava em voz alta, o que provocava um riso geral diante da diferença entre a frase inicial e sua transformação final. Adultos, Rubens e M brincavam de telefone sem fio cochichando às suas amantes frases obscenas, extraordinariamente sofisticadas; sem desconfiar que participavam da brincadeira, as mulheres as repercutiam.

E como Rubens e M tinham algumas amantes em comum (ou amantes que eles discretamente se repassavam), podiam transmitir por intermédio delas alegres mensagens de amizade. Um dia uma mulher cochichou-lhe durante o amor uma frase tão enrolada, tão improvável, que Rubens reconheceu imediatamente um maravilhoso achado de seu amigo e não pôde se conter; a mulher tomou seu riso abafado por uma convulsão amorosa e, encorajada, repetiu a frase; a terceira vez, ela a repetiu aos gritos, tanto que, pairando em cima de seus corpos em plena copulação, Rubens percebia o fantasma de seu amigo às gargalhadas.

Lembrou-se então da jovem B, que, lá pelo fim do período das metáforas, havia inopinadamente empregado uma palavra obscena. Com o passar do tempo, uma pergunta surgiu em seu espírito: essa palavra, seria a primeira vez que a dissera? Na época não duvidava disso. Achava que ela estava apaixonada por ele, desconfiava que queria casar com ele e que não conhecia nenhum outro homem. Agora compreendia que um homem devia ter ensinado a ela primeiro (diria mesmo, treinado) a usar essa palavra antes que ela pudesse dizê-la a Rubens. Sim, com o passar dos anos, graças à experiência do telefone sem fio, ele se dava conta de que na época que ela lhe jurava fidelidade, B certamente tinha outro amante.

A experiência do telefone sem fio o transformara: perdera a sensação (sensação à qual todos sucumbimos) de que o amor físico é um momento de intimidade total durante o qual dois corpos solitários se unem um ao outro, num mundo transformado em deserto infinito. De agora em diante ele sabia que um momento como esse não traz muita solidão. Mesmo no povaréu dos Champs-Elysées, ele estava mais intimamente só do que nos braços da mais secreta das amantes. Pois o período do telefone sem fio era o período social do amor: todo mundo participa, à custa de algumas palavras, do abraço entre dois seres; sem cessar, a sociedade alimenta o mercado das imagens lúbricas e assegura sua difusão e seu intercâmbio. Então antecipou a seguinte definição de nação:

comunidade de indivíduos cuja vida erótica é ligada pelo mesmo telefone sem fio.

Mas, em seguida, encontrou a jovem D, de todas as suas mulheres, a mais falante. Desde que se encontraram pela segunda vez, confessou-se fanaticamente onanista, e capaz de chegar ao orgasmo contando para si mesma contos de fadas.

— Contos de fadas? Quais? Conte! E começou a fazer-lhe amor.

Ela contou: uma piscina, cabines de vestir, buracos nas divisões de madeira, os olhares que sentia sobre sua pele enquanto se despia, a porta que se abria subitamente, quatro homens na soleira, e assim por diante; o conto de fadas era belo, era banal, e Rubens não podia senão se felicitar por sua parceira.

Mas uma coisa estranha lhe acontecera nesse meio-tempo: quando encontrava outras mulheres, descobria na imaginação delas fragmentos desses longos contos de fadas que D lhe descrevera durante o amor. Às vezes encontrava a mesma palavra, a mesma maneira de dizer, apesar de essas palavras e da maneira de dizê-las serem completamente incomuns. O extenso monólogo de D era um espelho onde eram refletidas todas as mulheres que ele havia conhecido, era uma vasta enciclopédia, um Larousse de imagens e modos lascivos em oito volumes. No começo, interpretou o monólogo de D segundo o princípio do telefone sem fio: por intermédio de centenas de amantes, a nação inteira levava para a cabeça de sua amiga, como para dentro de uma colmeia, as imagens lúbricas colhidas nos quatro cantos do país. Mais tarde, constatou que a explicação não era verdadeira. Alguns fragmentos do grande monólogo de D eram encontrados em mulheres que ele sabia, com certeza, que não poderiam ter tido nenhum contato indireto com D, nenhum amante em comum poderia ter feito entre elas o papel de mensageiro.

Rubens lembrou-se, então, de sua aventura com C: preparara para ela frases lascivas, mas foi ela quem as disse. Na época ele achava que era telepatia. Ora, C realmente lera essas frases na cabeça de Rubens? Mais provavelmente, ela as tinha em sua cabeça muito antes de conhecê-lo. Mas como os dois podiam ter as mesmas ideias na cabeça? É que elas deviam ter uma fonte comum. Veio, então, à cabeça de Rubens a ideia de que um só e mesmo rio atravessa todos os homens e todas as mulheres, um mesmo rio subterrâneo carregando imagens eróticas. Cada indivíduo recebe seu lote de imagens, não de um amante ou de uma amante, como no jogo do telefone sem fio, mas desse rio impessoal (transpessoal ou infrapessoal). Ora, dizer que o rio que nos atravessa é impessoal é dizer que não depende de nós, mas daquele que nos criou e que o pôs em nós, o que quer dizer, em outros termos, que depende de Deus, visto que é Deus, ou de um de seus avatares. Quando Rubens formulou essa ideia pela primeira vez pareceu-lhe blasfematória, mas logo depois o aspecto de blasfêmia evaporou-se e ele mergulhou no rio subterrâneo com uma espécie de humildade religiosa; sentia que nesse rio estamos todos unidos, não como membros de uma mesma nação, mas como filhos de Deus; cada vez que imergia nesse rio tinha a sensação de confundir-se com Deus numa espécie de fusão mística. Sim, o quinto período era o *período místico*.

4

A vida de Rubens resumia-se, então, a uma história sobre o amor físico?

Com efeito podemos entendê-la assim; e o dia em que ele descobriu isso assinala também uma data importante em seu mostrador.

Ainda no colégio, passava horas no museu olhando os quadros; em casa, pintava uma centena de guaches e graças às caricaturas que fazia dos professores tinha uma certa reputação entre seus colegas. Desenhava-as a lápis para a revista dos alunos que era reproduzida em xerox, ou então, no recreio, desenhava-as a giz no quadro-negro, para grande divertimento da classe. Essa época permitiu que ele descobrisse o que era a glória: era conhecido e admirado no colégio, e todos, por brincadeira, chamavam-no Rubens. Como lembrança desses belos anos (os únicos de glória), conservou o apelido durante toda a sua vida e (com inesperada ingenuidade) o havia imposto a seus amigos.

A glória terminou no vestibular. Queria prosseguir seus estudos na Escola de Belas-Artes, mas não passou nos exames. Não era tão bom quanto os outros? Ou não tinha sorte?

É curioso, mas não posso responder a essas perguntas tão simples.

Com indiferença, começou a estudar direito, botando a culpa de seu fracasso na pequenez de sua Suíça natal. Esperando concretizar em outro lugar sua vocação de pintor, tentou a sorte por duas vezes: primeiro apresentando-se sem sucesso no concurso da Escola de Belas-Artes em Paris, depois oferecendo seus desenhos a diversas revistas. Por que os recusavam? Os desenhos eram ruins? Os destinatários eram imbecis? Ou então a época não se interessava por desenhos? O máximo que posso fazer é repetir que não tenho respostas para essas perguntas.

Cansado de seus fracassos, desistiu. Pode-se concluir, certamente (e era consciente disso), que sua paixão pelo desenho e pela pintura era menos intensa do que imaginara: enganara-se, no colégio, quando se atribuiu uma vocação de artista. No começo ficou decepcionado com essa descoberta, mas logo, como um desafio, uma apologia da resignação ressoou em sua alma: por que seria obrigado a ser apaixonado pela pintura? O que era tão louvável nessa paixão? A maior parte dos maus quadros, dos maus poemas, não nasce porque os artistas veem em sua paixão pela arte qualquer coisa de sagrado, uma missão, um dever (com eles próprios, portanto, com a humanidade)? Sua própria renúncia o incitava a considerar artistas e escritores como pessoas menos talentosas do que ambiciosas, e daí em diante evitou conviver com eles.

Seu maior rival, N, um garoto da mesma idade, nascido na mesma cidade e antigo aluno do mesmo colégio, foi admitido na Escola de Belas-Artes e logo, ainda por cima, obteve grande sucesso. Na época do ginásio, todo mundo achava que Rubens tinha muito mais talento do que N. Isso quer dizer que todo mundo estava enganado? Ou que o talento é uma coisa que se pode perder pelo caminho? Como suspeitamos, não há resposta para essas perguntas. Aliás, não é isso o importante: na época em que seus fracassos o estimulavam a renunciar definitivamente à pintura (época dos primeiros sucessos de N), Rubens tinha um caso com uma moça muito jovem e muito bonita, enquanto N se casava com uma moça rica, tão feia que em sua presença Rubens ficou sem ar. Parecia-lhe que essa coincidência era como um sinal do destino, indicando-lhe onde ficava o centro de gravidade de sua vida: não na vida pública, mas na vida particular, não na procura de uma carreira, mas no sucesso com as mulheres. E de repente, o que ainda na véspera lhe parecera um defeito, revelava-se uma surpreendente vitória: sim, ele renunciaria à glória, à luta pelo reconhecimento (luta triste e vã), a fim de se consagrar à própria vida. Nem mesmo perguntou a si próprio por que as mulheres seriam "a própria vida". Isso lhe parecia evidente e indubitável. Estava certo de ter escolhido um caminho melhor do que seu colega atrelado a um espantalho. Assim sendo, sua jovem e bela amiga encarnava para ele não só uma promessa de felicidade, mas sobretudo seu triunfo e seu orgulho. Para confirmar essa vitória inesperada, para marcá-la com o selo do irrevogável, casou-se com essa beleza, persuadido de que iria suscitar a inveja geral.

5

As mulheres representam para Rubens a "própria vida" e, portanto, nada é mais urgente do que casar com sua lindeza, e assim, ao mesmo tempo, renunciar às mulheres. Eis um comportamento ilógico, mas muito comum. Rubens tinha vinte e quatro anos. Acabava de entrar no período da verdade obscena (foi pouco depois dessa época que conheceu a moça B e a sra. C), mas suas experiências não contradiziam sua opinião de que acima do amor físico havia o amor, o grande amor, valor supremo do qual já ouvira falar muito, com o qual sonhara muito; e do qual nada sabia. Não tinha dúvida: o amor era a coroação da vida (dessa "própria vida" que ele preferia, à sua carreira) e é preciso acolhê-lo de braços abertos e sem compromissos.

Como acabei de dizer, os ponteiros de seu mostrador sexual marcavam agora a hora da verdade obscena, mas estando apaixonado, Rubens prontamente regrediu para os estágios anteriores: na cama, ficava mudo, ou dizia à sua noiva carinhosas metáforas, certo de que a obscenidade teria transportado os dois para fora do território do amor.

Diria isso de outra maneira: seu amor pela lindeza o levava de volta à adolescência; pois pronunciando a palavra "amor", como já disse em outra ocasião, toda a Europa voltou, sobre as asas do encantamento, ao estado pré-coital (ou extracoital), ao lugar onde o jovem Werther havia sofrido e onde Dominique, no romance de Fromentin, quase caiu do cavalo. No momento em que encontrou a lindeza, Rubens estava pronto para pôr no fogo a panela com o sentimento e esperar o momento em que fervesse, transformando o sentimento em paixão. O que complicava um pouco as coisas era a ligação que mantinha em outra cidade com uma amiga (vamos chamá-la de E), três anos mais velha do que ele, que havia conhecido bem antes de sua lindeza, e com quem ainda conviveu por alguns meses. Só parou de vê-la no dia em que decidiu casar-se. A ruptura não foi provocada por um esfriamento espontâneo dos sentimentos de Rubens em relação a ela (logo veremos até que ponto ele a amava), mas por sua convicção de ter entrado numa fase da vida, imponente e solene, onde a fidelidade supostamente santificaria o amor. No entanto, uma semana antes do dia marcado para seu casamento (cujo ensejo parecia-lhe um tanto duvidoso), sentiu por E, abandonada, sem a menor explicação, uma saudade irresistível. Como nunca chamara de amor esse relacionamento, ficou surpreso em desejá-la tão ardentemente, de todo o coração, de toda a cabeça, de todo o seu corpo. Não aguentando mais, foi ao seu encontro. Durante uma semana, deixou-se humilhar na esperança de fazerem amor, pediu, implorou, cumulou-a com seu carinho, com sua tristeza, com sua insistência, mas ela só lhe ofereceu a presença de seu rosto desolado; seu corpo, não pôde nem tocar.

Frustrado e triste, voltou para casa na mesma manhã do dia do casamento. Ficou bêbado durante a festa e, à noite, levou a jovem noiva para o apartamento deles. Fazendo-lhe amor, cego pela bebedeira e pela saudade, chamou-a pelo nome da antiga amiga. Catástrofe! Nunca mais esqueceria os grandes olhos grudados nele com horrorizado espanto! Nesse instante em que tudo desmoronava, pensou que a amiga abandonada vingara-se e minara seu casamento desde o primeiro dia. Talvez tenha compreendido também, nesse breve momento, o inverossímil do que acontecera, a grotesca burrice de seu lapso, a burrice que tornava ainda mais insuportável o fracasso inevitável do seu casamento. Foram três ou quatro segundos terríveis em que ficou mudo; depois de repente começou a gritar: — Eva! Elisabete! Catarina! e, incapaz de lembrar-se de outros nomes femininos, repetiu:

— Catarina! Elisabete! Sim, você é para mim todas as mulheres! Todas as mulheres do mundo! Eva! Clara! Julieta! Você é a mulher no plural! Paulina, Pierrette! Todas as mulheres do mundo estão em você, você tem o nome de todas elas!... e acelerou os movimentos do amor, como um verdadeiro atleta do sexo; depois de alguns segundos, pôde constatar que os olhos arregalados da esposa retomavam seu aspecto habitual e que seu corpo petrificado retomava o ritmo com tranquilizadora regularidade.

A maneira como escapou do desastre pode parecer apenas verossímil e, sem dúvida, nos espantamos de que a jovem recém-casada tenha levado a sério uma comédia tão estapafúrdia. Mas não esqueçamos que os dois viviam sob o domínio do pensamento pré-coital, que se aparenta ao amor absoluto. Qual o critério de amor-próprio a esse período virginal? Ele é puramente quantitativo: o amor é um sentimento muito, muito, muito, muito grande. O falso amor é um sentimento pequeno, o verdadeiro amor (*die wahre Liebe!*) é um sentimento muito grande. Mas, do ponto de vista do absoluto, todo amor não é pequeno? Certo. É porque o amor, para provar que é verdadeiro, quer fugir do razoável, quer ignorar qualquer medida, quer sair do verossímil, quer se transformar em *delírios ativos da paixão* (não esqueçamos Éluard!), em outros termos, quer ser louco! A inverossimilhança de um gesto exagerado só pode trazer vantagens. Para um observador do lado de fora, a maneira como Rubens conseguiu se safar do seu problema não foi nem elegante, nem convincente, mas no caso era a única que lhe permitia evitar a catástrofe; agindo como louco, Rubens exigiu o absoluto, o absoluto louco de amor: e foi o que o salvou.

6

Se em presença de sua esposa muito jovem, Rubens voltou a ser um atleta lírico do amor, isso não quer dizer que tenha renunciado para sempre aos jogos lúbricos, mas que queria pôr a própria lubricidade a serviço do amor. Imaginava que ia viver só com uma mulher, num êxtase monogâmico, todas as experiências que conhecera com uma centena de outras. Faltava resolver uma questão: em que ritmo a aventura da sensualidade deveria progredir no caminho do amor? Como o caminho devia ser longo, muito longo, sem fim se possível, mantinha como princípio: frear o tempo, não precipitar nada.

Digamos que ele imaginava o futuro sexual com sua lindeza como a escalada de uma alta montanha. Se alcançasse o cume no primeiro dia, o que faria no dia seguinte? Assim, era preciso planejar a ascensão para que preenchesse toda uma vida. Fazia amor com sua mulher também com paixão, é verdade, com fervor, mas digamos de maneira clássica, evitando as perversões que o atraíam (com ela mais ainda do que com qualquer outra), mas deixava para mais tarde.

Não imaginava que o que aconteceu pudesse acontecer: deixaram de se entender, irritavam-se um ao outro, o casal disputava o poder, ela reclamava mais espaço para seu desabrochar pessoal, ele se aborrecia porque ela não queria cozinhar os ovos para seu café da manhã, e antes que compreendessem o que estava acontecendo viram-se divorciados. O grande sentimento sobre o qual pretendera construir toda a sua vida desapareceu tão depressa que Rubens duvidava que jamais existira. Essa evaporação do sentimento (evaporação súbita, rápida, fácil!) foi para ele algo vertiginoso e inacreditável que o fascinava ainda mais do que o êxtase amoroso vivido dois anos antes.

Se o balancete de seu casamento era nulo, o balancete erótico também o era com mais razão ainda. Dado o ritmo lento que se havia imposto, não pusera em prática, com essa esplêndida criatura, senão jogos eróticos bastante inocentes, moderadamente excitantes. Não somente não havia alcançado o cume da montanha, mas não tinha chegado nem ao primeiro belvedere. Por isso quis rever a lindeza depois do divórcio (ela não se opôs: desde que não disputavam mais o poder, passara a gostar desses encontros), a fim de pôr em prática ao menos algumas das pequenas perversões que ele guardara para o futuro. Mas não pôde praticar quase nada, porque dessa vez escolheu um ritmo apressado demais, e a jovem divorciada (que ele queria que passasse numa tacada só ao estágio da verdade obscena) interpretou sua impaciência sensual como uma prova de cinismo e falta de amor, tanto que as relações pós-matrimoniais acabaram rapidamente.

Como o casamento na sua vida não foi senão um simples parêntese, estou tentado a dizer que Rubens voltou exatamente ao ponto onde estava antes de encontrar sua futura esposa; mas seria falso. Depois do inchaço do sentimento amoroso, considerara seu achatamento, tão incrivelmente indolor e não dramático, como uma revelação chocante: encontrava-se definitivamente *além do amor*.

7

O grande amor que o havia extasiado há dois anos fez com que esquecesse a pintura. Mas, quando fechou o parêntese do casamento e constatou com melancólico despeito que se achava além do amor, sua renúncia à arte pareceu-lhe, de repente, como uma capitulação injustificável.

Começou a esboçar os quadros que queria pintar no seu caderno de notas. Para logo constatar, porém, que uma volta ao passado era impossível. No colégio, imaginava que todos os pintores do mundo avançavam num mesmo grande caminho: era uma estrada real que ia da pintura gótica aos grandes italianos da Renascença, depois aos holandeses, depois a Delacroix, de Delacroix a Manet, de Manet a Monet, de Bonnard (ah, como gostava de Bonnard!) a Matisse, de Cézanne a Picasso. Nessa estrada, os pintores não avançavam em tropa como soldados, não, cada um andava sozinho, mas as descobertas de uns inspiravam os outros e todos estavam conscientes de abrirem uma passagem em direção ao desconhecido que era sua meta comum e que os unia. Depois, de repente, o caminho desapareceu. Foi como o fim de um lindo sonho: durante alguns momentos procuramos ainda as imagens esmaecidas, antes de compreender que não podemos fazer os sonhos voltarem. Entretanto, apesar de desaparecido, o caminho continuava na alma dos pintores, representado pelo desejo inextinguível de "ir adiante". Mas onde é o "adiante" se não há mais caminho? Em que direção procurar o "adiante" perdido? Entre os pintores, o desejo de "ir adiante" tornou-se uma neurose; todos corriam em todos os sentidos, uns cruzando com os outros sem parar, como passantes agitados na mesma praça de uma mesma cidade. Todos queriam distinguir-se e cada um se esforçava por redescobrir uma descoberta que o outro não teria ainda redescoberto. Felizmente, logo apareceram pessoas (não mais pintores, mas marchands, organizadores de exposições acompanhados de seus agentes de publicidade) que puseram ordem nesse caos, e decidiram qual descoberta era necessária redescobrir em tal e tal ano. Esse reordenamento favoreceu a venda de quadros contemporâneos; eles subitamente se amontoaram nos salões dos mesmos milionários que, dez anos antes, faziam pouco de Picasso ou de Dalí, e que Rubens por essa razão desprezava com fervor. Os milionários decidiram ser modernos e Rubens deu um suspiro de alívio por não ser mais pintor.

Um dia, em Nova York, visitou o Museu de Arte Moderna. No primeiro andar havia uma exposição de Matisse, Braque, Picasso, Miró, Dalí, Ernst; Rubens ficou encantado: as pinceladas sobre as telas expressavam um prazer frenético. Às vezes a realidade sofria um estupro grandioso como uma mulher agredida por um fauno, às vezes enfrentava o pintor como o touro enfrenta o toureiro. Mas, no andar superior, reservado à pintura mais recente, Rubens encontrou-se em pleno deserto: nenhum traço das alegres pinceladas, nenhum traço de prazer; desaparecidos os toureiros e os touros; as telas haviam banido a realidade quando não a imitavam com obtusa e cínica fidelidade. Entre os dois estágios corria o Leteu, o rio da morte e do esquecimento. Rubens então disse a si mesmo que, se acabara renunciando à pintura, foi por uma razão mais profunda, provavelmente, do que a simples falta de talento ou perseverança: sobre o mostrador da pintura europeia, os ponteiros marcavam meia-noite.

Transplantado para o século XIX, o que faria um alquimista de gênio? O que seria hoje de Cristóvão Colombo, quando centenas de transportadoras asseguram as rotas marítimas? O que Shakespeare escreveria numa época onde o teatro ainda não existe ou não existe mais?

Essas perguntas não são meramente retóricas. Quando um homem é dotado para uma atividade para a qual o relógio soou a meia-noite (ou ainda não soou a primeira hora), o que acontece com seu talento? Vai se transformar? Vai se adaptar? Cristóvão Colombo se transformaria em diretor de uma sociedade transportadora? Shakespeare escreveria roteiros para Hollywood? Picasso produziria histórias em quadrinhos? Ou então todos esses grandes talentos se retirariam do mundo, partiriam, por assim dizer, para algum convento da História, cheios de decepção cósmica por terem nascido em má hora, fora da época para a qual estariam destinados, fora do mostrador que marcava a época deles? Abandonariam seu talento intempestivo como Rimbaud, que com dezenove anos abandonou a poesia?

Também a essas perguntas, nem você, nem eu, nem Rubens obteremos resposta. O Rubens de meu romance era um grande pintor eventual? Ou então não tinha nenhum talento? Abandonou os pincéis por falta de forças ou, ao contrário, porque teve a força de perceber com lucidez a futilidade da pintura? Certamente, muitas vezes pensava em Rimbaud e em seu foro íntimo gostava de se comparar (se bem que com timidez e ironia). Não somente Rimbaud abandonou a poesia radicalmente e sem pena, mas sua atividade ulterior é a sarcástica negação da poesia: diz-se que se dedicava ao tráfico de armas na África e à venda de negros. Mesmo se a segunda afirmação não é senão uma lenda caluniosa, ela expressa bem por hipérbole a violência autodestrutiva, a paixão, a raiva, com as quais Rimbaud se separou de seu passado de poeta. Se Rubens foi cada vez mais atraído pelo mundo dos especuladores e dos financistas, é talvez também porque via nessa atividade (com ou sem razão) o oposto dos seus sonhos de artista. O dia em que seu colega N se tornou famoso, Rubens vendeu um quadro que outrora ele lhe presenteara. Não somente essa venda rendeu-lhe algum dinheiro, mas revelou-se um bom meio de ganhar a vida: vender aos milionários (que ele desprezava) obras de pintores contemporâneos (de que ele não gostava).

Muitas pessoas ganham a vida vendendo quadros, sem nenhum constrangimento em exercer essa atividade. Velásquez, Vermeer, Rembrandt também não foram marchands de quadros? Rubens certamente sabia disso. Mas, se estava pronto a se comparar ao Rimbaud marchand de escravos, jamais se compararia aos grandes pintores marchands de quadros. Rubens jamais iria duvidar da inutilidade total de seu trabalho. No princípio ficou acabrunhado e repreendeu-se por seu imoralismo. Mas acabou dizendo a si mesmo: no fundo, o que significa "ser útil"? A soma da utilidade de todos os seres humanos de todas as épocas está contida inteiramente no mundo tal como é hoje. Por conseguinte: nada mais moral do que ser inútil.

8

Mais ou menos doze anos depois do seu divórcio, F veio vê-lo. Contou sua visita à casa de um senhor: logo que chegou, ele pediu que ela esperasse uns bons dez minutos na sala, sob o pretexto de estar atendendo o telefone no quarto ao lado, terminando uma conversa importante. Talvez estivesse fingindo telefonar, para que ela tivesse tempo de folhear revistas pornográficas dispostas sobre uma mesa baixa, em frente à poltrona que ele lhe havia indicado. F concluiu sua narrativa com esta observação:

— Se eu fosse mais jovem, ele teria me possuído. Se eu tivesse dezessete anos. É a idade das mais loucas fantasias, a idade em que não sabemos resistir a nada...

Rubens escutara um tanto distraidamente, mas as últimas palavras o tiraram de sua indiferença. De agora em diante seria sempre a mesma coisa: alguém pronunciaria diante dele uma frase que o tomaria de surpresa, como uma censura, fazendo-o lembrar de alguma coisa que tivesse perdido, perdido irrevogavelmente. Quando F falou de seus dezessete anos e da incapacidade de resistir às tentações que tinha naquela época, lembrou-se de sua jovem esposa que também tinha dezessete anos na época em que se conheceram. Lembrou-se de um hotel no interior onde esteve com ela um pouco antes de se casarem. Faziam amor num quarto ao lado do quarto ocupado por um amigo.

— Ele nos ouve!, cochichou a futura esposa várias vezes.

Agora (sentado diante de F que contava as tentações dos seus dezessete anos) Rubens se deu conta de que naquela noite ela havia dado suspiros mais profundos que habitualmente, havia até gritado, portanto gritara de propósito para ser ouvida pelo amigo.

Nos dias seguintes, ela havia relembrado essa noite várias vezes:

— Você acha mesmo que ele não nos ouviu?

Na época, vira nessa pergunta a manifestação apreensiva de seu pudor, e tentara apaziguá-la (uma tal ingenuidade agora o fazia enrubescer até as orelhas!), assegurando-lhe que todos diziam que o amigo tinha um sono de pedra.

Olhando para F, pensava que não desejava especialmente fazer-lhe amor na presença de outra mulher ou de outro homem. Mas como era possível que a lembrança de sua mulher, suspirando e gritando catorze anos antes enquanto pensava no amigo deitado do outro lado da parede, como era possível que essa lembrança, depois de tantos anos, fizesse com que o sangue lhe subisse à cabeça?

Disse a si mesmo: o amor a três, a quatro, só pode ser excitante na presença da mulher amada. Só o amor é capaz de despertar o espanto, a excitação horrorizada diante do corpo de uma mulher abraçada por um homem. O antigo ditado moralizador, segundo o qual o contato sexual sem amor não tem sentido, era subitamente justificável e tinha um novo significado.

9

No dia seguinte, tomou um avião para Roma, onde tinha de pôr em ordem alguns negócios. Por volta das quatro horas estava livre. Cheio de uma saudade sem raízes, pensava em sua antiga esposa, mas não só nela; todas as mulheres que conhecera desfilavam diante de seus olhos e tinha a impressão de que ficara em falta com todas elas, que vivera com elas muito menos do que teria podido e do que deveria ter vivido. Para se ver livre dessa saudade, dessa insatisfação, foi à pinacoteca do palácio Barberini (em todas as cidades visitava as pinacotecas), depois se dirigiu para a escadaria da Piazza di Spagna e subiu até a Villa Borghese. Sobre pedestais, flanqueando as longas aleias do parque, estavam dispostos bustos em mármore de italianos célebres. Seus rostos, imobilizados numa careta final, estavam expostos como resumos de suas vidas. Rubens sempre se impressionara com o aspecto cômico das estátuas. Sorriu. Depois se lembrou dos contos de fadas de sua infância: um mágico enfeitiça as pessoas durante um banquete; todos permanecem na posição em que estavam naquele instante: a boca aberta, o rosto deformado pela mastigação, um osso roído na mão. Uma outra lembrança: os sobreviventes de Sodoma, Deus proibiu-os de se virarem, sob pena de se transformarem em estátuas de sal. Essa história da Bíblia mostra sem equívoco que não há pior castigo, pior horror do que transformar um instante em eternidade, arrancar o homem do tempo e do seu movimento contínuo. Perdido nesses pensamentos (esquecidos logo depois), de repente enxergou-a! Não, não era a sua mulher (aquela que dava suspiros, achando que seria ouvida por um amigo no quarto vizinho), era outra pessoa.

Tudo aconteceu numa fração de segundo. Ele só a reconheceu no último momento, quando ela já estava junto dele e quando o passo seguinte os teria definitivamente afastado um do outro. Com excepcional rapidez ele parou de chofre, virou-se (ela também reagiu) e falou-lhe.

Teve a impressão de que era ela que ele desejara durante anos, de que a procurara pelo mundo inteiro. Cem metros adiante havia um café com mesas arrumadas à sombra das árvores, sob um céu esplendidamente azul. Sentaram-se frente a frente.

Ela usava óculos escuros. Ele segurou-os entre dois dedos, tirou-os com delicadeza e depositou-os na mesa. Ela não reagiu.

— Foi por causa destes óculos, disse ele, que quase não a reconheci.

Beberam água mineral, sem poder desviar o olhar um do outro. Ela estava em Roma com o marido e só dispunha de uma hora. Ele sabia que se as circunstâncias o permitissem, teria feito amor naquele mesmo dia, naquele minuto.

Como se chamava? Qual o seu nome? Ele esquecera e achava impossível perguntar-lhe. Contou-lhe (com completa sinceridade) que, durante o tempo em que estiveram separados, tinha tido a impressão de que estava à espera dela. Como confessar-lhe, então, que não sabia seu nome?

Disse:

— Sabe como nós a chamávamos?

— Não.

— A violinista.

— Por que a violinista?

— Porque você era delicada como um violino. Fui eu que inventei esse nome para você.

Sim, ele o inventara. Não na época em que a conhecera, muito rapidamente, mas agora, no parque da Villa Borghese, porque precisava de um nome para poder falar-lhe; e porque a achava delicada, elegante e doce como um violino.

10

O que sabia sobre ela? Muito pouco. Lembrava-se vagamente de tê-la visto numa quadra de tênis (ele teria vinte e sete anos, ela dez menos do que ele), de tê-la convidado um dia para irem a uma boate. Na dança da época o homem e a mulher ficavam a um passo um do outro, se entortavam e jogavam os braços um de cada vez em direção ao parceiro. Foi com esse movimento que ela ficou gravada em sua memória. O que teria acontecido de tão estranho? O seguinte: ela não olhava para Rubens. Então, para onde olhava? Para o vazio. Todos os dançarinos faziam uma meia flexão com os braços jogando-os para a frente um de cada vez. Ela também fazia esse movimento, mas de uma maneira um pouco diferente: quando jogava um braço para diante, fazia com que descrevesse uma curva: para a esquerda com o braço direito, para a direita com o braço esquerdo. Como se quisesse esconder seu rosto atrás desses movimentos circulares. Como se quisesse escondê-lo. A dança era considerada então relativamente indecente, e era como se a moça quisesse dançar indecentemente escondendo sua indecência. Rubens ficara encantado! Como se jamais tivesse visto uma coisa tão amorosa, tão linda, tão excitante. Depois tocaram um tango e os casais se abraçaram. Não podendo resistir a um súbito impulso, pousou-lhe a mão sobre o seio. Teve medo. O que ela faria? Não fez nada. Continuou a dançar, a mão de Rubens sobre seu seio, olhando para a frente. Com uma voz quase trêmula, ele perguntou:

— Alguém já tocou seu seio?

Com uma voz não menos trêmula (era como se realmente roçassem as cordas de um violino), ela respondeu:

— Não.

A mão sempre pousada sobre seu seio, achou esse "não" a mais linda palavra do mundo e ficou extasiado: parecia-lhe ver o pudor; vê-lo de perto, vê-lo existir; teve a impressão de poder tocar esse pudor (aliás, ele o tocava realmente, pois o pudor da moça concentrara-se inteiro em seu seio, invadira seu seio, transformara-se em seio).

Por que a perdera de vista? Quebrava a cabeça sem encontrar uma resposta. Não se lembrava mais.

11

No início do século, Arthur Schnitzler, romancista vienense, publicou um notável romance intitulado *Mademoiselle Elsa*. A heroína é uma moça cujo pai se endividou a ponto de quase se arruinar. O credor prometeu perdoar as dívidas do pai se a filha ficasse nua diante dele. Depois de um longo debate interior, Elsa consente, mas seu pudor é tanto que a exibição de sua nudez faz com que ela perca a razão e morra. Evitemos qualquer mal-entendido: não se trata de uma história moralizadora, dirigida contra um ricaço mau e perverso! Não, trata-se de um romance erótico que prende o fôlego; ele nos faz compreender o poder que outrora tinha a nudez: para o credor, significava uma enorme soma de dinheiro, e, para a moça, um pudor infinito que fazia nascer uma excitação próxima da morte.

No quadrante da Europa, o romance de Schnitzler marca um momento importante; os tabus eróticos eram ainda poderosos no final do puritano século XIX, mas a liberação dos costumes já suscitava um desejo, não menos poderoso, de superação desses tabus. Pudor e despudor se encontravam num ponto em que suas forças eram iguais. Foi um momento de profunda tensão erótica. Viena viveu isso na virada do século. Esse momento não voltará mais.

O pudor significa que nos proibimos aquilo que queremos, ao mesmo tempo que sentimos vergonha de querer aquilo que nos proibimos. Rubens pertencia à última geração europeia educada no pudor. Por isso ficou tão excitado ao pôr a mão no seio da moça e de deslanchar assim seu pudor. Um dia, no colégio, meteu-se escondido num corredor, e de uma janela conseguiu ver as meninas de sua classe, com os seios de fora, esperando para fazer radiografia de pulmão. Uma delas o enxergou e deu um grito. As outras se cobriram depressa com suas blusas e correram atrás dele no corredor. Ele viveu um momento de terror; de repente não eram mais suas colegas de classe, suas amigas prontas a brincar e flertar. Em seus rostos lia-se uma maldade cruel multiplicada pelo número delas, uma maldade coletiva decidida a caçá-lo. Escapou, mas elas não abandonaram sua perseguição e o denunciaram à direção do colégio. Enfrentou uma acusação diante de toda a classe. Com um desprezo mal disfarçado, o diretor qualificou-o de voyeur.

Tinha mais ou menos quarenta anos quando as mulheres deixaram seus sutiãs numa gaveta e, estendidas nas praias, mostraram seus seios para o mundo inteiro. Andava à beira-mar e evitava olhar essa nudez inesperada, porque o velho imperativo havia se enraizado nele: não ferir o pudor de uma mulher. Quando passava por uma mulher conhecida, por exemplo, a mulher de um colega, que estava sem sutiã, constatava com surpresa que não era ela que sentia vergonha, mas ele. Encabulado, não sabia para onde olhar. Tentava não olhar os seios, mas era impossível, pois percebemos os seios nus de uma mulher mesmo quando olhamos suas mãos ou seus olhos. Assim, tentava olhar seus seios nus com tanta naturalidade quanto olharia uma testa ou um joelho. Mas não era fácil, exatamente porque os seios não são nem uma testa nem um joelho. Qualquer coisa que fizesse, parecia-lhe que esses seios nus se queixavam dele, que o acusavam de não estar suficientemente de acordo com sua nudez. Tinha sempre a forte impressão de que as mulheres que encontrava na praia eram aquelas que vinte anos antes o tinham denunciado ao diretor por voyeurismo: tão maldosas quanto aquelas, exigiam dele, com a mesma agressividade multiplicada pelo número delas, que reconhecesse o direito que tinham de ficar nuas.

Afinal, mal ou bem, reconciliou-se com os seios nus, mas sem conseguir desfazer-se do sentimento de que uma coisa grave acabava de acontecer: no mostrador da Europa havia soado a hora: o pudor havia desaparecido. E não apenas havia desaparecido, mas desaparecera tão facilmente, numa só noite, que podíamos até pensar que nunca existira. Que não era senão uma simples invenção dos homens diante de uma mulher. Que pudor não era senão uma miragem dos homens. Seu sonho erótico.

12

Depois de seu divórcio, como eu disse, Rubens viu-se definitivamente "além do amor". Essa fórmula agradava-lhe. Muitas vezes ele repetia (às vezes com melancolia, às vezes alegremente): vivo minha vida "além do amor".

Mas o território que chamava "além do amor" não se parecia com o terreno de fundo, sombrio e abandonado, de um palácio magnífico (palácio do amor); não, ele era vasto e rico, infinitamente variado e mais extenso, talvez mais belo do que o próprio palácio do amor. Entre as várias mulheres que nele moravam, algumas lhe eram indiferentes, outras o distraíam, mas havia algumas por quem era apaixonado. É preciso compreender essa aparente contradição: além do amor, o amor existe.

Realmente, se Rubens empurrava para "além do amor" suas aventuras amorosas, não era por insensibilidade, mas porque pretendia limitá-las à simples esfera erótica, proibindo que tivessem a menor influência no curso de sua vida. Todas as definições do amor terão sempre um ponto comum: o amor é alguma coisa de essencial, transforma a vida em destino: as histórias que acontecem "além do amor", por mais belas que sejam, têm consequente e necessariamente um caráter episódico.

Mas repito: apesar de banidas para "além do amor", para um território do episódico, algumas mulheres de Rubens suscitavam nele ternura, outras o obcecavam, outras o tornavam ciumento. Quer dizer que os amores existiam mesmo "além do amor", e como no "além do amor" a palavra amor estava proibida, todos esses amores eram na realidade secretos e, portanto, ainda mais cativantes.

No café da Villa Borghese, sentado em frente daquela que chamava a violinista, imediatamente compreendeu que ela seria para ele uma "amada além do amor". Sabia que a vida daquela jovem, seu casamento, suas preocupações não o interessavam, mas sabia também que sentiria por ela uma ternura extraordinária.

— Estou lembrando um outro nome que vou dar a você. Vou chamá-la a virgem gótica.

— Eu, uma virgem gótica?

Nunca a chamara assim. A ideia tinha lhe ocorrido um instante antes, quando percorriam, lado a lado, os cem metros que os separavam do café. A moça evocara nele a lembrança de quadros góticos que havia contemplado no palácio Barberini antes do encontro deles.

Continuou:

— Nos pintores góticos, as mulheres têm a barriga ligeiramente saliente e a cabeça inclinada para o chão. Você tem a postura de uma jovem virgem gótica. De uma violinista numa orquestra de anjos. Seus seios se viram para o céu, sua barriga se vira para o céu, mas sua cabeça, como se conhecesse a vaidade de todas as coisas, inclina-se para a poeira.

Voltavam pela aleia onde tinham se encontrado. As cabeças cortadas dos mortos ilustres, dispostas em cima de pedestais, os encaravam cheias de arrogância.

Na entrada do parque se despediram: ficou combinado que Rubens viria vê-la em Paris: ela deu-lhe seu nome (o nome do seu marido), o número do seu telefone, e indicou as horas em que estaria sozinha em casa; depois pegou sorrindo seus óculos escuros:

— Agora, será que posso tornar a pô-los?

— Pode, respondeu Rubens, seguindo-a por muito tempo com os olhos enquanto se afastava.

13

O doloroso desejo que experimentara na véspera do seu encontro, ao ver que sua jovem esposa escapava-lhe para sempre, transformou-se em obsessão pela violinista. Procurou na sua memória tudo o que lhe restara dela, sem achar nada a não ser a lembrança daquela única noite na boate. Cem vezes evocou a mesma imagem: no meio dos casais de bailarinos, ela estava bem em frente dele, a um passo de distância. Olhava no vazio. Como se não quisesse ver nada do mundo exterior mas sim concentrar-se em si mesma. Como se ali houvesse, a um passo dela, não Rubens mas um grande espelho no qual se observava. Observava seus quadris, projetados para a frente um de cada vez, observava suas mãos que efetuavam ao mesmo tempo movimentos circulares em frente dos seus seios e do seu rosto, como para escondê-los ou apagá-los. Como se ela os apagasse e fizesse aparecer de novo olhando-se no espelho imaginário, excitada com seu próprio pudor. Seus movimentos de dança eram uma *pantomima do pudor*: não paravam de fazer referência à sua nudez escondida.

Uma semana depois de seu encontro em Roma, tinham um encontro marcado no hall de um grande hotel parisiense cheio de japoneses cuja presença lhes dava uma agradável impressão de anonimato e de falta de raízes. Depois de fechar a porta do quarto, aproximou-se dela e pôs uma das mão no seu seio:

— Foi assim que te toquei, na noite em que fomos dançar. Lembra?

— Lembro, disse ela, e foi como uma leve batida na madeira de um violino.

Ela sentiria vergonha como sentira quinze anos atrás? Bettina teria sentido vergonha em Teplitz quando Goethe lhe tocou o seio? O pudor de Bettina não seria apenas um sonho de Goethe? O pudor da violinista não seria apenas um sonho de Rubens? Será sempre esse pudor, mesmo irreal, mesmo reduzido à lembrança de um pudor imaginário, que estará lá, com eles, no quarto de hotel, envolvendo-os com sua magia e dando um sentido a tudo o que faziam. Despiu a violinista como se acabassem de sair da boate. Durante o amor, ele a via dançar: ela escondia o rosto com gestos das mãos e se observava num grande espelho imaginário.

Com avidez deixaram-se levar por essa onda que atravessa homens e mulheres, essa onda mística de imagens obscenas em que todas as mulheres têm um comportamento idêntico, mas nas quais os mesmos gestos e as mesmas palavras recebem de cada rosto individual um poder individual de fascínio. Rubens ouvia a violinista, escutava suas próprias palavras, olhava o rosto delicado da virgem gótica, seus lábios castos articulando palavras grosseiras, e sentia-se cada vez mais embriagado.

O tempo gramatical de sua imaginação erótica era o futuro: você me fará, nos iremos organizar... Esse futuro transforma o sonho numa promessa perpétua (que não é mais válida quando os amantes voltam ao estado normal, mas que, não sendo nunca esquecida, se torna de novo promessa). Portanto era inevitável que um dia, no hall do hotel, ele a esperasse em companhia de seu amigo M. Subiram com ela para o quarto, beberam e conversaram, depois começaram a despi-la. Quando tiraram seu sutiã, ela pôs as mãos no peito, tentando cobrir seus seios. Eles a levaram então (estava

354

só de calcinha) para a frente de um espelho (um espelho pendurado na porta de um armário): ela ficou de pé entre os dois, as palmas sobre os seios, e olhou-se fascinada. Rubens constatou que se M e ele só olhavam para ela (seu rosto, suas mãos cobrindo seu peito), ela não os via, olhando como que hipnotizada para sua própria imagem.

14

O episódio é uma noção importante da *Poética de Aristóteles*. Aristóteles não gosta do episódio. De todos os acontecimentos, segundo ele, os piores (do ponto de vista da poesia) são os acontecimentos episódicos. Não sendo uma consequência necessária daquilo que o precede e não produzindo nenhum efeito, o episódio encontra-se fora do encadeamento causal que é a história. Como se fosse um acaso estéril, ele pode ser omitido sem que o relato se torne incompreensível; não deixa o menor traço na vida dos personagens. Você vai de metrô encontrar a mulher da sua vida e, na estação que precede a sua, uma moça desconhecida que está a seu lado, tomada de um mal súbito, perde a consciência e desmaia. Um instante antes você nem a havia notado (pois afinal de contas você tem um encontro com a mulher de sua vida e nada mais lhe importa!), mas nesse momento você é forçado a levantá-la e carregá-la por alguns segundos nos seus braços, esperando que ela abra os olhos. Você a instala no banco que acaba de ficar livre e como o carro perde velocidade ao aproximar-se da estação, você se afasta impacientemente dela para correr na direção da mulher de sua vida. A partir desse momento, a moça, que um instante antes você carregava nos braços, é esquecida. Eis um episódio exemplar. A vida é assim cheia de episódios quanto um colchão é cheio de crinas, mas o poeta (segundo Aristóteles) não é um colchoeiro e deve afastar de seu relato todos os recheios, apesar da vida real ser talvez composta apenas desses recheios.

Aos olhos de Goethe, seu encontro com Bettina foi um episódio sem importância; não só ele ocupava na sua vida um lugar quantitativamente minúsculo, como Goethe também fez tudo para impedir que esse episódio assumisse um papel causal e deixou-o cuidadosamente à parte de sua biografia. Ora, é aí que aparece a relatividade da noção de episódio, essa relatividade que Aristóteles não alcançou: ninguém pode garantir que um acidente episódico não contenha uma potencialidade causal, que pode um dia acordar e pôr em marcha inesperadamente um cortejo de consequências. Um dia, eu disse, e esse dia pode chegar mesmo depois do personagem estar morto, daí o triunfo de Bettina que se tornou parte integrante da vida de Goethe, quando Goethe não estava mais vivo.

Podemos, portanto, completar como segue a definição de Aristóteles: a priori nenhum episódio está condenado a continuar para sempre episódico, já que cada acontecimento, mesmo o mais insignificante, encerra a possibilidade de tornar-se mais tarde a causa de outros acontecimentos, transformando-se ao mesmo tempo numa história, numa aventura. Os episódios são como minas. A maior parte não explode nunca, no entanto chega o dia em que o mais modesto pode lhe ser fatal. Na rua, vem uma moça na sua direção, dirigindo-lhe de longe um olhar que lhe parecerá um pouco alucinado. Ela diminui o passo pouco a pouco, depois para:

— É você mesmo? Há muitos anos que procuro você! E se atira no seu pescoço. É a moça que havia caído desmaiada nos seus braços no dia em que você ia encontrar a mulher da sua vida, a qual nesse meio-tempo se tornou sua esposa e a mãe do seu filho. Mas a moça encontrada por acaso, há muito tempo, decidiu ficar apaixonada pelo seu salvador, e o encontro fortuito de vocês vai parecer-lhe um sinal do destino.

Vai te telefonar cinco vezes por dia, escreverá cartas, procurará sua mulher para explicar que está gostando de você, e que tem direitos sobre você, até o momento em que a mulher da sua vida perderá a paciência e fará amor com um lixeiro e o abandonará carregando seu filho. Para escapar da moça apaixonada, que nesse meio-tempo desembarcou no seu apartamento com tudo o que tinha nos anuários, você procurará refúgio do outro lado do oceano e é lá que morrerá no desespero e na miséria. Se nossas vidas fossem eternas como a dos deuses antigos, a noção de episódio perderia seu sentido, pois no infinito todos os acontecimentos, mesmo o mais insignificante, se tornarão um dia causa de um efeito e se transformarão em história.

A violinista com quem dançara quando tinha vinte e sete anos não era para Rubens senão um simples episódio, um arquiepisódio, até o momento em que a reviu quinze anos mais tarde, por acaso, na Villa Borghese. Naquele momento, de um episódio esquecido, nasceu de repente uma pequena história, mas mesmo essa pequena história, na vida de Rubens, ficou inteiramente episódica, sem a menor chance de um dia fazer parte daquilo que poderíamos chamar sua biografia.

Biografia: sucessão de acontecimentos que consideramos importantes para nossa vida. Mas o que é importante e o que não é? Como não sabemos (e nem mesmo nos ocorre nos fazermos uma pergunta tão simples e tão boba), aceitamos como importante aquilo que nos parece importante para os outros, por exemplo, para o funcionário que nos faz preencher um questionário: data de nascimento, profissão dos pais, nível de estudos, funções exercidas, domicílios sucessivos (filiação eventual ao partido comunista, acrescentariam na minha antiga pátria), casamentos, divórcios, data de nascimento dos filhos, sucessos, fracassos. É horrível, mas é assim: aprendemos a olhar nossa própria vida pelos olhos dos questionários administrativos ou policiais. Já é uma pequena revolta inserir em nossa biografia uma outra mulher que não é nossa esposa legítima; ou ainda, uma exceção dessas só é admissível se essa mulher desempenhou em nossa vida um papel especialmente dramático, o que Rubens não poderia dizer da violinista. Aliás, por sua aparência assim como por seu comportamento, a violinista correspondia à imagem de uma mulher-episódio; ela era elegante mas discreta, bela sem chamar atenção, dada ao amor físico mas ao mesmo tempo tímida; ela nunca incomodava Rubens com confidências sobre sua vida particular, mas também evitava dramatizar a discrição de seu silêncio para transformá-lo num mistério instigante. Era uma verdadeira princesa do episódio.

O encontro da violinista com os dois homens num grande hotel parisiense era excitante. Então os três fizeram amor em conjunto? Não esqueçamos que a violinista havia se tornado para Rubens uma "amada além do amor"; o imperativo antigo despertou nele, ordenando-lhe diminuir o ritmo dos acontecimentos para que o amor não perdesse muito depressa sua carga sexual. Antes de levá-la para a cama, fez sinal para que seu amigo deixasse discretamente o quarto.

Portanto, durante o amor, o futuro gramatical transformou mais uma vez suas palavras em uma promessa que, no entanto, nunca se realizou: pouco depois, o amigo M desapareceu do seu horizonte e o encontro excitante de dois homens e uma mulher continuou sendo um episódio sem continuação. Rubens via a violinista duas ou três vezes por ano, quando tinha a oportunidade de vir a Paris. Depois a ocasião não mais se apresentou e, de novo, a violinista desapareceu quase inteiramente de sua memória.

15

Os anos passaram e, um dia, sentou-se com um colega num café da cidade onde morava, ao pé dos Alpes Suíços. Reparou que na mesa em frente uma jovem o observava. Bonita, a boca grande e sensual (que ele teria de bom grado comparado a uma boca de rã, se é que se pode dizer que as rãs são belas), parecia ser tudo o que ele sempre havia desejado. Mesmo a três ou quatro metros de distância, seu corpo parecia-lhe agradável ao contato e, nesse momento, ele o preferia ao corpo de todas as outras mulheres. Ela o olhava tão intensamente que, sem ouvir mais o que seu colega dizia, se deixou cativar e imaginou dolorosamente que dentro de alguns minutos, quando saísse do café, perderia essa mulher para sempre.

Porém não a perdeu, porque logo que eles se levantaram da mesa ela também se levantou e, como eles, dirigiu-se para o edifício em frente, onde dentro de pouco tempo alguns quadros seriam leiloados. Atravessando a rua, ficaram por um instante tão perto um do outro que ele não pôde deixar de lhe dirigir a palavra. Ela reagiu como se esperasse por isso e começou a conversar com Rubens sem dar atenção a seu colega, que, sem graça, seguiu-os em silêncio até o salão de vendas. Quando o leilão acabou, encontraram-se a sós no mesmo café. Não tendo mais do que uma meia hora, apressaram-se em dizer um ao outro o que tinham para dizer. Mas o que tinham a se dizer não era lá grande coisa, e ele ficou surpreendido com o lento escoar dessa meia hora. A jovem era uma estudante australiana, tinha um quarto de sangue negro (que mal se percebia, razão pela qual ela gostava mais ainda de falar sobre isso), estudava semiologia da pintura sob a direção de um professor de Zurique, e, na Austrália, durante um certo tempo, ganhara a vida dançando seminua numa boate. Todas essas informações eram interessantes, mas davam a Rubens uma forte impressão de estranheza (por que dançar de seios nus na Austrália? Por que estudar semiologia da pintura na Suíça? Na realidade, o que era semiologia?), a tal ponto que, em vez de despertar sua curiosidade, elas o cansavam de antemão como obstáculos a serem vencidos. Também ficou contente de ver a meia hora enfim terminar: imediatamente seu entusiasmo reavivou-se (pois ela ainda lhe agradava) e marcaram um encontro para o dia seguinte.

Foi então que tudo deu errado: acordou com dor de cabeça, o carteiro trouxe-lhe duas cartas desagradáveis, quando telefonou para um escritório teve que aguentar a voz impaciente de uma mulher que se recusava a entender seu pedido. Desde que a estudante apareceu no umbral de sua porta, seus maus presságios foram confirmados: por que se vestira tão diferente da véspera? Nos pés, enormes tênis cinzentos; em cima dos tênis, meias grossas; em cima das meias, uma calça que, estranhamente, a fazia parecer menor; em cima da calça, um blusão; em cima do blusão, enfim, ele podia ver os lábios de rã, sempre atraentes mas com a condição de abstrair-se de tudo o que estava mais embaixo.

A falta de elegância de uma tal indumentária não era em si muito grave (não mudava o fato de que a moça era bonita); o que mais inquietava Rubens era sua própria perplexidade: por que uma jovem que vai encontrar-se com um homem, com o qual ela quer fazer amor, não se veste de maneira que possa agradar-lhe? Será que ela quer dizer que a roupa é uma coisa exterior, sem importância? Ou então, ao contrário, ela atribui elegância a essas roupas e sedução a esses enormes tênis? Ou ainda, não teria nenhum apreço por esse homem que vai encontrar?

A fim, talvez, de ser perdoado caso esse encontro não mantivesse todas as suas promessas, ele confessou-lhe ter tido um dia ruim, num tom que tentava ser brincalhão, e enumerou tudo o que lhe acontecera de aborrecido desde a manhã. Ela teve um grande sorriso:

— O amor é o melhor antídoto para os maus presságios!

Rubens ficou intrigado com a palavra "amor", da qual estava desabituado. O que ela queria dizer com isso? O ato do amor físico? Ou, então, o sentimento amoroso? Enquanto ele pensava, ela despiu-se num canto do cômodo e meteu-se na cama, abandonando, sobre uma cadeira, sua calça de linho, e, debaixo da cadeira, seus enormes tênis com as grossas meias dentro deles, esses tênis que pararam por um momento na casa de Rubens no decorrer de sua longa peregrinação entre as universidades australianas e as cidades europeias.

Foi um ato de amor incrivelmente pacífico e silencioso. Direi que Rubens de repente voltou ao estado de atletismo taciturno, mas a palavra "atletismo" seria um tanto deslocada, pois nada subsistia das ambições do rapaz outrora preocupado em provar sua potência física e sexual; a atividade a que se dedicavam parecia ter um aspecto mais simbólico do que atlético. Só que Rubens não tinha a menor ideia do que seus movimentos supostamente simbolizariam: a ternura? O amor? A boa saúde? A alegria de viver? O vício? A amizade? A fé em Deus? Seria talvez uma oração à longevidade? (A jovem estudava semiologia da pintura; mas ela não deveria esclarecer antes a semiologia do coito?) Ele fazia movimentos vazios, e pela primeira vez em sua vida não sabia por que os fazia.

Durante uma pausa (a ideia veio à cabeça de Rubens de que o professor de semiologia, ele também, certamente deveria fazer uma pausa de dez minutos no decorrer do seminário), a moça pronunciou (com voz sempre calma e serena) uma frase que novamente continha a incompreensível palavra "amor". Rubens pensava: magníficas criaturas femininas, vindas do fundo do espaço, descerão sobre a Terra; seu corpo será parecido com o das terrestres, com a diferença de que será perfeito, porque em seu planeta de origem não existe doença e seu corpo não tem defeitos. Mas seu passado extraterrestre será sempre ignorado pelos homens da Terra que, em consequência, não compreenderão nada sobre sua psicologia; jamais poderão prever o efeito, que terão sobre elas, o que eles dirão ou farão: nunca adivinharão as sensações dissimuladas atrás de seu rosto. Com seres desconhecidos a esse ponto, pensou Rubens, será impossível fazer amor. Depois voltou atrás: nossa sexualidade é bastante automatizada, sem dúvida, para nos permitir copular mesmo com mulheres extraterrestres, mas seria um ato de amor além de qualquer excitação, um simples exercício físico, desprovido tanto de sentimento quanto de lubricidade.

O intervalo acabava, a segunda parte do seminário ia começar daí a pouco e Rubens tinha vontade de dizer alguma coisa, qualquer despropósito para forçá-la a perder o equilíbrio, mas ao mesmo tempo sabia que não se decidiria. Sentia-se como um estrangeiro obrigado a discutir com uma pessoa numa língua que conhecesse pouco; não poderia nem dizer um desaforo, pois o adversário lhe perguntaria inocentemente: "O que quis dizer? Não compreendi nada!". Portanto Rubens não disse nenhum despropósito e com muda serenidade fez amor novamente.

Quando saíram para a rua (sem saber se ela estava satisfeita ou decepcionada, mas ela parecia mais para satisfeita), ele tomara a decisão de não revê-la; sem dúvida ela ficaria magoada, e interpretaria essa súbita perda de afeto (afinal de contas, ela deveria ter notado até que ponto ele se entusiasmara por ela na véspera!) como uma derrota ainda mais dura por ser inexplicável. Sabia que por sua causa os tênis da australiana dali em diante viajariam pelo mundo com um passo mais melancólico ainda. Despediu-se, e, no momento em que ela dobrou a esquina da rua, ele sentiu abater-se sobre ele a possante, dilacerante nostalgia de todas as mulheres que tivera em sua vida. Era brutal e inesperado como uma doença, que, sem avisar, estoura num só segundo.

Pouco a pouco, compreendeu. No mostrador, o ponteiro atingia um novo número. Ouviu soar a hora e viu uma pequena janela abrir-se no grande relógio medieval de onde, movido por um mecanismo miraculoso, saía uma marionete: era uma mocinha calçando tênis enormes. Sua aparição significava que o desejo de Rubens acabava de fazer meia-volta; jamais desejaria novas mulheres; só desejaria as mulheres que já possuíra; seu desejo dali em diante seria assombrado pelo passado.

Olhando as belas mulheres na rua, espantou-se de não prestar atenção nelas. Algumas chegaram mesmo a virar-se quando ele passou, mas acho que não as notou. Outrora, só desejava mulheres novas. Desejava-as tão impacientemente que com algumas só fez amor uma vez. Como para expiar essa obsessão pela novidade, essa negligência para com tudo que era estável e constante, essa impaciência insensata que o havia precipitado para diante, queria voltar, encontrar novamente as mulheres do passado, repetir seus abraços, ir até o fim, explorar tudo o que não fora explorado. Compreendeu que as grandes excitações encontravam-se agora no passado e que, se desejasse novas excitações, teria de procurá-las no passado.

16

No princípio, ele era pudico e sempre dava um jeito de fazer amor no escuro. No entanto, ficava sempre com os olhos bem abertos, a fim de perceber ao menos alguma coisa assim que um raio de luz filtrasse através das persianas.

Em seguida, não somente habituou-se à luz, mas a exigia. Se percebesse que sua parceira estava com os olhos fechados, obrigava-a a abri-los.

Depois, um dia, constatou com surpresa que fazia amor em plena luz, mas que seus olhos estavam fechados. Fazendo amor, mergulhava em suas lembranças.

No escuro, os olhos abertos.

Em plena luz, os olhos abertos.

Em plena luz, os olhos fechados.

O mostrador da vida.

17

Ele sentou diante de uma folha de papel e tentou escrever numa coluna o nome de suas amantes. Logo sofreu a primeira derrota. Muito raras foram aquelas das quais conseguiu lembrar o nome e o sobrenome, e em alguns casos não podia lembrar nem um nem outro. As mulheres tornaram-se (discretamente, imperceptivelmente) mulheres sem nome. Se tivesse mantido uma correspondência com essas mulheres, talvez tivesse retido seus nomes na memória, porque teria sido obrigado a escrevê-los, muitas vezes, no envelope; mas "além do amor", não se tem o hábito de enviar cartas de amor. Se tivesse tido o hábito de chamá-las pelo primeiro nome, talvez pudesse lembrar-se, mas depois do desastre da sua noite de núpcias obrigou-se a empregar somente nomes afetuosos e banais, que qualquer mulher em qualquer momento pode aceitar sem desconfiança.

Escreveu numa meia página (a experiência não exigia uma lista completa), muitas vezes substituindo os nomes por sinais que as diferenciavam ("sardas" ou "professora", e assim por diante), depois tentou reconstituir o curriculum vitae de cada uma. A derrota foi pior ainda! Não sabia nada sobre a vida delas! Para simplificar a tarefa, limitou-se a uma única pergunta: quem eram seus pais? Com quase uma exceção (conhecera o pai antes da filha), não tinha a menor ideia, e no entanto essas mulheres devem necessariamente ter ocupado um lugar fundamental! Certamente teriam contado a ele muito sobre seus pais! Que valor ele atribuía à vida de suas amigas, quando nem sequer conseguia os dados mais elementares sobre elas?

Acabou por admitir (não sem algum constrangimento) que as mulheres haviam representado para ele apenas uma experiência erótica. Agora tentava ao menos relembrar essa experiência. Parou por acaso numa mulher (sem nome) que na sua folha havia designado como "a doutora". O que acontecera a primeira vez que fizeram amor? Reviu na imaginação seu apartamento da época. Mal entraram, ela se dirigiu para o telefone; depois, diante de Rubens, desculpou-se com alguém por estar ocupada aquela noite com um compromisso inevitável. Riram-se dessa desculpa e fizeram amor. Curiosamente, ainda ouvia essa risada, mas não via mais nada do coito: onde tinha sido? Sobre o tapete? Na cama? No sofá? Como ela era durante o amor? Quantas vezes encontraram-se depois? Três ou trinta vezes? Como deixaram de se ver? Lembrar-se-ia ao menos de uma pequena parte das conversas, que deviam ter ocupado umas vinte horas, se não uma centena? Lembrou-se muito confusamente que ela, às vezes, falava num noivo (quanto ao teor dessas informações ele certamente esquecera). Coisa estranha: o noivo foi a única lembrança que guardou. O ato do amor foi então para ele muito menos importante do que a ideia envaidecedora e fútil de cornear um homem.

Pensou em Casanova com inveja. Não em suas proezas eróticas, das quais, afinal de contas, muitos homens são capazes, mas em sua incomparável memória. Quase cento e trinta mulheres arrancadas do esquecimento, com seus nomes, seus rostos, seus gestos, suas conversas! Casanova: a utopia da memória. Em comparação, que pobre balancete o de Rubens! Quando, no começo da idade adulta, renunciara à pintura, consolou-se com a ideia de que o conhecimento da vida importava-lhe mais do que a luta pelo poder. A vida de todos os seus amigos, engajados na procura do sucesso, parecia-lhe marcada tanto pela agressividade quanto pela monotonia e pelo vazio. Acreditara que as aventuras eróticas o conduziriam ao centro da verdadeira vida, da vida real e plena, rica e misteriosa, sedutora e concreta, que ele desejava abraçar. De repente viu seu erro: apesar de todas as aventuras amorosas, conhecia os seres humanos tão precariamente quanto aos quinze anos. Sempre se orgulhara de ter vivido intensamente; mas essa expressão "viver intensamente" era uma pura abstração; procurando o conteúdo concreto dessa "intensidade", não descobriu senão um deserto onde vagava o vento.

O ponteiro do relógio mostrou-lhe que daí em diante seria assombrado pelo passado. Mas como ser assombrado pelo passado, se não se vê ali senão um deserto onde o vento persegue alguns farrapos de lembranças? Isso quer dizer que ele será assombrado por farrapos de lembranças? Sim. Podemos ser assombrados mesmo por farrapos. Aliás, não vamos exagerar: sem dúvida não se lembrava de nada de interessante sobre a jovem doutora, mas outras mulheres surgiam diante de seus olhos com insistente intensidade.

Se digo que surgem, como imaginar esse surgimento? Rubens descobriu uma coisa bastante curiosa: a memória não filma, fotografa. O que guardara de todas essas mulheres, na maioria dos casos, foram algumas fotografias mentais. Não via suas amigas em movimento contínuo; mesmo muito curtos, os gestos não apareciam em sua duração, mas fixos numa fração de segundo. Sua memória erótica oferecia-lhe um pequeno álbum de fotografias pornográficas, mas nenhum filme pornográfico. E quando digo álbum, exagero, pois no total Rubens não guardara mais do que sete ou oito fotos; essas fotos eram belas, fascinavam-no, mas a quantidade delas era melancolicamente pequena: sete ou oito frações de segundos, eis ao que se reduziu na memória sua vida erótica à qual outrora decidira consagrar todas as suas forças e talento.

Imagino Rubens na sua mesa, a cabeça apoiada na mão, lembrando o pensador de Rodin. No que pensa? Resignado com a ideia de que sua vida se reduziu à experiência erótica, e esta a imagens fixas, a sete fotografias, queria ao menos confiar que um canto de sua memória retivesse ainda alguma parte de uma oitava foto, uma nona, uma décima. Por isso está sentado, a cabeça apoiada na mão. Evoca novamente as mulheres, uma depois da outra, tentando achar, para cada uma, uma foto esquecida.

No decorrer desse exercício, fez outra constatação interessante: teve amantes particularmente audaciosas em suas iniciativas eróticas e muito atraentes fisicamente; no entanto, não deixaram em sua alma mais do que muito poucas fotos excitantes, ou nenhuma foto. Mergulhando agora em suas lembranças, é mais atraído pelas mulheres que tiveram iniciativa erótica mais velada e de aparência discreta: as mesmas que na época ele havia talvez subestimado. Como se a memória e o esquecimento tivessem, depois, passado por uma surpreendente transformação de todos os seus valores, depreciando na sua vida erótica tudo o que fora voluntário, intencional, ostentatório, planejado, enquanto as aventuras imprevistas aparentemente modestas tornavam-se inestimáveis em sua lembrança.

Pensa nas mulheres que sua memória assim valorizou: uma delas já deve ter ultrapassado a idade dos desejos; o modo de viver de algumas outras tornaria os reencontros difíceis. Mas existe a violinista. Não a vê há oito anos. Três fotografias mentais aparecem diante de seus olhos. Na primeira ela está de pé, a um passo dele, a mão parada no meio de um gesto que parecia querer cobrir-lhe o rosto. A segunda foto fixava o momento em que Rubens, a mão pousada sobre seu seio, pergunta-lhe: alguém já a tocou assim, e ela responde "não" a meia-voz, olhando em frente. Enfim (essa é a foto mais fascinante), ele a vê de pé entre dois homens diante de um espelho, cobrindo com as mãos os seios nus. Curiosamente, nas três fotos seu rosto, belo e imóvel, tem o mesmo olhar: fixo diante dela, desviando-se de Rubens.

Procurou seu número de telefone, que outrora conhecia de cor. Falou-lhe como se tivessem se visto na véspera. Ele veio a Paris (dessa vez sem nenhuma outra razão, veio só para vê-la) e reviu-a no mesmo hotel, onde, muitos anos antes, ela ficara de pé entre dois homens, cobrindo com as duas mãos os seios nus.

18

A violinista ainda tinha a mesma silhueta, a mesma graça de movimentos, e seus traços haviam guardado toda a sua nobreza. No entanto algo mudara: vista de muito perto, sua pele perdera toda a frescura. Rubens não podia deixar de perceber isso, mas, curiosamente, os momentos em que reparava eram muito breves, apenas alguns segundos; logo depois, a violinista retomava rapidamente sua própria imagem, tal como estava desenhada havia muito tempo na lembrança de Rubens; ela *se escondia atrás de sua imagem*.

A imagem: Rubens sempre soube o que era. Escondido atrás das costas de um colega, havia feito a caricatura de um professor. Depois levantou os olhos: animado de uma mímica perpétua, o rosto do professor não se parecia ao desenho. No entanto, desde que o professor saiu de seu campo visual, Rubens não conseguiu imaginá-lo (o que acontecia ainda agora) a não ser com o aspecto da caricatura. O professor *desaparecera para sempre atrás de sua imagem*.

Na ocasião de uma exposição organizada por um fotógrafo célebre, viu a fotografia de um homem que, numa calçada, se levantava com o rosto coberto de sangue. Foto inesquecível e enigmática. Quem era esse homem? Que lhe acontecera?

Talvez um acidente banal, pensou Rubens: um passo em falso, uma queda; e a presença despercebida do fotógrafo. Sem desconfiar de nada, o homem levantou-se e lavou o rosto num bistrô em frente, antes de encontrar sua mulher. No mesmo instante, na euforia de seu próprio nascimento, *sua imagem separou-se dele* e tomou a direção oposta, para viver suas próprias aventuras, cumprir seu destino.

Podemos nos esconder atrás de nossa imagem, podemos desaparecer para sempre atrás de nossa imagem, podemos nos separar de nossa imagem: nunca somos nossa própria imagem. Foi graças a três fotos mentais que Rubens, oito anos depois de tê-la visto pela última vez, telefonou para a violinista. Mas quem é a violinista separada de sua imagem? Sabia muito pouco sobre ela e não queria saber mais. Imagino o encontro dos dois oito anos depois: ele está sentado em frente a ela, no salão de entrada de um grande hotel parisiense. Sobre o que conversam? Sobre tudo menos a vida que levam. Pois um conhecimento mútuo muito íntimo os tornaria estranhos um ao outro, levantando entre os dois um muro de informações inúteis. Não sabem mais do que o mínimo necessário sobre o outro, quase orgulhosos de terem escondido suas vidas na penumbra, tornando desta forma seus encontros ainda mais iluminados, extirpados do tempo, cortados de todo contexto.

Envolveu a violinista com um olhar terno, feliz em constatar que ela certamente envelhecera um pouco, mas estava ainda próxima de sua imagem. Com uma espécie de cinismo comovido, disse a si próprio: o valor da presença física da violinista é sua aptidão de sempre se confundir com sua imagem.

E com impaciência ele espera o momento em que ela emprestará a essa imagem seu corpo vivo.

19

Como outrora, encontraram-se uma, duas, três vezes por ano. E os anos passaram. Um dia telefonou-lhe para avisar que iria a Paris dentro de duas semanas. Ela respondeu que não teria tempo de vê-lo.

— Posso adiar minha viagem uma semana, disse Rubens.

— Também não terei tempo.

— Então, diga quando.

— Não agora, ela respondeu visivelmente constrangida, não poderei por muito tempo...

— Aconteceu alguma coisa?

— Não, nada.

Os dois estavam pouco à vontade. Diríamos que a violinista decidira não o ver mais, mas não tinha coragem de dizê-lo. Ao mesmo tempo, essa hipótese era tão improvável (nenhuma sombra jamais toldara seus lindos encontros) que Rubens lhe fez outras perguntas, para compreender a razão de sua recusa. Como o relacionamento deles desde o começo baseara-se numa total ausência de agressividade, excluindo mesmo qualquer insistência, ele evitava importuná-la, mesmo que fosse com simples perguntas.

Assim, terminou a conversa, contentando-se em acrescentar:

— Posso telefonar novamente?

— Claro! Por que não?, ela respondeu.

Telefonou-lhe um mês mais tarde.

— Você ainda está sem tempo para me ver?

— Não fique aborrecido. Você não tem nada a ver com isso.

Fez-lhe a mesma pergunta de antes:

— Aconteceu alguma coisa?

— Não, nada.

Rubens calou-se. Não sabia o que dizer.

— Azar o meu, enfim disse, sorrindo melancolicamente ao telefone.

— Você não tem nada com isso, posso te assegurar. Não é com você. É comigo, não com você!

Rubens achou que podia perceber alguma esperança nessas últimas palavras.

— Mas então, isso não tem sentido nenhum! Temos que nos ver!

— Não, ela disse.

— Se eu tivesse certeza de que você não quer me ver, não diria mais nada. Mas você diz que se trata de você! O que aconteceu? Temos que nos ver! Preciso falar com você!

Mal pronunciou essas palavras, pensou: não, era por tato que ela se recusava a dar a verdadeira razão, quase simples demais: não queria mais nada com ele. Era sua delicadeza que o constrangia. Por isso não devia insistir. Tornar-se-ia importuno e teria infringido o acordo tácito que tinham que os proibia de expressar desejos que não fossem partilhados.

Quando ela repetiu:

— Não, por favor, ele não insistiu mais.

Desligando, lembrou-se de repente da estudante australiana dos tênis enormes. Ela também fora abandonada, por razões que não pôde compreender. Se a oportunidade tivesse surgido ele a teria consolado da mesma maneira:

— Você não tem nada a ver com isso. Não é com você. É comigo.

Compreendeu que seu caso com a violinista estava terminado e que nunca saberia por quê. Ficaria na ignorância, como a australiana da boca bonita. Os sapatos de Rubens de agora em diante iriam viajar pelo mundo com um pouco mais de melancolia do que antes. Como os grandes tênis da australiana.

20

Período de mutismo atlético, período das metáforas, período da verdade obscena, período do telefone sem fio, período místico, tudo isso estava longe no passado. Os ponteiros tinham dado a volta do mostrador da sua vida sexual. Encontrava-se fora do tempo do seu mostrador. Encontrar-se fora do mostrador, isso não significa nem o fim nem a morte. Já soou meia-noite no mostrador da pintura europeia, os pintores continuam a pintar. Quando se está fora do mostrador, isso quer dizer simplesmente que não aparecerá mais nada de novo nem de importante. Rubens ainda saía com mulheres, mas elas haviam perdido toda a importância para ele. A que via mais frequentemente era a jovem G, que se distinguia pelos palavrões que gostava de intercalar na conversa. Muitas mulheres faziam o mesmo naquela época. Estava no ar. Diziam merda, estou cagando, caralho, para dar a entender que, longe de pertencerem à velha geração, conservadora e bem-educada, eram livres, emancipadas, modernas. Não impede que G, assim que Rubens a tocou, tenha revirado os olhos para o teto e caído num santo mutismo. Seus contatos eram sempre longos, quase intermináveis, porque G só conseguia chegar ao orgasmo desejado com avidez, depois de esforços muito longos. Deitada de costas, com a testa suando e o corpo molhado, ela trabalhava. Era mais ou menos assim que Rubens imaginava a agonia: queimando em febre desejamos ardentemente terminar, mas o fim se prolonga, prolonga-se obstinadamente. As duas ou três primeiras vezes, tentou apressar o fim sussurrando uma obscenidade no ouvido de G, mas como ela logo desviasse a cabeça em sinal de desaprovação, daí em diante ficou em silêncio. Ela, ao contrário (num tom descontente e impaciente), dizia sempre no fim de vinte ou trinta minutos:

— Mais forte, mais forte, mais, mais!

E nesse instante ele se dava conta de que não podia mais: tinha lhe feito amor por muito tempo e num ritmo muito rápido para poder redobrar a intensidade; virando então para o lado, recorria a um expediente que lhe parecia ao mesmo tempo a aceitação de um fracasso e um virtuosismo técnico digno de uma condecoração: enfiava profundamente a mão na sua barriga, efetuava com os dedos poderosos movimentos de baixo para cima; escorria um jorro, era uma inundação, ela o beijava, cobrindo-o de palavras doces.

Seus relógios íntimos eram deploravelmente assimétricos: quando ele estava inclinado à ternura, ela soltava seus palavrões; quando ele queria palavrões, ela mantinha um silêncio obstinado; quando ele necessitava silêncio e sono, ela tornava-se terna e tagarela.

Era bonita e tão mais jovem do que ele! Rubens supunha (modestamente) que não era por causa de sua habilidade manual que ela vinha todas as vezes que ele a chamava. Tinha por ela um sentimento de gratidão, porque durante os longos momentos de transpiração e de silêncio que ela permitia que ele passasse sobre seu corpo, ele podia sonhar à vontade, com os olhos fechados.

21

Um dia Rubens teve entre as mãos uma velha coleção de fotos do presidente John Kennedy: apenas fotos coloridas, pelo menos umas cinquenta, e em todas (em todas, sem exceção!) o presidente estava rindo. Ele não sorria, não, ele ria! Sua boca estava aberta e os dentes de fora. Não havia nada estranho nisso, as fotografias hoje são assim, mas Rubens ficou mesmo surpreso ao constatar que Kennedy ria em *todas* as fotos, que sua boca nunca estava fechada. Alguns dias depois foi a Florença. De pé diante do *Davi* de Michelangelo, imaginou aquele rosto de mármore tão sorridente quanto o de Kennedy. David, esse exemplo de beleza masculina, de repente ficou com um ar imbecil! Desde então, pegou o hábito de plantar mentalmente uma boca risonha nos rostos dos quadros célebres; foi uma experiência interessante: a careta do riso era capaz de destruir todos os quadros! Imagine, em vez do sorriso imperceptível da Gioconda, um riso que lhe desnudasse os dentes e as gengivas!

Apesar de familiarizado com as pinacotecas, às quais consagrava o essencial de seu tempo, Rubens teve que esperar pelas fotos de Kennedy para se dar conta dessa simples evidência: desde a Antiguidade até Rafael, talvez até Ingres, os grandes pintores e escultores evitaram representar o riso, e mesmo o sorriso. É verdade que os rostos das estátuas etruscas são todos risonhos, mas esse sorriso não é uma mímica, uma reação imediata a uma situação, é um estado durável do rosto brilhando de eterna beatitude. Para os escultores antigos como para os pintores de épocas futuras, o rosto belo não era imaginável a não ser na sua imobilidade.

Os rostos não perdiam sua imobilidade, as bocas não se abriam a não ser que o pintor quisesse apreender o sofrimento. O sofrimento da dor: as mulheres inclinadas sobre o cadáver de Jesus; a boca aberta de uma mãe no *Massacre dos inocentes* de Poussin. Ou sofrimento como vício: *Adão e Eva* de Holbein. Eva está com o rosto inchado, e a boca entreaberta deixa ver os dentes que acabam de morder a maçã. Ao lado dela Adão ainda é um homem de antes do pecado: tem o rosto calmo, a boca fechada. Na *Alegoria dos vícios* de Correggio, todo mundo sorri! Para expressar o vício, o pintor teve que sacudir a tranquilidade inocente dos rostos, esticar as bocas, deformar os traços com o sorriso. Nesse quadro apenas um personagem ri: uma criança! Mas seu riso não é de felicidade, como a que exibem os bebês nas fotos publicitárias para uma marca de chocolate ou de fraldas. Essa criança ri porque é depravada!

O riso só se torna inocente com os holandeses: o *Bufão* de Hals ou seu quadro *A boêmia*. Pois os pintores holandeses são os primeiros fotógrafos; os rostos que pintam são além do belo e do feio. Demorando-se na sala dos holandeses, Rubens pensava na violinista e pensava: a violinista não é um modelo para Franz Hals; a violinista é o modelo dos grandes pintores de antigamente, que procuravam a beleza na superfície imóvel do rosto. Depois alguns visitantes se comprimiam: todas as pinacotecas do mundo estavam cheias com multidões de pessoas, como antigamente os jardins zoológicos; os turistas, na falta de atrações, olhavam os quadros como se fossem feras numa jaula. A pintura, pensou Rubens, não está mais em sua casa neste século, como não está a violinista; a violinista pertence a um mundo há muito tempo esquecido em que a beleza não ria.

Mas como explicar que os grandes pintores tenham excluído o riso do reino da beleza? Rubens pensou: o rosto é belo quando reflete a presença de um pensamento, enquanto o momento do riso é um momento em que não se pensa mais. Mas isso seria verdade? Não seria o riso esse raio de reflexão que apreende o cômico? Não, pensou Rubens: no instante em que apreende o cômico, o homem não ri; o riso segue *imediatamente depois*, como uma reação física, como uma convulsão em que os pensamentos ficam ausentes. O riso é uma convulsão do rosto e na convulsão o homem não se domina, estando ele mesmo dominado por alguma coisa que não é nem a vontade nem a razão. Era por isso que o escultor antigo não representava o riso. O homem que não se domina (o homem além da razão, além da vontade) não podia ser considerado belo.

Se nossa época, contrariando o espírito dos grandes pintores, fez do riso a expressão favorita do rosto, isso quer dizer que a ausência de vontade e de razão tornou-se o estado ideal do homem. Podemos objetar que nos retratos fotográficos a convulsão é simulada, portanto consciente e voluntária: Kennedy rindo diante da objetiva de um fotógrafo não está reagindo absolutamente a uma situação cômica, mas abre muito conscientemente a boca e mostra os dentes. Isso apenas prova que a convulsão do riso (além da razão e da vontade) foi eleita pelos homens de hoje como imagem ideal atrás da qual escolheram se esconder.

Rubens pensa: o riso, de todas as expressões do rosto, é a mais democrática: a imobilidade do rosto torna claramente discernível cada um dos traços que nos distinguem dos outros; mas na convulsão, somos todos parecidos.

Um busto de Júlio César se contorcendo de rir é impensável. Mas os presidentes americanos partem para a eternidade escondidos atrás da convulsão democrática do riso.

22

Voltou a Roma. No museu, demorou muito tempo na sala de pintura gótica. Um dos quadros o fascinava: uma *Crucificação*. O que ele via? No lugar do Cristo, via uma mulher que preparavam para pôr na cruz. Como o Cristo, não tinha outra roupa senão um tecido branco em volta dos rins. Seus pés apoiavam-se num suporte de madeira, enquanto os carrascos, com cordas grossas, amarravam seus tornozelos nos barrotes de madeira. Erguida no alto de um monte, a cruz era visível de toda parte. Em volta, uma multidão de soldados, de pessoas do povo e de curiosos, olhava a mulher exibida. Era a violinista. Sentindo todos os olhares pregados no seu corpo, havia coberto seus seios com a palma das mãos. À sua direita e à sua esquerda erguiam-se duas outras cruzes, cada uma com um ladrão. O primeiro inclinava-se para ela, segurava uma de suas mãos e, afastando-a lentamente de seu peito, abria-lhe o braço até a extremidade da trave transversal. O segundo apanhara a outra mão e fazia o mesmo movimento ao fim do qual a violinista estava com os dois braços afastados. Durante toda a operação, seu rosto permanecia imóvel. Olhava fixamente alguma coisa ao longe. Rubens sabia que não era o horizonte, mas um gigantesco espelho imaginário instalado em frente dela, entre o céu e a terra. Via nele sua imagem, a imagem de uma mulher em cruz com os braços afastados e os seios nus. Exposta à imensa multidão, vociferante, bestial, ela estava tão excitada quanto todas aquelas pessoas e se observava como eles próprios a observavam.

Rubens não podia afastar os olhos de um tal espetáculo. Quando finalmente conseguiu, pensou que esse momento deveria entrar na história religiosa com o nome de *A visão de Rubens em Roma*. Até de noite ficou sob a influência desse instante místico. Já havia quatro anos não telefonara para a violinista, mas dessa vez não resistiu. Assim que chegou ao hotel, pegou o telefone. Do outro lado da linha ouviu uma voz feminina que não conhecia.

Perguntou num tom um pouco hesitante:

— Posso falar com madame...? E deu o nome do marido.

— Sim, sou eu, disse a voz.

Pronunciou então o primeiro nome da violinista; a voz feminina respondeu-lhe que a mulher que ele procurava estava morta.

— Morta?

— Sim, Agnès morreu. Quem queria falar com ela?

— Um amigo.

— Posso saber quem?

— Não, e desligou.

23

No cinema, quando alguém morre, logo ouvimos uma música triste, mas em nossa vida, quando morre alguém que conhecemos, não ouvimos nenhuma música. Muito raras são as mortes que podem realmente nos perturbar profundamente: duas ou três no decorrer de uma vida, não mais. A morte de uma mulher que era apenas um episódio surpreendeu Rubens e o entristeceu, mas não o perturbou, ainda mais que essa mulher saíra de sua vida quatro anos antes e que na época ele se conformara com isso.

Se essa morte não tornava a violinista mais ausente do que era, no entanto alterava tudo. Todas as vezes que pensava nela, Rubens não podia deixar de se perguntar o que teria acontecido com seu corpo. Teria sido posto num caixão e enterrado? Teria sido cremado? Lembrava-se de seu rosto imóvel com os grandes olhos que se olhavam num espelho imaginário. Via as pálpebras se fechando lentamente: de repente era um rosto morto. Pelo próprio fato de esse rosto ser tão tranquilo, a passagem da vida para a não vida era imperceptível, harmoniosa, bela. Mas Rubens depois imaginou o que teria acontecido com esse rosto. E foi horrível.

G veio vê-lo. Como sempre se entregaram a suas carícias

silenciosas, como sempre durante esses momentos intermináveis a violinista surgiu em seu espírito: como sempre, ficava em frente do espelho, os seios nus, e contemplava-se com um olhar imóvel. De repente Rubens achou que ela estava morta talvez havia dois ou três anos; que os cabelos já estavam descolados do crânio e que as órbitas já estavam cavadas. Queria se livrar dessa imagem, de outro modo não poderia continuar fazendo amor. Expulsou a lembrança da violinista, decidido a concentrar-se em G, em seu fôlego que se acelerava, mas seus pensamentos recusavam-se a obedecer e como que de propósito punham diante de seus olhos aquilo que não queria ver. E quando eles, enfim, resolveram obedecer-lhe e parar de mostrar-lhe a violinista no seu caixão, eles a mostraram no meio das chamas, numa postura precisa que ele conhecia por ouvir dizer: o corpo queimado se empertigava (sob o efeito de uma misteriosa força física) de tal forma que a violinista se encontrava sentada no forno. Bem no meio dessa visão de um cadáver queimando sentado, uma voz descontente e misteriosa ecoava de repente:

— Mais forte, mais forte, mais, mais!

Rubens teve que interromper suas carícias. Pediu a G que desculpasse sua má forma.

Então pensou: de tudo o que vivi, só me ficou uma fotografia. Talvez ela revele o que há de mais íntimo, de mais profundamente escondido na minha vida erótica, aquilo que contém sua própria essência. Talvez só tenha feito amor, nestes últimos tempos, para permitir que essa foto reviva. E no momento essa foto está em chamas, e o belo rosto tranquilo se crispa, se retorce, escurece e cai em cinzas.

G devia voltar na semana seguinte e Rubens inquietava-se antecipadamente com as imagens que o obcecavam durante o amor. Esperando expulsar a violinista de seu espírito, sentou ante sua mesa, a cabeça entre as mãos, e começou a procurar na memória outras fotos que pudessem substituir a da violinista. Conseguiu algumas, e ficou até agradavelmente surpreso por achá-las belas e excitantes. Mas sabia, bem no seu íntimo, que sua memória iria se recusar a mostrá-las quando fizesse amor com G e que em seu lugar, como numa brincadeira macabra, empurraria sub-repticiamente a imagem da violinista sentada no meio de um braseiro. Tinha enxergado certo. Ainda desta vez, durante o amor, teve que pedir desculpas a G.

Ele se disse, então, que não poderia lhe fazer mal interromper por algum tempo suas relações com as mulheres. Até nova ordem, como se diz. Mas, semana após semana, essa pausa prolongou-se. Finalmente um dia se deu conta de que não haveria mais "nova ordem".

PARTE VII
A celebração

1

Na sala de ginástica, havia muito tempo grandes espelhos refletiam braços e pernas em movimento; depois de seis meses, sob a influência de imagólogos, os espelhos também invadiram três paredes da piscina, a quarta ostentando uma imensa vidraça de onde se podia ver os tetos de Paris. Estávamos de roupa de banho, sentados numa mesa perto da piscina onde nadadores arquejavam. No meio da mesa uma garrafa de vinho, que eu pedira para celebrar um aniversário.

Avenarius nem tinha tido tempo de me perguntar de que aniversário se tratava, já que estava absorvido em uma nova ideia:

— Imagine que você tenha que escolher entre duas possibilidades. Passar uma noite de amor com uma bela mulher conhecida mundialmente, uma Brigitte Bardot ou uma Greta Garbo, com a única condição de que ninguém jamais saiba disso; ou então passear com ela na avenida principal de sua cidade natal, o braço sobre seus ombros, com a única condição de jamais dormir com ela. Gostaria de saber a porcentagem exata do número de pessoas que optariam por uma ou outra possibilidade. Isso exige um método estatístico. Procurei algumas empresas de sondagens, mas não me deram nenhuma resposta.

— Não sei até que ponto se deve levar a sério o que você faz.

— Tudo o que faço deve ser levado completamente a sério.

— Imagino você, por exemplo, empenhado em expor aos ecologistas seu plano de destruição dos automóveis. Você não pode acreditar que o aceitariam!

Fiz uma pausa. Avenarius ficou quieto.

— Você acha que iriam aplaudi-lo?

— Não, disse Avenarius, nunca pensei isso.

— Então por que expôs seu projeto a eles? Para desmascará-los? Para provar que apesar de seus gestos de contestação eles fazem parte daquilo que você chama de Satânia?

— Nada de mais inútil, disse Avenarius, do que tentar provar qualquer coisa aos imbecis.

— Resta só uma explicação: você quis fazer uma brincadeira com eles. Mas nesse caso também seu comportamento me parece sem lógica: afinal de contas, você não imaginou que alguém iria compreendê-lo e começaria a rir!

Avenarius fez não com a cabeça e disse com uma certa tristeza:

— Não imaginei isso. Satânia se caracteriza por uma absoluta falta de humor. Lá o cômico, embora exista, se tornou invisível. Fazer brincadeiras não tem mais sentido.

Acrescentou:

— Este mundo leva tudo a sério. A mim inclusive, o que é o cúmulo.

— Ao contrário, tenho a impressão de que ninguém leva nada a sério! Todo mundo quer se divertir, mais nada!

— É a mesma coisa. Quando o burro total for obrigado a anunciar no rádio o começo de uma guerra atômica ou um terremoto em Paris, fará o possível para ser engraçado. Talvez esteja procurando desde agora trocadilhos para essas ocasiões. Mas isso não tem nada a ver com o sentido do cômico. Pois o que é cômico, nesse caso, é o homem que procura trocadilhos para anunciar um terremoto. Ora, o homem que procura trocadilhos para anunciar um terremoto leva suas pesquisas a sério e não tem a menor dúvida de que é engraçado. O humor só pode existir onde as pessoas ainda vislumbram a fronteira entre o que é importante e o que não é. Hoje, essa fronteira é indiscernível.

Conheço bem meu amigo e frequentemente, só para me divertir, imito sua maneira de falar, faço minhas as suas ideias e observações; no entanto, não o entendo. Seu comportamento me agrada e fascina, mas não posso dizer que o compreenda inteiramente. Um dia, tentei explicar-lhe que a essência de um homem não é compreensível a não ser por uma metáfora. Pelo brilho revelador de uma metáfora. Desde que o conheci procuro a metáfora que o descreva, me permitindo assim compreendê-lo.

— Se não foi para fazer uma brincadeira, por que então expôs seu plano? Por quê?

Antes que pudesse me responder, uma exclamação de surpresa nos interrompeu:

— Professor Avenarius! Mas é possível?

Vindo da porta, um bonito homem com roupa de banho, podendo ter entre cinquenta e sessenta anos, dirigiu-se para nossa mesa. Avenarius levantou-se. Aparentemente emocionados, tanto um como o outro, apertaram-se as mãos longamente.

Depois Avenarius apresentou-o. Compreendi que na minha frente estava Paul.

2

Ele sentou-se à nossa mesa; Avenarius indicou-me com um gesto amplo:

— Você não conhece seus romances? *A vida está em outro lugar*! É preciso lê-lo! Minha mulher disse que é excelente!

Subitamente iluminado, compreendi que Avenarius nunca lera meu romance: quando há um certo tempo me forçou a levar-lhe um exemplar, era porque sua mulher sofria de insônia e precisava consumir na cama livros aos quilos. Fiquei triste.

— Vim refrescar minhas ideias na água, Paul disse.

Percebeu então o vinho e esqueceu a água.

— O que vocês estão tomando?

Apanhou a garrafa e leu a etiqueta com atenção. Depois acrescentou:

— Estou bebendo desde de manhã.

Isso se notava, e fiquei surpreso. Nunca pensei que Paul fosse um bêbado. Pedi ao garçom que trouxesse um terceiro copo.

Começamos a falar de uma coisa e outra. Com diversas alusões a meus romances, que ele jamais lera, Avenarius provocou Paul a fazer uma observação cuja falta de cortesia à minha pessoa me deixou um tanto sentido.

— Eu não leio romances. As memórias parecem-me mais divertidas, mais instrutivas. E as biografias! Ultimamente li livros sobre Salinger, sobre Rodin, sobre os amores de Franz Kafka. E uma estupenda biografia sobre Hemingway! Ah! Esse aí, que impostor. Que mentiroso. Que megalômano, disse Paul rindo com vontade. Que impotente. Que sádico. Que machão. Que erotômano. Que misógino.

— Se você, como advogado, está disposto a defender assassinos, eu disse, por que não defende os autores, que, à parte seus livros, não têm culpa de nada?

— Porque me irritam, disse Paul alegremente, e botou vinho no copo que o garçom acabara de pôr diante dele.

— Minha mulher adora Mahler, prosseguiu. Ela me contou que quinze dias antes que ele tocasse pela primeira vez sua "Sétima sinfonia", trancou-se num barulhento quarto de hotel, e durante toda a noite trabalhou novamente a orquestração.

— Sim, eu disse, era o outono de 1908, em Praga. O hotel chamava-se L'Étoile Bleu.

— Eu o imagino muitas vezes nesse quarto de hotel entre as partituras, prosseguiu Paul sem se deixar interromper, e estou convencido de que sua obra seria um fracasso se, no segundo movimento, a melodia fosse tocada pelo clarinete e não pelo oboé.

— É exatamente isso, eu disse, pensando no meu romance.

Paul continuou:

— Eu gostaria que essa sinfonia fosse tocada diante de um público de grandes conhecedores; primeiro com as correções dos últimos quinze dias, depois sem elas. Aposto que ninguém poderia distinguir uma versão da outra. Compreenda: é certamente admirável que o motivo executado no segundo movimento por um violino seja repetido no último movimento por uma flauta. Cada coisa está em seu lugar, tudo é trabalhado, pensado, experimentado, nada foi deixa-

393

do ao acaso; mas essa gigantesca perfeição nos ultrapassa, ultrapassa a capacidade de nossa memória, nossa capacidade de concentração, tanto que mesmo o ouvinte mais fanaticamente atento não perceberá dessa sinfonia senão a centésima parte do que ela contém, e mais, a centésima parte menos importante aos olhos de Mahler!

Essa ideia, evidentemente justa, deixava-o alegre enquanto eu ficava cada vez mais triste: se o leitor pular uma só frase de meu romance, não compreenderá nada; no entanto, qual é o leitor que não pula linhas? Eu mesmo não sou o maior pulador de linhas e de páginas?

Paul prosseguiu:

— Não contesto a perfeição de todas essas sinfonias. Contesto somente a importância dessa perfeição. Essas sinfonias arquissublimes não são senão catedrais do inútil. São inacessíveis ao homem. São desumanas. Sempre exageramos sua importância. Elas nos deram uma sensação de inferioridade. A Europa reduziu a Europa a cinquenta obras geniais, que ela nunca compreendeu. Você deve se dar conta dessa revoltante desigualdade: milhões de europeus que não representam nada, diante de cinquenta nomes que representam tudo! A desigualdade das classes é um acidente menor, comparado a essa desigualdade metafísica que transforma uns em grãos de areia, enquanto aos outros concede o sentido do ser.

A garrafa estava vazia. Chamei o garçom para pedir outra. O resultado foi que Paul perdeu o fio do assunto.

— Você falava dos biógrafos, cochichei-lhe.

— Ah! sim, lembrou-se.

— Enfim, você estava radiante de poder ler a correspondência íntima dos mortos.

— Eu sei, eu sei, disse Paul, como se quisesse antecipar as objeções da parte contrária:

— Creia-me: do meu ponto de vista, remexer a correspondência íntima, interrogar ex-amantes, convencer médicos a traírem o sigilo médico é nojento. Os biógrafos são a escória, e eu jamais poderia me sentar à mesa com eles, como faço com vocês. Robespierre também não teria se sentado à mesa com a escória que pilhava e tinha orgasmos coletivos deleitando-se com as execuções. Mas sabia que nada se faz sem a escória. A escória é o instrumento do justo ódio revolucionário!

— O que há de revolucionário em odiar Hemingway?, perguntei.

— Não estou falando do ódio por Hemingway! Falo de sua *obra*. Falo das obras *deles*! É preciso, enfim, dizer em voz alta que ler *sobre* Hemingway é mil vezes mais divertido e edificante do que ler Hemingway. É preciso provar que a obra de Hemingway não é nada mais do que a vida de Hemingway camuflada, e que essa vida é tão insignificante quanto a de qualquer um de nós. É preciso cortar em pedacinhos a sinfonia de Mahler e usá-la como música de fundo para um anúncio de papel higiênico. É preciso acabar de uma vez por todas com o terror dos imortais. Abater o poder arrogante de todas as "Nonas sinfonias" e de todos os *Faustos*!

Inebriado com seu próprio discurso, levantou-se, o copo na mão:

— Quero beber com vocês o fim de uma época.

3

Nos espelhos que se refletiam mutuamente, Paul estava multiplicado vinte e sete vezes e nossos vizinhos de mesa olhavam com curiosidade sua mão erguendo o copo. Dois homens que saíam da água de um tanque com ondas perto da piscina também se imobilizaram sem conseguir tirar os olhos das vinte e sete mãos de Paul suspensas no ar. Primeiro achei que ele estava assim petrificado para dar mais solenidade ao que dizia, mas depois percebi uma mulher de maiô que acabava de entrar na sala: uma mulher de uns quarenta anos, rosto bonito, pernas um pouco curtas mas perfeitamente desenhadas, traseiro expressivo, apesar de um pouco grande, apontando para o chão como uma grande seta. Foi por causa dessa seta que a reconheci.

Ela não nos viu logo e dirigiu-se para a piscina. Mas nós a fixamos tão intensamente que nosso olhar acabou captando o dela. Ela enrubesceu. É bonito quando uma mulher enrubesce; nesse momento seu corpo não lhe pertence; ela não o domina; está à mercê dele; nada é mais belo do que o espetáculo de uma mulher violada por seu próprio corpo! Começava a compreender por que Avenarius tinha um fraco por Laura. Reparei nele: seu rosto continuava perfeitamente impassível. Esse controle de si me parecia traí-lo ainda mais do que o rubor havia traído Laura.

Ela controlou-se e aproximou-se de nossa mesa. Levantamo-nos e Paul nos apresentou à sua mulher. Continuei a observar Avenarius. Ele saberia que Laura era mulher de Paul? Parecia-me que não. Tal como o conhecia, deveria ter dormido com Laura uma só vez e desde então não a deveria ter visto mais. Mas não estava absolutamente certo disso, e, afinal de contas, não estava certo de nada. Quando ela lhe estendeu a mão, inclinou-se como se a encontrasse pela primeira vez. Laura foi embora (depressa demais, pensei) e mergulhou na piscina.

De repente Paul perdera toda animação.

— Estou contente que vocês a tenham conhecido, disse melancolicamente. Como se diz, é a mulher da minha vida. Deveria me felicitar. A vida é tão curta que a maioria das pessoas não encontra nunca a mulher de sua vida.

O garçom trouxe uma outra garrafa, abriu na nossa frente, despejou vinho em nossos copos, de modo que Paul perdeu de novo o fio.

— Você estava falando da mulher da sua vida, eu soprei-lhe quando o garçom se afastou.

— É, disse ele. Temos um bebê de três meses. Tenho uma outra filha do primeiro casamento. Saiu de casa há um ano. Sem dizer uma palavra de adeus. Sofri com isso. Ficou muito tempo sem dar notícias. Há dois dias voltou, porque o namorado a deixou. Depois de ter lhe feito um filho… Uma menina. Caros amigos, tenho uma neta! São quatro mulheres em volta de mim!

A imagem dessas quatro mulheres parecia enchê-lo de alegria:

— É por isso que estou bebendo desde de manhã. Bebo aos nossos reencontros! Bebo à saúde de minha filha e de minha neta!

Do lado oposto, na piscina, Laura nadava em companhia de duas mulheres, e Paul sorria. Era um estranho sorriso cansado, que me inspirava compaixão. Parecia-me de repente velho. Sua cabeleira cinzenta, forte, de repente se transforma no penteado de uma velha senhora. Como se quisesse superar um acesso de fraqueza, levantou-se de novo, com o copo na mão.

Enquanto isso, na piscina, os braços batiam na água com grande ruído. Com a cabeça para fora da água, Laura nadava crawl desajeitadamente, mas com zelo, até com raiva.

Cada um desses golpes parecia cair na cabeça de Paul como um ano suplementar: envelhecia a olhos vistos. Estava com setenta anos, logo com oitenta, e no entanto empertigava-se erguendo seu copo como para se proteger dessa avalanche de anos que caía na sua cabeça:

— Lembro-me de uma frase célebre que me repetiam na minha mocidade, ele disse com uma voz de repente cansada. *A mulher é o futuro do homem*. Aliás, quem disse isso? Não me lembro mais. Lênin? Kennedy? Não, um poeta.

— Aragon, eu soprei.

Avenarius disse sem rodeios:

— O que quer dizer a mulher é o futuro do homem? Que os homens vão se tornar mulheres? Não compreendo essa frase estúpida!

— Não é uma frase estúpida! É uma frase poética!, disse Paul.

— A literatura vai desaparecer, e as estúpidas frases poéticas vão continuar errando pelo mundo?, eu disse.

Paul não prestou a menor atenção. Acabava de enxergar seu rosto repetido vinte e sete vezes nos espelhos: não conseguia tirar os olhos disso. Virando-se sucessivamente para todos os rostos refletidos, disse com uma voz fraca e esganiçada de mulher velha:

— A mulher é o futuro do homem. Isso quer dizer que o mundo, outrora criado à imagem do homem, irá modelar-se sobre a imagem da mulher. Quanto mais tornar-se mecânico e metálico, técnico e frio, mais terá necessidade do calor que apenas a mulher pode dar. Se quisermos salvar o mundo, devemos nos modelar sobre a mulher, deixar-nos guiar pela mulher, deixarmo-nos infiltrar pelo *Ewigweibliche*, pelo eterno feminino!

Como que exausto por essas palavras proféticas, Paul tinha ganhado ainda alguns decênios a mais, no momento era um velhinho fraco de cento e vinte, cento e sessenta anos. Não podendo nem mais segurar seu copo, jogou-se numa cadeira. Depois disse, sincero e triste:

— Ela voltou sem me avisar. Ela detesta Laura. E Laura detesta minha filha. A maternidade tornou-as ainda mais combativas. Está recomeçando, a barulheira de Mahler numa sala, a barulheira do rock na outra. Está recomeçando, elas me obrigam a escolher, me dirigem ultimatos. Começaram uma briga. E quando as mulheres brigam, não param mais. Depois se inclinou para nós, confidencialmente:

— Caros amigos, não me levem a sério. O que vou dizer agora não é verdade. Baixou a voz como se nos comunicasse um grande segredo:

— Foi uma sorte enorme que as guerras tenham sido feitas pelos homens. Se as mulheres tivessem feito a guerra, teriam sido tão persistentes na sua crueldade que não sobraria nenhum ser humano sobre o planeta. E, como se quisesse nos fazer esquecer logo o que dissera, bateu com o punho na mesa e levantou a voz:

— Caros amigos, gostaria que a música nunca tivesse existido! Gostaria que o pai de Mahler, depois de ter surpreendido o filho se masturbando, tivesse lhe dado um tapa tão forte na orelha que o pequeno Gustave tivesse ficado surdo e incapaz para sempre de distinguir um violino de um tambor. E gostaria por fim que se desviasse a corrente elétrica de todas as guitarras elétricas e que as instalassem em cadeiras nas quais seriam presos pessoalmente os guitarristas. Depois acrescentou com uma voz que mal se ouvia:

— Meus amigos, gostaria de estar ainda dez vezes mais bêbado do que estou!

4

Ele estava caído na cadeira e esse espetáculo era tão triste que nos era impossível suportá-lo. Levantamo-nos para dar-lhe uns tapas nas costas. Enquanto fazíamos isso, vimos que sua mulher havia saído da água e que nos contornava para chegar até a porta. Fingia não nos ver.

Estaria aborrecida com Paul, a ponto até de recusar-lhe um olhar?

Ou ela estaria constrangida de ter encontrado inesperadamente Avenarius? De qualquer maneira, sua postura tinha alguma coisa de tão forte e tão atraente que paramos de bater nas costas de Paul, e os três olhamos em direção de Laura.

Quando estava a dois passos da porta, produziu-se uma coisa inesperada: ela virou bruscamente a cabeça para nossa mesa e lançou o braço para o ar, com um movimento tão leve, tão encantador, tão rápido, que nos pareceu ver um balão dourado voar de seus dedos e ficar suspenso acima da porta.

Logo apareceu um sorriso no rosto de Paul, que segurou fortemente o braço de Avenarius:

— Você viu? Viu esse gesto?

— Vi, disse Avenarius, o olhar fixo no balão dourado que brilhava no teto como uma lembrança de Laura.

Para mim era bem claro que o gesto de Laura não era destinado ao marido bêbado. Não era o gesto maquinal do "até logo" cotidiano, era um gesto excepcional e rico de significado. Só poderia ser dirigido a Avenarius.

No entanto, Paul não suspeitava de nada. Como por milagre, os anos caíram do seu corpo e ele tornou-se um belo homem de cinquenta anos, orgulhoso de sua cabeleira grisalha. Olhou em direção à porta, acima da qual brilhava o balão dourado, e disse:

— Ah, Laura! É bem dela! Ah, esse gesto! Ele a resume por inteiro! Depois nos fez um relato emocionado:

— A primeira vez que me saudou assim eu a levava para a maternidade. Para ter a criança, teve que se submeter a duas operações. Tínhamos medo quando pensávamos no parto. Para me poupar de tanta emoção, proibiu-me de ficar com ela na clínica. Fiquei perto do carro, ela dirigiu-se sozinha para a porta, e, chegando à entrada, exatamente como acabou de fazer, virou a cabeça e me fez esse gesto. De volta a casa, senti-me horrivelmente triste, ela me fazia falta, tanto que para voltar a sentir sua presença tentei imitar, para mim mesmo, o belo gesto que me encantara. Se alguém me visse nesse momento teria rido. Fiquei de costas perto de um grande espelho, lancei os braços para o ar, olhando por cima do meu ombro para me sorrir. Fiz isso trinta, cinquenta vezes talvez, e pensava nela. Era ao mesmo tempo ela que me saudava e eu que a olhava me saudando. Mas que coisa estranha, esse gesto não combinava comigo. Ficava com esse gesto irremediavelmente desajeitado e cômico.

Levantou-se e nos deu as costas. Depois lançou os braços para o ar, lançando-nos um olhar por cima do ombro. Sim, tinha razão: estava cômico. Caímos na gargalhada. O que o encorajou a repetir o gesto muitas vezes. Estava cada vez mais cômico.

Depois disse:

— Sabem, esse gesto não convém a um homem, é um gesto de mulher. Com esse gesto a mulher nos diz: venha, siga-me, e você não sabe para onde ela te convida e ela também não sabe, mas convida assim mesmo, convencida de que vale a pena segui-la. É por isso que digo: ou bem a mulher será o futuro do homem, ou bem acabará a humanidade, pois só uma mulher pode guardar em si uma esperança que nada justifica, e nos convidar para um futuro duvidoso no qual sem as mulheres há muito tempo já teríamos deixado de acreditar. Toda minha vida estive pronto a seguir a voz delas, mesmo que seja uma voz louca, quando sou tudo menos louco. Mas para quem não é louco, nada é mais belo do que se deixar levar para o desconhecido por uma voz louca! Repetiu então com solenidade as palavras alemãs: *Das Ewig-weibliche zieht uns hinan!* O eterno feminino nos conduz para o alto!

Como um orgulhoso ganso branco, o verso de Goethe batia as asas sobre a abóbada da piscina, enquanto, refletido pelos três imensos espelhos, Paul se dirigiu para a porta acima da qual brilhava sempre o balão dourado. Finalmente, vi Paul sinceramente feliz. Deu alguns passos, virou a cabeça em nossa direção e lançou um braço para o ar. Estava rindo. Mais uma vez, virou-se: mais uma vez, saudou-nos. E, depois da última e desajeitada imitação desse belo gesto feminino, desapareceu atrás da porta.

5

Eu disse:

— Ele explicou bem esse gesto, mas acho que se enganou. Laura não convidou ninguém para seguir com ela para o futuro, quis apenas fazer você se lembrar que ela estava aqui e que espera por você.

Avenarius calou-se e seu rosto era impenetrável. Eu disse em tom de censura:

— Você não tem pena dele?

— Sim, respondeu Avenarius. Gosto sinceramente dele. É inteligente. É engraçado. É complicado. É triste. E sobretudo, não esqueça: ajudou-me! Depois se inclinou para mim, como se não quisesse deixar sem resposta minha censura subentendida.

— Contei a você meu projeto de pesquisa: perguntar às pessoas se preferem dormir secretamente com Rita Hayworth ou mostrar-se em público com ela. O resultado, claro, já se sabe: todo mundo, até o último dos pobres coitados, fingirá querer dormir com ela. Pois a seus próprios olhos, aos olhos de suas mulheres, de seus filhos, e mesmo aos olhos do funcionário careca da empresa de pesquisas, querem passar por hedonistas. Mas é uma ilusão deles. Cabotinismo deles.

Hoje em dia, não existem mais hedonistas. Pronunciou estas últimas palavras com uma certa gravidade, depois acrescentou sorrindo: — Exceto eu. E continuou: — Por mais que digam, se tivessem realmente escolha, estou certo de que todas essas pessoas, todas, em vez da noite de amor, prefeririam um passeio na praça. Pois é a admiração que conta para eles, e não a volúpia. A aparência, e não a realidade. A realidade não representa mais nada para ninguém. Para ninguém. Para meu advogado, ela não representa absolutamente nada. Depois, disse com uma espécie de ternura:

— É por isso que prometo solenemente que nada de desagradável lhe acontecerá; ele não sofrerá nenhum prejuízo: os chifres que terá serão invisíveis. Com o tempo bom serão azuis, e serão cinzentos nos dias de chuva. E ainda acrescentou:

— Nenhum marido, aliás, desconfiaria que um homem que viola as mulheres com uma faca na mão seja amante de sua mulher. Essas duas imagens não combinam.

— Um instante, eu disse. Ele acredita realmente que você violou mulheres?

— Estou dizendo que sim.

— Pensava que fosse uma brincadeira.

— Você acha por acaso que eu revelei meu segredo? E acrescentou: — Mesmo que eu tivesse dito a verdade, ele não teria me acreditado, e, se acabasse acreditando, imediatamente deixaria meu caso. É como um violentador que eu o interesso. Sente por mim esse amor misterioso que os grandes advogados dedicam aos grandes criminosos.

— Mas que explicação você deu a ele?

— Nenhuma. Fui absolvido por falta de provas.

— Como, falta de provas? E a faca?

— Não nego que foi difícil, disse Avenarius, e compreendi que não me diria mais nada.

Deixei passar um longo silêncio, depois disse:

— Por nada no mundo você contaria a história dos pneus?

Ele fez que não com a cabeça.

Uma estranha emoção tomou conta de mim:

— Você estava pronto a ser preso como violentador unicamente para não trair o jogo.

De repente, compreendi Avenarius: se nos recusamos a dar importância a um mundo que se considera importante, e se não encontramos nesse mundo nenhum eco para nosso riso, só nos resta uma solução: tomar o mundo como um bloco, e transformá-lo num objeto para nosso jogo; transformá-lo num brinquedo. Avenarius joga, e o jogo é a única coisa que lhe importa num mundo sem importância. Mas esse jogo não fará ninguém rir, e ele sabe disso. Quando expôs seus projetos aos ecologistas, não foi para diverti-los. Foi para sua própria diversão.

Eu lhe disse:

— Você brinca com o mundo como uma criança melancólica que não tem um irmãozinho.

É essa! É essa a metáfora que procuro há muito tempo para Avenarius! Até que enfim!

Avenarius sorriu como uma criança melancólica. Depois, disse:

— Não tenho um irmãozinho mas tenho você.

Levantou-se, também me levantei; parecia que depois das últimas palavras de Avenarius só nos restava um abraço. Nós nos demos conta de que estávamos de calção, e ficamos com medo de um contato íntimo das nossas barrigas. Com um riso constrangido fomos para os vestiários, onde uma voz de mulher, estridente e acompanhada por uma guitarra, gritava tão alto nos alto-falantes que nossa vontade de conversar terminou. Entramos no elevador. Avenarius dirigiu-se para o segundo subsolo, onde estacionara sua Mercedes, e eu desci no térreo. Em cinco enormes cartazes pregados no hall, cinco rostos diferentes me olhavam arreganhando igualmente os lábios. Tive medo que me mordessem e saí para a rua.

A rua estava lotada de carros que buzinavam sem parar. As motos subiam nas calçadas e forçavam passagem entre os pedestres. Pensei em Agnès. Há dois anos, dia após dia eu a imaginara pela primeira vez; esperava então Avenarius numa espreguiçadeira do clube. Foi por isso que hoje pedi uma garrafa. Meu romance estava terminado, e queria comemorá--lo ali, onde nascera sua primeira ideia.

Os carros buzinavam, ouviam-se gritos de raiva. Nesse mesmo ambiente, outrora, Agnès desejara comprar um ramo de miosótis, uma única flor de miosótis; desejara segurá-la diante de seus olhos como o último traço, quase invisível, da beleza.

SOBRE O AUTOR

Milan Kundera nasceu na República Tcheca.
Desde 1975, vive na França.

Obras de Milan Kundera publicadas
pela Companhia das Letras

A arte do romance
A brincadeira
A cortina
Um encontro
A festa da insignificância
A imortalidade
A identidade
A ignorância
A insustentável leveza do ser
A lentidão
O livro do riso e do esquecimento
Risíveis amores
A valsa dos adeuses
A vida está em outro lugar

1ª EDIÇÃO [2015] 2 reimpressões

ESTA OBRA FOI COMPOSTA PELA SPRESS EM SABON E IMPRESSA EM OFSETE
PELA GEOGRÁFICA SOBRE PAPEL PÓLEN NATURAL DA SUZANO S.A.
PARA A EDITORA SCHWARCZ EM AGOSTO DE 2023

A marca FSC® é a garantia de que a madeira utilizada na fabricação do papel deste livro provém de florestas que foram gerenciadas de maneira ambientalmente correta, socialmente justa e economicamente viável, além de outras fontes de origem controlada.